Twice Burned

Brûlé Deux Fois

May McGoldrick

with
Jan Coffey

Book Duo Creative

Merci d'avoir choisi *Brûlé Deux Fois*. Si vous appréciez ce livre, n'hésitez pas à partager vos bonnes paroles en laissant une critique.

Couverture par Dar Albert, WickedSmartDesigns.com

Peace & Health,

Nikos & Juri

Aux Kepples... notre grande famille

Prologue

Comté de Bucks, Pennsylvanie
Vendredi, 19 mai 2000
L'humidité du fleuve se répandait par vagues successives dans l'air de la nuit. Elle se déposait comme un voile sur la peau et laissait une étrange sensation, presque palpable qui pénétrait jusqu'à la moelle des os.

A la lumière du jour, le lieu aurait pu inspirer ces récits où science-fiction et Moyen Age se mêlent pour créer un univers monstrueux, un monde peuplé de créatures qui ne songent qu'à satisfaire leur haine des hommes et leur soif de destruction.

Cette nuit-là, dans la noirceur des ténèbres, le chant des oiseaux de nuit résonnait comme un mauvais présage; le rougeoiement des lucioles scintillait tel un funeste avertissement, et les ombres des rochers et des arbres figuraient autant de pièges mortels.

Protégée par l'obscurité de cette nuit sans lune, une silhouette quitta le bord de la rive et s'enfonça rapidement sous les arbres. Le gargouillis continu du fleuve couvrait le bruit de ses pas. Au-dessus de sa tête, le vent faisait frissonner les feuilles qui gémissaient doucement avant de tournoyer jusqu'au sol.

L'air lourd et piquant se déployait en volutes à travers le parc, tels les anneaux d'un serpent monstrueux. La silhouette s'arrêta le temps de regarder de l'autre côté de la pelouse, vers une maison. Les fenêtres n'étaient pas encore éclairées. Elle attendit.

Tout à coup, une voiture de sport arriva à vive allure. Le conducteur freina brutalement devant le garage. La porte s'ouvrit, la voiture entra. Et le silence retomba.

Sans bruit, la silhouette sortit de sous les arbres et traversa la pelouse en direction de la maison.

———

— Aide ta sœur, Emily !

La fillette leva un regard ensommeillé vers le profil de sa mère qui se découpait sous la faible lumière du plafonnier de la voiture et hocha vaguement la tête. Marilyn Hardy éteignit le moteur et appuya sur la commande à distance pour refermer la porte du garage. Toujours assise sur son siège, elle se retourna et constata que les deux enfants s'étaient rendormies.

— Emily! insista-t-elle. Allez! Réveille-toi!

Posant la main sur le genou de sa fille aînée, âgée de cinq ans, elle la secoua sans ménagement. L'enfant ouvrit péniblement ses yeux bouffis et rougis de sommeil.

— On est arrivées à la maison. Tu m'entends ? A la maison. Allez, bouge-toi.

Elle ouvrit sa portière qui buta sur un tricycle.

— Bon sang, Emily! Combien de fois devrai-je te répéter de ranger tes jouets ?

Elle prit les deux sacs à dos posés près d'elle sur le siège du passager — ceux des petites —, les lança sur le sol en ciment du garage et attrapa son sac à main. La bandoulière s'accrocha au levier de vitesse. Perdant patience, elle tira dessus pour la dégager, mais le fermoir s'ouvrit et le contenu du sac se répandit sur le plancher.

— Merde!

Laissant tomber son sac, elle sortit à reculons de la voiture et rabattit le dossier de son siège de façon à permettre aux petites de sortir. Elle décocha un regard furieux au visage somnolent d'Emily.

— Je t'avais demandé de m'aider!

Aussitôt, la fillette allongea le bras afin de détacher la ceinture du siège dans lequel sa petite sœur de trois ans dormait encore à poings fermés.

Sans même ouvrir les yeux, Hanna se mit à pleurnicher et à donner de furieux coups de pied. Alors que sa mère se penchait à l'intérieur pour la tirer hors du siège, elle se tortilla en gémissant de colère.

— Arrête cette comédie, je ne suis pas ton père.

Marilyn l'attrapa brutalement sous les bras et la souleva.

Ouvrant les yeux, Hanna geignit doucement et chercha sa grande sœur du regard. Emily prit le tigre en peluche sur la banquette arrière, puis se hissa sur la pointe des pieds afin de le lui tendre. Calant le précieux jouet sous son menton, Hanna nicha son visage dans le cou de sa mère et referma les yeux.

Marilyn claqua violemment la portière avant d'envoyer le tricycle au loin d'un coup de pied pour dégager le passage. A ce moment-là, la minuterie du garage s'arrêta, et elles se retrouvèrent plongées dans l'obscurité.

— Assez pleurniché, maintenant. Je ne veux plus vous entendre. J'en ai eu assez pour ce soir. C'est compris ?

— Oui, maman, murmura Emily en agrippant un coin de sa veste tandis qu'elles traversaient rapidement le garage et se dirigeaient vers la porte de la maison.

Elle avait peur du noir, mais ne se plaignait pas. Elle gardait les yeux fixés sur les trois veilleuses orange, rassurantes.

— Et il vaudrait mieux pour toi que la scène que tu as faite tout à l'heure ne se reproduise pas. J'espère ne pas avoir à te le rappeler. Tu ne dois plus jamais — jamais, tu m'as bien entendue ? — me contredire en public. Tu as compris ?

— Oui, maman, répondit-elle d'une toute petite voix.

Comme d'habitude, la porte n'était pas fermée à clé. Marilyn ne prit pas la peine d'allumer pour traverser le long couloir de la maison. S'arrêtant au pied de l'escalier, elle se débarrassa de ses chaussures à talons, puis grimpa les marches. Arrivée au premier étage, elle fila directement dans la chambre des petites. Sans même qu'elle ait à le lui demander, Emily la devança afin de tirer le couvre-lit et le drap du lit d'Hanna. La fillette s'était rendormie profondément.

Marilyn se redressait quand la sonnerie du téléphone retentit.

— Bon sang ! Qu'est-ce que c'est encore ?

Elle se précipita hors de la pièce tout en lançant un regard sévère à Emily.

— Enlève-lui ses chaussures et mets-toi en pyjama.

Dans sa chambre, elle alluma la lampe de chevet et décrocha d'un geste brusque l'appareil posé près du lit.

— Quoi?

Une voix furieuse lui répondit aussitôt.

— Écoute, Marilyn, je ne sais pas ce que tu mijotes encore, mais je te rappelle que c'était à moi de prendre les petites ce week-end. Je viens les chercher tout de suite.

— Il faudra d'abord que tu me passes sur le corps, Ted.

Elle entendait le bruit du trafic en fond sonore. Il appelait de son portable.

— Je te l'ai déjà dit et je te le répète : tu n'emmèneras pas mes filles chez cette folle, hurla-t-elle.

— Ma tante souffre d'Alzheimer, merde! Elle n'est pas folle. Et s'il s'agit encore d'une combine de ton avocat pour m'empêcher de voir les enfants...

— Papa ? fit la voix douce d'Emily dans l'appareil.

Marilyn tourna la tête. Un rai de lumière s'étirait sur la moquette depuis la chambre des filles. L'enfant avait décroché dans le couloir et tenait l'appareil à deux mains.

— Tu viens nous chercher, papa? S'il te plaît...

Furieuse, Marilyn lâcha le téléphone et se précipita vers sa fille.

— Oui, mon ange, répondit Ted Hardy d'un ton apaisant. Ne pleure pas, ma chérie. J'appelle de ma voiture. Je serai là avant que...

Marilyn arracha le combiné des mains d'Emily et le reposa violemment. Terrifiée, la fillette leva les yeux. De petites larmes, semblables à des perles, roulèrent le long de ses joues.

— Il... il arrive. Je peux habiller Hanna. Je ferai bien attention...

— Je t'ai dit d'aller au lit ! cria sa mère en guise de réponse. Et immédiatement !

L'espace d'une seconde, une étincelle de défi brilla dans les yeux bleus de l'enfant. Marilyn leva la main pour la gifler, mais Emily recula vivement dans sa chambre et referma la porte derrière elle avec soin.

Tout en jetant un regard furieux vers la porte close, Marilyn reprit le combiné.

— Si jamais, disait la voix à l'autre bout du fil, si jamais tu t'avises de lever la main sur mes enfants...

— Va te faire foutre, Ted.

Sur ces mots, elle raccrocha rageusement le téléphone. Puis, se souvenant qu'il lui avait semblé entendre un lointain bruit de moteur, elle tourna résolument le dos à la chambre des enfants et descendit l'escalier.

Le couloir et le salon étaient plongés dans l'obscurité. Marilyn se dirigea à pas feutrés jusqu'à l'une des fenêtres en façade et scruta la rue déserte. Pas de voiture. Elle gagna la porte d'entrée, ferma le verrou et mit la chaîne de sécurité. Se déplaçant sans bruit à travers la maison, elle alla également verrouiller la porte qui donnait sur le garage.

Ensuite, elle revint au pied de l'escalier et tendit l'oreille. On n'entendait que le tic-tac de la vieille horloge dans le salon. Rassurée, elle passa une main dans ses cheveux pour les ramener en arrière et se dirigea vers la cuisine.

Elle allongeait le bras vers l'interrupteur quand elle perçut un mouvement de l'autre côté du bar qui séparait la cuisine du salon. Elle se figea, et son cœur faillit s'arrêter lorsqu'elle vit se balancer doucement le voilage de la baie vitrée.

Frissonnante, elle jeta un coup d'œil à la veilleuse de la hotte. Elle ne se souvenait pas de l'avoir éteinte en partant. Puis elle se tourna de nouveau vers les rideaux soulevés par la brise. Cette fois, elle eut la certitude d'une présence dans la pièce. Elle actionna l'interrupteur.

— Oh ! fit-elle. C'est vous !

———————

— Je n'y comprends rien, Léa. Elle était tranquillement assise à regarder son programme préféré.

Clara montra du doigt le vieux fauteuil inclinable installé dans un coin du petit salon. Sur le mur opposé, nichée entre les rayons de la bibliothèque et la vitrine, la télévision diffusait une émission où un heureux candidat était en train de devenir millionnaire. Léa s'approcha pour l'éteindre.

— J'étais juste à côté, dans la cuisine, poursuivit la vieille femme, bouleversée. Je parlais avec Dolores au téléphone tout en préparant le plateau-repas de Janice. Mais, quand je suis venue le lui apporter, elle n'était plus là.

Léa fit de nouveau le tour de la maison. Elle fouilla les deux chambres, les toilettes, puis la petite salle de bains, allant jusqu'à soulever le rideau de douche. Dans le placard de l'entrée, elle aperçut les chaussures de marche et le pardessus fauve que sa tante mettait pour sortir.

— Je suis vraiment désolée, gémit Clara, les larmes aux yeux, quand Léa revint dans la cuisine. Je sais que je suis censée la surveiller. Mais elle semblait si bien, ce soir. Elle avait l'air heureuse, elle ne cessait de parler de Ted et des petites qui venaient demain à l'occasion de son anniversaire. Elle m'a même confié vos projets. Il paraît que Ted a des places pour assister au match des Phillies et que vous irez tous ensemble.

— Clara, pourriez-vous rester ici jusqu'à mon retour?

Comme elle acquiesçait, Léa attrapa ses clés de voiture et son sac à main, qu'elle avait posés à la hâte en entrant sur la table de la cuisine, avec une pile de livres. A côté, le dîner de sa tante refroidissait sur un plateau.

5

— Si, par hasard, tante Janice revenait toute seule, appelez-moi sur mon portable.

— Bien entendu.

Clara jeta un coup d'œil à la pendule murale.

— J'ai le temps. Il faut juste que je sois rentrée pour réveiller mon fils qui travaille en ce moment dans l'équipe de nuit.

— Très bien.

La vieille femme la suivit dans l'entrée.

S'arrêtant devant une petite desserte, Léa prit une photographie enca-drée — un cliché de Janice avec Ted et les petites posant devant la Cloche de la Liberté[1]. D'un geste sûr, elle fit glisser le carré de feutre au dos du cadre et en sortit la photo, qu'elle fourra dans la poche de sa veste.

— Vous voulez que je prévienne la police ? demanda Clara en essuyant une larme du revers de la main. Ça fait moins d'une heure qu'elle est partie, mais on ne sait jamais... En ville... Avec tous ces voyous qui traînent de nos jours... Et cette pauvre Janice qui erre en chaussons et en robe de chambre...

— Attendez un peu, elle n'est peut-être pas loin. Je vais faire le tour du pâté de maisons, répondit Léa en ouvrant la porte d'entrée. Je les appellerai moi-même, si je ne la trouve pas.

Elle ne jugea pas utile d'expliquer que, la semaine précédente, les policiers ne l'avaient pas aidée le moins du monde à retrouver sa tante. Elle avait au contraire perdu un temps précieux à répondre à leurs ques-tions. A la suite de quoi, ces messieurs n'avaient pas jugé l'affaire suffi-samment grave pour se déplacer. Finalement, c'était son frère qu'elle avait appelé à la rescousse, et ils avaient écumé ensemble les rues de la ville en voiture, jusqu'à découvrir Janice à 2 heures du matin, dans une ruelle du quartier, recroquevillée près d'une benne à ordures. Elle sanglo-tait doucement comme une enfant perdue. A ce souvenir, Léa sentit sa gorge se nouer.

Elle sortit dans la petite rue et décida d'entreprendre ses recherches à pied. Cette fois, elle ne voulait pas déranger Ted. D'autant qu'il avait les petites. Il se réjouissait tant de passer ces deux jours avec elles. La semaine suivante, il allait devoir affronter Marilyn pour la garde. Inutile de lui gâcher son week-end.

Des maisons identiques s'alignaient en rang serré le long de la rue. Une vieille camionnette la dépassa lentement. A l'intérieur, un homme braillait, visiblement en colère, et la femme qui l'accompagnait eut un rire strident. Le cœur battant, Léa serra fermement ses clés de voiture dans sa main, accéléra le pas vers le bout de la rue et tourna au coin. Vérifiant chaque ombre, chaque porche, elle se dirigea vers l'endroit où ils avaient retrouvé Janice la dernière fois.

Un peu plus loin, le carillon d'une église sonna 22 heures. A deux rues de là, elle croisa un groupe tapageur. Sans doute des types qui sortaient du bar voisin. L'un d'eux lui lança une plaisanterie grossière, et ses copains s'esclaffèrent. Elle se hâta de passer son chemin.

Elle songea aux nombreuses discussions qu'elle avait eues avec Ted au sujet de leur tante. Deux ans et demi auparavant, quand Janice avait pris sa retraite après une longue carrière d'enseignante, elle était tout naturellement venue s'installer à Philadelphie, près des neveux qu'elle avait élevés, la seule famille qui lui restait.

Au début, ils avaient été heureux. Léa occupait un poste d'assistante sociale dans l'une des écoles publiques de la ville. Quant à Ted, il n'habitait qu'à une heure au nord, dans le comté de Bucks, avec sa femme et ses enfants. Ils étaient tous réunis. La vie était belle.

Jusqu'à ce que ce bel équilibre s'effondre peu à peu.

Cela avait commencé par des problèmes de couple entre Marilyn et Ted. Ils s'étaient séparés. Ensuite, on avait diagnostiqué un début d'Alzheimer chez Janice. Quelques semaines plus tard, le budget de l'école avait été réduit, et Léa avait perdu son emploi.

En traversant Broad Street, elle évita de justesse une voiture qui ne prenait pas la peine de s'arrêter aux feux rouges. Elle ne cessait de prier pour que sa tante soit partie dans la même direction que la semaine précédente.

La vieille femme ne pouvant plus vivre seule, Léa l'avait prise chez elle. Depuis qu'elle avait perdu son emploi, elle suivait des cours du soir à l'université de Temple afin de décrocher un diplôme, tout en essayant de survivre en cumulant les petits boulots dans la journée. Ted avait emménagé dans un appartement au nord de la ville et venait régulièrement la relayer auprès de leur tante. Tout en considérant que, à son âge et dans son état, cette dernière ne pouvait plus vivre dans ce quartier reculé du sud de Philadelphie.

Léa reconnaissait qu'il avait raison. La maladie de Janice évoluait rapidement, et elle-même allait bientôt devoir chercher un travail à plein temps. Il lui faudrait alors déménager dans une ville où la vieille dame ne serait pas en danger chaque fois qu'elle ferait un pas hors de la maison, une ville où elle pourrait sortir, où on la connaîtrait.

Si Léa répugnait à s'éloigner de Ted, elle envisageait sérieusement de retourner dans le Maryland où Janice avait vécu toute sa vie, avant de les rejoindre à Philadelphie. Elle avait déjà transmis son curriculum vitæ à des connaissances de la banlieue de Baltimore qui lui avaient peut-être décroché un emploi. Mais rien n'était encore fait, et elle préférait ne pas se réjouir trop vite.

Comme elle arrivait là où Janice s'était réfugiée l'autre fois, elle sentit son estomac se nouer. C'était une impasse mal éclairée dans laquelle ne donnaient que des arrière- boutiques. Tous les commerces étant fermés à cette heure, l'impasse paraissait lugubre. Elle faisait preuve de beaucoup d'optimisme en espérant retrouver sa tante au même endroit, songea-t-elle avec ironie. Mais cela valait quand même le coup de vérifier.

Avant de s'engager dans l'impasse, elle s'arrêta pour observer la rue qu'elle venait de remonter et remarqua deux femmes assises sur un perron. Un peu plus loin, un groupe d'adolescents — une dizaine de garçons et de filles — écoutaient du rap sur une chaîne portative. Glissant la main dans sa poche, elle lâcha ses clés et empoigna son arme d'autodéfense — une bombe anti-agression. Alors seulement, elle s'engagea dans la pénombre de la petite ruelle.

Tout le long du trottoir, des bennes à ordures couvertes de graffitis débordaient d'immondices, et la ruelle était jonchée de bouteilles vides et de canettes. Léa avançait lentement, fouillant du regard chaque recoin, chaque porche. Entre deux poubelles, elle vit briller les yeux d'un chat qui la fixaient sans ciller. Elle avait presque atteint le bout de l'allée quand elle remarqua une petite silhouette blottie contre un mur en brique. Elle poussa un soupir de soulagement.

— Janice, appela-t-elle doucement. Tante Janice.

Pas de réponse.

En s'approchant, son pied heurta une bouteille qui roula bruyamment sur le trottoir avant d'aller se fracasser contre la roue d'une des bennes à ordures. La silhouette se redressa légèrement et, tournant la tête vers elle, lui lança une volée d'obscénités.

— Pardon, murmura Léa en reculant. Je vous avais prise pour quelqu'un d'autre.

Elle fit demi-tour sans demander son reste. Elle commençait sérieusement à s'inquiéter, maintenant. En parcourant de nouveau la rue des yeux, elle s'aperçut que les deux femmes étaient parties, mais pas les adolescents. Ils écoutaient toujours leur musique, rassemblés sur les marches d'un escalier. Elle les rejoignit. Deux des garçons lui tournèrent ostensiblement le dos tandis que les filles lui lançaient des regards renfrognés, empreints d'hostilité.

Elle tira la photographie de Janice de sa poche et la replia de façon à dissimuler les visages d'Emily et d'Hanna.

— Excusez-moi. Pourriez-vous m'aider, s'il vous plaît ?

Quelqu'un monta le volume de la musique, et deux des filles s'éloignèrent vers le coin de la rue.

— Est-ce que l'un de vous aurait vu cette femme ?

Tenant la photographie à bout de bras, elle avança au milieu du groupe.

L'un des garçons s'approcha d'elle en roulant les mécaniques. Il passa un bras autour de ses épaules et se pencha sur le cliché avec un intérêt exagéré.

— Qu'est-ce qu'elle a fait, mon chou ? Elle t'a piqué ton mec ?

Elle lui décocha un coup sec dans les côtes et repoussa son bras, lui arrachant un cri de douleur. Les autres se mirent à rire. Elle exhiba le cliché à la ronde.

— Écoutez... Voilà dix dollars. Vous l'avez peut-être croisée dans la rue... Elle est probablement perdue et...

— Vous rigolez ou quoi ? lança quelqu'un dans son dos. Dix dollars ! Je vous renseigne pour cinquante.

Un Noir qui venait tout juste de se joindre au petit groupe s'avança vers elle et lui prit la photographie des mains.

— Faites voir...

Il fit quelques pas pour observer le cliché à la lueur d'un réverbère.

— Elle porte une robe de chambre à fleurs, expliqua Léa qui lui emboîta le pas. Et des chaussons roses. Elle est petite. A peu près de cette taille-là, précisa-t-elle en joignant le geste à la parole. Elle a des cheveux gris coiffés en queue-de-cheval.

L'adolescent regarda encore le cliché à la lumière.

— Vous l'avez vue ?

Son intonation avait dû trahir sa détresse, car il leva les yeux vers elle en haussant les épaules.

— Combien vaut-elle, pour vous ?

— Je n'ai pas cinquante dollars sur moi. Je n'en ai que dix, murmura Léa. Mais, si vous m'aidez, je vous apporterai le reste demain.

— Ben voyons...

Après une légère hésitation, il haussa de nouveau les épaules et lui fit signe de le suivre. Ignorant les rires et les commentaires derrière eux, elle s'exécuta.

— Jamal s'est dégoté une Blanche...

— Dis donc, Jamal... Tu vois pas qu'elle pourrait être ta mère ?

— Je ne voudrais pas détruire votre réputation, Jamal, plaisanta Léa, histoire de détendre l'atmosphère.

Mais elle avait la peur au ventre.

— Votre mère ? demanda-t-il en lui rendant la photographie.

— Non. Mais c'est tout comme. C'est ma tante, et elle m'a élevée.

— Qu'est-ce qu'elle a ? Elle est dingue ?

— Non. Seulement, parfois, elle perd un peu la boule... Elle oublie son nom, elle ne sait plus qui elle est, ni où elle habite. Elle déambule dans les rues sans savoir comment rentrer chez elle.

— Alzheimer?

— Oui.

— Ma grand-mère a la même chose.

— Oh ! Désolée.

L'adolescent s'engageait maintenant dans une rue vraiment louche. Une demi-douzaine de carcasses de voiture gisaient le long du trottoir défoncé, et les habitations étaient tellement délabrées qu'on les aurait crues abandonnées.

Léa marqua un temps d'hésitation.

— Vous savez où elle se trouve, n'est-ce pas ?

— Ouais.

Arrivé au bout de la rue, il s'arrêta et désigna du menton l'arrêt de bus en face d'eux.

— Elle est juste là. Elle était assise peinarde quand je suis passé tout à l'heure. Elle avait l'air de parler toute seule.

Léa sentit son cœur bondir à la vue de sa tante qui se dandinait d'avant en arrière, installée sur le banc. Ses chaussons un peu trop larges se balançaient au bout de ses pieds fins, et elle parcourait la rue du regard avec une expression hagarde, comme si elle cherchait quelque chose.

Prête à traverser la rue pour la rejoindre, Léa se ravisa et se retourna.

— Désolée... J'ai failli oublier, s'excusa-t-elle en fouillant dans son sac à main.

— Vous fatiguez pas, répliqua le garçon. Vous devriez mieux la surveiller.

Sans lui laisser le temps de protester, il lui tourna le dos et s'éloigna. Elle se dirigea vers l'arrêt de bus, un goût amer dans la bouche. Elle faisait de son mieux, elle ne négligeait pas sa tante. Et ne méritait pas ce reproche déguisé.

La vieille femme ne la vit pas arriver. Pourtant, quand Léa se glissa près d'elle sur le banc, ses yeux gris s'illuminèrent, signe qu'elle la reconnaissait.

— Tu arrives à temps. Le bus va passer dans une minute.

Elle scrutait la rue avec anxiété.

— Et où veux-tu aller, tatie ? s'enquit Léa en voyant en effet un bus approcher.

— Chercher Ted. Il nous attend.

Le bus atteignait l'arrêt. Janice agrippa la main de Léa et se leva.

— Viens.

— Mais Ted a sa voiture et il est déjà en route.

Léa fit un signe de dénégation au conducteur qui leur ouvrait la porte. Doucement, elle passa un bras autour des épaules de sa tante et reprit avec elle la rue en sens inverse.

— Il sera là demain matin, avec les petites.

— Avec qui ?

— Les petites. Tu sais bien... Hanna et Emily.

L'air angoissé, la vieille femme suivit des yeux le bus qui s'éloignait.

— Ted ne trouvera pas son chemin.

— Mais si, tatie. Ne t'inquiète pas. Ted ne se perd jamais. Tu le verras demain.

Léa passa son bras sous le sien et l'entraîna lentement vers la maison.

— Parlons un peu de demain, justement, enchaîna-t-elle. Sais-tu que j'adore les anniversaires ?

— De quel anniversaire parles-tu ?

— Du tien, pardi ! s'exclama-t-elle en riant de bon cœur.

Léa sentit l'émotion la submerger. Seigneur, comme elle l'aimait !

— L'anniversaire de qui ? redemanda Janice avec un large sourire.

— Le tien, bien sûr ! dit Léa en lui tapotant affectueusement la main. Mais pas question d'ouvrir tes cadeaux avant demain.

La vieille dame ne se souvenait pas que c'était son anniversaire. Une nouvelle manifestation de sa maladie.

Elles prirent leur temps pour rejoindre la maison. A mesure qu'elles parlaient, Janice semblait se détendre et reprendre confiance. Lorsqu'elles atteignirent le porche de l'immeuble qui abritait leur petit appartement, la vieille dame avait retrouvé une partie de son calme et de sa lucidité.

A l'intérieur, Clara les attendait. Elle avait rallumé la télévision.

— Vous avez fait peur à votre nièce, Janice, lui reprocha-t-elle. Vous ne devriez pas...

Léa lui fit signe de se taire. Après avoir installé sa tante dans son fauteuil préféré, elle prit Clara par le bras et l'entraîna à l'écart.

— Pas la peine. Elle ne se souvient même pas du moment où elle a quitté la maison.

— Vous avez raison, ma chérie. Dans son cas, les reproches ne servent à rien. Mais vous devriez la placer dans une maison spécialisée. Si elle se met à fuguer tous les jours, elle va devenir une charge trop lourde pour vous et votre frère. Et quelqu'un de mon âge ne peut pas la surveiller efficacement, vous le savez bien.

— Janice a passé une mauvaise nuit, hier. Voilà tout. Elle n'est pas tout le temps comme ça. Merci d'être restée, Clara.

— Ce n'est rien. Mais j'insiste, vous devriez envisager de…

— Je sais. J'y songerai, promit-elle en réprimant une pointe d'agacement. Bonne nuit, Clara.

Sur ces mots, elle la poussa gentiment sur le palier et ferma la porte derrière elle.

Lorsqu'elle se retourna, Janice se tenait debout près de son fauteuil, les yeux rivés au poste de télévision.

— Ted ne viendra pas, dit-elle.

— Mais si, tatie. Bien sûr qu'il viendra.

Après avoir fermé la porte à clé et mis la chaîne de sécurité, Léa se dirigea vers la cuisine. Elle n'envisageait pas une seconde d'envoyer sa tante dans l'un de ces établissements où les vieillards étaient laissés à l'abandon. Ted et elle lui devaient beaucoup, et aucun d'eux n'avait oublié ce qu'elle avait fait pour eux. Elle resterait ici.

— Léa!

— Oui, tatie, j'arrive. Assieds-toi, je nous prépare à manger, répondit-elle en débarrassant le plateau-repas qui avait refroidi.

— Ted ne viendra pas, répéta obstinément la vieille femme.

Elle avait haussé le ton. Léa crut déceler une note de panique dans sa voix.

— Tu as raison. Il ne vient pas ce soir. Mais il sera là demain, pour le petit déjeuner, avec les filles.

Elle sortit du Frigidaire un récipient contenant de la soupe et le glissa dans le four à micro-ondes.

— Non… Non… Il ne viendra pas, il ne viendra pas.

Cette triste mélopée la fit sortir de la cuisine. De grosses larmes roulaient sur les joues de Janice qui frissonnait de tout son corps.

— Allons, tatie…

Elle attira sa tante sur le canapé et la serra dans ses bras comme une enfant. Elle avait l'habitude, maintenant, de ses brusques changements d'humeur qui faisaient partie de la maladie.

— Nous allons faire un bon dîner et, demain, il sera là, plus tôt que tu ne crois…

— Il ne viendra pas.

Dans la vitrine disposée face au poste de télévision, Léa perçut du coin de l'œil des images vaguement familières. Elle se retourna. Une journaliste, dans une rue sombre. Derrière elle, on voyait des camions de pompiers, des voitures de police et, un peu plus loin, les restes calcinés d'une maison.

«... tout ce que nous savons pour le moment, disait la journaliste. Un triple meurtre, ici même, à Stonybrook, une petite ville sans histoires du comté de Bucks... »

Léa se raidit, à l'écoute.

«... Le cadavre de Marilyn Hardy, âgée de trente-trois ans, a été découvert dans sa cuisine. Nous venons tout juste d'apprendre que l'on a retrouvé à l'étage les corps partiellement calcinés de ses deux petites filles... »

Léa ne bougeait pas, pétrifiée. Dans ses bras, Janice tourna la tête vers l'écran.

«... D'après les premières constatations de la police, la jeune femme aurait été poignardée à mort avant le début du sinistre... »

Incapable de bouger ni de parler, Léa laissa échapper un râle désespéré. Elle étouffait. Hébétée, anéantie, elle ne pouvait détacher son regard de la journaliste.

« ... La jeune femme était sur le point de divorcer de son mari, Ted Hardy. Celui-ci a été arrêté sur les lieux du drame, il y a une heure. Il se trouve en ce moment même en garde à vue... »

Janice laissa échapper un sanglot et riva ses yeux dans ceux de Léa.

— Je t'avais dit que Ted ne viendrait pas.

Chapitre Un

Deux ans plus tard

PENCHÉE AU-DESSUS DE LA CUVETTE, Léa s'appuya contre le carrelage froid des toilettes du tribunal de Doylestown et s'efforça de maîtriser un haut-le-cœur. Son estomac la trahissait.

Après avoir tiré une seconde fois la chasse d'eau, elle sortit en titubant de la cabine aux murs gris et se dirigea vers le vieil évier en porcelaine. Ouvrant en grand le robinet d'eau froide, elle se rinça la bouche avant de s'asperger copieusement le visage. L'eau glacée rafraîchit à peine sa peau brûlante.

La porte qui donnait sur le couloir s'ouvrit, et une femme chaussée de talons aiguilles entra dans la pièce. Tirant à la hâte quelques serviettes brunes du distributeur de papier, Léa feignit de s'essuyer pour dissimuler son visage. Elle entendit la nouvelle venue s'enfermer dans une cabine et leva la tête vers le miroir. Seigneur, qu'elle mine épouvantable...

Le léger trait de crayon qu'elle avait tracé le matin de façon à souligner son regard s'étalait à présent en cercles noirs autour de ses yeux boursouflés. Et, comme si ça ne suffisait pas, elle avait le nez rouge, les lèvres exsangues et la peau marbrée.

Quand l'intruse aux talons hauts tira la chasse d'eau, elle fouilla dans son sac à la recherche de ses lunettes noires. La femme réapparut et s'approcha des lavabos en la dévisageant ouvertement.

Après avoir essuyé les ombres noires sous ses yeux, Léa contempla dans la glace son visage tourmenté. Un visage qu'elle ne reconnaissait plus. Elle s'efforça de prendre un air serein, respira à fond, puis sortit des toilettes en se préparant à affronter l'inévitable.

Ses genoux se mirent à trembler lorsqu'elle pénétra dans la salle d'audience presque comble. L'horloge murale marquait 15 h 59. Elle essaya de regarder droit devant elle, sans se laisser impressionner par le murmure qui s'élevait dans le public tandis qu'elle rejoignait sa place. Stéphanie Slater, la mère de Marilyn, prononça quelques mots à voix haute quand elle passa à sa hauteur, mais Léa ne tourna même pas la tête dans sa direction. Ça faisait longtemps qu'elle avait résolu d'ignorer ses sarcasmes et ses menaces à peine voilées.

Le représentant du ministère public entra dans la salle à 16 heures pile, accompagné de trois assistants. L'avocat de Ted, David Browning, n'arriva que six minutes plus tard, vêtu d'une de ses chemises dont le col boutonné rehaussait son bronzage impeccable et d'un costume gris anthracite flambant neuf. Il lui adressa un signe de tête amical auquel elle ne répondit pas.

La semaine précédente, elle avait reçu sa dernière note de frais. Jeune avocat, Browning appartenait à un cabinet d'excellente réputation, mais elle ne pouvait s'empêcher de se demander combien de séances de bronzage et de manucure il s'était offertes avec la somme astronomique qu'elle lui avait versée. Sans compter sa collection de costumes Armani, un pour chaque jour de la semaine.

Elle baissa la tête. Elle avait terriblement besoin de décharger son angoisse. Et, vu tout ce qu'elle reprochait à David Browning, il faisait un excellent bouc émissaire.

Une porte s'ouvrit sur sa droite, et ce fut comme si des griffes se plantaient dans ses entrailles. Son frère entra, encadré par deux policiers en uniforme. Une fois de plus, elle fut frappée par sa maigreur et ses traits tirés. Elle contempla la barbe blonde et grise qui recouvrait un visage autrefois séduisant et éclatant de santé. Il n'avait que trente-cinq ans, mais on lui en aurait donné vingt de plus. Son regard était celui d'un vieillard qui n'attend plus rien de la vie.

Lui non plus, elle ne le reconnaissait pas.

Les douze jurés allaient annoncer la sentence contre Ted Hardy. Seulement, ce dernier ne semblait pas concerné. Il avait abandonné la partie depuis longtemps. Depuis son arrestation. Deux ans déjà.

Léa refoula les larmes qui lui piquaient les yeux. Alors que Ted s'installait à la barre des accusés sans un regard pour elle, elle comprit qu'il cherchait à rompre son dernier lien avec le monde des vivants et se sentit plus seule et perdue qu'elle ne l'avait jamais été durant toute sa vie.

La semaine précédente, elle ne lui avait même pas proposé de demander une permission afin qu'il puisse assister aux funérailles de leur tante dans le Maryland. Il aurait refusé. Elle avait donc prononcé seule l'éloge funèbre devant les visages attristés de ceux qui avaient été les amis de Janice. C'était là que, désespérée, elle avait pris conscience qu'elle n'avait plus personne. Elle avait atteint le fond.

La cour s'installa suivant le rituel d'usage. Léa n'y prêta pas grande attention, tant elle y était habituée. Elle y pensait jusque dans ses rêves.

La voix de l'huissier la ramena à la réalité : le moment était venu d'entendre le verdict. Aussitôt, un silence de mort tomba sur la salle d'audience. Les mains agrippées aux genoux, bien droite, elle fixa la nuque de Ted.

— Le président des jurés peut-il se lever ?

Son regard glissa vers le huitième juré, un homme d'affaires plutôt âgé, vêtu d'un costume bleu marine. Elle ôta ses lunettes noires de façon à mieux l'observer. Mais son visage impassible ne montrait rien. Impossible de deviner ce qu'il allait dire.

— Les jurés ont-ils rendu leur verdict ? s'enquit le juge.

— Oui, Votre Honneur.

Elle eut la chair de poule en l'entendant répondre avec tant de détachement.

— A l'unanimité ?

— Oui.

S'apercevant qu'un de ses pieds battait nerveusement le sol, elle appuya sa main sur son genou pour bloquer ce mouvement involontaire.

— Attendu que le prévenu, Théodore John Hardy, ici présent, a été reconnu coupable de meurtre au premier degré sur la personne de Marilyn Hardy, coupable de meurtre au premier degré sur la personne d'Emily Hardy, coupable de meurtre au premier degré sur la personne d'Hanna Hardy, quel est votre verdict ?

Léa retint sa respiration.

— La peine de mort.

Derrière elle, quelqu'un poussa un cri étouffé. Il lui sembla que Stéphanie éclatait en sanglots. Puis un bourdonnement monta dans le public. Une bousculade. Les journalistes se précipitaient dans l'allée avec leurs appareils photo, comprit-elle à contretemps. Sentant les larmes lui brûler les yeux, elle remit ses lunettes noires. Sa gorge la serrait à l'étouffer.

Des coups de marteau se firent entendre depuis la chaire du juge.

— Je vous remercie, vous pouvez vous asseoir, déclara l'huissier en élevant la voix pour couvrir le brouhaha.

— Votre Honneur, intervint David Browning, nous demandons que les membres du jury répondent un par un à la question.

Le juge acquiesça d'un signe de tête. Léa regarda son frère. Il semblait toujours aussi indifférent à la scène.

Le juge adressa un signe à l'huissier qui se retourna vers les douze jurés.

— Veuillez, s'il vous plaît, vous lever et énoncer votre verdict à haute et intelligible voix lorsqu'on prononcera votre nom et votre numéro.

La gorge de plus en plus serrée, Léa gardait les yeux fixés sur Ted. L'huissier questionna les jurés tour à tour, répétant chaque fois les trois chefs d'inculpation. L'un après l'autre, les huit femmes et les quatre hommes se levèrent pour prononcer les mêmes terribles mots, haut et fort, afin d'être entendus de tout le public.

Ted ne fit pas un mouvement, ne cilla pas une seule fois. Il paraissait ailleurs.

« La peine de mort. »

Léa était anéantie chaque fois qu'elle revoyait les visages frais et innocents d'Emily et d'Hanna. Ted n'avait pas pu faire ça. Jamais il n'aurait mis le feu à la maison en sachant que ses deux petites filles dormaient à l'étage.

« La peine de mort. »

Marilyn n'était pas parfaite, certes, mais il l'avait suffisamment aimée pour l'épouser et lui donner deux enfants. Il ne l'aurait pas tuée à coups de couteau.

« La peine de mort. »

— Votre Honneur, les membres du jury ont répondu...

La voix de l'huissier continuait à résonner dans la salle, mais Léa n'écoutait plus.

Ted n'avait pas pu faire ça.

Elle se mit à trembler de tout son corps, blessée jusqu'au plus profond de son âme. Elle saignait, et de sa plaie invisible s'échappaient les souvenirs qu'elle refoulait depuis trop longtemps.

Les images d'un autre meurtre s'interposèrent dans son esprit, des images enfouies jusque-là dans sa mémoire au prix d'un effort surhumain, des images d'une violence insoutenable. Elle avait onze ans et Ted quinze quand ils les avaient trouvés en rentrant à la maison. Elle les voyait en ce moment même, étendus sur le sol de la cuisine, aussi clairement qu'elle les avait vus alors. Le sang. Le hurlement qu'elle avait poussé. Le visage terrifié de son frère. Et son silence tandis qu'il contemplait fixement les corps de leurs parents.

Un meurtre-suicide, selon la police de Stonybrook. John Hardy avait poignardé sa femme à vingt-sept reprises, avant de prendre un revolver dans le tiroir de son bureau et de se faire sauter la cervelle.

Sans la moindre hésitation, Janice Hardy, leur unique parente, avait accepté de recueillir les deux enfants et de les élever. Ils avaient vécu avec elle dans la petite ville du Maryland où elle enseignait, et elle avait fait de son mieux pour les délivrer de leurs cauchemars.

La voix du juge ramena soudain Léa à la réalité.

— Messieurs et mesdames les jurés, la loi m'interdit de commenter votre décision de quelque façon que ce soit. Aussi m'en abstiendrai-je...

Elle contempla la robe noire du juge. Au moment de la mort de leurs parents, tout le monde avait cru que le drame leur laisserait des séquelles psychologiques qui se manifesteraient tôt ou tard. Browning lui-même semblait croire à la culpabilité de Ted, sans doute pensait-il qu'il fallait chercher l'explication de son geste dans son passé. Mais elle savait qu'il avait tort.

Parce que c'était grâce à son frère qu'elle avait surmonté sa douleur. Il lui avait appris à vivre sans leurs parents. Il l'avait fait rire, il l'avait soutenue, il l'avait aimée.

Elle posa les yeux sur lui. Il était toujours docilement assis près de son avocat, le regard dans le vague.

Puis elle revint vers la cour. Les jurés étaient sortis, et il ne restait plus dans le box que des chaises vides. Le juge s'adressait à Ted.

— ... la peine qui vient de vous être infligée vous permet de faire appel auprès de la Cour suprême de l'Etat de Pennsylvanie.

D'une voix monocorde, il lut le document relatif à la demande d'appel. Léa le connaissait déjà. Tout n'était pas fini. Elle ne laisserait pas mourir son frère, elle se battrait jusqu'au bout.

— Vous avez dix jours pour effectuer les formalités nécessaires.

Elle regarda fixement David Browning. Leur avocat, l'homme chargé de défendre leurs intérêts. Elle se demanda s'il écoutait vraiment. Il ne prenait pas de notes. Quant aux deux juristes qui l'assistaient — deux novices fraîchement émoulus de l'université —, ils paraissaient à peine plus concernés que lui. L'un d'eux ferma même d'un coup sec son attaché-case, comme s'il avait hâte de sortir.

Une bouffée de rage impuissante lui fit monter le rouge aux joues. C'était au cours du procès qu'elle s'était rendu compte que Browning n'avait pas l'envergure nécessaire. Trop tard pour engager quelqu'un d'autre, sans compter que Ted ne coopérait pas le moins du monde et qu'elle avait déjà fort à faire avec la maladie de Janice. Le pire toutefois, elle l'avait vécu lors de la plaidoirie, en s'apercevant que Browning ne se donnait même pas la peine de chercher à convaincre les jurés.

Assis près de ses défenseurs, Ted continuait à fixer obstinément la table d'un regard vide, pendant que le juge décrivait la procédure à suivre en cas d'appel. Browning ne prit pas une seule fois son stylo.

Il lui fallait un autre avocat. Elle y songeait depuis un moment, comme de vendre leur vieille maison de famille à Stonybrook afin de financer l'entreprise. L'argent lui permettrait d'engager quelqu'un de compétent, quelqu'un qui se battrait réellement pour Ted.

— En attendant le dépôt de votre dossier, poursuivait le juge, le tribunal se réserve le droit de réclamer une expertise psychiatrique menée par des médecins rattachés à la cour d'appel. Des questions, maître Browning ?

L'avocat et ses deux assistants ne bronchèrent pas. C'était la routine, à leurs yeux. Un jour comme les autres, un prisonnier de plus dans les couloirs de la mort. Pas de questions. Pas de commentaires. Rien.

Elle serra les poings. Elle aurait voulu envoyer quelque chose à la figure de ce nul. « Dis quelque chose! »

— Très bien. La séance est levée.

Deux policiers s'approchèrent de Ted qui avait l'air toujours aussi indifférent.

— Ted!

Sans même s'en rendre compte, Léa s'était penchée en avant en criant son nom. Il fronça les sourcils, mais ne sembla pas la reconnaître. Il se leva sans un mot et se dirigea vers la porte.

L'avocat s'adressa à lui à voix basse. Ted secoua la tête en signe de dénégation. C'était la première fois depuis le début du procès qu'elle les voyait communiquer. L'avocat se pencha un peu plus vers lui et parut insister. Cette fois, Ted lui tourna brusquement le dos en lâchant sèchement :

— Je vous ai répondu. Maintenant, laissez tomber.

Son amertume lui fit mal, et elle se tassa sur sa chaise. Incapable de détacher son regard du visage las de son frère, elle le suivit des yeux tandis qu'il sortait de la salle d'audience. David Browning s'en était plaint régulièrement : Ted ne coopérait pas, il avait même refusé l'expertise psychiatrique qui aurait pu lui sauver la vie.

— Mademoiselle Hardy ?

Quelqu'un lui toucha l'épaule. Se retournant, elle leva des yeux interrogateurs vers la jeune femme en uniforme qui se tenait devant elle. Son visage ne lui était pas inconnu, elle l'avait remarquée plusieurs fois à la porte de la salle d'audience.

— Je crois que vous avez laissé tomber ceci en entrant tout à l'heure.

Léa examina l'enveloppe blanche à son nom que la jeune femme tenait dans la main. Elle ne voyait pas quand elle aurait pu faire tomber quelque chose de son sac et ne se souvenait pas non plus d'y avoir mis une enveloppe. Mais elle tendit machinalement la main.

— Merci.

Elle surveillait Browning. Ce dernier s'entretenait amicalement avec l'un de ses collègues de la partie civile, un rouquin plutôt séduisant qui avait présenté les preuves matérielles pendant le procès. Ses assistants avaient déjà rejoint la foule amassée près de la porte. Elle aurait voulu lui parler avant qu'il ne parte, mais il ne semblait pas pressé.

Baissant les yeux vers l'enveloppe, elle y lut son nom et le numéro de la salle d'audience. Intriguée, elle l'ouvrit. A l'intérieur se trouvait une feuille de papier soigneusement pliée en quatre. Elle prit rapidement connaissance du message, puis fouilla du regard les sièges vides derrière elle. Personne, mis à part la jeune femme qui retournait se poster devant la porte.

Elle baissa de nouveau les yeux et relut :

« Ted est innocent. Je sais qui a fait le coup. »

— On m'a encore envoyé une lettre anonyme !

— Je le vois bien. Vous l'avez reçue à l'hôtel ?

— L'officier de faction l'a trouvée par terre, devant la salle d'audience.

— Je regrette, Léa, commenta-t-il tout en descendant l'escalier. C'est une mauvaise blague. Je pense que vous devriez l'apporter à la police.

— Pas question, dit-elle sèchement. Par ailleurs, je voudrais récupérer celles que je leur ai déjà remises.

— Ça risque de faire mauvais effet.

— Pour qui ?

— Écoutez, il y a une procédure administrative, des démarches... Il ne suffit pas de les réclamer.

— Je me moque des procédures. Tout ce qui m'importe, c'est de sauver mon frère. Mais, pour vous, l'affaire Ted Hardy est déjà classée, n'est-ce pas ?

— Vous révolter ne vous mènera à rien.

— Vous voulez savoir ce que c'est que de se révolter ?

Elle le saisit par la manche de sa veste et le tira violemment, l'obligeant à s'arrêter au milieu de l'escalier.

— J'en ai par-dessus la tête des flics, de vous et de vos assistants incompétents ! Vous n'avez jamais cru en l'innocence de Ted et vous n'espériez même pas sauver sa peau. Pourquoi avez-vous accepté de le défendre, David ? C'est comme ça que vous concevez votre métier ?

— Léa... Vous êtes à bout. Je le sais.

Il eut un soupir exaspéré et parcourut du regard le grand escalier en marbre.

— Écoutez... Vous êtes sous pression. Votre tante est morte la semaine dernière. D'ailleurs, j'aurais voulu assister à son enterrement, mais...

— Il ne s'agit pas de ça, l'interrompit-elle. Mon frère vient d'être condamné à mort. Vous comprenez ça ? A mort ! On va lui faire une piqûre, et pour lui ce sera la fin. Merde, vous êtes quand même son avocat ! Vous devriez être de son côté !

— Mais je le suis...

— Dans ce cas, pourquoi ne l'avez-vous pas aidé? Vous n'aviez même pas préparé votre dossier. Tous les jours, vous êtes venu vous asseoir comme une bûche pour écouter les témoins de l'accusation. Pas une fois vous n'avez réagi. Ensuite, vous les avez laissés démanteler votre pitoyable défense. Pourquoi n'avez-vous pas mis en avant la personnalité de Ted, ainsi que je vous l'avais suggéré ? Il n'a rien à voir avec le monstre que ces imbéciles se sont acharnés à décrire. C'était un père affectueux et un bon mari. C'est Marilyn qui ne tenait pas en place, c'est elle qui l'a poussé au divorce. Seulement, vous n'avez pas évoqué le problème une seule fois. Vous avez assisté passivement à son procès comme si son cas était sans espoir. Vous, son avocat !

— C'est faux.

Il secoua la tête en signe de désaccord, puis, comme à son habitude, il opta pour la fuite et recommença à descendre l'escalier. Aucun état d'âme. Elle ne mesurait qu'aujourd'hui à quel point il était sans cœur. Dire qu'il lui avait fallu deux ans pour le juger.

— Vous savez quoi ? poursuivit-elle sans le lâcher d'une semelle. Si le coupable apparaissait devant vous en avouant avoir poignardé Marilyn et mis le feu à la maison, vous ne bougeriez pas le petit doigt. Pourquoi se compliquer la vie ? On a rendu le verdict, vous avez touché vos appointements. L'affaire Théodore John Hardy appartient désormais au passé.

— Vous êtes vraiment injuste...

Il la considéra, les yeux plissés.

— Vous n'espérez quand même pas que le coupable va se réveiller brusquement et s'accuser du meurtre de Marilyn ? Surtout maintenant que Ted a été reconnu coupable?

— Vous vous trompez. Il nous reste une chance. Je la tiens là, dans ma main droite, martela-t-elle avec obstination alors qu'il atteignait le bas de l'escalier. Et je suis persuadée qu'une bonne demi-douzaine de chances de ce genre s'entassent dans le dossier de vos amis les flics. Entre celles que je leur ai transmises et celles qu'ils ont dû recevoir directement.

Plusieurs personnes se tournèrent dans leur direction. Dont un journaliste qui la harcelait depuis deux mois dans le but de décrocher une interview. Voyant que l'homme s'apprêtait à les rejoindre, David la prit par le bras et l'entraîna vers un bureau, au rez-de-chaussée.

Il referma la porte vitrée au nez du journaliste qui les avait suivis et balaya la pièce du regard. Derrière le comptoir, les bureaux étaient déserts. La pendule murale affichait 18 heures.

— Maintenant, Léa, écoutez-moi attentivement. Je sais que vous êtes bouleversée...

Comme elle ouvrait la bouche pour répondre, il leva la main dans un geste d'apaisement.

— ... et ça me paraît normal après ce que vous avez enduré ces deux derniers mois — voire ces deux dernières années. Mais, avant que vous ne vous précipitiez à la recherche du plaisantin qui a écrit cette lettre — que vous pensez à tort susceptible de sauver la situation —, il y a quelque chose d'utile et d'urgent à faire pour votre frère.

Son ton calme et détaché raviva sa colère. Il était décidément indifférent à tout, même aux insultes! Pourtant, elle s'efforça de contenir sa rage. Browning était encore l'avocat de Ted. Du moins, pour l'instant.

— Qu'entendez-vous par « urgent » ? Que pourrait-il y avoir de plus urgent que de prouver son innocence pour le sauver de la peine de mort ?

Il ôta posément une petite peluche accrochée à la manche de sa veste, puis consulta sa montre.

— Je ne veux pas en parler avant d'avoir épuisé toutes les possibilités. D'abord, il faut que je parle à mon client.

Elle se plaça devant lui et l'obligea à la regarder droit dans les yeux.

— Que voulez-vous dire par là ?

— Sachez que Ted refuse de faire appel. Il m'a clairement signifié que je n'avais rien à espérer de lui. Il a l'intention de refuser les visites des membres d'Amnesty International ou de toute autre association intervenant en faveur des condamnés à mort. Il s'attendait à ce verdict. Il ne veut pas non plus traîner pendant des années dans le couloir de la mort. D'où son refus de faire appel. Il m'a annoncé qu'il ne signerait pas, qu'il ne cautionnerait pas ce cirque.

Browning lui posa la main sur l'épaule en ajoutant :

— Ce sont ses propres mots. Il veut que le gouverneur signe son exécution. Votre frère attend la mort comme une délivrance.

Elle eut l'impression que les murs de la pièce se mettaient à vaciller autour d'elle.

— Mais vous ne voyez donc pas qu'il est dépressif! protes- ta-t-elle. Il ne s'est jamais remis de la mort de ses enfants. Tenez, sa tentative de suicide de l'année dernière le prouve ! Il aurait besoin de l'aide d'un psychiatre. Dans son état d'esprit actuel, il ne peut pas prendre de décision !

— Légalement, il le peut. Le tribunal l'a jugé sain de corps et d'esprit. Et je n'ai pas le droit de l'obliger à faire appel. Un avocat ne peut pas se permettre n'importe quoi. Si j'allais à l'encontre des décisions de mon client, je risquerais d'être radié du barreau. Mais nous n'en sommes pas là.

Elle se laissa aller contre le comptoir, trop bouleversée pour répliquer. Pourtant, des milliers d'arguments se bousculaient dans sa tête.

L'avocat adoucit la voix.

— Écoutez, Léa, j'ai appris qu'il ne faut jamais perdre espoir. Demain, je reparlerai de tout ça avec Ted. Vous devriez lui parler aussi. Vous êtes la seule famille qui lui reste. Faites appel à sa conscience. Dites-lui qu'il doit se battre, ne serait-ce que pour vous. Suppliez-le, s'il le faut. Vous êtes la seule personne à pouvoir le faire changer d'avis. Sa vie repose désormais sur vous.

D'un mouvement, elle dégagea sa main qui pesait toujours sur son épaule et se redressa.

— Ne vous inquiétez pas, assura-t-elle. Je lui parlerai. Nous n'aban-donnerons pas la partie.

— Huit hot dogs, deux bretzels, trois pop-corn.

— Deux hot dogs de plus, Hardy.

Ted acquiesça et se tourna vers le caissier d'un air confus.

— Pourriez-vous ajouter deux hot dogs à ma commande ? demanda-t-il en lui tendant un billet.

— Ted? Vous êtes Ted Hardy ?

Une douce pression sur son épaule. Se retournant vers la voix, il découvrit une séduisante jeune femme qui lui souriait. Son visage lui paraissait à présent vaguement familier. Comme tous les hommes qui se trouvaient là, il s'était retourné sur elle quand elle s'était approchée du stand, tout à l'heure. Elle était vêtue d'une courte robe portefeuille blanche, et il ne fallait pas beaucoup d'imagination pour se rendre compte qu'elle ne portait rien en dessous. Une tenue bien élégante pour un match de base-ball... Et pas très adaptée.

— Marilyn, dit-elle en éclatant de rire.

Elle avait un rire magnifique.

— Marilyn Foley. Ne me dis pas que tu ne te souviens pas de moi !

— Oh, bien sûr ! On était à l'école ensemble. A Stonybrook ! répondit-il précipitamment en se sentant rougir jusqu'aux oreilles.

Après toutes ces années, elle le troublait encore.

Comment aurait-il pu l'oublier ? Marilyn, la fille unique des Foley... Adolescent, il n'avait d'yeux que pour elle et il avait attendu deux ans qu'elle lui accorde un rendez-vous. Malheureusement, leur idylle avait tourné court, et il n'y avait pas eu de suite à cette première rencontre. Ted n'avait que quinze ans et aucune expérience. Il s'était montré à la fois pataud et trop empressé, et elle l'avait certainement jugé comme un parfait imbécile. Un vrai désastre !

— Votre commande, monsieur.

Il se retourna et prit son plateau.

— Tu as besoin d'un coup de main ?

Sans attendre sa réponse, elle abandonna sa place dans la file d'attente et vint à sa rescousse.

— Merci. Tu es seule ?

— Non. Je suis venue avec un ami et sa fille. Ils sont quelque part par là, ajouta-t-elle en désignant les gradins du menton.

Elle sourit.

— On se la trimballe partout, et je commence à en avoir ma claque. Tu as des enfants ?

— Oui, une dizaine.

Devant son air catastrophé, il ne put retenir un sourire.

— Mais seulement pour aujourd'hui. J'encadre un groupe de jeunes des quartiers pauvres avec un copain.

— Oh !... Une sorte de bénévolat...

— On essaie de leur montrer autre chose.

Il s'installa à une table et désigna un petit groupe bruyant qui venait lentement dans leur direction.

— Une chouette troupe. Après le match, on ira manger une pizza. Tu peux venir, si tu veux, avec ton ami et sa fille.

— *Trop de monde*, répliqua-t-elle en lui tendant le plateau. *Tu habites dans le coin ?*

— *Oui. Dans le centre-ville.*

— *Tu as une carte de visite ?*

Il fouilla dans la poche de son pantalon. A sa grande surprise, Marilyn considéra avec intérêt la carte qu'il lui tendait et la lut attentivement.

— *Industrie pharmaceutique. Impressionnant ! Eh bien, tu sembles être devenu quelqu'un de très... intéressant. A bien des points de vue.*

Son commentaire et son attitude ressemblaient à une invite.

Elle plongea la main dans son sac et en sortit un stylo.

— *C'est quoi, ton numéro de téléphone personnel ?*

Retournant la carte, elle l'appuya contre le torse de Ted afin de noter le numéro qu'il lui dictait. Leurs corps se frôlèrent, et il sentit son parfum l'envelopper.

— *Je t'appellerai*, murmura-t-elle d'un ton enjôleur. *Et je crois que je t'accorderai volontiers un rendez-vous... si tu me le demandes.*

Ted hocha la tête. Sa gorge était atrocement nouée. En la regardant s'éloigner, il ne put s'empêcher de l'imaginer nue sous sa robe.

Il allait avoir du mal à patienter jusqu'à la prochaine fois.

Chapitre Deux

Léa REGAGNA LE HALL, suivie de David Browning. Le journaliste avait disparu. Il était tard, et l'on ne voyait plus grand monde dans les couloirs.

— Voulez-vous que je vous raccompagne à votre hôtel ?

— Non, ça va, j'ai l'habitude.

Ils quittèrent le palais de justice ensemble. Murée dans un silence obstiné, elle n'avait pas envie de s'obliger à discuter poliment. Comme il l'avait si justement remarqué, la vie de Ted était maintenant entre ses seules mains. Elle ne pouvait pas compter sur lui.

— Je vous appelle demain.

— Très bien.

A peine eurent-ils atteint le trottoir qu'elle lui tourna le dos. Elle se sentait comme possédée et regrettait de ne pas avoir réagi plus tôt — s'en voulait, même. A partir de maintenant, elle allait engager une course contre la montre et n'avait plus une minute à perdre.

Elle rentra directement à l'hôtel où elle louait une chambre au mois depuis le début du procès.

En arrivant, elle trouva sur le répondeur un message de Betty Walters, l'agent immobilier chargé de vendre la maison de Stonybrook. D'un ton froid et professionnel, la femme déclarait qu'elle travaillait tard et que l'on pouvait la joindre dans la soirée. Impossible de savoir si elle avait de bonnes ou de mauvaises nouvelles à lui annoncer.

La maison de famille, celle où ils avaient découvert les corps de leurs parents, représentait leur unique héritage. Après la tragédie, ils avaient chargé une agence locale de la louer, ce qui leur avait procuré un petit revenu, modeste mais régulier. Léa aurait préféré s'en débarrasser, contrairement à Ted qui prétendait y être attaché. Comme il avait insisté pour la conserver, elle n'avait pas voulu le contrarier.

Les années passant, elle avait presque oublié l'existence de cet endroit maudit. Elle n'y était jamais retournée, ni ne s'en était plus préoccupée.

Mais maintenant, la situation avait changé. Elle avait besoin de l'argent que pouvait lui procurer cette maison une fois vendue. Cela lui servirait à payer ce qu'elle devait encore à Browning, à engager un nouvel avocat et peut-être un détective privé qu'elle chargerait de retrouver l'auteur des lettres anonymes. Ces fameuses lettres qui clamaient l'innocence de Ted.

La maison était vide depuis un an et demi, et les derniers occupants l'avaient laissée dans un état déplorable. Léa l'avait mise en vente dès leur départ, sachant que son modeste salaire ne suffirait pas à payer la défense de Ted. Les agents immobiliers lui avaient assuré qu'elle pouvait en obtenir un bon prix. Le problème, c'est qu'elle avait surtout besoin de vendre rapidement. Or, aucun acheteur potentiel ne s'était encore manifesté.

Elle se décida à composer le numéro de l'agence. Son agent immobilier, lui répondit-on, venait justement de s'absenter pour un rendez-vous à l'extérieur, mais on lui laisserait un message, et Betty ne manquerait pas de rappeler.

Pendant que Léa enlevait son tailleur, un flash d'information sur la chaîne de télévision locale annonça le verdict du procès. Le journaliste promettait des détails après une page publicitaire. Elle éteignit le poste. Elle n'avait pas envie d'entendre la suite. Ce n'était pas le moment de craquer.

Elle suspendit son tailleur sur un cintre en se demandant ce que la femme de l'agence pouvait bien avoir à lui dire. Elle n'avait pas eu de contact avec elle depuis deux mois. Et, la dernière fois, Betty lui avait encore demandé de baisser le prix.

Elle posa sur le lit l'enveloppe de réexpédition contenant le courrier qu'on lui envoyait encore au Maryland et s'allongea. Puis elle attrapa son bloc-notes ainsi que l'épais dossier sous enveloppe kraft que l'agence immobilière lui avait transmis quelques jours plus tôt, directement à l'hôtel. Elle n'avait pas encore eu le temps de le lire.

Avant d'ouvrir l'enveloppe, elle parcourut la première page de son bloc-notes. Elle y avait griffonné son budget — si l'on pouvait appeler ça un budget. Elle percevait un salaire de misère pendant les dix mois de l'année scolaire, et rien pendant les vacances. Ce qui signifiait qu'elle ne verrait pas l'ombre d'une fiche de paye durant les deux mois à venir.

Se penchant vers le porte-documents posé près du lit, elle en sortit un dossier. Elle savait qui allait remplacer David Browning. Une femme du nom de Sarah Rand. Cette fois, elle s'était bien renseignée. Elle avait même profité de ces deux mois passés à proximité du tribunal pour assister à l'une de ses plaidoiries. L'avocate avait du charisme, elle dégageait une grande force et inspirait confiance. Elle avait déjà défendu avec succès plusieurs personnes accusées d'homicide. Dernier atout et non le moindre : depuis qu'elle avait épousé Owen Dean, acteur de cinéma et star du petit écran, elle était devenue une célébrité nationale. Léa croyait fermement que mettre d'emblée le procès de son frère sous le feu des projecteurs éviterait qu'il soit bâclé comme la première fois.

Elle étudiait le devis de l'avocate quand le téléphone sonna. Elle se précipita pour décrocher. Comme elle s'y attendait, c'était Betty Walters, l'agent immobilier. Cette dernière se montra polie mais pas très chaleureuse. Léa en déduisit qu'elle savait déjà que Ted avait été condamné.

— Mademoiselle Hardy, nous vous avons adressé un dossier concernant votre bien, en début de semaine.

— Oui, Betty. Je vous remercie. Je l'ai bien reçu.

Elle allongea le bras vers l'enveloppe kraft, en fit tomber le contenu sur le lit et vérifia rapidement les documents.

— Les prospectus de vente, les annonces, les avis concernant la baisse du prix, les coupures de presse tirées des petites annonces parues dans les journaux locaux... Tout y est. Vous avez fait du bon travail. Soyez sûre que j'apprécie.

— Vous avez dû recevoir une lettre également.

Une lettre. Elle fouilla à l'intérieur de l'enveloppe de réexpédition et y trouva un autre courrier envoyé par l'agence.

— Une seconde, je vous prie.

Elle le décacheta et en sortit un épais dossier accompagné d'une lettre qu'elle lut rapidement. L'agence était désolée, mais, étant donné l'état de la maison, on lui conseillait de la restaurer avant de la vendre.

Elle soupira.

— Si je comprends bien, vous ne voulez plus vous occuper de cette maison.

— Vous ne trouverez pas acquéreur tant qu'elle sera dans cet état. Cela fait presque deux ans que nous essayons de la vendre. Nous avons fait de notre mieux, mais elle n'intéresse personne.

— Pourtant, j'ai lu plusieurs articles selon lesquels Stonybrook était en pleine expansion. Une maison pas trop chère, avec du cachet et quelques travaux, ça devrait bien intéresser quelqu'un, non ?

— Il ne s'agit pas de quelques travaux, mademoiselle Hardy. Si seulement vous acceptiez de venir jusqu'à Stonybrook pour y jeter un coup d'œil, vous verriez vous-même l'étendue...

— Malheureusement, mon emploi du temps ne me le permet pas, la coupa-t-elle en essayant de dissimuler sa déconvenue. Mais je veux absolument me séparer de cette maison. Il doit bien y avoir un moyen... Vous n'auriez pas une idée, Betty ? Après tout, vous êtes une spécialiste. D'après ce que je sais, votre agence est la meilleure de la région.

Le compliment avait dû porter, car il y eut un silence à l'autre bout du fil.

— Tout ce que je peux vous conseiller, c'est de la mettre aux enchères.

— Des enchères...

Cette perspective lui redonna soudain espoir.

— Pourquoi pas ? Ce serait une solution.

— Probablement. L'ennui — et je préfère vous le dire d'emblée —, c'est que vous n'en tirerez sûrement pas le prix que vous escomptiez au départ.

Léa attrapa la feuille sur laquelle elle avait griffonné son budget.

— C'est-à-dire?

— Difficile à évaluer. Ça pourrait grimper jusqu'à la moitié de la somme. Mais rien n'est moins sûr. Vous comprenez, dans l'état de délabrement où elle se trouve, nous serions obligés de démarrer avec un montant très bas. Sinon, ça n'intéresserait personne.

La moitié du prix... A peine suffisant pour payer Browning.

— Non. Ça ne me convient pas.

— Dans ce cas, je regrette, mademoiselle Hardy. Mais je crois que nous ne pouvons plus rien pour vous.

Comme Betty se confondait en excuses de principe, Léa mit rapidement fin à la conversation. En reposant le combiné, elle était en proie à une violente déception.

— Décidément, tout va mal...

Elle se laissa aller sur le lit, au milieu des dossiers et des enveloppes, et s'absorba dans la contemplation d'une fine craquelure au plafond.

Elle se rappelait avoir prononcé la même phrase avec Ted, au moment où ils avaient appris la maladie de Janice. Dans leur famille, avait-elle déclaré, le bonheur était dispensé au compte-gouttes, tandis que le malheur leur était livré par pleines charretées. Avant qu'elle se lance dans une longue tirade sur les injustices de la vie, Ted lui avait fait voir le bon côté des choses. Certes, la maladie de Janice représentait une nouvelle épreuve, mais elle leur donnait l'occasion de se rapprocher d'elle et de lui rendre l'amour qu'elle leur avait si généreusement donné. Et ils devaient s'estimer heureux d'être en mesure de l'aider.

Ted le battant.

Ted qui prétendait que les malheurs et les revers de l'existence les rendaient plus forts, qu'ils étaient jeunes, en bonne santé, et qu'ils les affronteraient ensemble.

Ted le sage.

Elle eut un sourire amer en songeant qu'elle reprendrait sûrement ces arguments quand elle aurait à le convaincre de lutter. Elle était prête à faire vibrer toutes les cordes, à le supplier, à jouer sur sa culpabilité. Tout serait bon pour le décider à affronter un nouveau procès. Et, cette fois, avec un défenseur digne de ce nom.

Elle reprit le dossier de l'agence immobilière. Il ne se passait pas un jour sans qu'elle ne lise un article sur l'extraordinaire progression de l'immobilier dans le comté de Bucks, et tout particulièrement à Stonybrook, qui présentait l'avantage de se trouver tout près de Philadelphie. Incroyable qu'elle n'arrive pas à vendre.

Et si elle donnait un coup de neuf à la maison ? Elle-même ? Elle gardait de bons souvenirs du bricolage en famille le dimanche, avec tante Janice et Ted. Sans compter qu'elle n'était pas novice en la matière. Lorsqu'elle était étudiante, elle avait travaillé pour une association humanitaire qui rénovait des logements destinés aux plus démunis. Puisqu'elle n'avait pas les moyens de payer un ouvrier, elle s'en chargerait elle-même. L'ennui, c'est que cela signifiait retourner à Stonybrook.

Elle appuya ses index contre ses tempes. Rien que d'y songer, elle sentit la migraine poindre. Elle chercha l'enveloppe blanche qu'on lui avait remise aujourd'hui au tribunal et relut le message une troisième fois.

« Ted est innocent. Je sais qui a fait le coup. »

Elle avait reçu d'autres lettres, envoyées pour la plupart de Stonybrook ou d'une ville voisine du comté de Bucks. Le comté de Bucks. Elle caressa du bout des doigts le cachet de la poste. Browning avait confié les lettres à un ami inspecteur de police, lequel les avait carrément ignorées. Selon lui, il s'agissait tout simplement d'un taré qui s'amusait à la faire souffrir.

Sauf qu'un mauvais plaisantin ne se serait pas acharné à lui écrire pendant si longtemps. Maintenant, elle était déterminée à engager un professionnel afin qu'il trouve ce mystérieux « informateur ».

Fouillant de nouveau dans les papiers qui jonchaient le lit, elle recherscha les publicités concernant des détectives privés. Et ses yeux tombèrent sur un paquet d'enveloppes blanches, semblables à celle qu'elle avait reçue aujourd'hui. Le paquet était glissé dans le dossier de l'agence immobilière, mais elle ne l'avait pas remarqué plus tôt.

Elle étala les enveloppes sur le lit. Il y en avait six, avec l'adresse tapée à la machine — rue des Peupliers, Stonybrook. Elle regarda attentivement le cachet de la poste, à peine visible. Les envois avaient commencé au début de l'année, et la dernière lettre remontait au printemps. Elle ouvrit la première.

« Ted est innocent. Si vous venez à Stonybrook, je vous révélerai l'identité du coupable. »

Elle prit la suivante.

« Je l'ai vu arriver à la maison. Elle était déjà morte. »

Léa se redressa sur le lit et attrapa vivement la troisième enveloppe.

« Certains la haïssaient plus que lui. Venez à Stonybrook. »

Certains ? Mais qui ? Elle continua d'ouvrir les enveloppes. Toujours le même message, inlassablement.

« Venez à Stonybrook... Venez à Stonybrook... »

En dépit des conclusions de la police, elle avait toujours pensé que quelqu'un d'autre — le véritable meurtrier — se trouvait sur les lieux ce soir-là, en plus de Ted. A présent, elle sentait l'espoir renaître à l'idée qu'une troisième personne avait assisté au drame et pourrait témoigner en faveur de son frère.

Elle s'empara de la lettre de Betty qui accompagnait le paquet d'enveloppes. Cette dernière expliquait que le courrier était arrivé dans la boîte aux lettres de la maison après le départ des derniers locataires.

Léa relut la première lettre à haute voix.

— Ted est innocent. Si vous venez à Stonybrook, je vous révélerai l'identité du coupable.

Il n'y avait plus à hésiter.

———

— Tu veux me faire perdre la tête, murmura Marilyn tandis que Ted l'aidait à s'asseoir.

Une fois qu'elle se fut installée, il prit place en face d'elle.

— Pourquoi dis-tu ça ?

— A cause de toute cette mise en scène, répondit-elle en caressant les pétales de rose qui jonchaient la nappe. Du vin. Un dîner aux chandelles. De la musique. Ces deux derniers mois, tu n'as pas arrêté de m'inviter dans des endroits merveilleux. Tu n'as pas besoin de te donner tant de mal. Ça se passe très bien au lit, entre nous.

— *Il me semble que ça ne te déplaît pas. Je dirais même que tu m'as semblé en manque.*

— *Détrompe-toi, j'ai toujours fait l'amour quand je le voulais...*

Il rit.

— *Je ne faisais pas allusion au sexe, Marilyn, mais aux sentiments.*

Leurs doigts s'enlacèrent. Elle ne quittait pas des yeux son visage séduisant.

— *Arrête de prétendre que seul le sexe t'intéresse, poursuivit-il gentiment.*

— *Mais c'est la vérité!*

— *Vraiment?*

Du pouce, il lui caressa doucement l'intérieur de la paume.

— *Alors, que fais-tu ici ? Pourquoi ne t'es-tu pas encore lassée de moi ?*

Elle n'aimait pas qu'il l'oblige à réfléchir, à constater à quel point sa vie devenait insipide dès qu'elle se trouvait loin de lui.

— *Je te comprends, Marilyn. Socialement, tu te conformes à ce que l'on attend de toi. Tu n'as pas le droit d'oublier que tu es une Foley. Mais une partie de toi refuse de se plier. Tu te révoltes dans ta vie amoureuse. Certains prétendent que tu es méchante, que tu n'hésites pas à faire souffrir tes amants. Mais moi, je sais que tu cherches seulement à attirer l'attention. Parce que tu as besoin de te sentir aimée.*

Il avait raison. Elle avait besoin de croire en l'amour.

Seulement, c'était trop tard.

La gorge serrée, elle lui pressa gentiment la main.

— *N'espère pas me changer, Ted. C'est impossible. Je serai toujours la même, et tu finiras sans doute par me haïr.*

— *Il faut avoir confiance, Marilyn. En toi, en moi. En nous. Nous sommes deux écorchés vifs, mais nous nous en sortirons.*

Chapitre Trois

Depuis le fond de son salon de coiffure, Sheila Desjardins entendit tinter le carillon de la porte d'entrée. Un client. Elle n'en avait pas encore terminé pour aujourd'hui.

— J'arrive tout de suite! lança-t-elle.

Elle se dépêcha de plier la dernière serviette et rangea la pile propre entre les lavabos. Puis, tout en se massant les mains avec une crème adoucissante, elle passa de l'autre côté de la cloison et s'arrêta, surprise.

— Qu'est-ce que tu viens faire ici ? demanda-t-elle en souriant à l'homme qui se tenait près de la caisse.

Mick Conklin ôta sa casquette de base-ball.

— Charmant accueil ! Je suis bien dans un salon de coiffure ?

— Je ne voulais pas me montrer désagréable, s'excusa-t-elle avec un rire timide.

Bien qu'elle connaisse Mick depuis toujours, elle ne pouvait s'empêcher de rougir dès qu'il apparaissait. Il représentait à ses yeux la quintessence du mâle. C'est bien simple, aucune femme ne pouvait résister au charme de ses yeux bleus. A Stonybrook, il était la coqueluche de ces dames depuis près de trente ans. Même Brian Hughes — et il s'y connaissait en hommes — lui trouvait autant de charme qu'à Paul Newman. Le fait est que Mick devenait de plus en plus séduisant avec l'âge, comme les grands acteurs de cinéma.

— Alors, pourquoi cette remarque ?

— Je croyais juste que tu irais à Doylestown assister au verdict du procès de Ted. Toute la ville est là-bas.

— Je n'aime pas beaucoup les lynchages publics, répliqua- t-il en lançant adroitement son chapeau sur le portemanteau de l'entrée.

— Pas mal !

Elle lui fit signe de la suivre dans l'autre salle pour le shampooing.

— Je suppose que tu es au courant? s'enquit-elle gravement.

— Oui, par la radio.

Il s'assit et attendit qu'elle ait drapé une serviette autour de son cou avant de renverser la tête en arrière.

Ouvrant le robinet, elle fit couler l'eau sur sa main de façon à régler la température.

— La peine de mort... C'est affreux. Je suis probablement la seule à croire à son innocence ici, mais je n'en démords pas. Ce n'est pas lui.

Elle faisait à présent mousser le shampooing sur ses épais cheveux blond-roux tout en continuant de parler.

— Rich ne veut pas me croire. Je sais qu'il a trouvé Ted sur les lieux du crime... Mais moi, j'ai un sixième sens. Je dis et je maintiens que Ted n'a pas l'air de quelqu'un qui a commis un meurtre de sang-froid.

— Ah oui ? dit Mick sans ouvrir les yeux.

— Absolument. Rich m'a emmenée au tribunal. Si tu avais vu Ted ! Il suffit de poser les yeux sur lui pour voir qu'il souffre. Seigneur, quand j'y pense... Quant à Léa, c'est à peine si je l'ai reconnue. Tu te souviens de Léa, non?

— Bien sûr que je me souviens d'elle. Ils habitaient la maison juste à côté de la nôtre.

— Ah oui, c'est vrai ! Enfin, c'est normal qu'elle ait changé, elle n'avait que onze ans quand elle a quitté Stonybrook. Mais ça m'a fait un choc de la voir. Elle semblait à bout de forces derrière ses lunettes noires... Rien à voir avec la petite fille aux longues jambes qui suivait toujours son frère. Je ne l'aurais pas reconnue même si je m'étais trouvée nez à nez avec elle.

Elle lui rinça les cheveux et lui tamponna le crâne avec une serviette en poursuivant :

— Ted était plus jeune que toi, mais je me souviens qu'il était toujours accroché à tes basques à l'école. Tu n'as pas assisté à une seule audience ?

— Non.

Il la suivit dans le salon et s'installa dans le fauteuil qu'elle faisait pivoter à son intention.

— Tu es probablement le seul de la ville, observa-t-elle en lui démêlant soigneusement les cheveux. Au tribunal, on se serait cru dans la rue principale de Stonybrook, le jour de la fête de l'indépendance. Il n'y manquait personne. Et je n'exagère pas ! Le révérend Webster, avec sa femme et son fils. Brian et Jason. Gwen et Joanna — tu les connais ? Ce sont les deux sœurs qui tiennent le magasin de fleurs. Des types de l'équipe de Doug. J'ai même vu Andrew Rice. Rich m'a assuré que c'était comme ça tous les jours. Plein à craquer... On les coupe comment, tes cheveux ?

— Très court. A la tondeuse.

— Oh non ! Ce serait un crime !

Elle passa ses doigts dans les boucles humides et disposa quelques mèches sur son front, tout en admirant l'effet obtenu dans le miroir.

— Les femmes aiment bien comme ça. Le genre mauvais garçon. Laisse-moi faire. Je vais rafraîchir ta coupe et ensuite je mettrai du gel.

— Chez Jerry, c'est moitié moins cher, et il ne se permet pas de commentaire.

— Oui, mais il est le seul coiffeur de Stonybrook à avoir obtenu son diplôme par la poste et il n'y voit que d'un œil.

— Coupe-les très court, Sheila. Un point, c'est tout.

Il avait un regard troublant quand il donnait des ordres.

— Bien, mais je persiste à dire que c'est un crime.

Elle allongea le bras vers sa tondeuse électrique en soupirant et la mit en route. Bientôt, le sol fut couvert de cheveux blond-roux.

— Alors, comment ça se passe avec Heather ?

— Ça va.

— On ne l'a pas encore vue en ville... Ça fait combien de temps qu'elle est revenue ? Deux semaines ?

— Pour l'instant, elle ne s'éloigne pas de la maison. Elle prend ses marques.

— C'est normal. Ça ne doit pas être facile pour elle. Remarque, je la comprends, enchaîna-t-elle en cherchant ses yeux dans le miroir. Ici, c'est tellement différent de la vie qu'elle menait avec ton ex-femme. Cette pauvre petite, avec ses va-et-vient incessants entre la Pennsylvanie et la Californie... Un an ici, deux ans là-bas, puis de nouveau ici. Mais comment se fait-il qu'elle ne soit pas restée avec sa mère ? Elle ne s'entendait pas avec son nouveau compagnon ?

— Elle préfère le climat de la côte Est.

Sheila s'esclaffa.

— Si tu crois que tu vas me faire avaler un truc pareil!

Le regard méfiant de Mick dans le miroir la fit reprendre son sérieux.

— Quel âge elle a, maintenant ?

— Quinze ans.

— C'est vrai... Mais plus pour longtemps, non? Son anniversaire est aux alentours de la fête du Travail, début septembre ?

— Ouais.

— Heather aussi a évité le procès ?

— Hé oui.

— Tu n'es donc pas le seul. Il y a toi, Heather et, maintenant que *j'y* songe, Dusty.

Elle tourna autour de lui et considéra son travail d'un œil critique. Même avec des cheveux courts, Mick restait un homme très séduisant. Elle changea la tête de la tondeuse.

— Pas étonnant. Ça fait quinze ans que Dusty n'a pas mis les pieds hors de la ville.

— Je sais. Mais il était très proche de Marilyn. Tu ne l'ignorais pas, je pense ?

Il ne répondit pas.

— Qui aurait pu imaginer une chose pareille ? Un veuf sans domicile fixe dont personne ne voudrait à des kilomètres à la ronde...

— Il n'est pas sans domicile fixe.

— Je le sais bien, Mick. C'est juste une façon de parler.

Dire que Marilyn — la déesse de Stonybrook — le soutenait financièrement. Je me demande...

— Il faut que je retourne bosser.

— Oui. J'ai presque fini.

Elle rougit. Elle bavardait tant qu'elle en oubliait de manier ses instruments.

Elle s'attaqua à ses pattes sur les joues.

— J'ai entendu dire que ta compagnie avait décroché le contrat pour la rénovation du Lion Inn?

— Décidément, tu es au courant de tout.

— Qu'est-ce que tu crois !

Lui penchant la tête en avant, elle entreprit de lui raser la nuque.

— Tu savais que Marilyn louait à l'année un des bungalows de l'hôtel, près du lac?

— C'est Rich qui te l'a dit ?

— Tout le monde était au courant.

Elle recula de quelques pas de façon à vérifier la symétrie des pattes.

— A quoi ça pouvait bien lui servir, à ton avis ? Elle habitait à deux pas. D'accord, elle devait se montrer discrète tant que le divorce n'était pas prononcé. D'autant plus qu'elle se battait avec Ted pour la garde des petites.

Elle épousseta les petits cheveux restés sur sa nuque.

— Il courait des rumeurs très intéressantes à propos de ce qu'elle faisait dans ce bungalow.

— Cette coupe me plaît, déclara-t-il d'un air détaché tout en ôtant la serviette autour de son cou.

Il se leva et alla chercher son portefeuille avant de rejoindre Sheila à la caisse.

Elle tapa quelques chiffres sur sa machine.

— Nous ne sommes pas censés critiquer notre système judiciaire, mais il faut reconnaître qu'on a soigneusement évité d'évoquer le passé de Marilyn, dans ce procès. Pourtant, ç'aurait pu faire pencher la balance en faveur de Ted.

— C'est amusant d'entendre ça dans la bouche de la petite amie du chef de la police.

— Je ne plaisante pas. Si on prenait la peine de regarder de plus près ce qui se passait dans le couple Ted-Marilyn, on se rendrait vite compte que c'était à elle qu'il manquait une case.

Il la paya et attendit sa monnaie.

— On prétend que tu l'as fréquentée d'assez près, après ton divorce. Avant qu'elle épouse Ted.

— Si tu cherches un coupable, tu fais fausse route avec moi, Sheila. Et n'oublie pas que c'est ton petit ami qui a mené l'enquête après le meurtre.

— Je sais, je sais. Mais vois-tu, Mick... Rich est né ici et il est imprégné des préjugés de cette ville. Lorsqu'il s'agit de Stonybrook et des gens avec lesquels il a grandi, il réagit comme un chien fidèle. Ted était un Hardy, voilà ce qu'on lui reprochait. Avec ça, j'ai tout dit.

Léa leva les yeux vers les gros nuages gris qui venaient de l'ouest.

«... des orages traverseront la région dans la soirée. Dans les comtés de Bucks et de Montgomery, on signale déjà de violentes averses et des rafales de vent pouvant atteindre quatre-vingts kilomètres à l'heure. »

— Seigneur, gémit-elle en éteignant la radio. Il ne manquait plus que ça...

Elle prit la bretelle de l'autoroute en direction de Stonybrook. A peine un kilomètre plus loin, les premières gouttes de pluie s'écrasaient sur le pare-brise de sa vieille Honda. Génial pour commencer l'été...

Elle passa devant un motel délabré et miteux, mais dont l'enseigne lumineuse affichait complet. Toutes les places de parking étaient occupées par des camionnettes et de vieilles voitures que l'on avait pris la précaution de bâcher. Comment aurait-elle pu se douter qu'elle tomberait en plein Salon de l'auto? Pour comble de malchance, il y avait aussi un rassemblement de montgolfières — ça, elle l'avait appris par la radio locale. Juste au moment où elle se décidait à venir à Stonybrook afin de s'occuper de cette fichue maison... Inutile, donc, de perdre du temps à chercher une chambre en ville. Cette nuit, elle dormirait dans son sac de couchage, rue des Peupliers.

Elle dépassa un panneau en lettres dorées, plutôt prétentieux, qui souhaitait la bienvenue à Stonybrook, et ses doigts se crispèrent sur le volant. Les premières habitations, des maisons aux pelouses impeccables, apparaissaient déjà, de plus en plus nombreuses à mesure qu'elle avançait. Le matin, elle avait consulté un plan dans le but de se rafraîchir la mémoire. Vingt ans d'absence, ce n'était pas rien. Pourtant, elle s'aperçut rapidement qu'elle n'avait pas oublié les lieux.

S'obligeant à desserrer les doigts, elle entreprit de résumer sa situation. Ces jours-ci, elle n'avait pas eu une minute pour souffler ou réfléchir. Sa visite à Ted ne s'était pas révélée très concluante, et elle avait eu beau le supplier de faire appel, il s'était muré dans le silence. Quant à David Browning, quarante-huit heures après le verdict, il n'avait toujours pas pris contact avec son client.

Son seul espoir résidait maintenant en Sarah Rand, à qui elle avait téléphoné la veille. L'avocate l'avait longuement interrogée sur l'affaire elle-même, mais aussi sur Ted, son passé, sa personnalité. Rien à voir avec Browning, ce minable. Elle avait également demandé à lire les procès-verbaux des audiences afin de les étudier pendant le week-end. Léa devait la rappeler lundi pour savoir si elle acceptait de se charger du dossier.

Elle avait passé toute la nuit dans le Maryland à trier les affaires de Janice et à ranger son appartement. A présent, il lui fallait s'occuper de cette maison de Stonybrook dont elle avait tant de mal à se débarrasser. Pour se payer un avocat de la trempe de Sarah Rand, elle devait vendre vite et bien. Malheureusement, elle ne pourrait pas consacrer beaucoup de temps à la remettre en état.

— Rien n'est impossible, décréta-t-elle tout haut.

Elle ralluma la radio et chercha une autre fréquence. Son choix s'arrêta sur une station qui diffusait de vieux tubes.

Au moment où elle atteignait le centre-ville, les gouttes se transformèrent en averse. Elle allait s'engager dans la rue principale quand le feu passa au rouge. En attendant de pouvoir repartir, un désir presque pervers la poussa à entreprendre le tour de la ville. Elle avait passé une partie de sa vie à Stonybrook et voulait voir cet endroit avec un regard d'adulte. Peut-être découvrirait-elle qu'elle y avait aussi de bons souvenirs ?

Et puis elle avait besoin de temps. Besoin de trouver le courage d'affronter cette maison où son enfance avait été détruite.

Elle contempla le vieux cinéma, sur sa gauche. Pas d'enseigne lumineuse ni de complexe multisalle. Il continuait à n'afficher qu'un seul film à la fois, avec deux séances par jour. A l'époque, les places étaient bon marché, et l'on ne risquait pas d'y faire de mauvaises rencontres. Les adolescents s'y retrouvaient le vendredi et le samedi soir. Elle sourit en apercevant un petit groupe qui sortait d'une camionnette et courait s'abriter sous le grand auvent de l'entrée.

Tournant la tête, elle remarqua sur sa droite un très beau bâtiment, tout neuf. Une banque occupait le rez-de-chaussée.

Le feu passa au vert. Elle s'engagea dans la rue principale qu'elle remonta lentement. Les années et les pluies persistantes ne semblaient pas l'avoir atteinte. Elle était intacte, aussi belle que dans son souvenir. Les massifs de fleurs plantés dans de grands tonneaux ajoutaient une touche gaie et colorée aux trottoirs impeccables. Quant aux commerces, chacun arborait fièrement son enseigne, peinte en lettres dorées sur fond vert, noir ou bleu roi. Des vestiges du passé, sobres et délicats. Pas de clinquant, ni de néons. Sous l'auvent vert et blanc du marchand de glaces, Léa reconnut les bancs de bois d'autrefois. Comme avant, rien ne venait troubler le charme suranné de la rue, rien ne ternissait l'image lisse de l'abondance et du bien-être qu'elle se devait de présenter. Pas même un clochard.

Léa avait beau fouiller dans sa mémoire, elle ne se souvenait pas d'avoir croisé un sans-abri dans le centre-ville. Même Dusty Norris, un vétéran du Viêt Nam à l'esprit un peu dérangé, ne s'y aventurait jamais. Et pour cause, songea-t-elle. On l'avait certainement prié de ne pas encombrer le paysage. Le calme et l'ordre avaient toujours régné dans cette jolie petite ville. Excepté quand la famille Hardy était venue faire tache...

Elle ralentit encore et roula au pas. Elle passa devant le Hughes Grille. Ils avaient changé l'auvent, suspendu des plantes près de la porte, et les vitres n'étaient plus fumées. Mais c'était toujours le Hughes. Combien de fois son père, John Hardy, était-il sorti de là en titubant, soûl comme une barrique ? Combien de fois avait-il remonté la rue en pleine nuit pour rentrer chez lui ?

Plus loin, à l'intersection elle reconnut la banque dirigée par Bob

Slater, la Franklin Trust Bank. L'argent de sa femme, Stéphanie, moisissait dans les coffres-forts — et elle n'en manquait pas, car le moulin familial avait longtemps représenté le nerf économique de la ville. Autrefois, il y avait longtemps, John Hardy avait dirigé le moulin. Plus tard, Ted avait épousé Marilyn, la fille du premier mariage de Stéphanie avec Charlie Foley. Marilyn aurait été l'unique héritière de sa fortune, si elle avait vécu...

Léa se hâta de dépasser la banque, mais elle dut s'arrêter au carrefour suivant afin de laisser passer un couple qui sortait en courant du grand parc. Tous les deux se hâtèrent de traverser pour échapper à l'averse. Elle se demanda si elle les avait connus autrefois. Impossible de savoir. Il faisait plus sombre depuis le début de l'orage, et les rares personnes à circuler à pied marchaient d'un bon pas.

Elle ne put s'empêcher de tourner la tête en passant devant le commissariat. Curieusement, en dépit de son alcoolisme et de son caractère emporté, voire violent, John Hardy n'avait jamais eu affaire à la police. Il faut dire que Lynn, sa femme, préférait souffrir en silence. Une discrétion qui lui avait coûté cher.

Léa tourna à droite, devant la bibliothèque, et s'engagea sur le pont. Ralentissant de nouveau, elle contempla le fleuve en dessous d'elle. Une piste cyclable avait été aménagée le long de la berge. En la suivant en direction du moulin, on arrivait jusqu'à la maison où une femme et ses deux innocentes petites filles étaient mortes brûlées.

Le tonnerre gronda. Le vent se mit à souffler en violentes rafales, et des feuilles vinrent se coller au pare-brise de la voiture.

Léa les ôta et décida de faire le tour du parc. De ce côté du fleuve, la ville paraissait déserte. Elle prit le virage et essuya la buée qui recouvrait la vitre de sa portière.

La petite lagune n'avait pas bougé. Léa se souvint des hivers où elle venait ici patiner avec Ted. Aujourd'hui, le vent et la pluie faisaient frissonner la surface de l'eau et courbaient les vieux bouleaux du belvédère. La lumière était tellement faible qu'elle distinguait à peine les bâtiments de la rue principale, au loin.

Elle avait vécu dans ce parc les moments les plus heureux de son enfance. Elle se souvenait des concerts municipaux que l'on y donnait l'été. Se revoyait sur la berge en compagnie de Ted et de ses parents, en train d'écouter un orchestre de cuivres sous les étoiles...

Luttant contre cette bouffée de nostalgie, elle s'intéressa aux constructions qui faisaient face au parc, de l'autre côté de la rue — le clocher en pierre de l'église presbytérienne et, au-delà, les imposantes

demeures néoclassiques avec leurs colonnes blanches où vivaient autrefois les notables de la ville. Léa avait lu quelque part qu'on les avait trans-
formées en appartements de luxe.

Elle mit les essuie-glaces au maximum et fit demi-tour.

Tout au bout du parc, elle prit à droite et remonta une rue bordée
d'arbres. A présent, elle pénétrait dans le vieux quartier où elle avait
grandi avec son frère.

Rue des Chênes, rue des Cèdres, rue des Saules, des Bouleaux, des
Epicéas... Rien que des noms d'arbres, lut-elle en souriant. Bientôt, elle
parvint à l'entrée de la rue des Peupliers. S'arrêtant un instant, elle puisa
en elle le courage d'affronter ses souvenirs.

Un éclair zébra le ciel au-dessus du centre-ville et du parc. Elle le
perçut du coin de l'œil, dans son rétroviseur. Une seconde plus tard, un
violent coup de tonnerre la faisait sursauter. L'orage était proche.

---

*Le bus les avait déposés au pied de la colline, et ils avaient grimpé sous une
pluie battante. Ils arrivèrent devant la maison, trempés de la tête aux pieds.
Comme Léa dérapait sur la première marche du perron, Ted la rattrapa par le bras.*

*La porte d'entrée était fermée, les fenêtres closes, les rideaux tirés. Léa frissonna
en posant la main sur la poignée.*

— Enlève tes chaussures, lui rappela Ted.

Il avait déjà ôté les siennes et entra devant elle.

*Brusquement, la peur la submergea. Il faisait encore jour, mais, par ce temps,
elle n'avait pas envie de rester seule dehors, ne serait-ce qu'une minute.*

*Le salon était plongé dans l'obscurité. Ted appela, mais personne ne répondit. Il
laissa tomber son cartable et se débarrassa de sa veste au pied de l'escalier. Léa se
dirigea vers la cuisine, frissonnante.*

— Maman ? cria-t-elle, la voix enrouée par l'angoisse.

*Elle avait remarqué les voitures dans l'allée. Son père était là. En ce moment, il
restait à la maison et ne cessait de se disputer avec sa mère.*

— Maman ?

*— Elle est peut-être sortie, avança Ted en atteignant la porte de la cuisine en
même temps que sa sœur.*

Mais elle était bien là. Et leur père aussi. Devant eux.

Elle n'avait pas remis les pieds dans la maison depuis le jour où ils avaient découvert les corps de leurs parents. Brusquement, elle eut la sensation d'être venue contre son gré, qu'elle n'était qu'un jouet entre les mains du destin. Elle avait déjà ressenti ça auparavant. Elle n'avait pas souvent eu le choix dans sa vie.

Tournant dans la rue des Peupliers, elle avança jusque devant la maison et se gara le long du trottoir. La nuit commençait à tomber, mais, à travers l'épais rideau de pluie, elle distinguait encore des jardins soigneusement entretenus et de grandes demeures aux fenêtres bien éclairées.

Elle dut prendre une profonde inspiration avant de lâcher le volant. Ses doigts crispés ne lui obéissaient plus. Enfin, elle tourna la tête vers la maison de son enfance.

Si celle-ci se rapprochait indéniablement du style victorien, elle ne possédait pas les moulures tarabiscotées et les bardeaux tape-à-l'œil qui donnaient tant d'allure aux autres demeures du voisinage. Léa eut envie de pleurer en découvrant l'état misérable de la large véranda, sur le point de s'écrouler. Il manquait une marche à l'escalier du porche et, levant les yeux, elle découvrit au premier étage des fenêtres cassées aux volets branlants, des murs dont la peinture s'écaillait, un toit sur lequel manquaient quelques tuiles. Côté jardin, le bilan n'était pas meilleur. Son regard glissa sur l'herbe folle et les massifs d'arbustes désordonnés, puis s'arrêta, tout au bout de l'allée de gravier, sur l'ancien hangar où l'on rangeait autrefois les carrioles et qui servait à présent de remise. Elle lui trouva l'allure d'une épave de bateau.

Un éclair déchira le ciel. L'espace d'une seconde, l'intérieur de la maison s'illumina, comme si le foyer des Hardy revenait de lui-même à la vie.

— Seigneur… La maison a l'air hantée, murmura-t-elle en sentant s'envoler le peu de courage qui lui restait. Bon, j'y vais. C'est maintenant ou jamais.

Elle éteignit le moteur, attrapa son sac et son téléphone portable et bondit hors de la voiture.

Un chien se mit à aboyer depuis la maison voisine. L'ignorant, elle traversa résolument le jardin et se dirigea vers l'escalier de la véranda.

Elle enjamba la marche manquante. La suivante grinça et faillit céder. Avec un mouvement de recul, elle l'ajouta mentalement à la liste des réparations urgentes.

Quand elle atteignit la véranda, son chemisier trempé lui collait à la peau, et ses cheveux dégoulinaient.

— J'aurais bien aimé avoir un chien, moi aussi, lança-t-elle au grand golden retriever de la maison voisine.

Aboyant toujours dans sa direction, il semblait vouloir signaler sa présence. Les mains tremblantes, elle eut du mal à trouver la clé au fond de son sac. Enfin, elle l'enfonça dans la serrure et tenta de la tourner. Impossible.

— Allez...

On avait peut-être changé la serrure sans la prévenir. Elle chercha des yeux une de ces boîtes qu'utilisent les agents immobiliers pour entreposer des clés et qui s'ouvrent avec une combinaison. Rien. Agacée, elle laissa tomber ses affaires par terre et saisit la poignée.

La porte s'ouvrit à la volée. Elle n'était même pas fermée !

Léa resta un instant immobile à contempler ces ténèbres familières dont s'échappait une forte odeur de renfermé.

— Heather, tu pourrais faire rentrer Max? demanda Mick depuis son bureau.

Sans lever les yeux, il tapota quelques chiffres sur son ordinateur. Il avait hâte de terminer ce devis. Rien de pire à ses yeux que la paperasse en retard.

De nouveau, il y eut un vif éclair, suivi d'un coup de tonnerre. Le chien aboyait de plus en plus furieusement.

— Heather ? appela-t-il encore.

Pas de réponse.

Il ferma le dossier sur lequel il travaillait. Il venait d'éteindre sa machine et se levait de son siège quand les lumières de la maison vacillèrent.

— Heather!

Quittant le bureau, il passa dans la cuisine. La table n'était pas débarrassée, et les casseroles traînaient sur la cuisinière. Elle n'avait pas rangé. Pas étonnant, vu qu'ils s'étaient encore disputés pendant le dîner.

Il marcha d'un pas vif jusqu'au salon.

— Heather ! cria-t-il dans la cage d'escalier.

Depuis son retour, le ménage était leur pomme de discorde. Heather traînaillait toute la journée dans sa chambre et ne levait pas le petit doigt pour l'aider. Ce soir, il lui avait gentiment demandé de descendre dîner, en vain. Il avait dû crier pour qu'elle daigne se montrer à table. Ensuite, elle n'avait cessé de bouder en chipotant avec la nourriture.

Il n'avait pas la prétention de se faire engager comme chef au Bec fin. Mais quand même... Ce qu'elle mangeait avec lui valait bien ce que lui servait sa mère.

A la fin, perdant patience, il avait quitté la table en lui ordonnant de tout ranger, et, maintenant, son repas lui pesait sur l'estomac. Heather, elle, n'avait même pas touché au sien. Ah, les joies du dîner en famille!

Les aboiements du chien commençaient à lui taper sur les nerfs. Il ouvrit la porte qui donnait sous la véranda et l'appela. Max s'arrêta le temps de le regarder, avant de recommencer aussitôt.

— Ici!

Le golden retriever ôta à regret ses pattes de la rambarde et rentra en remuant la queue. Il était trempé. Mick attrapa la serviette qu'il gardait dans le panier en osier près de la porte. Trop tard. Max s'ébrouait déjà au beau milieu du salon.

— Tu n'es qu'un idiot, grommela-t-il.

Il essuya comme il pouvait l'animal qui ne demandait qu'à jouer, et épongea grossièrement la flaque.

Puis, se redressant, il jeta un regard las en direction de l'escalier. Natalie, son ex-femme, l'avait pourtant prévenu : elle ne supportait plus l'attitude exécrable de sa fille. Et elle était pédiatre... Remariée depuis peu, elle craignait que cette adolescente revêche ne mette son couple en péril. Elle avait voulu l'envoyer dans un internat huppé de La Nouvelle- Orléans. Mais Heather n'avait que quinze ans, et Mick s'y était opposé.

Il monta à l'étage tout en se demandant quand tout cela avait commencé. Lorsqu'il était allé la chercher à l'aéroport, deux semaines plus tôt, il ne l'avait pas reconnue. Heather, sa fille, une adolescente aux cheveux mauves, vêtue de noir des pieds à la tête, avec suffisamment de piercings et d'anneaux pour accrocher des doubles-rideaux.

Au moins, avec cet orage, ce n'était pas plus mal qu'elle reste à la maison.

En haut de l'escalier, il trouva la porte de sa chambre close.

Les cheveux mauves, les anneaux dans les oreilles, dans le nez et Dieu sait où, ça, il pouvait le supporter. Lui-même avait été autrefois un adolescent plutôt rebelle. En revanche, il en avait par-dessus la tête de son attitude. Il était largement temps d'en parler avec elle.

Il frappa à la porte. Pas de réponse.

— Heather?

On n'entendait pas hurler la musique, et elle ne l'envoya pas au diable. Peut-être s'était-elle un peu amendée depuis le dîner.

Max lui passa entre les jambes et glissa le bout de sa truffe par la porte entrebâillée.

Mick sentit la moutarde lui monter au nez. A l'intérieur, c'était une pagaille innommable. On aurait dit qu'un ouragan était passé par là. Pas un centimètre de libre sur le parquet jonché de paires de chaussures, de vêtements, de livres, de CD allègrement éparpillés. Dans les valises éventrées, le linge sale se mélangeait au propre. Quant à Heather, elle était allongée sur son lit, le visage obstinément tourné vers le mur.

Un éclair illumina la fenêtre, aussitôt suivi d'un grondement de tonnerre.

— Heather! cria-t-il tout en enjambant un imperméable noir qui barrait le passage.

Une nouvelle fois, la lumière vacilla avant de s'éteindre pendant quelques secondes. Les chiffres du réveil électrique près du lit clignotaient. Heather n'avait pas bougé d'un millimètre.

— Tu n'as rien fait de ce que je t'avais demandé. J'ignore comment ça se passait chez ta mère, mais il n'est pas question que j'engage quelqu'un pour ramasser tes affaires.

Il repoussa du pied une basket qui traînait à sa portée.

— Je ne te demande pas la lune. Juste le minimum. De te laver, de ranger. Bref, de te conduire comme un être humain. Et pas comme un animal.

Pas de réponse. Elle restait murée dans son silence.

Grimpant sur le lit, Max alla blottir son pelage humide contre ses jambes. Un éclair zébra le ciel, et le coup de tonnerre qui s'ensuivit fit trembler la maison. Heather sursauta. Elle ne dormait pas.

Qu'est-ce qui leur arrivait, bon sang? se demanda Mick. Son ex-femme lui avait dit que ce ne serait pas facile, mais il ne s'était pas attendu à ça.

— Et, en dehors de ça, j'aimerais que tu te conduises normalement. Par exemple, en te montrant de temps à autre, en me parlant...

Il adoucit la voix. Les sermons ne servant à rien, mieux valait tenter une autre approche.

—Écoute, Heather, je sais que les adolescents ont besoin de sommeil, mais de là à dormir tout le temps... Tu n'as rien fait d'autre depuis ton arrivée...

Le chien se mit à gémir et posa son museau sur la hanche de l'adolescente. Mick fronça les sourcils. Il recommençait à l'engueuler. Tu parles d'une nouvelle approche!

—Je sais que je suis un piètre cuisinier, mais autrefois tu t'en accommodais très bien...

S'approchant de sa fille, il lui caressa doucement les cheveux et contempla son profil. Elle était pâle. Ses paupières bougèrent, mais elle n'ouvrit pas les yeux.

— Je sais que c'est pénible pour toi de m'entendre sans cesse râler, mais je suis fatigué de ton attitude. J'aimerais que tout redevienne comme avant, entre nous.

Toujours ce silence obstiné. Il cessa de lui caresser les cheveux et ramassa la veste en cuir qui traînait au pied du lit. Elle cachait un paquet de biscuits vide. Max allongea le cou pour renifler les miettes.

— Allez, ma chérie, tu pourrais au moins me répondre ! Quelque chose ne va pas ? Je ne demande qu'à t'aider, tu sais. Si seulement tu acceptais de te confier...

Elle se recroquevilla dans la position du fœtus, mais ne répondit pas.

Mick sentait la frustration et la colère lui ronger l'estomac. Levant la tête, il jeta un regard circulaire autour de lui. Trois ans plus tôt, sa fille avait elle-même choisi le mobilier de cette chambre avec de jolis rideaux fleuris et un papier peint assorti. Son vieil ours en peluche était encore installé à la tête du lit. Il songea à la petite fille joyeuse et affectueuse d'alors. Comment les choses avaient-elles pu se dégrader ainsi ?

Il reporta son attention sur son visage juvénile.

— On ne peut pas continuer comme ça, mon bébé. Demain, c'est samedi. Je dois passer voir quelques chantiers, mais j'aurai du temps. On pourrait aller se balader. Qu'en dis-tu ? Ce serait l'occasion de parler un peu. Histoire de repartir sur de bonnes bases... Ça te tente ?

Il se pencha vers elle de façon à l'embrasser sur la joue, mais elle se déroba et enfouit sa tête sous l'oreiller. Il eut l'impression de recevoir un coup de poing dans le plexus.

— Bonsoir, mon bébé.

Un baiser sur les cheveux, et il se redressa. Puis il se dirigea vers la porte sans la quitter des yeux et éteignit la lumière. Toujours sur le lit, Max se pelotonna d'un air satisfait contre les jambes de sa jeune maîtresse.

Mick descendit l'escalier au milieu des éclairs qui illuminaient les fenêtres par intermittence. Il ne supportait plus cette absence de communication avec sa fille, ni ce sentiment de totale impuissance. Depuis leur divorce, neuf ans plus tôt, Natalie et lui avaient toujours pris soin de rester en contact pour s'investir ensemble dans la vie de leur enfant, en dépit des cinq mille kilomètres qui les séparaient. Cela faisait deux ans que la situation empirait malgré eux.

Il décida de nettoyer la cuisine, histoire de se calmer un peu et de se changer les idées. Quelques minutes lui suffirent pour laver les casseroles et mettre le reste de la vaisselle dans la machine, mais, en éteignant la lumière au-dessus de l'évier, il se sentait déjà mieux.

Il contemplait la pluie qui venait battre les carreaux quand il remarqua de la lumière chez les Hardy, de l'autre cv la pelouse. Il se tint immobile et observa. Une ombre passa derrière l'une des fenêtres. Voilà qui expliquait les aboiements de Max.

La semaine précédente, il avait rencontré Betty Walters en déjeunant au Hughes Grille. Elle lui avait appris que l'agence immobilière ne s'occuperait plus de la maison des Hardy et la lui avait proposée une dernière fois. La propriétaire était pressée, disait-elle, il pouvait l'avoir à un bon prix. Seulement, il n'était pas intéressé.

De nouveau, quelqu'un passa devant une fenêtre.

Prenant une torche électrique dans l'un des tiroirs, il sortit dans le jardin par la porte de la cuisine.

— Je suis enceinte.

Ted retint sa respiration. Cette nouvelle le remplissait d'une joie presque insoutenable. Pourtant, il s'efforça de ne pas le lui montrer. Il ne voulait pas qu'elle se sente obligée de garder l'enfant.

— Je prends la pilule depuis des années... Je ne comprends pas ce qui s'est passé. J'ai dû l'oublier. Je crois que je suis un peu trop détendue depuis... depuis que je suis avec toi.

Pour la première fois, elle lui parut vulnérable. Il lui sembla même qu'elle avait peur.

S'approchant, il la prit dans ses bras.

— Tu en avais envie?

Elle se réfugia contre sa poitrine.

— Oui... sans doute. J'avais sans doute envie... envie d'un enfant de toi.

Il ne put contenir plus longtemps son émotion.

— Je t'aime, Marilyn. Dieu, que je t'aime...

— Je veux quitter Stonybrook et t'épouser, Ted. Il faut que notre enfant vienne au monde dans de bonnes conditions.

Chapitre Quatre

Pas étonnant qu'ils n'aient pas réussi à vendre la maison.

Dire que c'était un taudis se révélait en dessous de la vérité. Les derniers locataires y avaient même laissé leurs vieux meubles. Et personne n'était passé après eux pour débarrasser et nettoyer.

Léa passa rapidement l'étage en revue et ajouta sur sa liste le lavabo, la baignoire et la cuvette des toilettes, sales et entartrés. Malgré la pluie, elle jugea préférable d'ouvrir la fenêtre de la salle de bains afin de chasser l'odeur de moisi. Quant aux chambres, elles étaient encombrées de sacs poubelle qui devaient contenir de vieux vêtements — du moins, elle l'espérait —, ainsi que d'un vieux sommier à ressorts tout défoncé et de plusieurs matelas tachés.

Il ne lui restait plus qu'à louer une benne.

Quelqu'un avait fait l'effort de déblayer un peu le rez-de- chaussée — probablement Betty Walters —, dans l'espoir de rendre l'endroit vaguement présentable. On avait balayé les trois grandes pièces et empilé dans un coin les vieilleries abandonnées par les anciens locataires.

Léa se dirigea vers l'arrière de la maison. Arrivée devant la porte de la cuisine, elle chercha d'une main tremblante l'interrupteur qui commandait le plafonnier. Il ne fonctionnait plus.

Elle plongea son regard à l'intérieur de la pièce sombre. Aussitôt, un frisson lui glaça le dos.

Elle avait visité l'étage comme l'aurait fait une étrangère, en s'efforçant d'oublier qu'elle contemplait ce qui avait été autrefois son univers — sa chambre, celle de ses parents, la salle de bains où Ted avait glissé et s'était ouvert la lèvre sur le lavabo. Elle avait fait comme si elle découvrait les lieux, comme s'il ne s'agissait pas de la maison où elle avait passé son enfance. De la maison où ses parents...

Mais la cuisine... Non. Elle ne pouvait pas. Elle recula et battit précipitamment en retraite vers la salle à manger qu'elle traversa presque en courant pour se réfugier dans le salon.

Les éclairs fusaient tout autour d'elle quand elle commença à effectuer des allers-retours entre la maison et sa voiture. Elle rapporta son sac de couchage, un molleton qui lui servirait de matelas et un petit sac contenant de la nourriture qu'elle laissa dans l'entrée. Dommage qu'elle n'ait pas songé à se munir d'une lampe électrique.

A présent, elle était trempée. Elle avait peur, elle n'en pouvait plus.

Mais elle ne voulait pas se laisser abattre, ni faire marche arrière. Elle était allée trop loin pour reculer. Elle avait une tâche à accomplir ici, et elle comptait bien s'y atteler dès le lendemain.

La porte d'entrée ne fermant plus à clé, elle se contenta de pousser le vieux loquet rouillé. Elle n'eut pas le courage de repasser par la cuisine pour vérifier la porte de derrière. Quant à la cave, elle attendrait.

A l'évidence, rien n'avait changé à Stonybrook. Les gens ne verrouillaient toujours pas leurs portes. Sans doute se croyaient-ils à l'abri de tout. Ici, on ne craignait ni les voleurs, ni les drogués, ni les alcooliques. On ne pensait pas aux agressions ni à d'autres crimes encore plus atroces.

Les gens feignaient de vivre dans un monde parfait, où tout le monde s'aimait. Rien ne pouvait les atteindre. Impossible que ce qui était arrivé à la famille Hardy leur arrive à eux.

Elle ôta ses baskets et ses chaussettes, puis étala son sac de couchage à même le sol, contre le mur. Il n'y avait ni volets ni rideaux. Tant mieux. Elle n'avait aucune envie de se sentir isolée ou enfermée dans la maison. Ouvrant les fenêtres qui donnaient sous la véranda pour respirer l'odeur de terre mouillée, elle remarqua qu'on avait ôté les cadres des moustiquaires. Ils étaient sûrement entreposés au sous-sol. Elle se souvint que son père les changeait tous les ans, le jour de la fête de Christophe Colomb. Elle regarda au loin, par-dessus les hauts buissons, et contempla l'alignement d'élégantes demeures victoriennes.

Vingt ans avaient passé, mais la rue des Peupliers avait conservé son air de respectabilité. Un médecin, deux professeurs à la retraite, un architecte... Elle ne se souvenait pas de tous les voisins, mais elle savait qu'ils avaient tous des métiers nobles, qu'ils étaient des gens importants. En tout cas, autrefois. Son père, John Hardy, en avait fait partie, à l'époque où il gérait le moulin. Et son arrière-grand-père aussi qui avait occupé la maison avant eux et possédait en son temps l'unique pharmacie de Stonybrook.

Les Hardy avaient appartenu à cette rue, à cette ville. Au même titre que les autres. Léa y avait souvent songé lorsqu'elle habitait cette maison. Souvent aussi elle s'était demandé, en contemplant la rue des Peupliers depuis cette même fenêtre, ce qui se passait chez les voisins, derrière les murs, au sein de ces familles respectables. Elle s'était demandé si les autres pères rentraient soûls chez eux. Si les autres mères s'enfermaient dans leur chambre en prétendant être malades, pour dissimuler leurs ecchymoses et leurs illusions bafouées.

S'éloignant de la fenêtre, elle se frotta les bras de ses mains exsangues. Ses vêtements étaient encore humides. Elle avait froid. Elle avait envie de s'en aller. Malgré elle, son regard était irrésistiblement attiré vers les ténèbres de la cuisine. Sous l'afflux de souvenirs, elle eut la chair de poule.

Ce jour-là, quand elle avait vu le corps de sa mère, elle avait tout de suite compris qu'elle était morte. Il y avait du sang sur son visage et son cou, sur ses cheveux blonds. De profondes entailles sur sa poitrine et ses bras. Et pourtant, ses yeux étaient grands ouverts, comme si elle ne voulait pas manquer le retour de ses enfants.

Un sanglot grossit dans la poitrine de Léa, et elle pressa sa main sur sa bouche pour le contenir. Elle refoula ses larmes tout en imaginant son père en train de s'asseoir, revolver à la main, sur le point de mettre fin à ses jours après avoir tué sa femme.

Un éclair tomba tout près de la maison. Le tonnerre explosa quelques instants plus tard, et Léa se retrouva brusquement plongée dans l'obscurité. Son sang se figea dans ses veines, elle était comme paralysée. L'espace d'une terrible seconde, elle eut l'impression d'être transportée vingt ans en arrière.

Puis elle paniqua. Et si quelqu'un s'était introduit dans la maison? L'intrus avait peut-être coupé le compteur...

Se précipitant vers son sac, elle en sortit sa bombe anti-agression. Ensuite, elle s'accroupit dos au mur et jeta un coup d'œil dans la rue. Pas de lumière. L'orage avait dû faire sauter l'électricité dans tout le quartier. Luttant contre sa peur, elle resta sans bouger et respira profondément.

Son pouls commençait à peine à ralentir et à retrouver le rythme d'un roulement de tambour régulier qu'un bruit se fit entendre à l'arrière de la maison. Dans la cuisine.

Son sang ne fit qu'un tour. Saisissant son sac, elle courut vers la porte d'entrée et la poussa violemment. Le battant ne s'ouvrit pas. Sa main glissa sur la poignée et vint heurter la chaîne du loquet qui claqua avec un bruit sec. Léa se jeta contre la porte tout en essayant d'ôter la chaîne. En vain. Ses doigts subitement engourdis ne lui répondaient plus.

Quelqu'un frappait à la porte de la cuisine. Puis une voix d'homme appela. Léa n'essaya même pas de comprendre ce qu'il disait. Elle se sentait prise au piège et n'avait plus qu'une idée en tête : fuir. Maintenant. Elle tira désespérément sur la chaîne qui céda. Ouvrant la porte, elle se jeta au-dehors et dévala l'escalier de la véranda.

L'un de ses pieds nus heurta le sol glissant, là où il aurait dû trouver la dernière marche. Son autre pied dérapa sur l'herbe mouillée. Elle trébucha et tomba violemment, face contre terre.

Pendant un instant, elle resta allongée, à reprendre sa respiration, sans comprendre ce qui s'était passé. Puis elle essaya de rouler sur le côté et aperçut une silhouette sombre et menaçante qui se penchait vers elle.

— Ne bougez pas.

Une douleur lancinante irradiait de son pied et la lançait dans toute la jambe. Elle n'avait toujours pas retrouvé son souffle. Tout en essayant de faire pénétrer un peu d'air dans ses poumons, elle chercha des yeux quelque chose qui puisse lui tenir lieu d'arme. Son sac était tombé un peu plus loin, hors de portée.

La main sur son épaule, l'homme la plaquait au sol.

— J'ai frappé à la porte de la cuisine, et puis j'ai entendu claquer la porte de devant, grommela-t-il. Ne bougez pas.

Il portait une casquette de base-ball profondément enfoncée, et elle ne discernait pas bien ses traits. La pluie battait sur son visage.

S'accroupissant près de l'escalier, il tenta de lui dégager le pied coincé dans la marche.

— Essayez de glisser légèrement en arrière vers l'escalier, si vous le pouvez. C'est ça.

Il avait posé sa torche électrique dans l'herbe, le rayon lumineux braqué vers les planches de bois défoncées.

— Personne ne passe plus par là. Ces marches étaient déjà foutues du temps de vos derniers locataires.

— Vous habitez la rue? demanda-t-elle quand son pied fut enfin libéré.

— Oui, la maison d'à côté.

Il tourna son visage vers elle. En dépit de l'obscurité et de la pluie, elle le reconnut.

Un immense soulagement la submergea. Au point qu'elle eut envie de pleurer et de rire à la fois. En même temps, elle aurait voulu qu'un trou s'ouvre dans la terre et l'engloutisse, tellement elle se sentait ridicule.

— Vous êtes Mick Conklin.

—Exact, dit-il en posant ses yeux sur elle. Ça fait un bail, Léa.

Qu'il se souvienne de son prénom la flatta. A onze ans, elle était folle de lui et se désolait parce qu'il se rendait à peine compte de son existence.

— Je... je ne savais pas si je retrouverais les anciens voisins, en revenant.

Il pleuvait toujours à verse. Histoire de recouvrer un peu de dignité, elle s'assit et ôta la boue de ses bras nus.

— Tout à l'heure, en traversant la ville, je n'ai pas trouvé beaucoup de changement non plus.

Il avait passé une main autour de sa cheville, visiblement peu pressé de l'enlever, et examinait ses égratignures à la lueur de sa torche électrique.

— J'ai l'impression que vous avez quelques échardes. A quand remonte votre dernière piqûre contre le tétanos ?

—Je n'en sais rien. Il me semble que je dois être encore vaccinée.

Elle était assise dans une flaque et avait la sensation de s'enfoncer de plus en plus.

— Pour l'instant, je risque plutôt de mourir noyée.

Elle ne s'était pas attendue à le voir sourire. Et encore moins que son pouls s'accélère autant.

Il désigna du menton la maison voisine dont on percevait l'imposante silhouette dans la pénombre.

— Venez avec moi, il faut que je regarde ça de plus près.

Elle remua les orteils et tenta de dissimuler la douleur qui irradiait jusqu'à sa cheville. Elle ne savait pas sur quoi elle avait marché, mais elle s'était planté quelque chose dans le pied.

— Non, ça va. Je ne veux pas vous déranger, objecta-t-elle en jetant un coup d'œil aux marches de sa maison. Si vous vouliez bien me prêter une lampe ou quelques bougies, ce serait parfait.

— J'ai l'impression qu'on ne vous a rien dit.

— Quoi donc ?

— Votre maison est en quarantaine pour cause de peste bubonique.

— Ah !... Vous aussi êtes docteur, alors. Vous avez fini par faire médecine, comme votre père.

— Effectivement, je me suis inscrit à la faculté de médecine. Mais je ne suis jamais allé jusqu'au bout.

Il passa un bras sous son coude et l'aida à se relever.

— Trop de cadavres dans la salle de dissection ?

— Trop de soleil à l'extérieur, plutôt. Vous pouvez marcher ou je dois vous porter?

— Non... Ça va très bien, je vous assure.

Pour montrer qu'elle disait vrai, elle voulut faire un pas en direction de la maison. Mais à peine eut-elle posé le pied à plat qu'elle grimaça de douleur.

— Bon, je vais m'occuper de vous, décréta-t-il en lui passant d'autorité le bras autour de la taille. Mais je dois vous prévenir que je n'ai pas opéré depuis plusieurs années.

— Je croyais que vous n'étiez pas allé au bout de vos études ?

— En effet. Mais, comme vous l'avez si bien dit, j'ai eu plus d'une fois l'occasion de m'exercer sur des cadavres.

Elle sourit.

— Voilà qui me rassure. Une seconde, ajouta-t-elle en montrant son sac qui gisait un peu plus loin dans l'herbe.

Elle alla le ramasser à cloche-pied et le coinça sous son bras.

Elle ne voulait pas qu'il la prenne par la taille — et encore moins dans ses bras. Elle se dirigea vers la maison voisine, toujours en sautillant.

— Nous y sommes presque, annonça-t-il en venant la soutenir par le coude.

— Je vous préviens que je ne veux pas entrer chez vous. Vous mettrez peut-être ça sur le compte d'une coquetterie déplacée, mais j'ai honte de mon allure.

Elle écarta une mèche mouillée de son visage.

— Je n'irai pas plus loin que la véranda. Donc, si vous voulez jouer au docteur, il faudra le faire ici même, là où tout le monde pourra m'entendre crier.

— Vous me donnez des idées.

Son ton amusé lui fit lever les yeux. Elle rougit et chercha à détourner la conversation.

— Votre père profite bien de sa retraite ?

Elle éprouva quelques difficultés à grimper les trois marches qui menaient à la véranda et sentit le bras de Mick lui entourer la taille.

— Comment savez-vous qu'il a pris sa retraite ? demanda-t-il, l'air surpris. Je pensais que vous n'aviez plus de contacts avec les gens de Stonybrook.

— Après la naissance d'Emily, Ted m'a dit qu'il regrettait que votre père...

Elle se tut. L'espace d'un instant, elle avait presque oublié que son frère se trouvait actuellement en prison, accusé du meurtre de sa femme et de ses deux petites filles.

— ... que votre père ait vendu son cabinet pour prendre sa retraite, acheva-t-elle.

Mick l'aida à s'asseoir dans un grand fauteuil en rotin, dans la véranda.

— Oui, il a été le seul médecin de cette ville pendant de nombreuses années... A présent, il voyage autour du monde avec ma mère. Ils prennent du bon temps ensemble. Mais, chaque fois que je l'ai au téléphone, il me fait remarquer qu'il a fallu un généraliste, deux pédiatres et un spécialiste pour le remplacer.

— C'est vrai ?

— Jusqu'à un certain point. Il oublie de préciser que la population de la ville augmente sans cesse. Nous sommes en pleine expansion. Nouvelles écoles, nouvelles constructions... Beaucoup de gens veulent s'installer ici.

Elle tourna la tête vers la porte. Derrière, un chien gémissait doucement.

— Restez là. Je vais aiguiser mes couteaux.

Elle prit la torche électrique qu'il lui tendait et sourit à le voir enjamber le chien pour entrer, tout en essayant de l'empêcher de sortir.

— J'aime les chiens, vous pouvez le laisser venir.

— Vous l'aurez voulu.

Il ouvrit la porte en grand, et une boule de poils dorés bondit sur elle. Mick attendit un moment, de façon à s'assurer que tout se passait bien entre eux.

— Il s'appelle Max.

Elle le caressa.

— Nous avons fait connaissance à distance, quand je suis entrée chez moi tout à l'heure.

— Le temps de préparer l'eau bouillante et je reviens.

— Ne vous pressez pas.

Il disparut à l'intérieur de la maison. Léa l'attendit en cajolant le chien qui grogna de plaisir.

— Tu es du genre qui aboie, mais ne mord pas, n'est-ce pas ?

Elle lui gratta les flancs et le dos, sans s'inquiéter des poils qui se collaient sur ses vêtements mouillés. Max bondit dans le fauteuil près du sien et s'étira vers elle en allongeant la moitié de son énorme corps sur ses jambes. Surprise, elle éclata d'un rire joyeux.

— Oh, un petit toutou qui aime se mettre sur les genoux, dit-elle en lui flattant le museau.

Mick revenait déjà, les mains pleines.

— Descends de là, sale bête!

— Laissez, il ne me dérange pas du tout.

Devant son sourire éclatant, elle sentit son corps s'embraser. Mick avait ôté sa casquette de base-ball et sa veste. Elle le trouva changé. Le Mick Conklin qu'elle avait quitté vingt ans plus tôt n'avait que dix-huit ans et s'apprêtait à entrer à l'université. Celui-là était un homme.

— Au pied, Max !

Le chien abandonna à regret les genoux de Léa et se dirigea en haletant vers l'escalier. Puis, après avoir descendu les marches, il surveilla son territoire d'un air important.

— Il adore les orages.

Mick lui tendit la serviette qu'il avait sous le bras. Léa le remercia, s'essuya le visage et les bras et se frictionna les cheveux. Les éclairs s'étaient éloignés, mais la pluie continuait à tomber violemment. Elle se sentait à l'abri, dans la véranda de son ancien voisin.

Elle considéra Max qui roulait sur le flanc avec un soupir.

— J'ai vraiment envie d'un chien.

— Si vous voulez, je vous le prête pendant un jour ou deux. Ça devrait vous faire changer d'avis, assura Mick tout en allumant deux bougies placées dans de grands pots à confiture vides.

Il les posa sur la table, puis prit un tabouret au coin de la rambarde et s'installa en face d'elle.

— Donnez-moi votre pied.

— Laissez-moi d'abord regarder.

Elle allongea le bras pour attraper la torche, mais il l'écarta hors de sa portée.

— Ne craignez rien. Je tâcherai de ne pas vous faire souffrir plus que nécessaire.

Une grande main s'enroula autour de sa cheville. Sans un mot, il ouvrit la trousse à pharmacie et la lui confia.

Elle serra la serviette contre sa poitrine, des frissons lui parcourant le dos en vagues tièdes. Elle ne savait plus qu'elle contenance adopter. Le contact de cette main l'obligeait à partager avec lui une intimité à laquelle elle n'était pas habituée. Elle s'enfonça dans son siège en rotin, cherchant à mettre un peu de distance entre eux, tandis qu'il lui massait le talon et la plante de pied.

Au bout d'un moment, il posa la torche électrique à terre, le faisceau de lumière vers le haut, et sortit quelque chose de la trousse.

Baissant les yeux, elle essaya de s'intéresser à ce qu'il faisait, puis au mobilier de la véranda. Mais elle revenait sans cesse vers ses longs cils, ses cheveux coupés court, son T-shirt qui mettait en valeur son torse musclé et ses épaules carrées...

— Aïe!

Elle faillit bondir de son fauteuil, mais il ne lâcha pas son pied.

— Qu'est-ce que vous faites? s'écria-t-elle. Vous creusez un canal ?

— Je voulais simplement m'assurer que vous ne dormiez pas.

— Eh bien, vous avez votre réponse. Je suis parfaitement réveillée.

Il eut un petit sourire et recommença à farfouiller dans sa blessure avec les pincettes qu'il tenait à la main. Quand il appuya de nouveau sur l'écharde, elle remua dans son fauteuil.

— Attendez une minute. Je n'ai pas donné mon accord pour une chirurgie exploratrice... Je veux dire... J'ai signé pour le don d'organes, mais après ma...

— Arrêtez de gigoter. C'est presque terminé.

Elle sursauta encore.

— Je croyais qu'il s'agissait juste d'un petit éclat...

— C'était une poutre.

Levant les pincettes, il exhiba une longue et vilaine écharde tel un trophée.

— Ce n'est pas fini. Il faut désinfecter.

Elle se radossa au fauteuil et serra plus fortement la serviette contre sa poitrine.

— Merci. J'avoue que j'ai cru un moment que vous n'hésiteriez pas à amputer.

Elle ne se plaignit pas quand il tamponna la plaie avec un désinfectant, mais ne put s'empêcher de grimacer. Max revenait vers eux avec une balle de tennis toute mâchouillée qu'il laissa tomber sur ses genoux. Elle la lança sur le plancher, et il l'attrapa d'un bond.

— Vous avez vraiment besoin de quelqu'un pour le garder?

— En fait, non. Heather lui tient compagnie quand je pars travailler.

Mick attrapa un tube de crème et baissa la voix.

— Cet animal est trop chouchouté, je dois sans arrêt le menacer pour qu'il obéisse, expliqua-t-il avant de lancer normalement : Max! Si tu continues, je te dépose à la fourrière!

Le chien n'eut pas l'air impressionné, car il ignora superbement son maître et posa de nouveau la balle sur les genoux de Léa.

— Heather, c'est ma fille. Elle est revenue vivre avec moi il y a deux semaines. Sa mère s'est installée à Los Angeles.

Elle garda les yeux baissés vers le chien dont elle caressait les oreilles, tandis que Mick appliquait soigneusement un large pansement adhésif sur son pied. Elle se demanda ce qu'il avait fait pendant toutes ces années. Elle aurait bien voulu en savoir plus sur son mariage, sur sa fille. Seulement, elle-même se débattait dans les complications depuis si long-temps qu'elle ne savait même plus comment s'y prendre pour se faire des amis. De toute façon, ce n'était pas le moment, elle avait d'autres soucis.

Elle posa le pied par terre alors que Mick remballait son matériel.

— Merci, docteur.

— Je vous en prie.

Elle avait tout de même baissé sa garde, ce soir. L'espace d'un instant, elle s'était contentée d'être elle-même. Ce qui ne signifiait pas qu'elle était prête à se lier d'amitié avec lui. Elle ne comptait rester que quelques jours à Stonybrook, une semaine tout au plus. Juste le temps qu'il fallait pour rompre définitivement les liens qui la rattachaient encore à cette ville.

Il avait fini de ranger ses affaires. Elle se leva.

— Bien...

— Vous n'êtes pas obligée de partir tout de suite. Je vais reposer ça dans la cuisine et je reviens.

Elle secoua la tête en souriant.

— J'ai une journée chargée, demain.

— Vous ne voulez pas au moins attendre que l'électricité fonctionne de nouveau ?

Comme en réponse à son signal, les lumières se rallumèrent d'un seul coup.

— Je vois que vous possédez un certain pouvoir, plai- santa-t-elle. Vous auriez fait fortune lors de la grande panne d'électricité sur la côte Ouest.

Elle flatta une dernière fois la tête du chien et se dirigea vers les marches.

— Hé, vous n'allez quand même pas repartir pieds nus et abîmer mon beau travail !

— Je n'ai plus onze ans, docteur Conklin, et ma vie n'est pas en danger.

— Je le vois bien. Et je vois aussi que vous êtes très douée pour piétiner l'amour-propre d'un homme.

Il posa une main sur son bras.

— Attendez... Je vais au moins chercher un parapluie et vous raccom-pagner jusqu'à votre porte.

Une attention parfaitement inutile puisqu'elle était déjà trempée, mais elle se retint de tout commentaire et le regarda disparaître dans la maison. Elle l'entendit jeter la trousse à pharmacie par terre, puis il réapparut avec une paire de chaussures noires et un énorme parapluie.

Elle contempla fixement les hautes semelles compensées.

— Je ne me verrais pas porter ça toute la journée... Vous êtes sûr qu'elles ne vont pas vous manquer, si vous sortez?

— Très drôle ! Ce sont celles de Heather, pas les miennes. Elle dort là-haut à poings fermés et elle n'en aura pas besoin ce soir.

Avec un sourire, Léa se glissa dans les chaussures.

— J'ai l'impression de marcher sur des échasses.

Il ouvrit le parapluie et la prit par le coude afin de l'aider à descendre les marches de la véranda.

— Vous comptez rester combien de temps par ici ?

— Le week-end, je pense.

— Et vous avez l'intention de camper dans cette maison ?

— Oui. Comme ça, je serai sur place pour nettoyer.

Concentrée sur sa marche, elle traversa le jardin en regardant par terre, histoire de ne pas perdre l'équilibre. Arrivée devant sa véranda en ruine, elle leva les yeux. La porte était toujours grande ouverte, comme elle l'avait laissée.

— Vous êtes sûre de vouloir passer par là ? Ce serait moins dangereux par-derrière.

— Non, ça ira très bien.

Elle enjamba le trou dû à la marche manquante et gravit prudemment l'escalier. Une fois dans la véranda, elle ôta les chaussures avant de les tendre à Mick.

— Vous remercierez Heather de ma part.

— Vous aurez peut-être l'occasion de faire sa connaissance ce week-end.

— Peut-être.

Elle lui adressa un léger signe de la tête et rentra dans sa maison lugubre en se demandant pourquoi elle s'était tellement dépêchée de revenir de ce côté du jardin.

Marilyn se tortilla dans son fauteuil. Sur la scène, un vieux politicien verbeux continuait à débiter son discours d'une voix monocorde. Cela faisait dix minutes qu'elle s'ennuyait à mourir. La cérémonie de remise des prix universitaires — une bourse financée par Stéphanie Foley — promettait d'être longue et pénible.

Ses pieds enflés la faisaient souffrir. Elle baissa les yeux vers son ventre que cette seconde grossesse avait gonflé comme un ballon. Elle avait sans cesse envie de dormir, mais avec le bébé qui cavalait partout dans la maison, c'était impossible.

Dans le public, personne ne la regardait. On ne lui avait adressé la parole que pour lui demander des nouvelles de Ted et d'Emily, ou des précisions sur la date du grand événement. Personne ne lui avait fait le moindre compliment. Elle ne se souvenait même pas de la dernière fois qu'un homme avait jeté un regard sur ses seins ou ses fesses.

Pleine de rancœur, elle tourna la tête vers sa mère, assise près d'elle. Très digne, Stéphanie portait un tailleur bleu marine très chic dans lequel elle paraissait jeune, belle et soignée. Puis Marilyn observa Bob Slater, assis au premier rang. Ce collet monté n'avait d'yeux que pour sa femme.

Son regard glissa jusqu'à l'entrejambe de son beau-père, et elle se demanda vaguement si ce serait très difficile de le faire bander. Il suffirait probablement de poser la main sur sa queue. Elle frissonna à l'idée de donner à sa mère une petite leçon quant à la prétendue fidélité conjugale.

La porte de l'auditorium s'ouvrit, et die les vit entrer.

Ted, avec Emily sur son dos, dans un porte-bébé. Elle sentit toutes les fibres de son corps se détendre.

Il lui adressa un sourire chaleureux auquel elle répondit discrètement. De nouveau, ce mystérieux sentiment de bonheur et de plénitude l'envahit, chassant toute amertume.

Lui, il l'aimait plus que tout au monde.

Chapitre Cinq

IL NE PLEUVAIT PLUS, mais l'air était encore lourd et humide. Debout au milieu de l'allée, Mick ferma son parapluie et écouta le chant des criquets. Il vit Léa qui sortait de sa maison. Elle tira soigneusement la porte derrière elle. En la découvrant au pied des marches, la nuit précédente, il avait eu l'impression de faire un bond de vingt ans en arrière et de retrouver la petite fille d'à côté, celle qui contemplait gravement les adultes de ses grands yeux noisette.

Adolescent, il s'inquiétait à son sujet, et il n'était pas le seul. Dans la rue des Peupliers — pour ne pas dire dans toute la ville —, les gens savaient que le couple Hardy battait de l'aile. Et l'on savait aussi que les enfants en pâtissaient. Ted semblait solide, ouvert, sociable, et il mettait un point d'honneur à avoir l'air de se fiche de tout. Il n'était pas facile à cerner. Léa, c'était différent. Elle dissimulait mal sa fragilité, et ceux qui côtoyaient les Hardy se rendaient bien compte qu'elle subissait en silence.

Toujours au milieu de son allée, il la vit à travers les fenêtres de façade grimper à l'étage avec un gros sac, puis détourna le regard. Il siffla. Max dévala l'escalier de la véranda en courant. Mick arracha la balle qu'il tenait dans sa gueule et la relança dans le jardin, entre les deux maisons.

La veille au soir, Léa avait manifesté un sens de l'humour surprenant. Mais ce qui l'avait étonné plus que tout, c'était l'attirance qu'il avait ressentie à son égard.

Un pick-up tourna au coin et remonta lentement la rue. Mick le suivit des yeux avec méfiance. Quand le véhicule se rangea près du trottoir à sa hauteur, il reconnut derrière le volant le chef de la police de Stonybrook, Rich Weir, habillé en civil.

En voyant Mick, il fit descendre la vitre de sa portière et le salua de la tête.

— Que se passe-t-il ici? demanda-t-il avec un geste en direction de la maison des Hardy.

Mick n'aurait su l'expliquer, mais la question l'agaça un peu.

— Tu es en service, Rich ?

— Je suis toujours en service.

Il sentit une odeur de cuisine chinoise et avisa sur le siège du passager une boîte en carton contenant plusieurs barquettes.

— C'est dans le cadre de ton service que tu fais des livraisons pour le Dragon de Pékin ?

— Très drôle! Je vais chez Sheila.

— Dis-lui donc bonjour de ma part.

Il siffla son chien une nouvelle fois et s'apprêta à remonter l'allée vers sa maison.

— Sérieusement, Mick, insista Rich en lorgnant vers la voiture garée devant la maison voisine. Tu sais qui est là-dedans ?

Mick se retourna vers lui et le regarda bien en face.

— Léa Hardy. Elle est venue pour le week-end.

— C'est bien ce que je pensais, grommela Rich en fronçant les sourcils. Qu'est-ce qu'elle fout ici ?

— Il y a une loi qui interdit aux gens de dormir chez eux ? Je ne crois pas en avoir entendu parler...

Le policier le considéra bizarrement.

— Je t'ai juste posé une question. Y'a un problème, mon vieux ?

S'approchant de sa vitre ouverte, Mick contempla fixement son visage carré.

— Peut-être. En tout cas, nous sommes dans un pays libre. Léa ne fait rien de mal. Et, avec ce qu'elle vient de traverser, il me semble que tu pourrais respecter sa vie privée et cesser de rôder par ici.

Rich émit un long sifflement.

— Eh ben! Quelle tirade! A t'entendre, on croirait qu'il y a quelque chose entre vous !

— Il n'y a rien entre nous.

— Désolé, mais tu as l'air tellement en rogne...

— Effectivement, je suis en rogne. Tu veux que je te dise pourquoi ?

— Je meurs d'impatience.

— Parce que tu as décidé qu'il fallait la surveiller. Comme ça, sans raison.

—Sans raison ? rétorqua Rich, brusquement furieux. Je suis payé pour veiller au calme dans Stonybrook. Je ne veux pas que les Hardy recommencent à semer le trouble. Maintenant que ce procès est fini, il est temps que tout rentre dans l'ordre ici. Peut-être qu'elle est venue chercher des histoires — une raison suffisante pour la surveiller. Et de près.

—Si tu veux le fond de ma pensée, Léa Hardy n'a rien d'une fauteuse de troubles. En remettant les pieds dans cette ville, elle se doutait probablement que les gens guetteraient l'occasion de lui cracher à la figure. Cette fille a des couilles. Reconnais-le, au moins! Et reconnais que ça mérite le respect.

Se redressant, Mick s'éloigna de la camionnette.

— Au revoir, Rich. Tu ferais mieux d'y aller, ta livraison refroidit.

———

La CB grésilla, puis émit un sifflement qui fit trembler les fines cloisons de la vieille caravane. Dusty Norris tendit le bras et manœuvra le bouton jusqu'à ce que la voix redevienne audible.

« Russo a encore appelé pour signaler que des adolescents avaient garé leur voiture juste devant son allée... »

Il avait déplié un journal de Doylestown sur la table de jeu qui lui servait de bureau. A la faible lumière d'une ampoule électrique, il découpait avec application le dernier article concernant le procès, tout en écoutant la fréquence de la police.

« Jeff, tu peux passer voir? Je suis de l'autre côté de la ville. »

Il mit l'article de côté et entreprit de détacher une photographie de Léa Hardy. Il s'interrompit le temps de contempler le cliché. Elle portait un costume noir, des lunettes de soleil, et traversait la rue en direction du tribunal.

« O.K., Robin. Mais c'est la deuxième fois que je te rends ce service, ne l'oublie pas. C'est toi qu'il attend. Tu lui plais. »

Dusty prit l'article et la photographie et se dirigea vers le tableau en liège accroché près de la porte de sa caravane. Il n'y avait presque plus de place, mais il parvint quand même à caser les coupures du jour.

« T'as rien compris. C'est pour toi qu'il bande, mon pote », répliqua la voix féminine de Robin.

— Bonne réponse, murmura-t-il tout en revenant vers la vieille chaise pivotante sur laquelle il se laissa lourdement tomber.

D'un geste vif, il posa ses pieds bottés sur le bureau.

— Ça fait un moment que vous auriez dû comprendre qu'il préférait les hommes, bande de coudions.

Sur un tonneau de bois posé à l'envers, il attrapa son grand couteau de chasse et un morceau de bois représentant une silhouette féminine.

« Je viens d'arriver. Aucune voiture ne bloque l'accès à son allée. Bon sang, il me fait signe depuis le pas de la porte. Il veut que j'entre. »

« Si tu n'es pas revenu dans une heure, Jeff, je t'envoie des renforts. »

Dusty fit la moue en entendant le hennissement du policier qui dirigeait les opérations depuis le commissariat.

— Bonne chance, Jeff, espèce de trou du cul, commenta- t-il pour lui-même. Fais gaffe à ta braguette.

La lame tranchante du couteau gratta le bois, et l'ombre d'un sourire apparut sur son visage mal rasé. Suspendant son geste, il contempla rêveusement le mur recouvert de photographies.

Marilyn. Elle avait toujours aimé qu'on la prenne en photo. Il en avait toute une collection. Même une photo de son mariage... Enfin, une moitié, car Ted avait été éliminé depuis longtemps. Magnifique et terriblement sexy dans sa robe blanche, Marilyn regardait droit vers l'objectif. Droit vers lui.

Ses yeux glissèrent sur un autre cliché.

Marilyn, souriante, au bal des lycéens.

— Tu te souviens quand je t'ai raconté que j'avais surpris Russo en train de sortir sa queue devant des mecs, près de l'étang ? On a bien rigolé. Et tu as voulu relever le défi.

Il leva la pointe de son couteau et s'adressa à Marilyn. Elle le provoquait de son regard coquin.

— Tu l'as engagé pour des travaux de jardinage. Tu savais très bien que j'étais caché dans le bois derrière ta maison et que je vous observais.

Il se tourna ensuite vers une photographie jaunie de Marilyn adolescente, le jour où elle avait remporté le tournoi de tennis de la ville.

— Quand tu es sortie en maillot de bain et que tu t'es allongée sur la chaise longue de jardin, j'ai cru que ce vieux salaud allait avoir une crise cardiaque.

Il rit.

— Mais ça ne t'a pas suffi. Il a fallu que tu enlèves ton haut.

Il prit la statue de bois et caressa doucement la courbe des hanches, les seins bombés.

— Tu t'es retournée et tu lui as demandé de te passer de l'huile solaire dans le dos. Et sur les jambes. Je sais que c'est toi qui le guidais. Pourquoi tu lui as demandé de te toucher les cuisses ?

La lame du couteau entailla le bois, et un copeau s'en détacha.

— Ça m'a donné envie, Merl. Ça me faisait trop bander de te regarder.

Sa voix s'enroua.

— Et toi, ça te plaisait que je te regarde. Je crois que ce jour-là, avec Russo...

Ses yeux se posèrent sur Marilyn en Bikini, à la plage.

— Tu savais que je lâcherais tout dans mon pantalon. Tu savais que je ne pourrais pas m'en empêcher... Que je ne pouvais plus attendre...

De nouveau, la voix du policier résonna dans la caravane.

« Robin, il y a un chien qui n'arrête pas d'aboyer dans Ridge Avenue. Il faudrait que tu ailles voir. »

« Jeff est toujours à l'intérieur, pas vrai ? »

Dusty sentit quelques gouttes sur son épaule et leva le nez vers la tache humide au-dessus de sa tête. Il se déplaça légèrement sur sa chaise à roulettes et, du bout de sa botte, poussa un seau en métal sous la fuite.

« Robin, Russo se contentera peut-être de Jeff, en attendant que tu consentes à l'épouser. »

« On peut toujours rêver ! Il peut se le garder, pour ce que j'en ai à foutre! C'est bon, je vais vers Ridge Avenue, maintenant. »

Dusty contempla sur sa gauche une minuscule fenêtre couverte elle aussi de coupures de journaux et de photographies. Marilyn faisant des mondanités. Sur l'une d'elles, elle passait une médaille autour du cou de Robin. Dont la main caressait comme par inadvertance sa poitrine.

— Ouais, tu as toujours aimé que je te regarde faire, Merl.

Il sentait grossir une érection sous son pantalon. Déposant le couteau et la statuette de bois sur le tonneau, il défit sa braguette, puis se tourna de nouveau vers l'image de Marilyn à la plage.

— Comme la fois où tu es revenue en ville à Noël avec une copine d'université. Ouais, ça valait le coup de lui montrer le moulin en plein orage.

Il referma la main sur son sexe en érection et sortit un chiffon de sa poche.

— Toutes les deux... dans l'escalier du moulin. Je vous ai vues. J'ai vu ce que vous faisiez.

Son souffle devenait de plus en plus court, et sa main accélérait le rythme le long de son pénis.

— Toi aussi tu m'as vu, Merl. Tu as renversé la tête en arrière. Tu... tu m'as regardé droit dans les yeux... quand... quand tu es venue.

« Je suis de retour... et toujours vierge », fit la voix de Jeff dans l'appareil.

Dusty poussa un grognement et éjacula dans le chiffon.

« On ne te demande pas tant d'explications, Jeff. »

« La prochaine fois, Robin, tu y vas. »

« Ça suffit, vous deux, interrompit en gloussant leur collègue du commissariat. Jeff, puisque tu es dans le coin, va donc faire un tour du côté de la rue des Peupliers. »

Dusty s'essuya avec le chiffon et le lança dans un coin.

« Pourquoi ? Qu'est-ce qui se passe, là-bas ? »

« Le chef a appelé. La fille Hardy est en ville. »

Dusty était en train de remonter sa braguette. Il suspendit son geste, toutes les fibres de son corps en alerte. Une bouffée de haine l'envahit.

« Sans déconner? Léa Hardy? »

« En personne. Le chef veut qu'une patrouille de police surveille le coin cette nuit. »

« Il a peur qu'il se passe quelque chose? » s'enquit Robin.

Dusty étendit lentement le bras vers le couteau de chasse et referma ses doigts sur le manche.

« Qu'est-ce que tu veux que j'en sache. En tout cas, c'est sûr que cette famille n'a jamais apporté que des emmerde- ments. »

Dusty fit brusquement pivoter sa chaise, et la pointe du couteau alla se ficher dans la photographie de Léa, de l'autre côté de la caravane. Il n'avait pas perdu la main. Le couteau atteignit sa cible en plein centre et resta planté là.

— Pas cette fois, murmura-t-il. Aucun Hardy ne viendra embêter ma Merl.

— *Pourquoi ne viendriez-vous pas habiter à Stonybrook, Ted? Ça ferait tellement plaisir à Stéphanie.*

Bob Slater posa une main amicale sur l'épaule de Ted.

— *Regardez-la. Dès qu'elle s'approche de ses petites-filles, elle se transforme aussitôt en grand-mère gâteau.*

Ted contempla sa belle-mère qui s'apprêtait à donner le biberon au bébé, tandis qu'Emily jouait à ses pieds. Le tableau ne manqua pas de l'attendrir, mais il secoua la tête en souriant.

— *Nous ne pouvons pas vivre à Stonybrook.*

— *Allez, Ted. Ce n'est tout de même pas à cause de cette vieille histoire. Plus personne ne s'en souvient.*

Marilyn sortit de la cuisine. Ted la vit rougir de colère quand elle surprit la scène.

— *Ted, tu sais que je voulais que ce soit toi qui donnes le biberon à Hanna.*

Elle se précipita vers sa mère et lui arracha le bébé des bras.

— *Mais... Marilyn...,* implora Stéphanie.

— *Prends Emily, Ted. C'est l'heure de sa sieste.*

Elle lança un regard mauvais à sa mère et sortit de la pièce en lâchant :

— *Désolée, les visites sont terminées.*

Ted ne serait pas retourné à Stonybrook, même en échange d'un million de dollars. Et ce n'était pas à cause de la famille Hardy.

Chapitre Six

Heather enfila un T-shirt noir et alla devant le miroir poser une touche de rouge à lèvres noir sur sa bouche.

Le reflet lui renvoya une silhouette frêle, toute vêtue de noir. Excepté de larges cernes sous ses yeux, on ne remarquait rien de particulier.

Se détournant, elle attrapa son sac à dos avant de traverser la pièce d'un pas résolu. Elle ramassa son ours en peluche, chercha ensuite son CD préféré, une version rap des chansons de Kurt Cobain, et le glissa avec l'ours dans le sac. Puis ce fut le tour du T-shirt Metallica qu'elle avait eu à un concert, à Los Angeles. Ensuite, elle se dirigea vers l'armoire et fouilla l'étagère du haut afin de mettre la main sur sa paire de boucles d'oreilles en diamant — cadeau d'anniversaire de sa mère pour ses quinze ans. Elle les fourra tout au fond du sac. Enfin, elle ramassa sa veste en cuir qui traînait par terre, et la tassa par-dessus le tout. Le sac ne fermait plus, mais ça n'avait aucune importance.

Au moment de sortir, elle s'aperçut qu'elle avait oublié ses cigarettes. Elle alla chercher à tâtons son paquet et un briquet, dissimulés eux aussi tout en haut de l'armoire, et les glissa dans sa poche. Puis elle sortit silencieusement dans le couloir.

Elle passa rapidement devant la chambre de son père. L'eau coulait déjà dans sa salle de bains. Max la rejoignit. Bien qu'elle ne prête aucune attention à ses jappements enthousiastes, il la suivit dans l'escalier.

Les aiguilles de la grande pendule étaient à la verticale. 6 heures sonnèrent juste au moment où elle arriva en bas. Elle lança un regard furieux à cette bruyante antiquité et enfila ses chaussures à semelles compensées. Après un dernier regard vers l'étage, elle traversa la cuisine et s'éclipsa par-derrière. Le chien faillit en profiter pour s'échapper. Elle eut tout juste le temps de lui fermer la porte au nez.

Dehors, elle trouva un brouillard épais et morne. L'herbe paraissait humide, et la brume se déployait en volutes. Elle ne voyait même pas le mur de pierre au fond du jardin. Les fleurs et le faîte du grand mûrier disparaissaient aussi dans la brume, et c'est à peine si elle entrevoyait la forme de la maison des Hardy, cette baraque complètement déglinguée.

Super, comme atmosphère.

Descendant prudemment les marches de la véranda, Heather rajusta le sac à dos sur son épaule, sortit une cigarette et l'alluma avant de traverser le jardin. A peine eut-elle fait un pas dans l'herbe détrempée que ses pieds devinrent humides, et ce fut pire encore lorsqu'elle parvint chez les Hardy où les hautes herbes mouillèrent aussitôt son pantalon.

Elle passa devant l'ancien hangar à carrioles. Le bois presque noir avait l'air gorgé de pluie. Elle songea qu'il avait dû tomber un peu plus qu'une petite averse, la veille.

Elle allait contourner le hangar, mais se ravisa. Elle devinait à travers le brouillard la silhouette d'un opossum qui se dandinait sur le mur, droit devant elle. Finalement, ce n'était pas une si bonne idée de passer par-derrière.

Elle tira une bouffée de sa cigarette et revint vers l'allée de gravier qui menait à la rue, près de la maison des Hardy. Tout en marchant, elle réfléchissait. D'ordinaire, elle dormait beaucoup, mais, depuis quelque temps, elle n'arrivait plus à fermer l'œil. Elle ne faisait que gamberger. Penser, penser encore. A sa mère surtout. Sa propre mère ne l'aimait plus et l'avait foutue à la porte. Il y avait de quoi se rendre malade. Du côté de son père, ce n'était guère mieux. Il n'avait pas encore compris qu'elle n'avait plus deux ans. Il croyait qu'il suffisait de la dorloter comme un bébé pour la rendre heureuse.

Elle s'en voulait aussi. C'était tellement difficile de tout assumer. De tout faire correctement. A mesure que les jours passaient, elle se sentait devenir de plus en plus idiote et fainéante. Elle grignotait quelques sucreries dans la journée et ne mangeait rien de sain. Bien sûr, avec ce régime imbécile, elle prenait du poids. Elle avait de trop grosses fesses et pas assez de poitrine. Les cheveux mauves, ça ne lui plaisait plus — même si ça valait le coup, rien que pour la tête que faisaient les plouces de Stonybrook quand ils la croisaient.

Elle se sentait nulle, elle avait une vie de merde.

Elle n'en était qu'à la moitié de sa première cigarette, mais elle en alluma une deuxième et jeta la première dans l'herbe humide. Elle aspira une profonde bouffée. Son estomac affamé gargouilla sans qu'elle y prête attention.

— Bonjour.

Son pied glissa hors de sa chaussure, et la cigarette lui échappa de la bouche. Elle se retrouva par terre, les fesses sur le gravier. Le cœur battant violemment à ses oreilles, elle sentit les petits cailloux s'enfoncer dans la paume de sa main et se releva vivement tout en tentant désespérément de percer le brouillard.

Quelques années auparavant, quelqu'un lui avait raconté que la maison des Hardy était hantée. Elle aurait peut-être dû y réfléchir à deux fois, avant de traverser la propriété.

— Vous n'avez rien? Désolée de vous avoir effrayée. Je suis là.

Elle aperçut la silhouette d'une femme qui se penchait par-dessus la rambarde de la véranda. Elle lui faisait signe d'approcher. Rassemblant ses esprits, Heather ôta le gravier collé à la paume de sa main, glissa son pied dans sa chaussure et avança de quelques pas.

— Quel temps étrange, hein ?

En temps normal, elle aurait envoyé paître cette pipelette et tourné les talons. Mais ses pieds semblaient mus par une volonté propre.

— Je suis Léa Hardy.

— C'est pas vrai !

Elle n'avait pas voulu dire ça tout haut, mais les mots lui avaient échappé. Bouche bée, elle contempla cette femme toute simple, toujours penchée par-dessus la rambarde de la véranda. Ses cheveux étaient tirés en queue-de-cheval, et son pâle visage n'avait pas une trace de maquillage. Comme elle lui souriait, Heather se dit qu'elle avait l'air inoffensive et qu'elle essayait tout simplement d'engager la conversation.

— Dans cette ville, même ceux qui ne me connaissent pas ont entendu parler de moi.

Elle baissa les yeux vers les chaussures de Heather avant de lui tendre la main par-dessus la rambarde.

— Je crois que, moi aussi, j'ai entendu parler de toi.

Heather considéra un instant la main tendue et décida de ne pas la serrer.

— Je dois y aller.

La femme reposa sa main sur la rambarde comme si de rien n'était.

— Et merci de m'avoir prêté tes chaussures.

Surprise, Heather regarda ses pieds trempés.

— Quoi ?

— J'ai eu quelques aventures la nuit dernière, expliqua Léa en riant doucement. Je suis arrivée en plein milieu de l'orage et j'étais morte de peur à l'idée de rentrer à l'intérieur de la maison. Ça faisait vingt ans que je n'étais pas revenue ici. Et voilà que, tout à coup, on se serait cru en pleine nuit d'horreur à Amityville : toutes les lumières ont sauté.

Heather ne savait pas ce que valait une nuit d'horreur à Amityville, mais elle remarqua le pansement au pied de Léa Hardy. Elle aussi se blessait souvent.

— Bref, en cherchant à fuir, je me suis coincé le pied dans cet escalier.

Elle suivit son regard et contempla le trou laissé par la marche manquante.

— Tu es bien Heather, n'est-ce pas ?

Elle hocha la tête avec méfiance.

— Ton père a eu la gentillesse de m'emmener jusqu'à votre véranda afin d'enlever mon écharde. Comme j'étais pieds nus, il m'a prêté tes chaussures pour revenir jusque chez moi.

Léa désigna d'un geste leur véranda et le trajet qu'elle avait parcouru la veille.

A travers les planches de la rambarde, Heather vit qu'elle avait aussi le tibia égratigné.

— Désolée de t'accaparer avec mon bavardage, s'excusa soudain Léa en s'éloignant de la rampe. Ça m'a fait du bien de mettre le nez dehors et de croiser un être vivant dans le jardin.

Elle était tellement franche et directe que Heather n'eut pas envie de l'envoyer promener.

— Vous avez l'intention de rester? demanda-t-elle.

La femme secoua la tête.

— Je veux vendre cette maison. Le plus vite possible. J'ai besoin d'argent.

— A cause de votre frère ?

— Oui, en effet. Il faut que je lui trouve un autre avocat.

D'habitude, les adultes la traitaient comme une gamine ou une crétine. Mais elle, non. Elle était franchement sympa.

— Tu crois que je peux aller récupérer discrètement mon sac que j'ai dû oublier dans votre véranda, la nuit dernière ? s'enquit Léa en regardant du côté de leur maison.

— Bien sûr. Aucun problème. Bon... euh... maintenant, je dois filer.

Heather ajusta le sac à dos sur son épaule.

— Merci de t'être arrêtée.

Elle haussa les épaules avec désinvolture et se remit en marche. Arrivée au bout de l'allée, pourtant, elle éprouva le besoin de jeter un coup d'œil derrière elle. La femme Hardy n'avait pas bougé et la suivait des yeux.

— Bonne chance pour trouver un nouvel avocat. J'espère que votre frère s'en sortira.

Léa lui adressa un bref hochement de tête et cligna des paupières. Apparemment, elle était émue.

Heather lui tourna le dos et sortit dans la rue en se demandant ce qui lui avait pris de se montrer si aimable.

Sauf qu'elle ne le savait que trop. En tant que baby-sitter d'Emily et d'Hanna, elle avait pu constater à quel point Ted était un père affectueux et attentionné. Comme son père à elle, autrefois.

Les petites... La gorge serrée, elle avala sa salive et alluma une cigarette. Elle ne voulait pas penser à elles maintenant. Ni à Marilyn. Même si elle était contente que quelqu'un ait enfin réglé son compte à cette salope.

Ses pas la guidèrent vers le parc. A quoi bon se montrer amicale avec cette Léa? Qu'est-ce que ça pouvait lui faire, ce que la sœur de Ted pensait d'elle ?

Merde. C'était un peu tard pour devenir gentille. Trop tard pour tout, d'ailleurs. Bientôt, l'opinion des gens n'aurait plus aucune importance.

Léa regarda la silhouette de l'adolescente disparaître dans le brouillard, puis elle enfila ses baskets et descendit l'escalier avec précaution. Heather l'avait émue, elle semblait sincère à propos de Ted.

Léa avait mal dormi. Vers minuit, un bruit l'avait encore effrayée. En cherchant sa bombe anti-agression, elle avait découvert que son sac était resté dans la véranda des Conklin. Elle s'était sentie terriblement vulnérable sans clés de voiture, sans portefeuille ni téléphone portable. Pourtant, il était hors de question qu'elle quitte la maison en pleine nuit. Et, de toute façon, avec Max qui montait la garde à côté, il lui aurait été plutôt difficile, voire impossible, d'aller récupérer ses affaires sans se faire remarquer. Elle s'était donc résolue à attendre dans le noir.

En atteignant le trottoir, elle se retourna afin de jeter un coup d'œil à la maison en plein jour. On devinait à travers le brouillard les fenêtres délabrées, la peinture écaillée et la véranda affaissée. L'image même de la désolation.

Se détournant, elle se dirigea vers la maison des Conklin. Les herbes folles avaient envahi le jardin autrefois si bien entretenu. Il fallait commencer par là. Nettoyer les abords de la maison ne pouvait qu'inciter les visiteurs à entrer.

Elle gravit le perron de ses voisins. Derrière le cadre de la moustiquaire, la porte vitrée paraissait fermée. Léa scruta la véranda à travers les planches de la rambarde. Son sac était posé au pied du grand fauteuil en rotin, là où elle l'avait laissé la veille.

Elle monta l'escalier sur la pointe des pieds, mais Max l'entendit et aboya à l'intérieur de la maison. Elle se dépêcha de récupérer son bien en espérant ne pas avoir réveillé Mick.

Son sac sous le bras, elle s'apprêtait à repartir comme elle était venue quand la porte s'ouvrit.

— Léa!

Elle grimaça d'un air coupable.

— Eh oui, encore moi.

— Comment va votre pied ?

— Bien mieux. En fait, je crois qu'il n'y a plus rien.

Elle embrassa d'un coup d'œil l'homme et le chien, debout derrière le cadre de la moustiquaire. Les cheveux humides, Mick était torse nu. Gênée, elle baissa le nez vers Max, mais ses yeux tombèrent sur des jambes velues et musclées qui dépassaient d'un short kaki. De plus en plus gênée, elle leva la tête et exhiba son sac.

— Désolée de m'introduire comme ça chez vous. Je venais juste récupérer mon sac à main. J'ai croisé Heather, et elle m'a dit que je pouvais passer.

— Vous avez vu Heather?

Sans attendre de réponse, il poussa la moustiquaire et apparut avec son chien. Max sauta joyeusement autour d'elle, puis il dévala l'escalier et fila se soulager dans le jardin.

Léa essaya de se concentrer sur les cabrioles de l'animal, puis sur la barrière et les buissons parfaitement taillés. Tout plutôt que de penser aux épaules carrées de Mick ou à son bronzage.

— Elle est sortie ?

— Oui, elle est partie par là.

Elle pointa un doigt en direction de la rue.

— Quinze ans. Elle a quinze ans, se répéta-t-il. Il faut que je me mette dans le crâne qu'elle est suffisamment grande pour aller faire un tour si ça lui chante.

Léa savait par expérience que ce genre de commentaire n'appelait pas de réponse. Comme il arrivait parfois à certains parents, Mick avait juste besoin de s'épancher un peu.

— Je lui avais proposé de passer la journée avec moi, mais elle n'avait sans doute pas envie, poursuivit-il, une pointe de regret dans la voix. Au fond, elle fait exactement ce que je lui ai demandé. Elle prend l'air au lieu de rester à se morfondre dans sa chambre. Seulement, je ne pensais pas qu'elle sortirait à 6 heures du matin.

Il haussa les épaules.

— Désolé de vous infliger mes jérémiades au sujet de mes problèmes avec ma fille. Je sais que vous avez des ennuis autrement plus sérieux.

Elle secoua la tête.

— Non, ça va. En tout cas, j'ai été ravie de faire sa connaissance.

— Ne me dites pas qu'elle a daigné vous adresser la parole ?

— Eh bien, je dirais même qu'elle m'a fait un brin de conversation.

— Un brin de conversation? Vous êtes sûre que nous parlons de la même? Celle qui a des cheveux mauves...

— ... des piercings dans les sourcils, une véritable panoplie de boucles d'oreilles, énuméra-t-elle avant de poser un doigt sur sa lèvre. Pour la langue, je ne suis pas très sûre, mais il m'a semblé apercevoir une sorte de clou. Et elle portait les chaussures que vous m'avez gentiment prêtées la nuit dernière.

Mick rit. Puis il redevint sérieux, un pli barrant son front.

— Alors ? Est-ce qu'elle leur ressemble ?

— A qui ?

— Aux adolescents perturbés auxquels vous avez affaire dans votre travail.

Elle essaya de dissimuler sa surprise. Comment connaissait-il son métier ?

— L'allure des adolescents ne me choque plus, répondit-elle simplement. A son âge, s'habiller n'importe comment et adopter un comportement un peu bizarre est assez courant. C'est une façon de couper le cordon ombilical. Toutes les générations ont connu ça.

— Vous pensez que c'est ce qui se passe en ce moment pour Heather ?

— C'est ce qui se passe pour la plupart des jeunes de son âge.

— Vous ne vous mouillez pas. Ma question concernait Heather.

— Vous voulez des réponses, et je le comprends, Mick. Mais je n'ai échangé que quelques mots avec elle. Je ne la connais pas assez pour savoir si son comportement est celui d'une adolescente normale ou si elle a vraiment des problèmes.

L'inquiétude se peignit aussitôt sur le visage de son voisin.

— Qu'entendez-vous par là ?

— Rien du tout, assura-t-elle en secouant la tête, vaguement coupable.

A quoi bon l'inquiéter inutilement? Il n'y avait probablement pas de quoi.

— Je parlais boutique. Les gens comme moi ont du mal à se défaire de leur boulot.

— Que voulez-vous dire par « les gens comme moi » ?

— Vous posez trop de questions. N'auriez-vous pas suivi des études de droit par hasard, après avoir raté médecine ?

— Je n'ai pas raté médecine, corrigea-t-il avec un léger sourire. Mais, encore une fois, vous ne m'avez pas répondu.

« Les gens comme moi » — ceux qui n'avaient pas de vie amoureuse. Sauf qu'elle ne pouvait pas lui confier ça.

— J'ai tendance à m'attacher aux adolescents dont je m'occupe.

Il allait répliquer, mais elle l'interrompit d'un geste.

— Je sais que ce n'est pas très professionnel, mais je suis comme ça, je n'y peux rien. Là-dessus, je vais prendre congé. Je réintègre mes pénates.

— Vous avez pris votre petit déjeuner?

— Non, dit-elle sans réfléchir.

Si elle avait réfléchi, ne serait-ce qu'une seconde, elle aurait probablement menti. Elle était déjà restée trop longtemps avec lui. Elle se sentait bizarre à son côté, et il lui passait de drôles d'idées par la tête. Mick Conklin avait l'air sympathique, mais c'était un citoyen de Stonybrook. Elle ne pouvait pas le considérer comme un allié.

— Je m'apprêtais à sortir afin d'aller manger un morceau.

— Où ça ?

Elle lui jeta un regard furieux. Comme il se grattait distraitement le torse, ses yeux furent irrésistiblement attirés par les touffes de poils blonds qui recouvraient ses muscles.

— C'est un interrogatoire?

— Pas vraiment. J'essaye seulement de me comporter en bon voisin. Donc, je reprends : où prenez-vous votre petit déjeuner, et puis-je vous accompagner ?

— Auriez-vous l'intention de me draguer?

Détournant les yeux, elle mit quelques secondes à se débarrasser du nœud qui lui serrait la gorge.

— Désolée, je ne sais pas pourquoi j'ai dit ça.

Quand elle reporta les yeux sur lui, il la dévisageait avec attention.

— Voyez-vous, mademoiselle Hardy, dit-il avec un éclair malicieux dans le regard, si j'avais l'intention de vous draguer, je m'y prendrais tout autrement. Je commencerais par vous inviter à entrer pour partager mon petit déjeuner. Ensuite, j'appellerais mon boulot afin d'annuler tous mes rendez-vous de la journée. Puis je préparerais du pain perdu aux raisins, que je vous servirais avec de la compote de pommes. Et ça, ce ne serait que le début.

Malgré son ton badin, elle comprit qu'il ne plaisantait pas. Elle tenta d'ignorer son cœur qui menaçait de sortir de sa poitrine et qu'elle entendait battre jusque dans ses oreilles.

— Je vois, le vieux truc du pain perdu, commenta-t-elle avec désinvolture. Je peux faire une commande à emporter?

Son rire franc et massif lui arracha un sourire.

— En tout cas, vous savez comment remettre les hommes à leur place!

Il avait raison. Elle était passée maître dans l'art de repousser les avances. Il faut dire qu'elle avait de l'entraînement.

Elle baissa les yeux pour suivre du regard Max qui revenait en courant dans la véranda.

— Sérieusement, avec tout ce que je dois faire ce week-end, je n'ai pas une seconde à moi. Et pas le temps de m'asseoir pour partager un repas amical.

Elle lui adressa un sourire chaleureux.

— Je vous remercie, Mick. A plus tard. Nous aurons sûrement l'occasion de nous croiser pendant le week-end.

Elle descendit l'escalier et traversa la pelouse avant que la tentation ne lui fasse perdre la tête. En se dirigeant vers sa voiture, elle fronça les sourcils. C'était la première fois, et sans doute la dernière, qu'un homme comme Mick Conklin s'intéressait à elle.

Peut-être dans une autre vie...

———

— Qu'est-ce qui est si difficile à comprendre, Ted? Je ne suis pas heureuse, c'est tout.

Marilyn ne parvenait pas à le regarder en face. Elle ne voulait pas se laisser attendrir. Elle tourna le dos à son mari et se remit à remplir ses valises posées sur le lit.

— Tu me reproches de trop travailler. Très bien, je vais essayer de réduire mes horaires. Tu prétends que je ne t'accorde pas assez d'attention. Ça aussi, ça peut s'arranger. Je vais demander à Léa ou à ta mère de s'occuper des petites et je t'emmènerai en voyage. Si c'est Stonybrook qui te manque, j'accepte de...

Il s'interrompit et croisa les bras, exaspéré.

— Nous retournerons y vivre, si tu le souhaites. Fuir n'est pas une solution.

— Je ne fuis pas, Ted. Je m'en vais. Je m'éloigne de cette maison, je m'éloigne de toi.

— Marilyn!

On devinait au ton de sa voix qu'il bouillait de colère.

— Comment pourrais-je te rendre heureuse si tu ne me laisses pas essayer! Donne-moi au moins une chance! Comment peux-tu baisser les bras aussi aisément?... Pense aux enfants.

Les petites. Il ramenait toujours tout à elles. Elles étaient devenues pour lui le centre de l'univers.

— J'emmène Emily et Hanna avec moi. Tu pourras venir nous voir aussi souvent que tu le souhaites. Pour l'instant, je ne demande pas le divorce. Considère qu'il s'agit d'une pause. J'ai besoin de prendre mes distances. Profites-en pour chercher des arguments en faveur de notre mariage. Il va falloir me prouver qu'il vaut la peine d'être sauvé.

Chapitre Sept

HEATHER TOURNA le dos aux pompes à essence. Elle était seule sur le parking, et le gérant de la station-service la surveillait depuis sa boutique.

Elle avait décidé de déposer son sac à dos dans le container recueillant les dons aux nécessiteux, mais elle n'arrivait pas à le faire passer par l'ouverture. Même en le tournant dans tous les sens, il ne rentrait pas. Agacée, elle se décida à l'ouvrir.

La veste en cuir noir, ç'avait été son cadeau de Noël. Elle la contempla, en se souvenant à quel point elle avait été émue que son père ait pensé à lui en offrir une. Du coup, elle lui avait pardonné de ne pas venir les rejoindre en Californie à l'occasion des fêtes du Nouvel An, comme il l'avait promis. Elle l'avait portée tous les jours au collège, jusqu'à la fin de l'année, bien qu'elle soit un peu chaude pour le printemps doux et précoce de Los Angeles.

Elle la fourra dans l'ouverture et la regarda disparaître.

Vint ensuite le tour du T-shirt Metallica et du CD, des reliques de l'unique concert auquel elle avait assisté. Elle s'était sentie presque adulte. Être invitée par les amis de Natalie, des gens plus âgés qu'elle... Ils furent aussitôt engloutis.

Elle eut un pincement au cœur en prenant le vieil ours en peluche. Son vieux compagnon. Il l'avait accompagnée dans ses allers-retours entre la Californie et la Pennsylvanie. Ça lui faisait un peu mal de songer qu'il ne serait plus là ce soir, pour un dernier câlin. Elle se dépêcha de le lancer dans la benne.

De toute façon, après-demain, tout ça n'aurait plus aucune importance.

Elle considéra ensuite la paire de boucles d'oreilles en diamant, dans le fond du sac. Un de ses amis avait dit que cela représentait plusieurs carats. C'était bien le style de sa mère… Lui offrir un truc qui coûtait la peau des fesses, alors qu'elle avait simplement demandé de jolies boucles d'oreilles. Natalie ne prenait pas le temps de lui chercher des cadeaux adaptés. Elle-même mangeait toujours dans les mêmes restaurants, quatre ou cinq, tout au plus. Elle avait opté pour un type de voiture et n'en changeait jamais. Avec elle, il n'y avait jamais de surprises.

Heather ne comprenait pas comment ses parents avaient pu rester si longtemps ensemble. Ils étaient l'antithèse l'un de l'autre, sur bien des points.

Elle ne jeta pas les boucles par l'ouverture béante, mais les laissa dans le sac qu'elle referma soigneusement. Cette fois, il passa sans problème.

— Heather ! lança derrière elle une voix d'adolescent.

Elle ne prit pas la peine de se retourner. Tapotant négligemment son paquet, elle en fit sortir une cigarette et l'alluma.

— Heather, c'est toi ?

Ignorant la voix qui l'appelait avec insistance, elle se remit à avancer le long du trottoir.

Une voiture démarra en rugissant dans la station-service et s'approcha d'elle.

— Heather, c'est moi. Chris Webster !

L'espace d'une seconde, elle se demanda comment réagir. Puis elle se retourna. Un jeune garçon lui souriait de toutes ses dents depuis son break. Quelle guigne! Comment avait-elle pu sortir avec un abruti pareil?

— On m'a dit que tu étais revenue en ville. Bon sang! J'arrive pas à y croire, c'est vraiment toi. Tu es revenue en ville.

Elle faillit lui renvoyer qu'il avait l'air d'un demeuré à répéter sans arrêt la même chose, mais elle préféra se taire. Mieux valait ne pas engager la conversation. Elle tira de nouveau sur sa cigarette et tourna les talons pour s'éloigner.

— Hé! T'as bien une minute!

Sans attendre sa réponse, il se gara le long du trottoir, éteignit le moteur et sortit d'un bond de sa voiture.

Il était plus grand, plus musclé qu'avant. Même les traits de son visage étaient différents. En mieux. Bien qu'il ait toujours le visage constellé de taches de rousseur et ces incroyables cheveux roux, il était presque mignon, maintenant qu'il ne portait plus ses horribles lunettes. Finalement, il n'était pas si naze.

— Qu'est-ce que tu as changé ! s'exclama-t-il en lui barrant le passage.

Elle fut bien obligée de s'arrêter.

— Toi aussi tu as changé. Et alors ?

Elle acceptait de lui répondre parce que, contrairement aux autres garçons, il n'avait pas reluqué ses seins dès qu'il était sorti de voiture.

— Alors, tu es revenue vivre ici.

— Tu l'as déjà dit, répliqua-t-elle en tirant sur sa cigarette.

Il hésita.

— Tu es en colère contre moi, ou quoi ? Parce que je ne t'ai pas téléphoné quand j'ai su que tu étais là ?

Elle lui jeta un regard incrédule.

— Pourquoi ? Ç'aurait dû me mettre en colère ?

Il haussa les épaules et enfonça ses mains dans les poches de son jean.

— Je sais pas, moi. Les filles ont des réactions tellement bizarres. Je veux dire... si on sortait ensemble, ce serait normal...

— Ouais. Mais on ne sort pas ensemble.

Les yeux bleu clair de Chris s'adoucirent.

— On sortait ensemble avant, quand tu habitais ici. Après ton départ, tu n'as jamais répondu à mes e-mails. On s'est même trouvés plusieurs fois sur le même salon de chat et tu as refusé de dialoguer avec moi.

Elle lança sa cigarette sur le trottoir et l'écrasa.

— Bon, c'était très sympa de te rencontrer, mais il faut que j'y aille.

Elle le bouscula.

— Hé, ça te dirait que je passe te chercher ce soir ? lança- t-il en venant se placer à sa hauteur. Tu te souviens de Kevin ? Il a fondé un groupe avec une bande de copains. Ils jouent justement ce soir. Je peux demander à quitter le boulot un peu plus tôt si...

— Impossible.

— Bon. Quand est-ce que je peux t'appeler, alors ? Lundi ?

— Pas la peine.

— Pourquoi ?

— Je ne serai pas là.

— Je croyais que tu passais l'été ici. Et même l'année scolaire à venir.

Elle traversa la rue en direction du parc. Il lui emboîta le pas.

— Si tu as prévu autre chose lundi, on peut se voir mardi. Si je te téléphonais en sortant du travail ?

Us arrivaient à l'entrée du parc. Heather se retourna brusquement et le regarda droit dans les yeux.

— Non. Je ne serai pas là non plus mardi. Ni mercredi. Et jeudi non plus, ni aucun autre jour. Et pas la peine de m'envoyer un e-mail ou d'essayer de me contacter sur un salon de chat. Laisse tomber, Chris. Considère-moi comme définitivement indisponible. O.K. ?

En pénétrant sur le parking de Bucks Equipment Rental, Mick se rappela pourquoi il évitait d'ordinaire d'y passer le samedi matin à 8 heures. Tous les bricoleurs semblaient s'être donné rendez-vous, et il dut se garer derrière le bâtiment. En sortant de son 4x4, il aperçut plusieurs employés de chez Doug qui se débattaient pour attacher une remorque à une vieille Honda. Dans la remorque, il y avait déjà une tondeuse à gazon, une ponceuse à parquet, des cisailles à haies et toute une gamme d'outils électriques.

— Salut, Mick!

— On dirait que quelqu'un a prévu un week-end de repos, plaisanta-t-il en jetant un rapide coup d'œil à l'intérieur de la voiture.

Sur le siège arrière s'empilaient des pots de peinture, des brosses, des pinceaux, des rouleaux, plusieurs bâches ainsi que tout un bric-à-brac.

L'un des hommes se redressa.

— A condition qu'on puisse tout faire entrer dans ce vieil autocuiseur de riz, répliqua-t-il en désignant la voiture.

— On fabrique aussi des Honda aux Etats-Unis, maintenant.

— Sans blague!

Mick secoua la tête et se dirigea vers la porte de service du magasin.

— Doug est là?

— Ouais, tu vas enfin avoir cette binette que tu attends depuis lundi dernier.

— C'est pas trop tôt.

A la porte du magasin, il s'arrêta, la main sur la poignée, et jeta un dernier coup d'œil en direction de la vieille Honda. De là, il pouvait lire les plaques d'immatriculation. Elle venait du Maryland.

La porte céda sous sa main, et Léa apparut sur le seuil.

— Je ne vous suivais pas, se défendit-il. C'est un pur hasard.

— C'est ce qu'ils disent tous.

Elle sourit — un sourire qui s'étendit jusque dans ses yeux noisette. De nouveau, il sentit le courant passer entre eux. Quelques mèches de cheveux blonds échappées de sa queue- de-cheval dansaient autour de son visage. Cela lui adoucissait les traits, elle paraissait plus jeune.

— Bien. Et où allons-nous maintenant?

Cette fois, elle éclata de rire.

— Tout ce que je peux dire, commença-t-elle avant de baisser la voix, c'est que je suis soulagée que vous ne me draguiez pas.

Elle passa devant lui pour sortir, et il laissa la porte se refermer.

— Et si je vous draguais quand même, après tout?

Une charmante rougeur envahit ses joues tandis qu'elle détournait les yeux. Elle avait une peau veloutée, et il admira la courbe de son menton et sa bouche pulpeuse.

— Je penserais que vous plaisantez.

Après quoi, elle lui adressa un regard timide, tourna les talons et s'éloigna sur le parking en direction de sa voiture.

Mick resta planté là, à la suivre des yeux. A l'évidence, il venait de se passer quelque chose.

Ce n'était pas la manifestation de son désir quelques centimètres au-dessous de sa ceinture qui le surprenait, mais cette étincelle entre eux. Ça, c'était merveilleux et incroyable.

Il admira la forme parfaite de ses fesses moulées dans un short en jean, ses longues jambes fuselées, son petit corps ferme qu'il avait si bien perçu la veille, sous ses vêtements trempés qui lui collaient à la peau. Il avait eu du mal à dissimuler l'effet qu'elle lui faisait.

— Tu entres ou il te faut une invitation ?

Il se tourna vers Doug, le propriétaire de Bucks Equipment Rental, un gars plutôt baraqué. La main sur la porte, lui aussi contemplait Léa qui se penchait pour aider les deux employés à faire entrer les affaires dans sa voiture.

— Beau cul !

— Surveille ton langage, répliqua Mick en le poussant à l'intérieur.

— Eh ben quoi ? Tu ne crois quand même pas qu'on va te laisser le monopole de toutes les jolies femmes de la ville, sous prétexte que tu es célibataire?

— Non. Mais c'est une cliente, bon sang de bonsoir! Comment peux-tu espérer faire marcher ton magasin, si une femme ne peut pas entrer chez toi sans être harcelée sexuellement?

Doug le conduisit vers le petit bureau derrière le comptoir.

— Je ne l'ai pas harcelée. Je ne me suis même pas occupé d'elle, c'est Gracie qui l'a accueillie. J'admirais son... physique. Et je n'ai fait que suivre ton regard.

Il se laissa tomber sur sa chaise pendant que Mick s'appuyait à une vieille armoire pleine de dossiers.

— Pas la peine d'en faire toute une histoire. Aucune loi n'interdit...

Gracie passa la tête dans l'embrasure de la porte.

— Vous ne le croirez jamais! C'était Léa Hardy!

— La sœur de Ted ? Tu plaisantes ?

Doug bondit sur ses pieds et se précipita à la fenêtre. Il souleva les stores.

— Pas possible!

— Et elle a loué une tonne de matériel, ajouta-t-elle en regardant Mick, puis Doug. Elle voulait aussi une benne pour ce week-end, mais je lui ai dit qu'il ne fallait pas rêver et que ça se réservait au moins un mois à l'avance.

Elle rejoignit Doug près de la fenêtre, histoire de profiter elle aussi du spectacle.

— Elle veut bricoler dans la baraque des Hardy et la remettre en vente.

— Une benne, hein ? répéta Doug, pensif. Il lui en faudrait plusieurs pour nettoyer ce taudis. D'ailleurs, personne ne voudrait de cette maison, même si elle en faisait cadeau. Cet endroit porte la poisse.

— Vous louez des outils ici, ou bien c'est une agence immobilière? intervint Mick, les sourcils froncés. Est-ce qu'on pourrait enfin s'occuper de mes affaires?

Gracie lui adressa un sourire enjôleur et sortit, mais Doug continua à épier à travers la vitre.

— Laisse tomber, dit Mick en se dirigeant vers la porte.

— Attends une minute! s'écria précipitamment l'autre.

Il alla sortir une feuille du plateau de l'imprimante.

— J'ai tout. Une binette pour lundi. Deux bennes à 7 heures du matin, à ces deux adresses, pour mardi. Et puis quelqu'un de chez toi m'a faxé une autre liste, hier... Où est-ce que je l'ai foutue, bon sang?

Il se mit à farfouiller dans une pile de papiers sur son bureau, tout en continuant à jeter des regards en coin vers l'extérieur.

Mick s'approcha de la fenêtre et tira le cordon. Les stores s'abaissèrent avec un claquement sec.

— A propos de ce que tu m'as dit tout à l'heure, commença-t-il en posant ses deux mains à plat sur le bureau. Je suis effectivement célibataire. Et j'ai effectivement posé une option sur celle-là. Une objection ?

Surpris, Doug le considéra un moment en silence.

— Non, lâcha-t-il enfin.

Dans un coin de la chambre, les vieilles paires de baskets qui s'entassaient remplissaient l'air d'une odeur entêtante.

Chris était un enfant sérieux et organisé, mais, à trop cultiver ces deux qualités, il avait développé des comportements étranges. Comme cette manie de garder les chaussures usagées. Patricia Webster laissa la porte ouverte pour aérer et posa le panier à linge propre sur le lit.

Faisant remonter le store, elle ouvrit la fenêtre en grand.

Dehors, le brouillard avait fini par se dissiper. Elle inspira profondément l'air matinal.

Le téléphone posé près du lit sonna. Elle s'apprêtait à répondre quand elle entendit son mari décrocher en bas.

Elle prit une pile de vêtements soigneusement pliés et la mit sur la commode, près de l'autre tas que Chris n'avait pas encore rangé. Elle ramassa ensuite la demi-douzaine de paires de chaussettes qu'il avait laissées près de son ordinateur et la déposa entre les deux piles de linge. Son fils travaillait trop, songea-t-elle. Mais son mari, lui, trouvait que ce n'était pas encore assez.

Pendant toute l'année, il passait ses samedis à la pharmacie où il aidait à tenir la caisse et à inventorier le stock. L'été, deux fois par semaine, il tondait les pelouses, taillait les haies et accomplissait toutes sortes de travaux d'extérieur pour une société qui s'occupait de l'entretien des jardins. Et, comme si cela ne suffisait pas, il donnait un coup de main à la plonge au Hughes Grille chaque fois qu'un employé était absent — c'est-à-dire presque tous les soirs.

Elle déposa par terre le panier à linge vide et admira les trophées qui s'entassaient sur les étagères, puis les diplômes et les photographies épinglés sur les murs.

Le téléphone sonna de nouveau. Cette fois, elle ne tendit même pas le bras pour décrocher. Elle savait que son mari s'en chargerait. De plus en plus, Allan s'occupait de tout, dans leur vie.

Elle sourit et entreprit de mettre les vêtements dans la commode. Les tiroirs étaient parfaitement rangés. Les caleçons d'un côté, les maillots de corps de l'autre, un tas consacré aux pulls à col, deux autres aux T-shirts — ceux de tous les jours et ceux qu'il mettait pour sortir. Il ressemblait tellement à son père. Elle ne pouvait s'empêcher de se demander s'il ne prendrait pas un jour la relève d'Allan en devenant pasteur.

Elle ouvrit le tiroir du bas, celui des chaussettes, plein à craquer. C'était la pagaille, là-dedans. Encore un point commun avec Allan.

S'agenouillant sur le tapis, elle prit les chaussettes propres et entreprit de vider le tiroir. Ses doigts rencontrèrent quelque chose dans le fond.

Fronçant les sourcils, elle se recula un peu et sortit le tiroir. Une vieille enveloppe pliée apparut.

Avant même de l'ouvrir, elle sut ce qu'elle contenait. Avec l'impression que son cœur se liquéfiait, elle allongea le bras et déplia l'enveloppe. Ses mains tremblaient.

Quand elle sortit la lettre, des photos s'éparpillèrent sur le tapis. Elle les contempla un instant.

— Non, pitié, non !

Son corps commença à se balancer d'avant en arrière. Elle tremblait tellement que les mots dansaient devant ses yeux, mais elle s'obligea à se maîtriser pour pouvoir déchiffrer ce qui était écrit :

> *Cher Christopher,*
> *Voici de quoi te faire patienter jusqu'à la semaine prochaine.*
> *Je t'attendrai.*
> *Marilyn.*

— Salope! Putain! hurla-t-elle en déchirant l'infâme lettre en petits morceaux. Tu ne peux donc pas nous laisser tranquilles ?

Elle contempla ensuite les clichés. Ils auraient paru anodins à quelqu'un qui ignorait tout, mais elle, elle savait.

Marilyn, debout derrière Chris, fixant l'objectif par-dessus son épaule, tenant d'une main la commande à distance qui lui servait à prendre la photo. Son autre main était passée autour de ses épaules et lui caressait les poils du torse...

Marilyn se penchant au-dessus de Chris assis à la table de la cuisine, les seins débordant du décolleté, juste sous le nez de l'adolescent...

Marilyn près de la voiture...

Chris étendu sur un lit, l'air comblé, souriant...

— Non, Jésus, non !

Patricia sanglotait et, tandis que les larmes roulaient sur ses joues, elle déchira les photos l'une après l'autre, en deux, puis encore en deux, et encore, jusqu'à ce qu'elles ne forment plus qu'un petit tas de confettis sur ses genoux.

— J'étais au téléphone et je t'ai entendue crier. Je suis monté...

L'imposante silhouette d'Allan était apparue sur le seuil. Il paraissait essoufflé.

— Que se passe-t-il, Patricia?

Les larmes continuaient à couler sur les joues de sa femme.

— Elle n'est pas morte. Pas morte. Je te l'avais dit.

Elle lui tendit une main désespérée.

— Marilyn n'est pas morte.

Venant s'agenouiller près d'elle, il serra son petit corps frêle contre lui.

— Ne dis pas de sottises, mon amour. Elle est partie pour toujours.

Patricia secoua la tête.

— Cette enveloppe... Cette lettre...

Elle désigna d'un geste les restes des photographies éparpillés sur le sol.

— Ce sont les clichés qu'elle avait promis de détruire. Elle me l'avait promis, Allan. Je l'ai rencontrée. Plusieurs fois. Je l'ai suppliée. Elle m'avait juré de ne plus poser ses mains répugnantes sur notre fils. Tu... tu m'avais dit que le Seigneur prendrait soin de tout. Tu m'avais dit que tu t'occuperais de tout, pour qu'elle ne revienne jamais.

— Elle n'est pas de retour, mon amour. Tout est arrangé. Elle ne reviendra jamais plus. Fais-moi confiance, elle ne nous fera plus jamais de mal.

« Si vous venez à Stonybrook, je vous révélerai l'identité du coupable. »

Maintenant qu'elle était de retour, Léa voulait que tout le monde le sache. Ce serait une bonne idée de se montrer à la librairie de la rue principale où l'on vendait les journaux. Il y avait beaucoup de passage.

Elle trouva une place double pour garer la voiture et sa remorque et, se dépêchant de traverser la rue, pénétra dans la boutique.

Après avoir choisi un journal, elle engagea la conversation avec la grosse femme installée derrière le comptoir.

— La dernière fois que je suis venue ici, c'était un glacier, remarqua-t-elle.

— Ça doit faire un bail.

— Oh, il y a bien vingt ans de ça. Mais je devrais peut-être me présenter, ajouta-t-elle en lui tendant la main par-dessus le comptoir. Léa Hardy.

La femme lui serra la main avec un gentil sourire, mais, dans le magasin, plusieurs têtes se tournèrent dans sa direction. *Mission accomplie.*

Quelques minutes plus tard, Léa quittait le magasin en souriant. Elle allait traverser la rue quand une Cadillac grise quitta le bord du trottoir en accélérant brusquement. Quelqu'un cria. Léa eut juste le temps de se jeter en arrière pour éviter la voiture qui passa devant elle à toute vitesse.

— Jésus!

Elle avait reconnu Stéphanie Slater au volant. Le cœur battant, elle la suivit du regard.

Un cycliste s'arrêta près d'elle.

— C'était moins une. Vous avez eu le temps de voir la plaque d'immatriculation?

— Non.

— Ce dingue a failli vous écraser!

— Ça va, je n'ai rien, assura Léa en adressant à l'homme un signe de tête reconnaissant.

S'il ignorait qu'écraser un Hardy ne représentait pas un crime dans cette ville, il n'était sûrement pas du coin.

— J'en ai marre d'elle. Marre de ce mariage.

— Tu ne peux pas la laisser tomber, Ted, plaida Stéphanie.

— Elle ne me laisse pas le choix, répliqua-t-il en froissant la lettre de Marilyn. Je ne peux plus continuer à mordre comme ça à l'hameçon. Quelle fasse ce que bon lui chante. Je m'en fiche.

— Je t'en prie, Ted. Dis-moi ce qui s'est passé. Quand elle m'a appelée cet après-midi pour que je vienne garder les enfants, j'ai cru que vous sortiez tous les deux. J'ai pensé que peut-être... J'ai cru qu'elle avait fini par devenir raisonnable et par se rendre compte à quel point la situation était invivable pour tout le monde.

— Je l'ai cru moi aussi, figurez-vous.

Il lança la boule de papier dans la cheminée.

— Elle m'a demandé de venir dîner..., mais elle n'était pas là. Elle m'avait laissé un mot disant qu'elle avait un rendez-vous et qu'elle ne savait pas à quelle heure elle rentrerait. Chaque fois qu'elle me tend les bras, c'est pour me donner une gifle.

— Tu sais bien qu'elle est comme ça. Elle essaye d'attirer ton attention en te rendant jaloux.

— Elle sait déjà que ça ne marche pas. Ce n'est pas la première fois qu'elle me fait des vacheries de ce genre.

Il se mit à arpenter la pièce.

— Je n'en peux plus. Je ne supporte plus son petit jeu et ses mensonges incessants. J'en ai marre qu'elle couche à droite et à gauche. Je vais demander le divorce. J'étais

naïf. Je croyais qu'elle pouvait changer, mais elle est restée la même. Elle m'avait prévenu que je finirais par la détester. Elle avait raison.

Stéphanie se laissa tomber dans un fauteuil.

— Ça va être très dur pour les petites. Elles sont très attachées à toi.

— Je les prends avec moi.

— Elle ne te les laissera jamais. Elle sait à quel point elles ont de l'importance pour toi. Elle se battra pour les garder.

— Grand bien lui fasse, rétorqua froidement Ted. Elle n'obtiendra pas gain de cause. C'est une mère négligente, une mauvaise mère. En tant qu'être humain, elle ne vaut pas un clou. Je chargerai mes avocats de recueillir des témoignages. Pour obtenir la garde de mes enfants, je ne reculerai devant aucun procédé. Elle ne pourra rien contre moi.

Chapitre Huit

LÉA AVAIT DÉJÀ MIS la tondeuse en route une demi-douzaine de fois, mais, dès qu'elle avançait dans les herbes folles du jardin, le moteur calait. Il fallait se rendre à l'évidence : elle n'arriverait pas à en venir à bout en un seul passage.

Elle avait posé un genou à terre et rehaussait les lames de quelques centimètres quand une voiture de police s'arrêta devant la maison. L'inspecteur qui conduisait paraissait s'intéresser à sa voiture et à la remorque garées dans la rue. Elle le vit parler dans la radio qui le reliait au commissariat.

Brusquement, elle sentit remonter à la surface toute la méfiance qu'elle éprouvait à l'égard de la police de Stonybrook, mais s'efforça de garder la tête froide. Se redressant, elle essuya sa main tachée de graisse sur son pantalon et se dirigea tranquillement vers le jeune homme qui sortait maintenant de la voiture de patrouille. Celui-là, au moins, n'était jamais venu témoigner contre son frère au tribunal, nota-t-elle au passage.

— Bonjour, inspecteur.

— C'est votre véhicule, mademoiselle ? s'enquit-il en désignant d'un geste la voiture et la remorque.

— La voiture est à moi et, j'ai loué la remorque ce matin, il n'y a pas une heure. J'en avais besoin pour transporter ces outils.

Elle montra la tondeuse à gazon derrière elle et le bric-à-brac dans la remorque.

— Il y a un problème?

Il sortit un stylo et son carnet de contraventions.

— C'est vraiment nécessaire ? demanda-t-elle en essayant de conserver un ton calme et poli. Si je gêne, je peux...

Le policier la considéra à travers ses lunettes de soleil miroir. En parlant lentement, comme s'il s'adressait à une débile, il lui récita la liste de ses infractions. Elle était garée dans le mauvais sens, l'avant de sa voiture gênait légèrement l'accès à l'allée de son voisin de gauche, et enfin, les roues de sa remorque — dont par ailleurs le feu stop était fêlé à gauche — se trouvaient à près de cinquante centimètres du trottoir.

— Écoute, je suis vraiment désolée de m'être arrêtée ici. J'avais l'intention de rentrer dans l'allée, mais j'ai voulu d'abord décharger la tondeuse et... et...

Détournant les yeux, elle s'interrompit et tenta de maîtriser son agacement.

— Me mettriez-vous cette contravention si je m'appelais Liz Smith ?

— Sans aucun doute, mademoiselle Hardy.

Il connaissait son nom, bien sûr. Ils avaient d'ores et déjà décidé de lui mener la vie dure. Léa se demanda si elle aurait droit aussi à la visite de l'inspecteur qui délivrait les permis de construire et à celle du capitaine des pompiers. Elle tendit la main pour prendre la contravention.

— Bonne journée, inspecteur.

Elle alla chercher ses clés dans la véranda et revint. Le policier l'observait, assis dans sa voiture de patrouille. Il la regarda fixement monter dans son véhicule. Apparemment, l'intimidation faisait partie de la tactique.

Il lui aurait été facile de contourner le pâté de maisons afin de se garer dans le bon sens, ou même de rentrer dans l'allée. Mais il n'en avait sûrement pas fini avec elle. Il attendait encore pour lui chercher des noises sous un prétexte quelconque. Ce n'était pas bien difficile, le type qui lui avait loué la remorque l'avait prévenue que le feu stop se montrait parfois capricieux. On pouvait aussi lui reprocher les freins de sa voiture qui grinçaient. Pas de souci, il trouverait bien quelque chose.

— Eh bien, murmura-t-elle pour elle-même, je n'ai pas l'intention de me laisser faire. Je veux pouvoir dormir sur mes deux oreilles et marcher dans la rue sans regarder par-dessus mon épaule.

Elle frappa le volant du plat de la main et éteignit le moteur. Puis, sortant de la voiture, elle avança résolument vers l'officier de police qui stationnait toujours derrière elle. Il était en train de parler dans sa radio. En la voyant approcher, il éteignit le micro et baissa la vitre de sa portière.

— Je suis heureuse que vous ne soyez pas encore parti, inspecteur... inspecteur...

Elle se pencha pour lire son nom sur son badge. Il s'appelait Thomas Whiting.

— Tom.

Comme il la considérait d'un air agacé, elle lui adressa son sourire le plus engageant.

— Vous devez être un excellent conducteur, aussi je me demandais si je pouvais solliciter un conseil concernant la manœuvre.

— Nous sommes payés pour servir et protéger les citoyens, mam'zelle.

— C'est bien ce que je pensais.

Elle se tourna légèrement vers la remorque.

— Voyez-vous, il n'y a là-dedans que du matériel de location. Aussi, je pense qu'il vaudrait mieux que je le parque dans l'allée. Mais je n'ose pas rentrer la voiture en premier, parce que j'ai peur d'avoir du mal à ressortir en marche arrière. D'un autre côté, je me vois mal rentrer là-dedans en reculant. Est-ce que vous croyez... enfin, est-ce que vous pourriez m'expliquer comment je dois m'y prendre? Je ne voudrais pas accrocher au passage la haie qui empiète sur l'allée. Vous, vous devez savoir. On voit tout de suite que vous êtes un sportif. Je suis sûre que vous faites du bateau et que vous avez l'habitude des remorques.

Elle lui adressa un regard plein d'espoir. Après un temps d'hésitation, il hocha la tête et sortit de sa voiture. Apparemment, elle avait su toucher son orgueil de mâle, car il se lança aussitôt dans une explication compliquée sur la façon dont il fallait s'éloigner du trottoir et à quel moment il convenait de tourner le volant quand elle reculerait.

— Vous êtes sûr que je ne vais pas cogner dans la maison ? demanda-t-elle de sa voix la plus charmeuse. Je déteste causer des dégâts.

— Vous ne risquez rien. Ce n'est pas difficile, mademoiselle Hardy.

— Je vous en prie, appelez-moi Léa, proposa-t-elle aimablement.

— Entendu. Comme je vous le disais, il suffirait de...

— Tom, accepteriez-vous de déplacer cette voiture pour moi ? le coupa-t-elle en lui lançant un regard suppliant. Désolée, se reprit-elle aussitôt, je n'aurais jamais dû vous demander ça. Vous devez être tellement occupe. C'est déjà très égoïste de ma part de vous avoir retenu si longtemps.

— Mais non, pas du tout.

Et, prenant ses clés, il fit rentrer la voiture et la remorque dans l'allée, tandis qu'elle feignait d'admirer son habileté.

Elle avait débuté sa carrière d'assistante sociale dans un lycée du sud de Philadelphie. Une zone sensible, où les élèves étaient considérés comme dangereux. Mais elle s'était arrangée pour lier connaissance avec quelques-uns des plus terribles en employant la même approche qu'avec le policier aujourd'hui, et ils étaient devenus ses meilleurs alliés. Elle avait appris à amadouer les jeunes. Celui-ci portait un uniforme, mais il n'était pas différent des autres.

Quand l'officier de police revint vers elle, elle le gratifia d'un large sourire.

— Merci beaucoup, Tom.

Il lui adressa un signe de tête poli et lui rendit ses clés.

— Gardez ça pour vous, mam'zelle. Euh... Léa.

Elle hocha la tête et, se penchant, tira sur le fil de la tondeuse à gazon qui se mit à vrombir.

En entendant les roues crisser sur le gravier de l'allée, Bob Slater ferma la fenêtre de son écran. Quand les talons de sa femme résonnèrent sur le carrelage de la cuisine, il avait éteint l'ordinateur et traversait déjà la maison dans son fauteuil roulant pour aller à sa rencontre.

Il s'arrêta devant la large porte de la cuisine et l'observa en train de renverser fébrilement le contenu de son sac de courses sur le comptoir. Elle avait l'air survoltée. Quelque chose l'avait encore contrariée.

Le bouquet de fleurs enveloppé de papier Cellophane atterrit sur le pain. Quelques canettes suivirent qui roulèrent le long du comptoir avant de dégringoler par terre. Stéphanie fouilla fébrilement dans le tas afin de dénicher ses cigarettes. On aurait dit qu'elle ne maîtrisait plus ses gestes. Il vit que ses épaules tremblaient.

— Q-que se p-passe-t-il ?

— Elle est en ville.

Stéphanie déchirait à présent la cartouche. Les paquets se répandirent sur la table.

— Léa est à Stonybrook.

— Q-qui t-te l'a d-dit ?

— Je l'ai vue, cria-t-elle.

Elle alluma une cigarette, puis se tourna vers lui.

— Et elle se pavane tranquillement. A la quincaillerie, à la station-service. Elle fait ses emplettes. Elle parle aux gens, comme si de rien n'était. Comme si elle n'avait rien à voir avec ce meurtre. Comme si elle était à sa place, ici.

Elle avait dû pleurer, car son mascara avait coulé. Les doigts tremblants, elle ne cessait de tirer sur sa cigarette.

— Elle a tué mes petites-filles.

— S-Stéph, c-c'est Ted q-qui l-les a t-tuées. P-pas L-Léa.

— Elle est condamnée à mort. Elle le mérite. Elle va griller pour avoir tué mes bébés.

— C-ce n-n'est p-pas elle, c-c'est T-Ted.

Elle ne l'entendait même pas. Elle délirait complètement. De nouveau.

— Rich m'a dit qu'on ne me laisserait pas assister à l'exécution. Mais je veux la voir mourir. Je veux voir la souffrance sur son visage. Dans ses yeux...

Bob jugea inutile de la contredire. De toute façon, elle n'entendait plus rien. Elle était passée de l'autre côté, dans son monde à elle. Un monde où régnait le chaos. Un monde où le temps n'existait plus. Pourtant, même dans ce monde-là, elle n'oubliait pas que Marilyn et les petites étaient mortes.

Ce n'était pas la première fois qu'elle perdait les pédales depuis le drame, mais il avait cru que le plus dur était passé. Jusqu'à aujourd'hui...

Elle écrasa sa cigarette dans l'évier.

— Elle est dehors, poursuivit-elle en en allumant une autre. Elle se promène dans les rues en plein jour. Elle a dû s'évader.

Bob appuya sur un bouton pour faire avancer son fauteuil jusqu'au mur.

— Je... il faut que je prévienne la police. Elle n'a aucun droit d'être ici. C'est une meurtrière. Une criminelle.

Elle tendit la main vers le téléphone posé sur le comptoir.

— J'appelle Rich. Il va s'en occuper.

Sans même se rendre compte qu'elle n'avait pas la tonalité, elle composa un numéro. Elle attendit en tirant sur sa cigarette, tandis que des larmes noires recommençaient à rouler sur ses joues et tombaient sur son chemisier blanc déjà taché. Elle attendit encore.

Bob laissa tomber le fil de branchement du téléphone à terre et dirigea son fauteuil vers sa femme. Depuis l'atteinte cérébrale qui l'avait à moitié paralysé, tout le monde croyait que Stéphanie prenait soin de lui. Mais lui aussi prenait soin d'elle.

Et il ne laisserait personne l'enfermer sous prétexte qu'elle perdait de temps en temps le sens des réalités.

Il la protégerait. Il lui devait bien ça.

Heather sortit l'ordonnance de la poche arrière de son pantalon et entra dans la pharmacie. Le comptoir se trouvait tout au fond. En avançant, elle aperçut Chris en train de ranger un étalage. Il ne la vit pas, et elle fit un détour pour l'éviter.

Trois personnes attendaient déjà. Une femme allait et venait devant le comptoir, avec son enfant qui pleurnichait dans ses bras. Heather aperçut Andrew Rice, le pharmacien, derrière la vitre de l'arrière-boutique. Il parlait au téléphone tout en tapotant les touches de son ordinateur.

Elle se souvenait parfaitement de lui — l'unique pharmacien noir qu'elle ait jamais rencontré. Il tenait déjà la pharmacie lors de son dernier séjour à Stonybrook, et elle était venue à plusieurs reprises chercher des médicaments pour les petites Hardy. Il connaissait son père et prenait en général le temps d'échanger quelques mots gentils avec elle. Mais aujourd'hui, il avait l'air très occupé. De fait, il ne la remarqua même pas.

— Puis-je vous aider ?

Elle se tourna vers l'employée qui tenait la caisse. Une fille rougeaude. On aurait dit qu'elle venait de se récurer le visage à l'eau et au savon.

— Ouais, fit Heather en posant l'ordonnance sur le comptoir. Il me faudrait ces médicaments.

— C'est la première fois que vous venez à Stonybrook?

— Non, j'habitais ici il y a deux ans. Vous devez encore avoir mon dossier.

Elle laissa tomber sa carte d'assurée sociale et égrena sa date de naissance, son adresse et son numéro de téléphone.

— Je peux attendre.

— Je regrette, mais nous sommes vraiment débordés. A moins qu'il ne s'agisse d'une urgence...

— Et si je vous disais que c'en est une?

La fille jeta un coup d'œil du côté du pharmacien. Il parlait toujours au téléphone.

— Dans ce cas, vous devrez attendre et expliquer ça à M. Rice. Ou bien vous pouvez demander à votre médecin de nous appeler...

— Bon, l'interrompit Heather avec agacement. Et, si je décide de revenir plus tard, ce sera prêt quand ?

L'employée regarda la pendule murale.

— En milieu d'après-midi, je pense. Nous avons beaucoup de prescriptions à traiter avant la vôtre. 15 heures, ça vous irait? Je peux vous appeler pour vous prévenir, si vous voulez. Nous livrons à domicile aussi, si vous pouvez attendre jusqu'à lundi matin.

— Pas la peine. Je serai là à 15 heures.

Ignorant le regard intrigué des autres clients, elle sortit d'un air digne en évitant de nouveau Chris Webster.

Ça y était. Cet après-midi, à 15 heures, elle aurait ce dont elle avait besoin. Et après, ce serait terminé.

———

Mick appela plusieurs fois chez lui au cours de la matinée, mais il n'obtint que le répondeur. Bien qu'il sache que Heather pouvait très bien ne pas vouloir répondre, ce silence le tracassa toute la matinée.

Après son dernier rendez-vous, à 12 h 30, il fila directement chez lui. En tournant dans la rue des Peupliers, il remarqua aussitôt du changement du côté de chez les Hardy. La pelouse était nette, et Léa avait taillé les arbustes à feuilles persistantes dans l'allée et tout autour de la maison.

Sauf que le mieux est parfois l'ennemi du bien. En sortant de son 4x4, il remarqua que cette netteté formait un contraste saisissant avec la peinture écaillée, les planches endommagées et les bordures extérieures manquantes. La maison n'en paraissait que plus miteuse.

En montant les marches de sa véranda, il aperçut Léa en train de tirer une couverture remplie d'herbe et de branchages vers le hangar à carrioles qui servait de remise. Il songea qu'entre voisins il aurait été normal de s'entraider. Il aurait pu lui prêter tout le matériel dont elle avait besoin pour remettre la maison en état. Mais il préférait garder ses distances avec elle, la vente de sa maison et l'embrouillamini du procès de son frère.

Dès qu'il entra, Max lui sauta dessus comme un jeune chiot excité.

— Heather! appela Mick.

Pas de réponse.

— Un peu de patience, espèce de fou furieux! lança-t-il au chien.

Il traversa la maison et jeta au passage ses clés dans le tiroir de la cuisine.

— Heather?

Il grimpa l'escalier quatre à quatre et trouva la chambre vide, dans le même état qu'au matin. Ressortant dans le couloir, il s'arrêta un instant en haut des marches, songeur, la main distraitement posée sur l'encolure de Max. Pour autant qu'il sache, elle n'avait appelé aucun de ses anciens camarades depuis qu'elle était rentrée. En tout cas, personne n'était venu la voir.

Ce matin, cela l'avait simplement étonné qu'elle parte si tôt, mais à présent il commençait à s'inquiéter.

Il vérifia qu'il n'y avait pas de messages sur son portable. Rien. Puis il alla écouter le répondeur du téléphone du rez-de-chaussée. Il y trouva ses propres appels, plus un d'Andrew Rice qui lui demandait de rappeler la pharmacie.

Pendant ce temps, le chien ne cessait de tourner autour de lui. Il avait hâte de sortir.

Mick chercha le numéro d'Andrew et emporta le téléphone avec lui de façon à pouvoir ouvrir la porte à Max. Il composa les chiffres sur le clavier tout en regardant l'animal faire ses besoins dans le jardin. Une voix lui indiqua que son correspondant était déjà en ligne, puis il entendit Andrew à l'autre bout du fil.

— Allô ?

— Écoute, mon vieux, tu étais d'accord pour débuter la construction du troisième étage de ta maison en octobre. Ne me dis pas que tu as changé d'avis et que tu veux que le chantier démarre demain !

— Démarrer demain ? s'esclaffa Andrew. Tu n'y es pas du tout. Je veux que tu commences aujourd'hui et que ce soit fini demain.

Il y eut une série de déclics sur la ligne.

— Mick, je te mets en attente une seconde, tu veux bien ? J'ai un appel d'un cabinet médical.

— Pas de problème.

Il coinça le téléphone entre l'oreille et l'épaule et descendit l'escalier en lançant à Max son Frisbee. Le chien partit comme une flèche en direction de la propriété des Hardy et le lui rapporta.

Léa revenait du hangar avec sa couverture vide. Mick lui adressa un geste de la main.

— Mick, tu es toujours là ? fit la voix d'Andrew dans le combiné.

— Oui.

Il tenta d'attraper Max par son collier, mais le chien s'échappa et courut vers Léa.

— Ils sont tous malades, aujourd'hui, dans cette ville ! Je ne peux pas m'éterniser au téléphone, j'ai un boulot dingue.

Léa laissa tomber la couverture et lui fit signe de ne pas s'inquiéter pour le chien. Mick la regarda le caresser.

— Que se passe-t-il ?

— Heather a déposé une ordonnance ici, ce matin. Elle vient chercher les médicaments dans l'après-midi, et je voulais m'assurer que tu étais au courant.

Si Mick fut d'abord soulagé d'apprendre que sa fille était toujours en ville, il sentit l'inquiétude l'envahir à l'idée qu'elle était peut-être malade.

— Une ordonnance pour quoi ?

— Des somnifères. L'en-tête de la prescription est au nom de fa femme, et, apparemment, c'est bien elle qui a signé. J'ai appelé son cabinet à Los Angeles, mais elle est absente en ce moment. C'est la routine, Mick. Tu comprends, on ne sait jamais avec les adolescents. Heather est mineure, et il ne s'agit pas d'un médicament anodin.

— Tu as bien fait de téléphoner. Non, je n'étais pas au courant.

Et dire qu'il trouvait que Heather dormait trop!

— C'est Natalie qui la suivait. Il est possible qu'elle lui ait prescrit ces cachets. Il faudra que je lui en parle.

— Si tu veux, je peux attendre que tu te sois renseigné avant de donner les comprimés à Heather.

La solution paraissait raisonnable, mais Mick ne voulait pas ériger un mur de plus entre sa fille et lui. Quand même, prescrire des somnifères à une gamine de quinze ans... Il trouvait ça un peu gros. Il détourna son regard de Max et de Léa qui s'amusaient comme des fous.

— Pourrais-tu lui délivrer seulement une partie de la prescription ? Ça me laisserait le temps de joindre ma femme ou d'emmener Heather chez un médecin à Stonybrook.

— Pas de problème.

— Je préfère que Heather ne le sache pas.

— Elle ne se doutera de rien, le rassura Andrew. Je lui dirai que nous sommes à court de stock, le samedi. Tu n'auras qu'à me prévenir quand tu voudras le reste.

Mick réfléchissait à toute vitesse. Natalie avait peu de temps à consacrer à sa fille en ce moment, mais elle n'était pas pour autant une mère négligente. Et, en tant que pédiatre, elle se montrait plutôt scrupuleuse. Cette histoire de somnifères était décidément étrange.

— Merci de m'avoir prévenu, Andrew. Je te tiens au courant.

— C'est normal. Au fait, j'ai entendu dire que ta voisine, Léa Hardy, était de retour en ville. Tu pourras la saluer de ma part quand tu la verras ? On était ensemble en classe en... Zut, j'ai un appel. Désolé, Mick. Il faut que je te laisse.

Il demeura un instant à contempler le combiné du téléphone. Puis il composa le numéro de Natalie. Répondeur. Il ne laissa pas de message et l'appela sur son portable. Cette fois encore, il n'obtint que la messagerie.

Il ne pouvait pas continuer comme ça. Il fallait qu'il ait une sérieuse discussion avec Heather.

Décidant de tenter sa chance du côté de la mère de Natalie, il fut presque surpris que quelqu'un lui réponde enfin. Ce n'était que la femme de ménage, mais elle le connaissait et répondit à ses questions sans se faire prier.

Elle lui apprit que Natalie et son nouveau mari étaient partis pour deux semaines à Hawaii. Elle ne savait pas exactement où, mais, s'il rappelait plus tard, son ex-belle-mère le renseignerait sûrement.

Il raccrocha avec lassitude et chercha le chien des yeux. Accroupie à quelques mètres de lui, Léa tenait Max par le collier. Ses yeux étaient fixés sur lui.

— Tout va bien, dit-il sèchement.

— Je ne vous ai rien demandé.

Lâchant le chien, elle se redressa avec raideur, avant de ramasser sa couverture et de s'éloigner.

Il la suivit des yeux avec l'impression d'être misérable. Il se leva et la rejoignit au moment où elle ramassait son râteau, près des buissons qui bordaient l'allée.

— Désolé de m'être montré un peu brusque. Ça n'a rien à voir avec vous.

Elle mit sa main en visière au-dessus de ses yeux et fit mine de chercher.

— Je ne vois pas de quoi vous parlez...

Il fut surpris de la trouver si belle, malgré les brindilles accrochées à ses cheveux, les traces noirâtres sur son visage rougi par le soleil et son T-shirt couvert d'herbes.

— Bon. Je ferai mieux la prochaine fois.

Elle sourit tout en continuant à ratisser les branches qu'elle poussait sur la couverture.

— Si vous aviez quinze ans, où iriez-vous pour avoir la paix ?

Il savait pourquoi c'était à elle qu'il posait la question. Elle aussi avait été une solitaire. Un peu comme Heather.

— Au parc, répondit-elle sans hésiter. Je m'installerais au bord de la lagune pour lancer du pain aux canards.

Chapitre Neuf

L'HERBE humide avait mouillé le fond de son pantalon, mais Heather ne se préoccupait plus de ces détails. Elle jeta de nouveau un coup d'œil à sa montre. A peine 13 h 30. Encore une demi- heure et elle se mettrait en route vers la pharmacie. Ils étaient toujours prêts en avance.

Elle considéra le cornet de frites qu'elle s'était acheté en haut de la colline. Il ne lui en restait plus une seule, mais les canards ne semblaient pas convaincus. Un couple s'obstinait à lui tourner autour en émettant de petits cris plaintifs, la tête légèrement penchée sur le côté. Plus loin, des oies du Canada marchaient au bord de l'eau tout en la surveillant du coin de l'œil.

Elle donna un coup de pied aux canards qui s'éloignèrent de quelques pas et revinrent aussitôt à la charge.

Elle se mit à réfléchir à ce qu'il lui restait encore à régler. Des lettres à écrire. Des lettres d'adieu pour ses parents et ses grands-parents. Ils méritaient une explication. Elle voulait aussi laisser un mot à ses camarades de classe de Los Angeles. Et puis, il y avait Chris. Elle n'avait pas pensé à lui jusqu'à aujourd'hui, mais maintenant, elle se disait qu'elle devait lui écrire. Elle ressentait le besoin de justifier son geste.

Faisant une boule avec le papier de son cornet de frites, elle le lança en direction de la poubelle verte. Il atteignit son but. Elle se recroquevilla, les coudes sur les genoux, et son regard se posa sur deux enfants qui jouaient au ballon.

Elle devait aussi rédiger son testament. Elle avait glissé dans la benne de la station-service ce à quoi elle tenait le plus. Mais restaient des objets qu'elle voulait léguer à des personnes en particulier.

Les deux canards se mirent soudain à cancaner furieusement tout en battant des ailes. Puis ils firent demi-tour et rejoignirent la rive, moitié courant, moitié volant, pour se jeter dans l'eau. Les oies aussi lui tournèrent le dos avec un bel ensemble.

— J'ai dit quelque chose qu'il ne fallait pas? leur cria-t-elle.

Le halètement joyeux d'un chien se fit entendre derrière elle. Elle tourna la tête vers le chemin et aperçut Max qui courait vers elle le long de la rive. Son père le suivait de près, la laisse se balançant au bout de sa main. Elle sentit un nœud au creux de l'estomac.

Elle reporta son attention vers la lagune avec un air ennuyé. Rien de tel pour dissuader un adulte.

Pas impressionné pour deux sous, Max se jeta joyeusement sur elle. Comme elle se recroquevillait sur elle-même, il la fit rouler d'un coup de tête.

— Les chiens doivent être tenus en laisse dans le parc, se plaignit-elle tout haut en se redressant.

Elle aurait voulu que son père rappelle Max, mais il ne se pressait pas. Le chien lui lécha le visage en poussant des jappements excités. Puis il jeta son dévolu sur une de ses chaussures et tira jusqu'à ce qu'elle lui reste dans la gueule.

Quand elle essaya de la récupérer, il se recula hors de portée et attendit fièrement en frétillant de la queue.

Il était vraiment touchant. Elle eut soudain envie de jouer avec lui, mais elle se retint de craquer.

— Rends-moi ça, lança-t-elle avec humeur. Apporte-moi ça ici, tout de suite.

— Tu lui as manqué, ce matin.

Mick arracha la chaussure de la gueule du chien et se laissa tomber sur l'herbe près de sa fille.

— Et tu m'as manqué, à moi.

Elle aurait dû répondre quelque chose de gentil. Impossible.

Et puis il était trop tard à présent pour reculer.

— Inutile de te mentir à toi-même. Vous êtes bien mieux sans moi.

Elle devinait son regard sur elle. Évitant soigneusement de se tourner vers lui, elle suivit des yeux Max qui nageait à présent dans la lagune en poursuivant les oies.

— Je ne vois pas pourquoi tu dis ça.

— Parce que c'est la vérité.

— Non, ce n'est pas la vérité, répliqua-t-il avec un soupir exaspéré. Heather, tu es ma fille, et c'est moi qui ai voulu que tu viennes vivre avec moi. Je ne demande qu'à me rapprocher de toi. Je voudrais tant que ce soit comme avant, entre nous. Seulement, tu as changé. J'ai du mal à te comprendre, en ce moment.

— Je ne crois pas que ce soit le problème, répondit-elle durement. Tu étais plus tranquille avant que j'arrive. Ta vie était beaucoup plus simple. A tous les points de vue... Plus facile à gérer, à organiser, plus agréable... Appelle ça comme tu veux. C'est la vérité.

— Comment peux-tu croire ça ?

Il semblait blessé mais pas disposé à céder pour autant. Ses yeux bleus la jaugeaient froidement.

— Qu'est-ce que j'ai pu faire ou dire pour que tu voies les choses de cette façon ?

Elle se détourna en secouant la tête, mais il attrapa fermement son bras et l'obligea à lui faire face.

— Et qu'est-ce qui peut t'inciter à croire que je cherche à simplifier ma vie ?

— C'est ce que maman a fait.

— Je ne suis pas ta mère.

— Je sais. Peut-être que *simple* n'est pas le mot juste. Mais regarde-toi. Ta vie va de mal en pis depuis que je suis revenue. Tu as trente-huit ans, tu es célibataire, et toutes les femmes te courent après. Comment se fait-il que tu n'aies pas de petite amie ?

Il eut un rire forcé.

— Tu t'en plains ?

— Tu n'es pas sorti une seule fois depuis que je suis là.

Elle ramassa un caillou et le lança dans l'eau.

— Avec maman, j'étais la cinquième roue du carrosse et je m'en rendais parfaitement compte. Et toi, pour compenser ce que j'ai vécu avec elle, tu fous ta vie sentimentale en l'air. Je ne suis plus une gamine, je m'en rends compte. Je sais très bien que ma place n'est pas ici.

— Ta mère te manque, c'est ça ? Tu te languis de ta maison et de tes habitudes ?

— Merde, papa! Ce que tu peux être lourd, parfois ! s'exclama-t-elle en levant les yeux au ciel. On voit que ça fait longtemps que tu n'as pas vécu avec elle. Elle n'est pas maternelle du tout. Tout ce qu'elle sait faire, c'est acheter. Je demande et elle achète. Voilà à quoi se limite notre relation.

Elle le fixa droit dans les yeux.

— Mais je n'ai pas besoin qu'on m'achète des tas de trucs. Je n'ai pas besoin d'elle. En fait, je n'ai besoin d'aucun de vous deux.

Se levant, elle prit sa chaussure des mains de son père et l'enfila. Puis elle commença à grimper le chemin.

— Attends un peu, Heather. On n'a pas fini de parler...

Il siffla Max qui le rejoignit et se dépêcha de la rattraper.

Le chien trottina devant eux, dégoulinant.

— Nous devons faire un effort pour...

Il s'arrêta net en la voyant sortir un paquet de cigarettes de sa poche. Elle en alluma une.

— Tu fumes? Depuis quand?

Il y avait une note de désapprobation dans sa voix. Heather sourit ostensiblement.

— Reviens sur terre! C'est pas nouveau.

— Bon sang, tu n'as que quinze ans ! Tu as entendu parler du cancer du poumon? As-tu la moindre idée des dégâts...

— Épargne-moi ça, papa, le coupa-t-elle en accélérant le pas, sa cigarette à la bouche.

— En plus, c'est illégal. Ta mère sait que tu fumes ?

— Bien sûr, mentit-elle. Vois-tu, à côté du reste... la drogue, les coucheries... (Elle haussa les épaules.) Fumer, c'était pas grand-chose.

Elle sursauta quand il lui arracha la cigarette des lèvres et lui saisit le bras pour l'obliger à le regarder en face. Il était impressionnant. Elle ne l'avait encore jamais vu perdre son sang-froid.

— Écoute-moi, ordonna-t-il. Je ne sais pas où tu veux en venir exactement, mais je ne marche pas. Je sais que ta mère est accaparée par son travail, mais tu ne me feras pas avaler qu'elle te laisse fumer sans rien dire.

Il écrasa la cigarette sous sa semelle.

— A partir de maintenant, tu devras te conformer à certaines règles élémentaires. Vu ? Et je me fiche pas mal de savoir comment ça se passait à Los Angeles et ce que tu faisais là-bas. Maintenant, tu vis avec moi et tu vas abandonner ce comportement odieux. Tu m'as bien compris?

— Parfaitement, dit-elle en secouant son bras afin de se dégager. Tu peux toujours rêver...

Tandis qu'elle s'éloignait à grands pas, elle l'entendit qui l'appelait. Elle aurait dû se douter qu'elle ne s'en tirerait pas à si bon compte.

— Heather!

Quand Léa s'installa enfin dans la véranda pour un repos bien mérité, elle était fourbue, au bord de l'écœurement. Elle avait mal partout. En plus, il faisait lourd. Pas un souffle de vent. Elle venait de prendre une douche froide et d'enfiler une robe sans manches, mais des gouttes de transpiration dégoulinaient déjà entre ses seins.

Elle commençait à en avoir par-dessus la tête de ces travaux dont elle ne voyait pas le bout. Entre la pelouse et les haies, elle avait passé une bonne partie de la journée dans le jardin à couper, tailler, ratisser et ramasser. Ensuite, elle s'était attaquée à la peinture écaillée des murs extérieurs. Elle n'avait pas arrêté une seconde. Le pire, c'est qu'elle n'avait pas encore commencé l'intérieur.

Et puis quelque chose la tracassait. Elle avait vérifié la boîte aux lettres plusieurs fois dans l'espoir d'y trouver un nouveau message. Maintenant qu'elle était revenue à Stonybrook, comme il — ou elle — le lui avait demandé, elle attendait un signe de vie de la part de ce mystérieux inconnu qui lui écrivait depuis plusieurs mois. En vain.

— Quelle imbécile je suis ! murmura-t-elle tout en essuyant du revers de la main la sueur sur son front.

Elle respira profondément. Elle avait besoin d'oublier ses tracas, ne serait-ce qu'une minute. Oublier Ted, le procès, cette maison, Stonybrook, ces foutues lettres... Elle devait se détendre un peu, lâcher du lest.

Elle étira ses jambes nues sur la vieille couverture, s'adossa au mur de bois de la maison et ferma les yeux en essayant de visualiser une image agréable — un magnifique voilier blanc glissant sur une mer d'un bleu étincelant. Fier, libre.

— Vous dormez? murmura une voix.

Elle ouvrit les yeux en sursautant. Debout sur la pelouse, Mick l'observait à travers les barreaux de la rambarde. Elle se détendit.

— Non, je ne dors pas. J'essaye simplement de me reposer.

— Désolé. Je vous laisse.

— Non, vous pouvez rester. Je me sens mieux. Je suis une femme neuve.

Il lui adressa un sourire qui lui fit l'effet d'un coup de poing dans l'estomac.

— Cette femme neuve aurait-elle un peu faim?

« Elle est affamée, songea-t-elle. Affamée de compagnie. »

— J'ai déjà mangé un sandwich.

— Parfait. Parce que je ne vous apporte pas à dîner. J'ai mieux. Je peux grimper jusqu'à vous?

— Si vous arrivez à franchir l'escalier.

— Pas de problème.

Elle le suivit des yeux tandis qu'il la rejoignait dans la véranda. Il tenait une assiette à la main et quelque chose sous le bras.

— Je ne suis pas vraiment équipée pour recevoir, s'excusa-t-elle.

Elle poussa les pots de peinture alignés près de la rambarde afin qu'il puisse s'asseoir.

— Peu importe.

Il portait un jean et un T-shirt et était pieds nus.

— Je vous félicite. Ça faisait longtemps que je n'avais pas osé traverser cette pelouse sans chaussures.

Elle sourit et prit les deux bouteilles de bière qu'il lui tendait. Comme il se penchait pour s'installer près d'elle sur la couverture, elle lui fit une place.

— Vous buvez de la bière ?

— Ça m'arrive.

Elle était heureuse de le sentir si proche.

— Mais au fait, avez-vous l'âge de boire de l'alcool ?

— Vous devriez le savoir, répondit-elle tout en soulevant un coin de la feuille d'aluminium qui recouvrait l'assiette.

Elle poussa un soupir de contentement.

— Des tuiles au chocolat, encore chaudes... Ne me dites pas qu'elles sortent de votre four!

Il haussa les épaules.

— J'aime cuisiner. Et je m'en sors plutôt bien.

— Vous me l'avez déjà dit ce matin.

Elle prit un biscuit et le goûta.

— Mmm. Délicieux.

Et elle l'enfourna dans sa bouche.

— Maintenant, il faut le faire descendre avec un peu de bière, décréta-t-il en lui tendant une bouteille. Bière et tuiles au chocolat. Je ne connais rien de meilleur.

Elle eut un hochement de tête sceptique, mais avala une gorgée. Voyant qu'il guettait sa réaction, elle prit le temps de la savourer, avant de porter de nouveau le goulot à sa bouche. Puis elle tendit le bras vers l'assiette de biscuits.

— Alors, qu'est-ce que vous en pensez ? Pas mauvais, non ?

— Vous voulez mon avis ? C'est infect. L'idée ferait fureur pour une campagne contre l'alcoolisme chez les jeunes. Mais j'ai appris à ne pas me fier à ma première impression. Donc, il faudrait que je goûte encore..., histoire de vérifier.

Elle avala un deuxième biscuit, puis un troisième.

— S'il s'agit d'une ruse pour terminer l'assiette sans m'en laisser un seul, sachez que je ne suis pas dupe.

— Et moi qui croyais que vous aviez apporté tout ça rien que pour moi.

— En effet.

Il prit une gorgée de bière et ajouta :

— En échange de vos lumières.

Son expression avait changé. Il semblait à présent mal à l'aise, elle le lisait dans ses yeux.

— C'est au sujet de Heather, n'est-ce pas ?

Il hocha la tête.

— Mick, si vous avez besoin d'un conseil ou d'un confident, je peux remplir ce rôle. Mais je ne suis ni diplômée en psychologie ni thérapeute.

Adoucissant sa voix, elle lui effleura la main.

— Je peux à la rigueur vous aider à détecter les problèmes et vous indiquer des professionnels qualifiés.

— Je pense...

Il marqua une pause.

— Ou plutôt, j'espère que j'ai seulement besoin de quelqu'un pour m'écouter, besoin de m'assurer que ce que je traverse est le lot de tous les parents. Et je n'ai aucune envie de me confier à un étranger. Je préfère m'adresser à vous.

Elle se sentit pousser des ailes. Des ailes qui battaient furieusement, capables de provoquer un ouragan.

Mick trinqua avec elle.

— Qu'en dites-vous? Seriez-vous disposée à m'accorder quelques minutes ?

— Je suis tout ouïe.

Il lui pressa chaleureusement la main avant de la relâcher.

— Je ne sais pas trop par où commencer d'autant que, jusqu'à cet après-midi, je ne soupçonnais même pas que j'avais un problème avec ma fille.

Elle contempla son profil. Son inquiétude se devinait à ses mâchoires crispées, à ses yeux plissés, à sa bouche pincée.

— Vous l'avez rencontrée... Vous avez vu son allure, enfin la façon dont elle cherche à se présenter...

— Vous voulez parler de son accoutrement, de son côté provocateur ?

Il hocha la tête.

— Mon ex-femme, Natalie, m'avait prévenu, et je ne me suis pas inquiété quand je l'ai vue à l'aéroport. On sait tous que l'adolescence est une passe difficile.

Il posa sa bouteille.

— Mais son attitude n'est pas acceptable. Sa façon d'avoir l'air de se fiche de tout. Sa paresse. Son manque d'intérêt pour quoi que ce soit. Le fait qu'elle passe le plus clair de son temps enfermée dans sa chambre. Elle ne mange rien. Elle boit deux litres de soda par jour et se bourre de biscuits au chocolat. Elle ne me parle pas. Elle n'exprime rien. Je sais qu'elle vient d'arriver, mais quand même, ce n'est pas comme si elle débarquait brusquement dans un endroit inconnu! La dernière fois qu'elle est venue ici, elle avait une bonne demi-douzaine de copains et de copines. Elle allait partout avec son vélo. Elle faisait même du baby-sitting. Elle était heureuse, différente.

Il passa ses mains dans ses cheveux en brosse.

— J'ai mis du temps à réagir parce que j'espérais que ça s'arrangerait tout seul. Mais ça va faire trois semaines qu'elle est là, et je ne vois aucun changement. Hier soir, j'ai perdu mon calme et je lui ai débité un long sermon. Ce matin, ça lui a pris d'un coup, elle a daigné sortir de sa chambre. Ça n'a pas duré longtemps... Nous sommes revenus au point de départ.

— Elle est en effet sortie très tôt, ce matin. Vous savez où elle est allée ?

Il hocha la tête.

— Au parc. Vous aviez raison. Je l'ai trouvée au bord de la lagune, en train de nourrir les canards.

Elle aussi se réfugiait dans le parc quand elle n'était encore qu'une petite fille.

— Elle a vidé son sac.

— C'est un bon début.

— Pas vraiment, objecta-t-il en secouant la tête. Elle n'a pas eu une attitude positive. Elle m'a agressé. Apparemment, elle en veut à sa mère, à moi, au monde entier. Elle a prétendu que nous étions plus heureux sans elle. Et qu'elle non plus n'avait pas besoin de nous. Elle était très en colère. J'ai voulu m'expliquer avec elle, mais elle a allumé une cigarette et elle est partie.

Il tourna brusquement vers Léa.

— Parmi les adolescents dont vous vous occupez, il y en a beaucoup qui fument ?

— Quelques-uns. Mais jamais devant moi ou dans l'enceinte de l'établissement.

— Elle m'a avoué avoir touché à la drogue et m'a fait comprendre qu'elle n'était plus vierge. Il paraît que j'ai tort de m'inquiéter pour une petite cigarette. Elle a parlé de coucheries... Qu'est-ce que ça signifie?

— Ça signifie coucher avec quelqu'un en passant.

— Super...

— Qu'avez-vous répondu ?

— J'ai perdu patience. Je me suis mis à crier. Je lui ai reproché son attitude. J'ai même essayé de la culpabiliser en lui disant qu'elle nous faisait du mal, à moi et à sa mère.

— Elle n'était pas d'accord avec vous.

— Non. Elle m'a laissé parler. Je lui ai longuement expliqué l'importance des liens familiaux et lui ai dit qu'elle devrait s'estimer heureuse de nous avoir, au lieu de nous rejeter.

— Et qu'a-t-elle répondu ?

— Rien du tout.

Il leva les yeux vers sa maison, de l'autre côté de la pelouse.

— Elle a continué à marcher droit devant elle, comme si elle était seule au monde. Elle était tellement peu attentive qu'elle a failli se faire écraser en traversant. Heureusement que la voiture n'allait pas vite et que la conductrice a pilé.

Léa parut inquiète.

— Elle a voulu se jeter sous une voiture ?

— Non. Elle essayait seulement de m'impressionner. Elle voulait que je la laisse tranquille.

Il ferma les yeux et se frotta pensivement l'arête du nez.

— D'ailleurs, ça a marché.

— Et où est-elle, à présent ?

Il désigna sa maison du menton.

— En haut, dans sa chambre. Probablement en train d'écouter de la musique à fond sur son baladeur.

— Est-ce que vous avez remarqué chez elle des comportements étranges, récemment ? Est-ce qu'elle s'est débarrassée de certaines de ses affaires? Est-ce qu'elle parle souvent de la mort ?

— Où voulez-vous en venir? répliqua-t-il, visiblement méfiant.

— Je vous demande si vous avez noté chez elle des comportements que l'on considère comme inquiétants, comme révélateurs d'un réel malaise chez un adolescent.

Il parut encore plus bouleversé qu'au début de leur conversation. Écartant l'assiette de biscuits, Léa vint se placer devant lui.

— Écoutez, je ne suis qu'assistante sociale. Je ne suis pas qualifiée pour vous conseiller. Mais, à vous écouter, j'ai l'impression que Heather traverse en ce moment une phase dépressive, caractéristique chez l'adolescent.

— Pourtant, elle aurait tout pour se sentir bien. Elle est entourée de gens qui l'aiment, elle est intelligente... et jolie, bien qu'elle fasse de son mieux pour s'enlaidir. Pourquoi serait-elle dépressive ?

— Je la connais à peine, je ne peux pas vous répondre. Mais ce que je sais, c'est que nombre d'adolescents sombrent dans la dépression parce qu'ils sont incapables de gérer leurs sentiments. Ils souffrent et ne savent pas comment exprimer leur souffrance. Ils se sentent perdus, ils ont honte d'eux- mêmes, ils sont déçus. La dépression se traduit chez eux par une sorte de torpeur.

— Je ne sais pas si...

— Réfléchissez à ce que vous venez de me décrire. Heather était en colère aujourd'hui, elle s'en est pris à vous. C'est un bon signe. Ça prouve qu'elle a trouvé une façon d'exprimer ce qu'elle ressentait.

— Mais ça ne nous a menés à rien. J'ai finalement abandonné la partie, encore plus frustré qu'avant. Et je ne crois pas qu'elle se sentait mieux que moi.

— Je n'ai pas dit que vous aviez résolu tous vos problèmes. Je pense seulement que c'était déjà une forme de communication, un point de départ.

Léa savait que la suite de son discours lui déplairait et qu'il refuserait sa suggestion, aussi s'efforça-t-elle de lui parler doucement — mais clairement.

— On dirait que Heather s'efforce de ne rien construire. Contrairement aux jeunes de son âge, elle ne cherche pas la compagnie de ses amis. Je parie qu'elle n'était inscrite à aucune activité et qu'elle ne pratiquait pas de sport en Californie. Rien qui puisse établir une routine dans sa vie ou forge autour d'elle des points de repère solides.

— Elle n'a plus cinq ans. Je ne peux quand même pas l'obliger à sortir pour jouer au ballon, et je me vois mal la traîner de force dans un cours de broderie, rétorqua-t-il sèchement.

Léa approuva d'un signe de tête.

— Il y a un conseil que je donne souvent aux parents dans ce genre de situations. C'est d'envisager une thérapie pour leur enfant.

Mick ne répondit rien, mais on devinait à son expression que l'idée ne le séduisait pas. Comme beaucoup de parents avant lui. Il ne se doutait pas à quel point parler pouvait soulager la souffrance.

— Pas forcément une thérapie de longue haleine, admit-elle, mais quelques séances où elle apprendrait à identifier et à nommer ses sentiments. Cela pourrait l'inciter à sortir de sa coquille. En ce moment, elle s'enferme dans une attitude négative. Il faudrait que quelqu'un de neutre intervienne pour l'aider à remonter la pente.

— Vous parliez tout à l'heure de comportements à risque et vous me demandiez si elle évoquait souvent la mort... Vous ne croyez pas que vous exagérez un peu ?

Bien sûr, il avait du mal à admettre que sa fille soit en difficulté. Et elle comprenait sa réaction.

— Je vous avais prévenu, Mick. Je ne suis pas forcément la personne la plus qualifiée pour vous répondre. D'habitude, je côtoie les adolescents pendant un certain temps avant de rencontrer les parents. Je ne connais pas Heather et je me base uniquement sur ce que vous m'avez raconté. Alors, si vous trouvez ma réaction exagérée...

— J'ai compris.

Il se leva d'un bond.

— Merci, Léa. Cette conversation s'est révélée très instructive.

— N'hésitez pas à venir me parler si vous en ressentez le besoin, murmura-t-elle, blessée.

Elle s'en voulait. Elle aurait dû s'attendre qu'il refuse de se remettre en question. Elle se trouvait à Stonybrook, une ville où tout le monde était parfait. Excepté, bien sûr, la famille Hardy.

Du moins, en apparence.

Chris était le dernier à travailler dans la cuisine.

Il rinça minutieusement le double évier en acier inoxydable, puis l'essuya avec un torchon afin de le faire reluire, ainsi que l'exigeait Brian.

Il s'occupa ensuite de la cuisinière et du comptoir, passa un chiffon propre sur la porte du réfrigérateur et sur celle du congélateur, aligna les bols du mixeur par taille, suspendit les casseroles et les poêles, et rangea les ustensiles de cuisine dans le tiroir. Après avoir soigneusement fermé les portes des placards, il s'apprêta à passer une dernière fois le balai à frange sur le carrelage. Du boulot impeccable. Brian ne trouverait rien à redire.

Comme son père avant lui, Brian était le propriétaire du Hughes Grille. Mais il en était aussi le chef cuisinier. Âgé d'un peu plus de quarante ans, il se montrait extrêmement fier des améliorations qu'il avait apportées à l'établissement et imposait à ses employés des règles strictes. La propreté et l'ordre figuraient en tête de liste.

Certains de ses employés l'appelaient sœur Mary Brian quand il avait le dos tourné. Mais pas Chris.

A présent, le sol reluisait. Satisfait, il posa son seau dans l'évier et entreprit de rincer le tout. Alors qu'il rangeait le balai et le seau, il aperçut une voiture de sport à travers la moustiquaire. Il jeta un coup d'œil à la porte à double battant qui donnait sur la salle du restaurant en se demandant si Brian savait que Jason était rentré.

Chris n'avait rien contre les homosexuels et il n'avait jamais eu de mal à s'entendre avec Brian, pourtant un patron maniaque et exigeant. Seulement, avec Jason, c'était une autre histoire.

Brian était un gars sérieux, il s'impliquait dans sa relation avec Jason, comme l'aurait fait n'importe quel hétéro. Mais l'autre salaud le trompait sans vergogne. Ce qui accentuait l'antipathie naturelle que Chris éprouvait à son égard.

Il fourra son tablier trempé dans le linge sale à envoyer au pressing, prêt à quitter les lieux. Sa voiture était garée derrière l'établissement. Il aurait pu sortir par la cuisine, mais il préférait signaler à Brian qu'il avait fini et qu'il rentrait chez lui.

Les lumières de la salle étaient déjà éteintes et, avec les rideaux baissés, il y faisait noir comme dans un tombeau, surtout après la clarté qui régnait dans la cuisine.

Dès que la porte battante se fut refermée derrière lui, Chris entendit distinctement des éclats de voix provenant du bar. Il s'avança avec précaution, ne sachant comment annoncer sa présence.

— ... d'y faire attention!

Le patron avait l'air mécontent. Vraiment mécontent.

— J'ai commis une erreur, O.K. Et après? C'était il y a longtemps, merde! Qui s'en souvient, maintenant? Tu te mets dans tous tes états pour rien, Brian.

— Tu as vraiment une cervelle de moineau! Quand comprendras-tu que ces photos représentent un danger?

— La principale intéressée est morte, et son mari n'en a plus pour longtemps. Si je n'arrive pas à mettre la main sur ces photos, c'est qu'elles sont bien à l'abri. Par conséquent, personne ne les trouvera.

Il y eut un long silence.

— D'ailleurs, personne n'est au courant et tout le monde s'en fout. Donc, ça suffit pour aujourd'hui. Arrête de me harceler avec ça et fermons le bar. J'ai eu une dure journée...

— Tu ne vas pas t'en tirer comme ça. Écoute-moi, Jason...

Brian se mit à chuchoter, mais Chris percevait encore l'inquiétude qui filtrait dans sa voix.

— Léa est revenue en ville. Tout le monde ne parlait que de ça, aujourd'hui. Elle va probablement remuer de vieilles histoires et...

En s'approchant lentement du bar pour mieux entendre, Chris heurta le coin d'une table de sa hanche. Le vase posé dessus se renversa avec un bruit sourd. Il le redressa en espérant que personne ne l'avait entendu, mais brusquement la lumière jaillit. La nappe était inondée.

Depuis la voûte qui menait au bar, Jason le regardait d'un air méfiant.

— C'est toi ? Qu'est-ce que tu veux ?

— J'ai fini dans la cuisine. Je venais prévenir Brian que je rentrais chez moi. Il... il est là?

Tout en parlant, Chris avait pris des serviettes en papier pour éponger l'eau.

— Je... je suis désolé. Il faisait noir, je n'y voyais rien.

— Laisse tomber, Chris.

Brian apparut derrière Jason. Il était tout rouge.

— Il est tard. Tes parents vont s'inquiéter. Je m'en occuperai.

Avec un hochement de tête reconnaissant, Chris rebroussa chemin vers la cuisine. Avant de disparaître par la porte battante, il jeta un coup d'œil par-dessus son épaule. Jason était retourné dans le bar, tandis que Brian changeait la nappe mouillée.

Chris ne se rappelait pas avoir vu son patron dans un tel état.

— *Donnez-moi leurs noms!* hurla Marilyn dans le téléphone.

Elle s'adressait à son avocat.

— *Je veux savoir qui a accepté de déposer contre moi.*

Elle raccrocha violemment.

— *Ils veulent jouer les méchants ? Je vais leur montrer à qui ils ont affaire.*

Chapitre Dix

Andrew Rice n'avait pu lui fournir que trois comprimés. Heather les rangea dans le flacon qu'elle cachait sur son étagère. Après avoir relu une fois de plus la note l'informant que le reste de sa prescription ne serait pas disponible avant jeudi, elle froissa le sac en papier de la pharmacie.

— D'ici à jeudi, je serai déjà six pieds sous terre, murmura- t-elle en fourrant le flacon de somnifères dans sa poche.

Elle se débrouillerait avec ça. Par sa mère qui lui avait fait une première ordonnance six mois plus tôt, en Californie, elle s'était procuré les médicaments et les avait conservés soigneusement sans y toucher. Elle avait largement de quoi mener à bien son projet. Même si la pharmacie ringarde de ce trou pourri n'avait rien en stock.

Elle jeta un dernier regard à sa chambre. Ses lettres d'adieu — glissées dans des enveloppes au nom de leurs destinataires — s'alignaient devant le miroir de la commode. Elle avait vaguement ramassé les piles de fringues qui traînaient par terre, mais, comme elle ne voulait pas s'embêter à les plier, elle les avait fourrées dans le placard, histoire de donner à la pièce un semblant d'ordre.

Elle jeta un coup d'œil à sa montre. 2 h 10. Elle avait le temps. Elle se glissa hors de sa chambre, dans le couloir sombre.

Après y avoir longuement réfléchi, elle avait décidé de ne pas avaler les cachets dans sa chambre. Trop violent pour son père. Il risquait de craquer, de ne plus pouvoir vivre dans cette maison — une maison de famille, depuis plusieurs générations. Elle ne pouvait pas lui faire ça.

Comme d'habitude, Max la suivit à la trace. En passant par la cuisine, elle prit quelques canettes de soda dans le réfrigérateur et un gros paquet de biscuits dans le placard. Max gémit doucement quand elle s'approcha de la porte. Il n'essaya pas de se faufiler dehors avant elle ni ne prit sa laisse dans sa gueule. Assis sur son arrière-train, il la contempla tristement de ses grands yeux chocolat.

Elle s'accroupit et le serra contre elle. Ç'avait toujours été un chien intelligent.

Elle se dépêcha de sortir avant que les larmes jaillissent.

Une branche coupée qui dépassait de la haie balaya la vitre du conducteur. L'esprit déjà embrumé par le sommeil, Léa suivit distraitement du regard le balancement des feuilles dans le vent.

Elle s'était installée près du volant, allongée en travers sur les sièges. Elle avait laissé la clé dans le contact et posé son sac devant elle, sur le plancher de la voiture. Fermant les yeux, elle se sentit sombrer dans l'inconscience avec soulagement.

Au moins, ici, elle arriverait à dormir. Elle n'avait pas peur, se sentant plus en sécurité dans sa voiture que dans la maison. Elle ne passerait pas la nuit à guetter le moindre craquement de plancher en croyant entendre des pas. Elle ne surveillerait pas les ombres, ne penserait pas sans cesse à ses parents. Ici, elle échappait à ses fantômes.

Un muscle de sa jambe tressauta, et clic se cogna contre la portière du conducteur. Une fois de plus, ses yeux s'ouvrirent en grand.

— Pitié ! murmura-t-elle.

Un appel à peine audible. Pour elle-même. Elle était au bord des larmes, elle s'en voulait. Pourquoi ne parvenait-elle pas à vaincre les démons du passé?

— Il fait trop chaud, là-dedans.

Repoussant du pied la couverture qu'elle avait posée sur ses jambes, elle la balança par-dessus le siège, à l'arrière. C'est alors qu'elle aperçut une silhouette qui traversait le jardin et s'engouffrait dans le grand hangar gris.

Elle frissonna. L'espace d'un instant, elle se demanda de quoi il s'agissait. La nuit était très sombre, et les outils qui s'entassaient encore dans la remorque limitaient sa visibilité à l'arrière. Peut-être avait-elle rêvé?

Ce devait être l'ombre d'une branche ou un nuage passant devant la lune. Elle songea que le mieux serait de s'allonger et de se rendormir, mais elle ne pouvait s'empêcher de surveiller le hangar en imaginant le pire. Quelqu'un la guettait, tapi dans la vieille bâtisse...

Elle essaya de se raisonner. Peut-être que des amoureux s'y retrouvaient...

Soudain, au bord de la nausée, elle se redressa pour ôter la clé du contact de ses mains tremblantes. Et son cœur se mit à battre furieusement quand elle se faufila hors de la voiture, dans l'allée sombre.

Elle fit un pas en direction de la remise, puis se ravisa et retourna vers le véhicule afin de prendre sa bombe anti-agression. Ne sachant pas ce qu'elle trouverait là-dedans, mieux valait prendre ses précautions.

Elle s'éloigna de la voiture, puis contourna la maison en longeant la véranda. Il lui semblait qu'elle pouvait détecter le plus petit mouvement, le plus léger bruit, comme si ses sens étaient décuplés d'une manière presque surnaturelle. Elle percevait le léger souffle de la brise d'été qui faisait trembler les feuilles, le craquement des branches au-dessus de sa tête, les aboiements d'un chien au loin, le crissement discret du gravier sous ses pas.

Lorsqu'elle atteignit enfin le hangar, elle se demanda si elle n'avait pas rêvé. Elle s'approcha doucement et colla son œil entre deux planches. Il faisait très noir, et tout paraissait calme. Des animaux sauvages y avaient peut-être élu domicile.

Elle songeait à aller chercher sa torche électrique toute neuve qu'elle avait laissée sur le siège de la voiture quand un petit bruit sourd attira son attention. Comme le pop d'un bouchon qui saute. Il y avait quelqu'un là-dedans. Elle s'approcha doucement de la porte et la trouva légèrement entrouverte. D'une main, elle la poussa doucement tout en serrant fermement la bombe anti-agression de l'autre. Un mince rai de lumière fusa à l'intérieur et effleura le bout d'une chaussure noire qu'elle crut reconnaître.

— Heather? murmura-t-elle.

La chaussure recula aussitôt dans la pénombre. Léa s'arrêta et sonda les ténèbres. Le bruit de sa propre respiration, haletante, résonnait dans son crâne. Et s'il ne s'agissait pas de Heather? Son sang se glaça dans ses veines. Elle recula.

— Salope!

Le murmure venait de derrière.

Se retournant, elle eut juste le temps d'apercevoir l'objet sombre qui s'abattait sur elle.

Le coup fut violent et sa tête rebondit comme une balle de caoutchouc contre la porte. Puis elle s'effondra de tout son long sur l'herbe.

Réveillé en sursaut par des cris, Mick sauta de son lit et se précipita dans le couloir.

Il ne lui fallut qu'une seconde pour jeter un coup d'œil dans la chambre de sa fille. Personne. En bas, Max aboyait furieusement. Personne non plus dans la salle de bains au bout du couloir.

La voix venait de l'extérieur. On l'entendait distinctement par la fenêtre entrebâillée de la chambre de Heather. Mick alla l'ouvrir en grand et se pencha. Une silhouette était allongée près de la remise des Hardy. Heather appela de nouveau. On sentait dans son cri l'urgence et l'affolement.

Il dévala l'escalier et se précipita vers la porte de derrière. Max aboyait en grattant au battant. Mick alluma l'éclairage extérieur et se jeta hors de la maison, le chien dans ses jambes.

— Heather! cria-t-il en traversant le jardin au pas de course.

— Papa, c'est Léa !

— Que se passe-t-il ?

— Elle… elle est morte…

Sa fille se tourna vers lui. Les yeux écarquillés, les mains couvertes de sang, elle semblait au bord de l'hystérie.

— On l'a poussée… Contre la porte… Elle saigne…

— Rentre à la maison… Appelle le 911.

Mick s'accroupit près de Léa. A son grand soulagement, il sentit distinctement un pouls sous ses doigts, au niveau du cou. Heather n'avait pas bougé d'un millimètre et continuait à sangloter violemment.

— Elle n'est pas morte. Dépêche-toi. Vas-y.

L'adolescente se releva précipitamment et courut vers la maison. Max aboyait furieusement en direction du mur, au fond de la propriété. Mick se déplaça un peu de façon que les lumières de son jardin éclairent le visage de Léa. Elle avait le visage couvert de sang. Lui soulevant doucement les cheveux, il découvrit une longue entaille en haut de son front. Elle saignait encore beaucoup. Il écouta son pouls et posa la main sur sa poitrine. Sa respiration était faible.

Elle bougea la tête et marmonna quelques mots inintelligibles.

— Tout ira bien, mon cœur, murmura-t-il.

Il lui tâta les épaules, les bras, les mains, les jambes afin de vérifier qu'elle n'avait rien de cassé.

Un voisin muni d'une lampe électrique traversa le jardin. Il était en robe de chambre.

— Tout le monde va bien ? s'enquit-il.

— Heather, souffla Léa en agrippant la main de Mick.

Il se pencha un peu plus vers elle. Elle avait ouvert les yeux et luttait pour ne pas les refermer.

— Ouest... Heather?

Il fut soulagé de l'entendre parler.

— Elle est à l'intérieur, elle prévient les secours.

— Qu'est-ce qui se passe ici, Mick ? demanda le voisin en se penchant au-dessus d'eux, ses cheveux gris hérissés sur le dessus de sa tête comme un chardon. Elle... elle va bien ?

Toujours agrippée à Mick, Léa tenta de s'asseoir. Elle grimaça et porta la main à son front.

— Appuyez-vous sur moi, lui conseilla-t-il en passant derrière elle afin qu'elle puisse poser la tête sur son épaule. L'ambulance sera là d'un moment à l'autre.

Le voisin pointa sa lampe vers le visage de Léa.

— J'aurais dû me douter que le problème venait de cette maison.

Elle leva la main pour se protéger de la lumière qui l'aveuglait, et Mick écarta la lampe. Au même moment, ils entendirent le bruit d'une sirène qui se rapprochait.

— Ray, va les attendre devant. Tu leur montreras le chemin.

Tandis que le vieil homme se dirigeait vers la rue, Mick se pencha vers la jeune femme. Elle était glacée. Il frictionna ses bras nus.

— Heather... Elle n'a rien ? demanda-t-elle en se laissant aller un peu plus contre lui.

— Non. Elle va très bien.

Leurs doigts s'entrelacèrent. Elle voulut porter la main à son front pour toucher sa blessure, mais il l'en empêcha.

— Que s'est-il passé, Léa ?

L'ambulance freina bruyamment devant la maison.

— Quelqu'un... quelqu'un m'a frappée.

— Qui?

— Je n'en sais rien.

Avant qu'il ait pu lui poser d'autres questions, le jardin se transforma soudain en une ruche bourdonnante. Mick recula de façon à laisser le passage aux médecins. Un officier de police interrogeait le voisin, pendant que d'autres faisaient le tour de la propriété avec leurs torches électriques. Mick chercha Heather du regard. Assise sur les marches de la véranda, elle tenait Max par le collier. Même de loin, il voyait qu'elle était terrifiée.

Il était descendu en slip et songea qu'il serait plus décent d'enfiler un pantalon. Léa était en sécurité, à présent. Les médecins continuaient à l'ausculter tandis que deux officiers en uniforme l'interrogeaient.

Il allait traverser la pelouse quand l'un des policiers le rejoignit. Mick le reconnut, c'était l'une des nouvelles recrues.

— Monsieur Conklin, savez-vous ce qui s'est passé ici ?

— D'après Léa, quelqu'un l'a frappée à la tête.

Il regarda du côté de Heather.

— Je dois m'habiller. Je reviens tout de suite.

Sans attendre la réponse de l'inspecteur, il traversa la pelouse jusqu'à sa fille.

— Rentrons, dit-il.

Elle avait encore les yeux brillants de larmes, mais il nota qu'elle avait pris soin de se laver les mains.

— Tu crois qu'elle va s'en sortir, papa?

— Je pense, oui.

Il attrapa Max par le collier et ajouta :

— Viens, il faut que je te parle.

Elle ne lui opposa aucune résistance et grimpa l'escalier devant lui. Dans la cuisine, il lâcha le chien et enfila un T-shirt et un short qu'il trouva dans le panier à linge propre, près de la porte de la buanderie. Lorsqu'il se tourna vers sa fille, elle était assise, recroquevillée sur une chaise, les genoux contre la poitrine.

— Que s'est-il passé dehors ?

— J'ai cru qu'elle était morte, papa...

— Tu as vu ce qui s'est passé ?

Elle enfonça sa tête entre ses genoux et fit signe que non.

— Elle était déjà par terre quand tu es arrivée, n'cst-ce pas ?

Elle acquiesça.

— Léa s'inquiète à ton sujet. Elle m'a demandé si tu n'avais rien, expliqua-t-il en s'accroupissant près d'elle. Tu as vu quelqu'un dehors ?

De nouveau, elle secoua la tête.

— Je... j'ai bien cru qu'elle était morte.

— Tu vas bien, mon bébé? demanda-t-il avec douceur.

Il lui prit le menton et l'obligea à lever la tête. Son visage était couvert de larmes.

— Il faut que j'y aille. La police réclame mon témoignage, et je veux m'assurer que tout va bien pour Léa. Tu n'as qu'à rester ici...

— Je t'accompagne, le coupa-t-elle en sautant vivement sur ses pieds.

Il hésita un moment. Bah, après tout, il n'avait pas de raison de refuser. Il enfila une paire de baskets et, laissant le chien à l'intérieur, il sortit avec Heather par la porte de derrière. Les voisins avaient commencé à s'attrouper dans la rue, et toutes les maisons étaient à présent éclairées. Un bandage autour de la tête, Léa était assise sur un brancard roulant. Une femme en uniforme était encore en train de l'interroger.

— Tu prétendais que sa venue ne causerait aucun problème...

Faisant volte-face, Mick se trouva nez à nez avec Rich Weir.

Heather les dépassa et fila droit vers Léa.

— On dirait que tu oublies que c'est elle la victime, Rich.

Le chef de la police sortit un bloc-notes et un stylo de sa poche, l'air excédé.

— Toi et ta fille, vous avez vu quelque chose?

— Quand Heather est arrivée sur les lieux, Léa était déjà par terre. Elle a crié, c'est ce qui m'a alerté.

— C'est sa chambre ?

Il leva les yeux vers la fenêtre que Rich montrait du doigt et qui donnait sur le fond du jardin des Hardy.

— Oui, c'est sa chambre.

— Elle a vu quelqu'un ?

— Elle dit que non.

Sans un mot, le chef de la police rangea crayon et bloc- notes dans sa poche, et s'éloigna vers la rue.

Mick lui emboîta le pas.

— Vous avez trouvé quelque chose ?

— Rien du tout. Elle a glissé et sa tête a heurté la porte. Voilà tout.

D'un geste irrité, Rich montra les trois voitures de patrouille et l'ambulance qui bloquaient la rue.

— Tous ces hommes mobilisés, c'est du gaspillage. La prochaine fois que la fille Hardy se cassera la figure, emmène-la tout simplement aux urgences. Ça coûtera moins cher à la collectivité.

— Elle dit qu'on l'a attaquée, et je ne pense pas qu'elle raconte n'importe quoi.

Mick vint se poster devant Rich et baissa la voix.

— Écoute, je ne voudrais pas perdre en une seule nuit tout le respect que j'ai envers toi. Tu réagis comme ça parce qu'elle s'appelle Hardy.

— Qu'est-ce que tu veux, Mick?

— Que tu fasses ton boulot. Mon chien a aboyé près du mur du fond, quand je suis sorti pour secourir Léa. Va voir de ce côté. Cherche des empreintes, un objet qui aurait pu servir à frapper... Est-ce que je sais, moi? C'est toi, le flic, remarqua-t-il en le fixant avec intensité. Comment peux-tu sérieusement croire qu'une femme jeune et en pleine forme puisse se blesser toute seule de cette manière ? T'es-tu seulement demandé ce qui l'avait attirée à l'extérieur en pleine nuit ?

Rich détourna les yeux. L'agacement se lisait sur son visage.

— Les Hardy sont des bombes à retardement. C'est tout, commenta-t-il simplement. Peux-tu m'expliquer pourquoi elle campait dans sa voiture, alors qu'elle a une grande maison dans laquelle elle aurait pu dormir? Non, tu ne peux pas. Je te le répète, cette famille adore les complications. Moi, je crois simplement qu'elle s'est réveillée en pleine nuit et qu'elle a confondu l'ancienne écurie avec des toilettes.

Il s'éloigna de quelques pas, puis se retourna.

— La prochaine fois, ne te donne pas la peine de nous déranger.

— Puisque je vous dis qu'Emily s'est écorché les coudes et les genoux en tombant de la balançoire du terrain de jeux. Il y a au moins une demi-douzaine de parents qui peuvent en témoigner.

Ted s'efforça de se contrôler.

— Jamais je ne ferais de mal à mes enfants.

L'assistante sociale, accompagnée d'un officier de police, exigea !c nom des témoins. Ted les leur donna sans se faire prier.

Marilyn avait appelé la police. Elle avait prévenu les services de protection de l'enfance, l'hôpital, son avocat — tout le monde, en somme. Elle l'accusait de maltraiter ses enfants, lotit ça parce qu'il avait mis quelques pansements à Emily.

Inutile de se dissimuler plus longtemps la vérité. Elle était folle. Loin de l'intimider, l'incident ne fit que renforcer sa détermination. Il fallait éloigner les petites de Marilyn.

Chapitre Onze

CHAQUE MOT PRONONCÉ par la femme en uniforme résonnait comme un coup de gong dans sa tête. Léa sentit qu'elle ne tiendrait pas longtemps. Sans compter que les médecins la considéraient avec suspicion.

— Je vous le demande encore une fois. Pourquoi vous êtes-vous installée dans la voiture?

— J'avais trop chaud. Je ne me sentais pas bien dans la maison et je n'arrivais pas à dormir, répondit-elle d'une petite voix.

Elle lut le nom de l'officier de police sur son badge.

— Écoutez, Robin...

— Je vous écoute, mam'zelle. Je ne fais que ça.

— Je ne comprends pas pourquoi ça vous intéresse, ni en quoi ça pourrait vous aider à retrouver la personne qui m'a agressée.

— Nous y venons, ne vous inquiétez pas...

La femme griffonna sur son carnet.

— Donc, vous prétendez avoir vu quelque chose dans le jardin et que c'est pour ça que vous êtes sortie de votre voiture. Pourriez-vous être plus précise au sujet de cette chose ?

— J'ai déjà dit tout ce que je savais, à vous et à votre collègue.

Léa ferma les yeux. Si seulement ce battement dans son crâne avait pu s'arrêter... Elle n'avait qu'une envie, se recroqueviller dans un coin et dormir.

— Vous rappelez-vous la taille approximative de cette « chose » ?

Elle secoua la tête.

— Est-ce que ç'aurait pu être un chat ou un chien errant ?

Elle ouvrit les yeux et aperçut Heather, debout à quelques mètres d'elle, près d'un médecin qui ne dissimulait plus son impatience.

— Je n'en sais rien. Peut-être.

— Vous avez heurté un animal et...

— Quelqu'un m'a frappée à la tête, insista-t-elle en reportant son attention vers l'officier de police.

— Nous avons trouvé du sang sur le loquet de la porte, mademoiselle. Vous avez pu vous blesser en tombant.

— Non. J'ai dû heurter la porte en tombant, c'est vrai, mais après avoir reçu un coup.

— Vous êtes certainement restée inconsciente quelques minutes... Comment pouvez-vous affirmer avec tant de certitude que vous vous souvenez de ce qui s'est passé avant votre chute ?

— J'ai entendu une voix distinctement. Quelqu'un qui se trouvait derrière moi m'a insultée, je me suis retournée et...

— Mais vous n'êtes même pas capable de dire si c'était une voix d'homme ou de femme. Vous avez peut-être confondu avec le pépiement d'un oiseau ou l'aboiement d'un chien. Ou le cri d'une chouette.

— Elle ne ment pas, si c'est là que vous voulez en venir! protesta Heather.

Surpris, l'inspecteur et les médecins se tournèrent vers elle.

— Je... je veux dire... je l'ai trouvée par terre. Elle était couverte de sang. Demandez-leur, ajouta-t-elle en montrant les médecins près d'elle. Elle doit sûrement avoir une bosse. Elle a réellement été frappée, vous voyez bien qu'elle est encore...

— Revenons à ce bruit que vous avez entendu, mademoiselle Hardy, reprit Robin sans plus se préoccuper de l'adolescente. Vous effrayez-vous aisément ?

— Inutile d'insister, inspecteur, répliqua faiblement Léa. Je suppose que vous aviez déjà décidé qu'il ne s'était rien passé avant même de venir ici. Je perds mon temps.

Voyant que Heather avait l'air indignée, elle lui adressa un regard plein de gratitude.

L'un des médecins annonça qu'il lui fallait des points de suture et peut-être une radio du crâne, et qu'ils l'emmenaient à l'hôpital.

Léa voyait ses forces décliner. L'officier de police lui posa des questions auxquelles elle répondit machinalement. Elle était vidée sur le plan émotionnel aussi bien que sur le plan physique. Fermant les yeux, elle s'accrocha au rebord du brancard pendant qu'on lui faisait traverser la pelouse. Elle n'aimait pas se rappeler à quel point elle avait été à la merci de son agresseur, mais elle ne pouvait oublier le mot qu'il avait prononcé, ni le coup qu'elle avait reçu. Quelqu'un était venu dans le but de l'effrayer, de lui faire du mal. Peut-être même pour la tuer.

Les brancardiers la soulevèrent. Elle porta la main à son front et se laissa faire docilement. Une vague d'émotions la submergea d'un coup, lui coupant le souffle. Était-elle réellement capable de mener son projet de restauration à bien ? Ses maigres forces l'abandonnèrent, elle se sentit perdue.

Une main ferme et chaude saisit ses doigts glacés, et elle ouvrit les yeux. Mick.

— Nous suivons l'ambulance jusqu'à l'hôpital.

De grosses larmes roulèrent sur les joues de Léa.

— Heather, articula-t-elle enfin avec difficulté. Il ne faut pas la laisser seule...

— Elle m'accompagne, répliqua-t-il en lui essuyant doucement les larmes de son pouce. Tout ira bien.

***

Réveillée par ses propres sanglots, Patricia Webster ouvrit les yeux.

Elle ne fit pas un mouvement, pas même pour allumer la lumière, et resta à contempler le plafond dans le noir.

Cet affreux cauchemar. Encore.

Bouleversée, elle prit en tremblant un mouchoir en papier sur la table de nuit et essuya son visage et ses cheveux trempés de larmes.

Elle jeta un coup d'œil au réveil. Les chiffres lumineux indiquaient seulement 4 h 12. Allan aurait dû être près d'elle, mais sa place dans le lit était vide.

Soudain alarmée, elle se redressa. La porte de la salle de bains était ouverte et les lumières éteintes. Elle considéra de nouveau le drap rabattu et toucha l'oreiller de son mari. Il était froid et lisse. Elle se demanda même s'il s'était couché.

Se glissant hors du lit, elle enfila sa robe de chambre, noua fermement la ceinture, puis sortit à pas de loup dans le couloir. Le silence régnait dans la maison. Elle s'arrêta devant la chambre de Chris. La veille, elle s'était couchée avant son retour. Allan préparait son sermon et lui avait promis de rester éveillé jusqu'à ce qu'il rentre. Elle eut un moment de panique en se demandant s'il n'était pas arrivé malheur à leur fils. Elle poussa doucement la porte de sa chambre et passa la tête à l'intérieur. A la faible lueur qui venait de la fenêtre, elle aperçut la silhouette de Chris étendue dans le lit. Elle ne put s'empêcher d'entrer, de toucher ses cheveux, d'arranger les couvertures.

Comme il était difficile de le quitter...

Elle serait bien restée toute la nuit à le regarder dormir, mais elle ressortit dans le couloir et descendit sans bruit l'escalier.

Dans le salon, la télévision était éteinte. Il n'y avait pas de lumière dans le bureau d'Allan. Il ne s'était donc pas assoupi dans son fauteuil en préparant son sermon dominical. Elle ne se souvenait pas d'avoir entendu sonner le téléphone et, de toute façon, il la prévenait toujours quand il devait s'absenter pour une urgence, même en pleine nuit. Cela dit, elle n'avait pas entendu Chris rentrer non plus. Peut-être qu'Allan l'avait réveillée et qu'elle ne s'en souvenait pas.

Dans la cuisine, elle mit la bouilloire sur le feu afin de se préparer du thé. Lumières éteintes, elle savoura la pénombre, la tranquillité de sa maison et le calme rassurant de la nuit. Cela lui arrivait si rarement de se sentir en sécurité, dernièrement...

Allan, qui croyait fermement dans les vertus du travail, ne cessait de l'inciter à s'impliquer dans l'une ou l'autre de ses œuvres de charité. Sans doute essayait-il aussi de la pousser à sortir. Elle songea que les hommes ne savaient pas ce qui convenait aux femmes. Comment lui expliquer qu'elle avait juste besoin de paix et de solitude? Quelle n'était bien que chez elle, dans sa maison, avec sa famille? Pourquoi était-ce si difficile pour lui de comprendre?

Elle se servit une tasse de thé et alla s'asseoir sur un coussin. Devant elle, la grande baie vitrée donnait sur le jardin et le chemin qui longeait le fleuve.

Elle venait tout juste de s'installer quand elle vit quelqu'un remonter le chemin à grandes enjambées. Avec un sentiment de malaise, elle suivit des yeux l'homme qui avançait. Il marchait vite en s'appuyant sur un gros bâton. Lorsqu'il fut suffisamment près, elle reconnut les lunettes et la touffe de cheveux gris de son mari. Elle poussa un soupir de soulagement.

Allan s'arrêta à hauteur du tas de bois entreposé près de la remise. Elle sourit quand il y reposa le bâton qu'il tenait à la main. Il lui arrivait de se comporter bizarrement, ces derniers temps.

Il fit quelques pas en direction de la maison et s'arrêta le temps de contempler le ciel. Elle comprit qu'il s'adressait au Seigneur. Quelque chose le contrariait.

Prenant une gorgée de thé, elle alla allumer le lampadaire, près de la baie vitrée. Puis elle entendit la porte de la cuisine s'ouvrir. Allan apparut, le visage congestionné.

— Tu es bien matinale, dit-il en ôtant son anorak avant de se recoiffer.

— Et toi, tu te couches bien tard.

Elle entoura de ses mains sa tasse de thé encore tiède.

— Pas vraiment. Je me suis effondré sur mon sermon et je me suis réveillé il n'y a pas si longtemps. J'ai eu envie de faire quelques pas dehors pour profiter de la fraîcheur.

— Je m'inquiète pour toi, Allan. Pour nous... Pour tout ça...

Il lui adressa un sourire confiant et déposa un baiser sur son front.

— Il n'y a pas de quoi, mon amour. Je maîtrise la situation.

Mick mit le moteur en route tout en secouant la tête.

— Je ne vous laisserai pas arpenter la ville en quête d'un motel, et encore moins conduire jusqu'à Doylestown. Je regrette, Léa, mais vous n'avez pas voix au chapitre. Vous dormirez chez nous.

Comme elle s'adossait à son siège, visiblement à la recherche d'un argument à lui renvoyer, il se pencha par-dessus clic et boucla d'autorité sa ceinture.

Elle soupira avec ostentation.

— Je ne suis pas impotente.

Il y eut un grognement à l'arrière. Jetant un coup d'œil dans son rétroviseur, il vit Heather lever les yeux au ciel. Un je-ne-sais-quoi dans son expression, sa réaction simple et directe le firent sourire. L'espace d'un instant, il eut l'impression d'avoir retrouvé sa petite fille.

Il sortit du parking de l'hôpital. L'aube s'était levée et le soleil commençait à pointer.

— J'ignore comment vous remercier de tout ce que vous avez fait pour moi, tous les deux. Je veux dire... Vous n'aviez aucune raison de... enfin, de m'attendre si longtemps. Je suis vraiment gênée de vous avoir causé tant de soucis. J'aurais très bien pu prendre un taxi...

— Est-ce qu'il faut vous acheter des somnifères?

Elle portait un large bandage en forme de couronne autour de la tête, mais il réussit quand même à capter son coup d'œil furibond.

— Je connais très bien le pharmacien, poursuivit-il comme si de rien n'était. Je peux l'appeler si...

— Pas question de réveiller qui que ce soit à cette heure-ci. D'ailleurs, le médecin m'a conseillé de rester éveillée pendant les prochaines heures. Vous êtes sûr de ne pas vouloir me déposer à un arrêt de bus?

— Est-ce qu'on a déjà mis une muselière à Max?

La question de Heather était tellement saugrenue — et appropriée — que Mick éclata de rire. Il jeta un coup d'œil à Léa. Elle semblait avoir du mal à retenir son sourire.

— Très bien, puisque vous vous liguez contre moi, je ne dirai plus rien.

Si elle s'efforçait courageusement de donner le change, elle paraissait morte de fatigue. Elle venait quand même d'être agressée et de passer plusieurs heures assez éprouvantes entre les interrogatoires et les soins médicaux. A l'hôpital, on lui avait fait dix-huit points de suture, et elle arborait un bel œuf de Pâques sur le front. N'en déplaise à Rich Weir, il y avait deux blessures. Un peu trop pour une seule chute. Mick n'était pas policier, mais on ne lui ferait pas avaler un truc pareil.

Il comprenait que le retour de Léa déplaise à pas mal de gens, mais que le chef de la police manifeste un tel parti pris le sidérait. De même qu'il n'aurait jamais soupçonné que quelqu'un puisse en vouloir à la jeune femme au point de l'agresser physiquement.

Alors qu'ils longeaient le parc, il frissonna en songeant à Heather, dehors dans le jardin voisin, en train de hurler de terreur pendant qu'il dormait tranquillement.

Il lui jeta un coup d'œil dans le rétroviseur. Elle ne quittait pas Léa des yeux, inquiète de son état de santé. Depuis les événements de la nuit, sa fille avait changé. Elle lui semblait plus mûre, plus responsable.

Son instinct lui soufflait qu'elle en avait vu plus qu'elle ne voulait l'admettre. Il tourna au coin de la rue des Peupliers et s'arrêta devant leur maison.

Les voitures de police étaient parties, et il n'y avait plus trace des événements de la veille. Juste une rue calme et des maisons tranquilles. Un dimanche matin comme tous les autres.

— Accompagne-la à l'intérieur, papa. Je vais chez elle chercher son sac.

Sans leur laisser le temps de répondre, Heather ouvrit sa portière et sortit d'un bond.

— Je vais très bien, protesta Léa. J'ai un planning chargé et...

— Tout ce que vous avez à faire, c'est de vous détendre et de vous reposer.

— C'est vous qui le dites...

Attrapant son poignet, il sentit son pouls s'emballer sous ses doigts. Son regard s'attarda sur la peau veloutée de son cou, sur ses lèvres entrouvertes. Envahi par une émotion inhabituelle, il se demanda comment elle pouvait lui faire autant d'effet, avec l'allure que lui donnait ce bandage ridicule.

— Ne m'obligez pas à me montrer brutal. Vous devez absolument vous reposer. Au moins pendant quelques heures. Après ça, vous verrez.

Elle sourit. Mick dut lutter violemment pour ne pas se pencher vers elle et goûter ses lèvres. Il était sur le point de s'abandonner... quand il aperçut du coin de l'œil Heather qui atteignait la véranda des Hardy. Il songea qu'il n'aurait pas dû la laisser y aller seule. Il la regarda pousser la porte et entrer. Puis il suivit ses déplacements dans la maison à travers les fenêtres.

Il ne s'était jamais inquiété de la sécurité de sa fille à Stonybrook, mais aujourd'hui, il se sentait comme un gardien de prison un jour d'émeute.

— Il est déjà 6 h 10. Je resterai jusqu'à 8 heures, pas plus. J'ai vraiment beaucoup de travail.

Sans attendre son aide, Léa repoussa sa portière et entreprit de s'extirper de la voiture.

— Têtue, hein ?

Il sortit rapidement et contourna le véhicule pour l'aider. Le temps qu'il la rejoigne, elle avait déjà fait quelques pas sur le trottoir. Voyant qu'elle tremblait un peu, il passa un bras autour de ses épaules.

— Pas trop vite, lança-t-il en l'attirant à lui.

Elle se laissa aller contre lui. Elle passa tout naturellement un bras autour de sa taille et posa sa joue sur son torse vigoureux. Devinant à quel point elle avait besoin d'un soutien, il sentit des sentiments troublants naître en lui.

Soudain, elle s'écarta, deux larges taches rouges sur les joues.

— Excusez-moi... Je... J'ai dû me lever trop vite.

Il ne la lâcha pas. Heather apparut dans la véranda voisine et traversa la pelouse dans leur direction. Elle avait un gros sac en bandoulière et un papier dans la main.

— Ce sont là toutes vos affaires? demanda Mick.

Léa ne répondit pas. Baissant les yeux vers elle, il s'aperçut que son visage était devenu blanc comme un linge. Elle regardait fixement le papier que Heather tenait à la main.

— J'ai trouvé cette lettre sous la porte. Elle vous est adressée.

L'entrejambe de son jean lui arrivait au genou. Sous sa chemise de sport déboutonnée, il portait un T-shirt avec Luzer — nom d'un groupe de rock à la mode — écrit en gros sur la poitrine. Il avait laissé tourner le moteur de sa camionnette et se tenait appuyé à la portière du passager.

Bob Slater cala le portefeuille dans sa main gauche — celle qui était à demi paralysée — et en sortit un billet de cinquante dollars.

— Ç-ça ira, T-TJ. ?

— Ouais. Pour la nuit dernière, c'est honnête.

TJ. fourra l'argent dans sa poche de devant et fit le tour de sa camionnette.

— Envoyez-moi un signal de détresse quand vous aurez besoin de moi.

Bob le regarda monter dans son véhicule et s'éloigner. Lorsque l'adolescent eut disparu de l'autre côté de la grille, il jeta un coup d'œil par-dessus son épaule en direction de la maison, puis fit avancer son fauteuil électrique dans l'allée qui rejoignait la terrasse.

Ce matin-là, la lumière était d'une transparence saisissante. On se serait cru en septembre, plutôt qu'en juin. La rosée qui brillait une heure plus tôt sur leur belle pelouse s'était déjà évaporée.

Bob s'arrêta sur la terrasse en pierre. Le fleuve charriait encore la boue remuée par l'orage. Le niveau avait monté, menaçant presque les pelouses, les jardins et les bosquets d'arbres. Demain, sa furie câlinée, l'eau redeviendrait claire et transparente, les rochers affleureraient de nouveau à la surface, brisant le cours de l'eau et créant autour d'eux le mouvement et la vie. Puissants et immuables.

Il roula jusqu'à la limite de la terrasse, hésitant à traverser la pelouse pour rejoindre le chemin qui longeait la rive. Il avait envie de sentir de plus près l'air frais et apaisant du fleuve. Il allait appuyer sur le bouton de commande de son fauteuil quand il entendit coulisser derrière lui la porte de la cuisine.

Il s'arrêta net.

— Qui c'était, ce gamin ?

Bob se retourna. Stéphanie se dirigeait vers lui, une cigarette à la main. Encore barbouillée du maquillage de la veille, elle s'était enveloppée dans une robe de chambre japonaise à fleurs.

Il se souvenait la lui avoir offerte des années plus tôt. Elle lui allait merveilleusement bien, et autrefois, cela l'excitait qu'elle ne porte rien en dessous. Mais, à présent, il ne songeait plus au sexe.

— Il hab-bit-te d-dans l-le qu-quart-tier.

Il désigna le sac de journaux accroché à son fauteuil roulant.

— I-il m-m'-ap-por-te... T-tu s-sais bien.

Il s'interrompit. Elle fit un léger signe de tête.

— J'ai appelé Rich, ce matin.

Elle lança sa cigarette dans une jardinière et fouilla dans sa poche pour en sortir une autre.

— Je lui ai dit que Léa était en ville.

Ses yeux étincelaient de haine tandis qu'elle allumait sa cigarette.

— Il m'a répondu qu'il s'en occupait et qu'elle ne resterait pas longtemps.

Chapitre Douze

— Vous pouvez utiliser la salle de bains de Heather ou la mienne. Mais si vous choisissez la mienne, sachez qu'il vous faudra passer par ma chambre.

Immobile dans l'embrasure de la porte, Léa contemplait la jolie salle de bains carrelée en mosaïque. Elle sentait dans son dos la chaleur de Mick. Se retournant, clic leva les yeux vers lui. Il n'avait pas encore eu le temps de se raser, et la barbe blonde qui affleurait à son menton se révélait littéralement fascinante. Elle mourait d'envie de la caresser.

— Je ne reste que quelques heures. Je n'aurai sans doute pas besoin d'utiliser la salle de bains.

— Un bon bain vous ferait pourtant le plus grand bien, mais je suppose que vous ne devez pas mouiller vos points de suture.

Il considéra sa robe froissée et tachée, puis la regarda droit dans les yeux.

— Je peux tenir le jet de douche et vous aider à vous déshabiller, si vous voulez.

Avec tous les soucis qu'elle avait en ce moment, il était à la fois choquant et désespérant de constater à quel point elle réagissait à la proximité de cet homme. Comme si son corps possédait une corde de violon qui vibrait à son approche.

— Je me débrouillerai très bien toute seule.

Elle retint un sourire.

— Mais merci quand même de cette offre désintéressée...

La chambre d'amis se trouvait un peu plus loin dans le couloir, à l'opposé de celle de Heather. Elle y trouva deux lits jumeaux aux couvre-lits

129

colorés. Dans un coin, un tapis tressé et une chaise à bascule ajoutaient à l'atmosphère accueillante. La fenêtre donnait sur le potager des voisins.

— Il faudra partager avec Max, il a l'habitude de dormir ici.

Confirmant les dires de son maître, le golden retriever apparut et vint se placer entre eux, sur la descente de lit. Léa chercha Heather du regard. L'adolescente avait proposé de sortir Max lorsqu'ils étaient arrivés.

Mick posa son gros sac sur l'un des lits et lui désigna d'un geste l'endroit où se trouvait le linge de toilette.

— Je viendrai de temps en temps pour m'assurer que vous ne dormez pas.

— Oui, je sais. Il faut guetter les signes de somnolence, la nausée... Je n'ai pas oublié vos recommandations, docteur Conklin, plaisanta-t-elle en s'appuyant au cadre de la porte. Je suis plus résistante que la plupart de vos patients. Inutile d'être aux petits soins.

— Ça me fait plaisir.

Comme il posait la main sur son visage, le cœur de Léa se mit à battre la chamade.

— Même si ce n'est que pour quelques heures, je trouve qu'il est grand temps que vous laissiez quelqu'un s'occuper de vous.

Déconcertée, elle ne trouva rien à répondre. Les yeux bleus de Mick reflétaient une telle sincérité qu'elle en eut la gorge nouée. La lettre, qu'elle tenait toujours à la main, lui échappa et glissa sur le sol.

Il se baissa pour la ramasser, puis la lui tendit en souriant.

— Je vais préparer votre petit déjeuner, il sera prêt quand vous descendrez. Pain perdu aux raisins et compote de pommes, ça vous va ?

Il ajouta quelque chose qu'elle ne comprit pas. Elle souffrait d'un violent mal de tête, non pas à cause du coup qu'elle avait reçu, mais plutôt de ses efforts destinés à dissimuler son trouble à son hôte. Elle le suivit des yeux jusqu'à ce qu'il disparaisse dans l'escalier.

Puis, sentant la lettre dans sa main, clic revint à ses préoccupations et pénétra dans la chambre d'amis. Elle s'apprêtait à fermer la porte derrière elle quand elle avisa Max, toujours couché sur la descente de lit. Mieux valait laisser la porte entrouverte afin qu'il puisse sortir si l'envie lui en prenait. Pour l'instant, couché en rond sur son tapis, il semblait parfaitement heureux.

Elle n'avait pas osé ouvrir la lettre devant Mick et sa fille, refusant de les impliquer plus avant dans ses problèmes. Heather avait probablement ses raisons pour dissimuler la vérité, mais Léa était persuadée qu'elle se trouvait dans l'écurie au moment de l'agression et qu'elle avait tout vu.

Et que c'était grâce à sa présence qu'elle devait d'être encore en vie.

Elle s'installa sur le bord d'un des lits et contempla l'adresse tapée à la machine. L'enveloppe n'était pas timbrée. Quelqu'un avait dû la glisser dans la fente de la boîte aux lettres, entre le moment où elle s'était installée dans la voiture la veille et celui où elle était revenue de l'hôpital.

Elle l'ouvrit avec précaution. A l'intérieur, il y avait une simple feuille, dactylographiée elle aussi.

« Soyez lundi matin à partir de 10 h 30 sur le banc près de l'entrée principale du parc. Je vous renseignerai sur les gens qui haïssaient Marilyn. Ils étaient nombreux. »

Elle retourna la feuille. Rien.

On frappa doucement à la porte, et la chevelure colorée de Heather apparut dans l'entrebâillement. Repliant aussitôt le message, Léa le rangea dans l'enveloppe.

— Je suis debout et je me sens parfaitement bien. Je n'ai pas eu un seul vertige.

— Et moi qui croyais vous trouver mal en point. Ça m'aurait donné une excuse pour dire à mon père de monter.

Max se leva et se mit à sautiller devant l'adolescente, toujours debout sur le seuil.

— C'est lui qui t'envoie?

— Pas du tout. J'ai eu cette idée toute seule...

Léa fourra la lettre dans une des poches extérieures de son sac de voyage.

— Désolée, mais je n'ai pas la moindre envie de me coucher, je me sens trop nerveuse. Tu peux entrer.

Heather haussa les épaules avec indifférence, mais elle entra quand même et s'allongea à moitié sur l'autre lit.

— Je...

— Je...

Elles avaient parlé en même temps et s'arrêtèrent ensemble. Léa rit timidement.

— D'accord, vas-y.

Debout entre elles, Max avait posé sa large tête sur le lit, devant Heather. L'adolescente baissa les yeux vers lui. Elle lui gratta les oreilles et lui caressa le museau, puis, relevant la tête, elle rencontra le regard de Léa qui l'observait en silence. Ses yeux étaient du même bleu que ceux de Mick.

Troublée, elle se détourna.

— J'ai eu vraiment très peur. Je... J'ai cru que vous étiez morte.

Léa se retint de la prendre dans ses bras. Elle ne voulait pas interrompre sa confession.

— Ce n'était pas seulement à cause de l'agression, même si je me suis mise à crier à ce moment-là. C'est le sang qui m'a choquée surtout. Le sang... Un imbécile décide de mettre fin à votre existence et vous voilà de l'autre côté. J'ai pensé à ceux que vous auriez laissés derrière vous en mourant et qui ont besoin de vous. Comme votre frère, par exemple...

Heather essuya une larme. A l'évidence, elle se retenait de pleurer.

— En vous trouvant étendue sur le sol et couverte de sang, j'ai pensé... j'ai pensé à ce que je deviendrais s'il arrivait quelque chose à mon père. Je crois que je serais perdue.

— Je suis sûre qu'il partage ce sentiment, assura doucement Léa. Lui aussi serait désespéré s'il t'arrivait malheur.

L'adolescente ne répondit rien, et Léa laissa le silence les envelopper un moment avant de poursuivre.

— Je sais que beaucoup d'entre nous, à un moment ou à un autre de leur vie, pensent à la mort comme à la solution à tous leurs problèmes. L'ennui, c'est que la mort ne résout rien. Elle renvoie simplement la balle aux autres, à ceux qui restent. Je le sais d'expérience.

— Je m'en doute...

— Un incident comme celui d'hier nous rappelle à quel point la vie est fragile et la mort irréversible... Il nous rappelle aussi que nous avons tous beaucoup d'amour à donner.

Heather rougit sous son maquillage et lança un regard fugace vers la porte. A l'évidence, elle avait envie de partir en courant.

— Etant donné mon grand âge, continua pourtant Léa, j'ai déjà eu l'occasion de découvrir que la mort, ce n'est pas ce qu'on croit.

L'adolescente la considéra, les sourcils froncés.

— Que voulez-vous dire par là ?

Léa détourna les yeux, rêveuse. Il lui fallait gagner sa confiance, tout en évitant de la mettre sur la sellette. Heather semblait aller mieux, mais le sujet était délicat et elle craignait qu'une conversation sur la mort ne la replonge dans la dépression. La cloche d'une église se mit à sonner au loin.

— Notre culture véhicule une conception romantique de la mort. La religion, par exemple... Au catéchisme, on nous présente la crucifixion comme la plus merveilleuse des preuves d'amour. Jésus est mort pour nous, par amour. On retrouve ce genre d'images dans la plupart des religions. Certains croient dans les vertus de l'autopunition. D'autres pensent qu'en mourant pour une juste cause ils iront tout droit au paradis.

La cloche sonnait toujours. Léa contempla la fenêtre en laissant échapper un rire amer.

— Je ne devrais pas dénigrer les religions un dimanche matin. D'autant que la plupart célèbrent aussi la vie. D'ailleurs, les images romantiques de la mort sont partout — dans les livres, la musique, les films. Par exemple, je ne compte plus les versions de *Roméo et Juliette* qui existent aujourd'hui.

A côté d'elle, Heather faisait mine d'être captivée par le chien, mais Léa savait qu'elle buvait ses paroles.

— Je ne suis pas en train de te sermonner. Je pense à ma propre vie, à ma famille, à Ted et à la situation dans laquelle il se trouve en ce moment même.

L'adolescente se tourna vers elle.

— Un jury l'a déclaré coupable d'avoir tué sa femme et ses enfants, mais je n'y crois pas. Je crois que le silence dans lequel il s'est enfermé, sa dépression, le fait qu'il ne lutte même pas pour prouver son innocence, tout ça n'est que l'expression de la peine et du désarroi qu'il éprouve depuis la disparition de sa famille. Voilà tout ce que nous connaissons de la mort... Les ravages qu'elle commet sur ceux qui restent.

— Ce n'est pas très romantique.

— Je suis bien d'accord.

Léa essuya ses mains moites de sueur sur le couvre-lit. Il lui restait encore beaucoup à dire. Si Heather avait sérieusement songé à mettre fin à ses jours, elle avait besoin de soutien et de conseils. Mais il ne fallait pas brûler les étapes. Si on la bousculait trop, elle risquait de se réfugier de nouveau dans sa coquille.

Léa releva la tête vers elle en souriant.

— Je voulais te remercier de t'être trouvée là. Je sais que tu m'as sauvé la vie.

Heather s'empourpra davantage. Elle se leva.

— Je crois que je devrais prendre un bain, ou au moins une douche, avança Léa avec un soupir. Je dois sentir l'hôpital.

— Je dirais que votre tête est pire que votre odeur...

— Tu es toujours aussi directe?

— Seulement avec les gens que j'apprécie, répliqua l'adolescente en se dirigeant vers la porte.

Elle s'arrêta sur le seuil.

— Au fait, ajouta-t-elle, si j'avais vu celui qui vous a fait ça, je vous jure que je le dénoncerais.

— Je sais.

Léa suivit des yeux l'adolescente et le chien qui disparaissaient dans le couloir.

Ainsi que la plupart des commerces de Stonybrook. la boutique Miller Flower avait longtemps été fermée le dimanche.

Néanmoins, en dépit des traditions, cela faisait plusieurs années que Joanna Miller s'entêtait à ouvrir sept jours sur sept la petite serre à l'arrière du magasin, au printemps et une partie de l'été. Le revenu supplémentaire qui en découlait n'était pas son unique motivation, elle avait tout simplement besoin de cette déclaration d'indépendance.

Le dimanche, la boutique n'appartenait qu'à elle. Dès 7 heures du matin, elle sortait la caisse, un pot de café et un plateau de beignets. Elle ouvrait et attendait tranquillement les clients. Au début, ils n'étaient qu'une poignée, mais, petit à petit, avec le bouche-à-oreille, ils étaient venus plus nombreux. A présent, certains dimanches, la recette se révélait même florissante.

Joanna adorait ça. Elle soignait ses habitués, riait et plaisantait avec eux, discutait avec les amis et les voisins qui venaient boire un café ou simplement la saluer. Parfois, ils lui achetaient des plants de tomate, de poivre ou d'herbes aromatiques, mais elle ne poussait personne à la dépense. Elle appréciait tout simplement de passer une matinée agréable à deviser avec de vieilles connaissances.

Ce matin-là, elle brancha comme d'habitude sa machine à café et retira le papier de Cellophane qui protégeait le plateau de beignets. Elle se sentait bien. Dimanche matin... C'était bon d'être libérée de Gwen, la grande sœur qui surveillait en permanence ses moindres gestes.

Avec l'argent du dimanche, Joanna aurait voulu remplacer les bâches en plastique de la verrière par des carreaux, comme autrefois. Cela lui aurait permis d'ouvrir toute l'année.

Un vœu pieux, sachant que le magasin appartenait à Gwen et qu'elle désapprouvait cette dépense.

Elles n'avaient que douze ans d'écart, mais parfois Joanna avait l'impression que leur différence d'âge faisait plus du double. Ce matin, par exemple...

— Ça n'avait rien à voir avec les croissants, et tu le sais très bien, murmura-t-elle pour elle-même.

Gwen avait fait toute une comédie parce qu'elle avait acheté des croissants au lieu des sempiternels beignets. Mais ce n'était qu'un prétexte.

Gwen piquait des crises de jalousie. Elle lui en faisait voir de toutes les couleurs parce que Joanna ne se laissait pas enterrer. Parce que quelqu'un l'aimait. Parce qu'elle avait une vie sexuelle.

Elle s'arrêta, les mains posées de chaque côté du plateau, et contempla les géraniums-lierres suspendus dans leurs pots, jusqu'à ce que sa colère et sa frustration se calment un peu.

— Ça s'arrangera, j'en suis sûr, lança une voix derrière elle.

— J'espère que tu as raison, répliqua-t-elle en souriant avant même de se retourner.

Elle avait déjà reconnu la voix d'Andrew Rice.

— Je n'ai même pas entendu ta voiture.

— J'étais sorti courir et j'ai décidé de m'arrêter en passant.

Comme il admirait l'étalage, elle laissa son regard s'attarder sur les longues jambes musclées qui dépassaient du short, sur ses larges épaules que laissait admirer sa chemise sans manches.

— Tu es superbe, Andrew. Cette chemise te va très bien.

— Merci, répondit-il avant de tâter son ventre plat. J'ai déjà perdu cinq kilos, mais il faudrait que j'en perde encore deux ou trois. Je remarque qu'au fil des ans ça devient de plus en plus difficile de se débarrasser de la graisse superflue de l'hiver.

Il lui adressa un sourire qui lui fit battre le cœur.

— Je voudrais acheter des fleurs pour une amie qui est revenue en ville.

Elle s'approcha de lui, un peu déçue qu'il ne soit pas venu dans le seul but de la voir.

— Celles-ci seraient parfaites pour une pendaison de crémaillère.

Se penchant, elle désigna diverses compositions florales. Sa poitrine lui frôla le bras, et il fit poliment un pas vers la droite.

— Il ne s'agit pas vraiment d'une crémaillère. En fait, je voudrais lui souhaiter la bienvenue.

Il lui lança un regard en coin.

— C'est pour Léa Hardy. On m'a rapporté qu'elle faisait des travaux dans la vieille maison de la rue des Peupliers. J'ai pensé qu'elle aurait besoin qu'on lui remonte un peu le moral.

— Sûrement... Moi aussi, j'ai entendu parler de son retour.

Une pointe de jalousie perça dans sa voix, qu'elle ne parvint pas à contenir.

— J'ai exactement ce qu'il te faut.

Il la suivit vers un autre étalage.

— Des chrysanthèmes ? Je croyais que c'étaient des Fleurs d'automne.

— On peut aussi les planter en été. Pour les Européens, ce sont des fleurs de funérailles. Particulièrement appropriées à la circonstance, tu ne trouves pas?

— Joanna...

— Je peux aussi te préparer un bouquet de tournesols. Les Indiens des plaines les mettent sur les tombes de leurs morts. Évidemment, tu pourrais aussi opter pour quelque chose de plus classique, comme des œillets, des glaïeuls ou des roses, mais je n'en ai pas dehors.

— Jo...

Elle repoussa la main qu'il avait posée sur son bras et désigna un pot de fleurs.

— Et ça? Des mufliers, ce serait parlait, non? Ils sont censés éloigner les fléaux...

— Jo! Tu te comportes comme une gamine. Arrête!

Elle se retourna vers lui et contempla son beau visage, le pli têtu de sa bouche.

— Quoi ? Tu ne veux pas de mufliers ?

— Je veux que tu arrêtes.

— Tu as raison, s'excusa-t-elle. Pardon. Sérieusement, j'ai beaucoup mieux à l'intérieur. Entre jeter un coup d'œil.

— Je croyais que la boutique était fermée le dimanche.

Elle le prit par le bras et le poussa vers la porte de service.

— Pour les autres. Pas pour toi.

— Et pourquoi ferais-tu une exception pour moi?

— Parce que tu es mon client préféré, répondit-elle joyeusement. Et que je tiens à te satisfaire pleinement.

Sortant une clé de la poche de sa robe sans manches, elle ouvrit la porte.

— J'ai l'impression que, jusqu'à présent, ça n'a pas été possible, observa-t-il froidement.

— Je tiens à essayer encore.

La boutique était plongée dans la pénombre, mais Joanna n'alluma pas les lumières. Poussant Andrew à l'intérieur, elle ferma la porte derrière eux.

— S'il te plaît, susurra-t-elle en se jetant à son cou afin de l'embrasser furieusement. Fais-moi l'amour, Andrew. Je n'attends aucun client avant une bonne demi-heure.

— Jo...

— Tu m'as manqué, Andrew.

Elle lui couvrit le visage de baisers, puis le coinça contre la porte et lui mordilla le cou. Sa peau avait un goût salé.

— Tu m'as vu tous les jours en ville, Jo. Je n'ai pas pu te manquer...

— Oh si, tu m'as manqué!

Elle caressa fébrilement son dos et descendit jusqu'à ses fesses musclées.

Posant fermement les mains sur ses épaules, il l'obligea à le regarder droit dans les yeux.

— Ce qui t'a manqué, Jo, c'est le sexe.

— C'est faux, dit-elle en se rebiffant. Si je voulais... Il y a d'autres hommes dans cette ville.

Il fit la moue.

— Dans ce cas, qu'attends-tu? Fonce!

— Je n'en ai pas envie.

Elle l'enlaça et se serra contre lui, le visage sur son torse.

— S'il te plaît, ne nous disputons pas. Je regrette... Je t'en prie. Ces deux dernières semaines ont été affreuses. Tu ne répondais pas à mes appels. Tu faisais semblant de ne pas me voir quand tu me croisais en ville. Comme si je n'existais pas. Comme si tout ce que nous avons vécu ensemble ne signifiait plus rien pour toi. Ça m'a blessée.

Il mit une éternité à refermer ses bras sur elle.

— Jo, j'étais malheureux, moi aussi. Mais je refuse de continuer comme avant. Je te l'ai dit, je ne peux plus me contenter d'une relation secrète. Je veux me montrer avec toi au grand jour, j'en ai assez de me cacher. Nous ne sommes plus dans les années 50 ! Je veux pouvoir dormir avec toi, me réveiller avec toi, passer mes week-ends avec toi.

— Je ne te mérite pas.

— Ce n'est pas vrai, et tu le sais.

Il l'attira vers lui, et elle nicha sa tête au creux de son épaule.

— Il est temps que tu t'échappes de cette morgue que ta sœur appelle votre maison. Tu dois t'épanouir. Je veux t'enlever, Jo, te garder avec moi. Est-ce trop te demander?

— Ne t'inquiète pas. Nous finirons par vivre ensemble.

— Quand?

Il la prit par le menton et l'obligea à soutenir son regard.

— Pour l'instant, je n'ose même pas te prendre la main en public.

— C'est à cause de Gwen. Elle piquerait une véritable crise si elle découvrait...

— Que tu sors avec un Noir?

— Que je fréquente quelqu'un sérieusement. Depuis le suicide de Cate...

— Allez, Jo...

— Gwen n'a pas encore dépassé cette histoire, je t'assure. Je sais qu'elle serait détruite si je la laissais tomber maintenant.

— Jo, ta sœur Cate est morte de façon tragique, c'est vrai, mais il y a maintenant quatre ans de ça. Je comprends et je respecte la peine de Gwen. Seulement, elle en profite pour te faire du chantage affectif.

Elle voulut détourner les yeux, mais il lui tenait fermement le menton.

— C'est Marilyn qui a foutu sa vie en l'air en répandant des rumeurs à son sujet, murmura-t-elle. Tout ça parce que Cate était lesbienne.

— Peut-être. Mais elle s'est suicidée dix ans après avoir quitté Stonybrook. Tu m'as dit toi-même que tu ne t'expliquais pas son geste. Quant à Gwen, elle avait dédié sa vie à haïr Marilyn... jusqu'au jour où elle a été assassinée.

Joanna détourna le regard. Elle savait qu'Andrew avait raison.

— Cate est morte. Oublie-la.

— J'ai oublié.

— Toi. peut-être. Mais Gwen ne veut pas lâcher le morceau. Elle a tout reporté sur toi le jour où Cate est partie. Tu n'as pas eu le droit de quitter cette ville, ni d'habiter seule. Bon sang, tu as même choisi l'université locale parce qu'elle ne voulait pas que tu t'éloignes. Et, quand tu as obtenu tes diplômes, il a fallu que tu viennes la seconder dans la boutique familiale. Qu'est-ce qu'elle veut à la fin? Que tu travailles pour elle comme une esclave? Jusqu'à la tombe?

— N'exagère pas, Andrew...

— Je n'exagère rien. Jusqu'à quand la laisseras-tu contrôler ta vie, Jo? Tu ne crois pas que tu t'es assez sacrifiée comme ça? Je ne sais p...

Un coup frappé à la porte les interrompit. Joanna alluma aussitôt les lumières. Puis, entendant tourner une clé, elle se précipita vers l'une des vitrines climatisées, à l'autre bout du magasin.

— Bonjour, monsieur Rice. Qu'est-ce qui vous amène ici un dimanche matin?

Gwen abordait toujours Andrew avec une amabilité polie et distante. Comme pour lui signifier les limites de leur relation.

— Votre sœur a eu la gentillesse de me montrer certains de vos arrangements floraux. Je dois faire un cadeau à une amie.

Joanna sortait justement de la vitrine un énorme bouquet de fleurs sauvages.

— Voilà celui dont je vous parlais. C'est mon préféré. Si vous voulez, je peux vous le livrer chez vous cet après-midi... puisque vous êtes venu sans voiture.

— Ce ne sera pas nécessaire, répondit-il froidement. Je viendrai le chercher demain. A plus tard, Gwen.

Tel un automate, Joanna le suivit à l'extérieur. Quelque chose s'était brisé entre eux, et elle sentait la peur, une peur froide, l'envahir. Elle refusait de le perdre, elle ne voulait pas qu'il sorte de sa vie. Elle l'aimait.

La main de Gwen se referma sur son poignet.

—J'ai besoin de te parler, Joanna. J'ai eu une sale matinée.

— *Je participe à toutes les œuvres de charité de ce comté. Je passe la moitié de mon temps à me montrer à des déjeuners stupides ou à des dîners minables. Où que je me tourne, je vois des mains tendues qui me réclament un chèque...*

Marilyn se pencha par-dessus le bureau de son avocat et lui adressa un regard furieux.

— *Et vous prétendez que ça ne pèsera pas dans la balance pour obtenir la garde de mes enfants ?*

— *Je n'ai pas dit ça, répliqua calmement l'homme. Mais votre mari a le soutien de plusieurs personnes de la communauté.*

— *Qui? dit-elle rageusement. Je veux des noms.*

Il ouvrit un dossier.

— *Gwen Miller, par exemple. Elle a fait une déposition selon laquelle vous auriez colporté des ragots concernant sa sœur. D'après elle, vous l'auriez poussée au suicide.*

— *Incroyable ! Encore cette vieille histoire. Il ne s'agissait que de gamineries et je peux le prouver.*

— *Entendu. La cour est toujours disposée à écouter plusieurs versions d'un même fait.*

Il se pencha de nouveau sur son dossier.

— *Brian Hughes, le propriétaire d'un restaurant de Stonybrook. Il prétend que vous rencontriez des hommes dans son établissement et que vous emmeniez vos enfants avec vous. Il y a aussi la déposition du révérend Allan Webster qui est accablante...*

— *Je m'occupe de ceux-là. Ne vous en faites pas. Ils vont se rétracter sous peu.*

Elle allait s'arranger pour qu'ils se rétractent.

— *Évidemment, s'ils retiraient leur déposition, ça allégerait le dossier, admit-il avant de lever les yeux vers elle. Mais le plus grave, c'est cette dernière déposition dans laquelle on vous qualifie de « mère dénaturée »...*

— *Je ne vous crois pas. Personne n'oserait.*

— *J'ai bien peur que si.*

— *Qui ? fulmina-t-elle.*

L'avocat hésita tin moment avant de répondre.

— *Stéphanie Slater. Votre mère déclare ici sans la moindre équivoque qu'il est préférable de confier la garde de vos filles à votre mari.*

Chapitre Treize

HEATHER REVENAIT une fois de plus du jardin avec le chien. Levant le nez, Mick lui adressa un regard interrogateur par-dessus son journal.

— Max est malade?

— Non, pourquoi ?

Elle ouvrit le réfrigérateur, et il la suivit des yeux pendant qu'elle sortait des canettes de soda du placard afin de les mettre au frais. Elle en ouvrit une. Il eut envie de lui faire remarquer qu'il était un peu tôt pour boire du soda, mais il se souvint que lui-même avait bu pire que des boissons sucrées au même âge.

— C'est déjà la troisième fois que tu le sors...

— J'ai l'impression qu'il est un peu déboussolé. Il ne sait plus si c'est le jour ou la nuit. Moi non plus, d'ailleurs.

— Tu éprouves toujours des difficultés à dormir?

Elle se mit aussitôt sur la défensive.

— Pourquoi me demandes-tu ça?

Il opta pour la franchise.

— J'ai eu un appel d'Andrew Rice, hier. Au sujet d'une ordonnance que tu avais déposée à sa pharmacie.

— La vache... il a vérifié ! s'exclama-t-elle avant de prendre une longue gorgée de soda. C'est toi qui leur as dit de ne pas me filer les comprimés?

— Non, pas du tout.

Il plia son journal et le posa sur la table.

— Je ne pense pas que tu t'amuserais à falsifier les ordonnances de ta mère. Et je lui fais confiance. Si elle t'a prescrit des médicaments, c'est qu'il te les fallait. Au fait, je t'ai pris rendez-vous chez un généraliste, demain après-midi.

— Pour quoi faire? Je ne suis pas malade.

— Je n'ai pas dit que tu l'étais. Mais, puisque tu vas rester à Stonybrook, il te faut un médecin traitant.

Son visage exprimait toujours la méfiance. Mick s'enfonça dans son fauteuil.

— Léa doit se faire enlever ses points de suture dans quelques jours, et je présume qu'elle ne connaît personne ici. Si ce médecin te parait correct, on pourra le lui conseiller.

— Ben voyons. A moi de servir de cobaye...

— N'exagérons rien. Ton grand-père appréciait beaucoup ce médecin. Il s'agit juste de savoir s'il a un bon contact avec les femmes.

Elle parut réfléchir à la question, puis déposa sa canette vide dans l'évier.

— Tu crois qu'elle va rester ici un moment?

— D'après ce que j'ai lu dans le journal de Philadelphie d'aujourd'hui, peut-être, répondit-il en poussant le quotidien vers elle.

— Comment ça?

— Ils ont publié une sorte de biographie de Léa. Je n'ai pas encore fini de la lire.

Heather déplia le journal sur la table et chercha la page.

— Quelle photo horrible! Elle ressemble à un mort-vivant là-dessus. « Léa Hardy sc bat pour la demande d'appel de son frère. » Bon titre. Très accrocheur. C'est une interview?

— Non. Elle a refusé l'interview, mais le journaliste a glané des informations auprès des gens avec lesquels elle a travaillé.

— Hé, il y a même une photo de sa maison et on aperçoit un coin de la nôtre. Est-ce que l'article précise combien de temps elle doit rester à Stonybrook?

Il hésita. Sa fille avait l'air tellement enthousiaste à l'idée de garder Léa qu'il craignait de la décevoir.

— L'article raconte seulement qu'elle cherche un nouvel avocat et que sa maison était à vendre jusqu'à la semaine dernière. Les deux éléments sont peut-être liés.

— Mais elle essaye toujours de vendre. Pour payer un nouvel avocat. Elle me l'a dit.

Levant les yeux du journal, elle fixa son père de ses yeux bleus.

— Pourquoi tu ne l'aides pas à arranger sa maison? Tu pourrais même tout prendre en charge. Pour tes employés, ce ne serait rien du tout.

Lui aussi y avait songé en lisant l'article. Apparemment, tout reposait maintenant sur les frêles épaules de Léa. Il hésitait à lui proposer son soutien. Non seulement elle risquait de le renvoyer dans ses buts, mais encore cette histoire sordide ne le concernait en rien.

L'article décrivait en détail ce que Léa avait traversé durant les deux dernières années. Partagée entre le Maryland et la Pennsylvanie, elle s'était occupée de sa tante malade et avait assumé un travail prenant et difficile tout en préparant le procès. Avec, par-dessus le marché, des problèmes financiers. A la fin de l'article, le journaliste fustigeait la défense de l'avocat de Ted et le traitait d'incompétent.

Il était clair qu'elle cherchait à engager quelqu'un d'autre— ce qui signifiait trouver rapidement de l'argent. Était-ce vraiment pour ça qu'elle était si pressée de vendre? Ou bien avait-elle hypothéqué la maison afin de payer son escroc d'avocat?

— Papa... A quoi tu penses?

Il se leva pour se servir une autre tasse de café.

— Je ne crois pas que Léa apprécierait que je m'immisce dans sa vie. Et puis la vente de la maison ne résoudra probablement pas tous ses problèmes d'argent. On ne peut pas savoir le temps que ça va prendre, ni combien elle en tirera.

— Mais il doit bien y avoir un moyen de l'aider! Elle est seule, elle ne connaît personne. Regarde, ce matin, à l'hôpital. Si nous n'avions pas été là, qui l'aurait ramenée?

— La dernière chose dont elle ait besoin en ce moment, c'est bien de notre pitié. Elle cumule les ennuis, laissons-lui au moins son amour-propre.

Attrapant un verre dans le placard, il lui versa du jus d'orange et le lui rendit.

— Je pense que c'est déjà beaucoup de la soutenir moralement. Cela dit, je vais quand même lui proposer une aide concrète pour repeindre sa maison ou prendre contact avec un nouvel avocat... Du moins, si elle l'accepte.

— Tu n'es vraiment pas comme maman. A ta place, elle aurait simplement signé un chèque.

— Tu veux dire que je devrais lui signer un chèque?

— Non.

Elle ferma le journal et le replia soigneusement.

— Toi, tu te préoccupes de ce que ressentent les gens. Tu essaies de les comprendre.

— Ta mère et moi avons des styles de vie différents. Et nous vivons dans des endroits différents aussi.

— Pas la peine de lui chercher des excuses. Elle pourrait aller n'importe où. ça ne changerait rien, répliqua Heather en reprenant le journal. Je peux le monter dans ma chambre?

— Tu comptes partager le petit déjeuner avec nous?

— C'est toi qui cuisines?

— Tu pourras toujours te servir un bol de céréales, si ça ne te convient pas.

Elle lui lança un regard de côté et fourra le journal sous son bras.

— Je vais y réfléchir...

Mick la suivit des yeux tandis qu'elle sortait, son verre à la main.

Elle acceptait de boire du jus d'orange. Ils avaient franchi un grand pas.

Léa était bien trop agitée pour s'allonger, malgré une bonne douche et un antalgique.

Elle ne cessait de penser au procès, aux honoraires du nouvel avocat, à la vente de la maison et aux lettres de ce cinglé. Une liste à laquelle il fallait maintenant ajouter le salaud qui avait voulu l'assommer.

Pourtant, son principal sujet d'inquiétude, c'était Heather. Elle se demandait si la jeune fille avait réellement cherché à se suicider, et songea qu'il valait mieux ne pas en parler à Mick. Elle savait déjà comment il réagirait. Il ne lui restait plus qu'à surveiller discrètement l'adolescente durant le laps de temps où elle demeurerait à Stonybrook.

Elle avait enfilé son dernier T-shirt propre et une salopette- short bleue. Rangeant son linge sale dans son sac, elle mit un peu d'ordre dans la chambre d'amis. Quelques minutes plus tôt, elle avait entendu Heather fermer la porte de sa chambre. Elle décida d'en profiter pour passer un peu de temps seule avec Mick et descendit l'escalier.

Max l'accueillit au bas des marches en remuant la queue. Comme il se mettait en équilibre sur ses pattes arrière, tel un jeune chiot, elle le caressa, puis traversa le rez-de-chaussée en jetant au passage un coup d'œil admiratif à la maison. L'endroit était joliment arrangé.

Elle trouva Mick dans son bureau.

— Bonjour.

Il leva les yeux de sa paperasse et quitta sa chaise.

— Pourquoi êtes-vous descendue? Vous deviez vous reposer.

— Je me suis reposée.

— Je ne suis même pas sûr que votre tête ait touché l'oreiller. Vous êtes-vous mise au lit?

Elle s'appuya contre le chambranle de la porte.

— Je trouve que les gens passent trop de temps au lit.

— Tout dépend de ce qu'on y fait...

— J'ai vraiment besoin de très peu de sommeil.

— Ça doit vous laisser du temps pour autre chose...

Elle contempla sa longue silhouette, son jean froissé, ses pieds nus, et releva la tête. Il la regardait, amusé.

— Parlons-nous de la même chose ? demanda-t-elle innocemment.

Contournant son bureau, il s'approcha d'elle.

— Je parlais de dormir. Et vous?

— Moi aussi.

Elle recula hors de la pièce avant qu'il atteigne la porte.

— Eh bien, et vos promesses au sujet d'un fabuleux petit déjeuner? Des paroles en l'air?

— Vous avez faim ?

— J'ai l'estomac dans les talons.

Son regard bleu glissa sur elle, vif, loger, rapide comme de l'eau qui coule sur un rocher, comme s'il la touchait des yeux.

— Moi aussi.

— Dites-moi ce que je dois faire.

Submergée par des sensations étranges, elle tourna les talons et s'éloigna rapidement vers la cuisine. D'un côté, clic avait envie de se sauver en courant, de partir loin de cet homme qui la troublait un peu trop. De l'autre, elle brûlait du désir de se laisser capturer. Plus que tout.

— Mettez la table et occupez-vous de nous servir du jus de fruits. Au fait, thé ou café?

— Je sens une odeur de café. Si vous en avez encore, j'en prendrais volontiers une tasse.

Il lui versa du café et lui montra où se trouvaient les couverts. Alors qu'il s'affairait devant la cuisinière, elle décida de lui soumettre son projet.

— Seriez-vous d'accord pour que je propose un petit boulot à Heather ?

— Quel genre de boulot ?

— Il s'agirait de m'aider à avancer dans mes travaux.

Nerveuse, elle ne cessait de plier et de replier la même serviette en papier.

— Tout ça prend plus de temps que prévu, et je vais devoir rester un moment ici. Alors, je me suis dit que... puisqu'elle semble décidée à s'enfermer tout l'été, elle pourrait aussi bien venir me donner un coup de main. En faisant un peu de peinture, par exemple. A condition, bien sûr, que vous n'y voyiez pas d'inconvénients. Je ne lui demanderais que du travail d'intérieur, des choses faciles et sans danger. Pas question de grimper en haut d'une échelle ou de manipuler des outils électriques.

Elle le vit hésiter.

— Mick, je comprendrais parfaitement que vous ne soyez pas d'accord. Je ne lui en ai pas encore parlé. D'ailleurs, maintenant que j'y pense, avec ce qui s'est passé hier soir, commença-t-elle en portant la main à son bandage, ce n'est sans doute pas une bonne idée...

— Heather se débrouille très bien avec les outils électriques, vous savez.

Léa ne put dissimuler sa joie.

— C'est vrai ?

— Je lui ai appris moi-même à s'en servir. Et je me débrouille très bien aussi.

Elle lui lança un regard méfiant.

— Vous, les hommes, vous prétendez toujours être les rois du bricolage.

— Il se trouve simplement que je suis plus compétent que certains...

Il ajoura les raisins secs dans la préparation du pain perdu et posa quelques tranches dans la poêle. Elle prit les couverts en métal argenté dans le tiroir.

— Si c'est là votre façon d'impressionner les femmes... Préparer de délicieux petits déjeuners, tout en vous vantant d'être un bricoleur hors pair... Vous n'avez pas besoin de vous donner tout ce mal pour moi.

— Vous voulez dire que je dois abandonner tout espoir de vous impressionner?

De sa main libre, il attrapa Léa et l'attira fermement à lui.

Stupéfait, elle sentit la souille lui manquer. Mick s'était douché et rasé, et elle nota la courbe parfaite de sa lèvre inférieure avant de plonger dans ses yeux d'un bleu profond. Enveloppée des effluves de son parfum, elle mourait d'envie qu'il l'embrasse. Tout de suite.

— Contrairement à ce que vous semblez croire, murmura-t-elle, tout m'impressionne chez vous.

Le grésillement du beurre dans la poêle vint rompre le charme, et il la lâcha pour retourner le pain. S'obligeant à s'éloigner de lui, elle regagna la table à l'autre bout de la pièce et se mit à disposer les couteaux et les fourchettes. Que lui arrivait-il, bon sang ?

— Le bricolage, c'est mon boulot, expliqua-t-il en la dévisageant. Les outils électriques aussi. Je suis entrepreneur. Je construis. Avec ma société, nous remettons à neuf les maisons ou les locaux commerciaux. C'est mon gagne-pain.

— Ah bon ?

Soudain, elle comprit.

— Bien sûr... Le 4x4...

Elle s'avança jusqu'à la fenêtre et regarda dans l'allée. Près de la vieille Volvo noire qu'il avait utilisée pour la ramener de l'hôpital était garé un 4x4 rouge imposant.

— Le nom, sur le côté. Stone Builders. Je n'y avais pas songé. Mais c'est merveilleux! Ainsi, c'est réellement votre métier ?

Il déposa la première fournée de pain perdu dans un plat en métal qu'il glissa dans le four et s'attaqua à la seconde.

— Oui. J'ai abandonné la médecine pour travailler de mes mains, à l'air libre, et gagner plus d'argent. Un peu médiocre, n'est-ce pas ?

— Pas du tout, répliqua-t-elle en secouant la tête. Ne m'obligez pas à commencer un long discours selon lequel il n'y a pas de sot métier. C'est mon dada, et les gamins de troisième dont je m'occupe y ont droit régulièrement. Les jeunes semblent avoir compris la leçon — mieux que les soi-disant adultes. Ils veulent un travail qui leur permette de subvenir à leurs besoins et de vivre agréablement. Leurs parents, eux, ne pensaient que carrière.

— Et vous, qu'elle est votre opinion à ce sujet?

— J'ai longuement hésité. En tout cas, avant le procès de Ted... je travaillais pour gagner de l'argent, mais souvent j'allais au boulot pendant mes jours de repos. Je crois que je fuyais la dure réalité de la vie.

La dure réalité de la vie.

Elle voulait éviter d'y penser en ce moment.

— Assez parlé de moi. Comment en êtes-vous arrivé à diriger Stone Builders ? L'entreprise est implantée ici depuis un certain temps, n'est-ce pas ?

— Une cinquantaine d'années.

La cafetière à la main, il s'approcha et remplit de nouveau la tasse de Léa.

— J'ai racheté la boîte.

Elle ne fut pas surprise. La mère de Mick, qui venait d'une famille aisée, avait probablement hérité d'une coquette somme. Quant à son père, il avait eu le temps de se constituer un joli magot pendant toutes ces années où il avait été le seul médecin de Stonybrook. Mick était leur fils unique. Leur enfant chéri.

— Le fils du fondateur de la société avait mené l'affaire au bord de la faillite. Je travaillais déjà pour lui à ce moment-là, et il m'a confié la gérance de l'entreprise pendant près de sept ans. Un jour, il a eu besoin d'argent et il a décidé de vendre. C'est vers moi qu'il s'est tourné. En fait, j'ai racheté le nom, la réputation.

Elle ne répondit pas. Ainsi, lui aussi avait dû lutter pour obtenir ce qu'il possédait. Finalement, elle n'était pas différente de tous ces gens auxquels elle reprochait de juger selon les apparences.

— Ce qui me ramène au début de notre discussion, reprit-il en faisant sauter son pain perdu. Léa, je peux demander à mes employés de vous donner un coup de pouce. Ils pourraient faire le gros du travail en un rien de temps.

Elle réagit aussitôt.

— Mick, Heather et vous en avez fait assez pour moi. Je ne peux accepter.

— Dans ce cas, considérez qu'il s'agit d'une sorte de prêt, ou plutôt d'une offre promotionnelle. Vous me paierez quand vous en aurez les moyens.

— Vous faites un piètre homme d'affaires... Non. Je ne peux toujours pas accepter.

Il allait argumenter, mais elle secoua la tête avec détermination.

— J'apprécie beaucoup votre offre, mais je ne sais pas combien de temps je resterai dans les parages, ni ce que je veux faire exactement dans cette maison. J'ignore encore si je vais la louer ou la mettre aux enchères. En fait, je ne sais pas où j'en suis. Engager des professionnels pour m'aider, c'est une dépense que je refuse d'envisager.

— Très bien. En tout cas, je tenais à vous le proposer. Et je ne vois aucun inconvénient à ce que vous embauchiez Heather.

— Merci.

Il acceptait. Une preuve de confiance dont elle lui était reconnaissante. Adossée à la porte du réfrigérateur, elle le regarda saupoudrer de cannelle la compote de pommes.

— Il ne manque plus que l'accord de la principale intéressée, conclut-elle joyeusement.

— Heather m'a dit que vous cherchiez un autre avocat pour votre frère. Vous avez quelqu'un en vue?

— Oui. J'attends une réponse et j'espère que ça va marcher.

Elle s'écarta de façon à le laisser ouvrir le four et mettre au chaud sa seconde fournée de pain perdu.

— Elle a une excellente réputation. Mais je ne sais pas encore si elle acceptera de se charger du dossier. Elle étudie en ce moment même les procès-verbaux. Je dois l'appeler demain après-midi pour qu'elle me donne une réponse définitive.

— Comment s'appelle-t-elle ?

— Sarah Ranci. Elle n'est pas de la région. D'après ce que je sais, elle est arrivée depuis peu. Mais elle s'est déjà fait un nom.

— Je la connais.

— Vraiment?

— Oui. Ainsi que son mari, Owen Dean. Il est producteur maintenant. Il y a deux ans, la police l'a crue morte. Une sombre histoire avec un juge, du côté de Rhode Island. Owen l'a aidée à s'en sortir, et ça a été le coup de foudre. Leur mariage a fait la une des journaux locaux.

— Je savais qu'elle avait épousé Owen Dean, mais j'ignorais dans qu'elles circonstances. Je suis un peu déconnectée de la réalité, depuis deux ans. Vous les connaissez personnellement?

— J'ai rajouté quelques pièces à une ferme qu'ils ont achetée, l'année dernière. Ça se trouve à peine à une demi- heure d'ici, à Buckingham.

Il éteignit le feu sous la poêle.

— Ils avaient prévu de passer l'été à Rhode Island, mais, comme Owen travaillait sur un film dans le coin avec Mel Gibson, ils sont restés pendant les travaux. C'est comme ça que j'ai eu l'occasion de faire leur connaissance.

— Oh, je suis très impressionnée.

— Ce sont des gens bien. Très simples. Et vous avez raison, il paraît qu'elle est une excellente avocate.

— Ravie que vous me le confirmiez.

Elle laissa échapper un soupir mélancolique.

— Il ne me reste plus qu'à croiser les doigts en espérant qu'elle accepte.

— Tout est prêt. Vous allez vous décider à vous occuper du jus de fruits ou quoi ?

Elle essaya de tout oublier pour ne penser qu'au moment présent, à cette cuisine, à ses voisins qui la recevaient si gentiment, au délicieux petit déjeuner qui l'attendait. Elle ouvrit le réfrigérateur. En matière de jus de fruits, il y avait le choix.

— Que voulez-vous boire ?

— Voyons... Ce n'est pas facile...

Il se tenait debout près d'elle, si proche qu'elle sentait son souffle dans son cou. Elle frissonna quand son torse lui frôla le dos.

— Vous avez froid ?

Elle secoua la tête. Décidément, il n'était pas pressé de passer à l'action.

— Vous aimez prendre votre temps, n'est-ce pas?

— Oui. Pas vous?

— J'aurais tendance à vous répondre que si, mais c'est un luxe que j'ai rarement pu me payer.

— Eh bien, il va falloir y remédier. Qu'en pensez-vous ?

Se retournant, elle surprit une fois de plus son regard rivé à ses lèvres. Ce n'est que lorsqu'il s'approcha et posa sa bouche sur la sienne qu'elle comprit à quel point elle le désirait. Un rêve... Elle n'osa pas fermer les paupières, de peur que tout ait disparu quand elle les rouvrirait. Ses longs cils, le regard trouble de ses yeux bleus, le goût de sa bouche, son odeur... Tout en lui la plongeait dans un abîme de sensations.

Il interrompit leur baiser — trop tôt —, mais sans quitter sa bouche des yeux.

— Vous savez ce que vous voulez boire ? demanda-t-elle alors, le souffle court.

— Oui, maintenant, je sais ce que je veux.

Elle sourit. Il la serrait toujours dans ses bras et il l'embrassa de nouveau, comme pour confirmer sa décision. Cette fois, elle lui rendit fiévreusement son baiser tout en caressant sa rude mâchoire d'homme, ses oreilles, ses cheveux courts. La chaleur de sa peau contre clic contrastait avec la fraîcheur qui émanait du réfrigérateur ouvert.

Cette étreinte la ramenait à la vie. Le baiser se fit plus profond, et une joie intense l'envahit. Elle sentit le moment où il perdit le contrôle de lui-même. Il pencha la tête et la serra plus fort contre lui en gémissant.

Un bruit de cavalcade mêlée de dérapages se fit entendre. Max dévalait l'escalier ventre à terre, suivi de Heather qui le grondait.

Ils se séparèrent vivement, tels deux adolescents pris en faute. Léa plongea littéralement la tête dans le réfrigérateur, tandis que Mick se précipitait vers l'évier et ouvrait le robinet sur la vaisselle sale.

— Ça va, vous deux ? lança la jeune fille en entrant.

Chapitre Quatorze

ILS BREDOUILLÈRENT quelque chose d'incompréhensible. Heather considéra le dos de son père puis celui de Léa pendant que le chien profitait de la confusion pour s'intéresser à la table du petit déjeuner. Elle ne fit aucun commentaire et posa le journal sur le comptoir.

— Chouette article.

Elle ouvrit un placard et se servit un bol de céréales.

— Le journaliste vous décrit comme une véritable héroïne. Au fait, pourquoi avoir refusé de lui accorder une interview? Ce type a l'air de vous apprécier. Il vous présente comme la nouvelle Mère Teresa.

Léa la regarda fixement par-dessus la porte du réfrigérateur.

— Quel type?

Heather la trouva un peu rouge.

— Vous avez trop chaud ? De la fièvre?

— Non, je vais très bien. Tu veux du jus de fruits?

— Du soda. Et pas la peine de me donner un verre.

— Elle boira du jus d'orange, intervint son père en posant le plat et un bol de compote de pommes sur la table. Moi aussi.

Elle nota que ses yeux s'attardaient sur Léa. Il semblait s'intéresser particulièrement à elle. Avec une extrême politesse, il attendit qu'elle soit assise pour prendre lui-même place a table. Que d'attentions... Il ne prenait pas tant de gants d'ordinaire. Et pour cause. Leurs mains se frôlaient chaque fois que c'était possible et, quand Max passa sous la table, elle découvrit qu'ils se faisaient du pied.

Retenant un sourire, elle versa du lait sur ses céréales comme si de rien n'était. Cela faisait longtemps qu'elle ne s'était pas sentie aussi bien — longtemps aussi qu'elle n'avait pas pris un vrai petit déjeuner.

— Pas besoin de cacher vos petites friponneries, vous savez. Je trouve que c'est excellent pour tous les deux.

Les joues écarlates, Léa plongea le nez dans sa tasse de café.

Mick secoua la tête en souriant.

— Je comptais t'en parler et te demander ton avis.

— Je crois que c'est un peu tard, répliqua Heather avec une pointe d'ironie.

Elle tendit le bras par-dessus Léa et attrapa le journal. Elle contempla la photo, puis la jeune femme.

— Si on doit être liées, il faut absolument revoir votre publicité. C'est ma réputation qui est en jeu, là.

— De quoi parles-tu ?

— Pour l'instant, intervint Mick, je ne crois pas qu'elle puisse faire grand-chose, avec ce bandage autour de la tête.

Il prit le journal des mains de Heather et détailla attentivement le cliché.

— D'ailleurs, je ne vois pas ce que tu reproches à cette photo. Elle est très bien.

— Je ne comprends rien à ce que vous racontez. Montrez-moi ça.

Léa rendit la main afin de lui arracher la page, mais Mick lui vola un baiser avant de la lui céder. Elle rougit de nouveau. « Très attendrissante », songea Heather.

— Faites quand même attention, les taquina-t-elle. Je ne voudrais pas que vous renversiez mon petit déjeuner.

Son père se pencha vers elle et l'embrassa sur la joue. Ce qui l'étonna et la ravit à la fois.

— Après tout, dit Léa en riant, puisque nous y sommes, autant y aller carrément...

Le téléphone sonna.

— Je réponds, lança Mick. Vous deux, mangez.

Il attrapa le téléphone et décrocha. Après les salutations d'usage, Heather remarqua qu'il se taisait et se contentait d'écouter son interlocuteur d'un air préoccupé. Elle sentit l'inquiétude la reprendre. Le matin, elle était retournée à trois reprises chercher le flacon de somnifères dans cette foutue remise, mais impossible de mettre la main dessus. Elle aurait préféré éviter qu'on lui pose des questions au sujet des comprimés, même si elle se les était procurés légalement, avec une ordonnance. Il fallait préparer une explication plausible au cas où quelqu'un les aurait trouvés. Elle avait lâché le flacon au moment de l'agression, mais elle pouvait prétendre qu'il était tombé de sa poche... Quelle avait dû entrer dans le hangar pour en faire sortir Max... Ou quelque chose dans le genre.

C'était peut-être un des policiers qui l'avait trouvé. Et avec son nom sur l'étiquette...

Et puis zut! En quoi ça les regardait si elle prenait des somnifères ?

Voyant son père emporter le téléphone jusqu'à son Bureau, elle essaya de se rassurer en se disant qu'elle n'avait rien fait d'illégal. Certes, elle avait menti en prétendant être arrivée là-bas après l'agression. Mais elle n'avait pas vu le salaud qui avait assommé Léa.

Elle considéra l'impressionnant bandage. Comme si elle avait senti son regard, Léa releva la tête.

— Je n'ai lu que quelques lignes et je suis effectivement étonnée du ton de cet article. A partir de quand se déchaîne- t-il contre moi ?

— Il ne se déchaîne pas. C'est comme ça du début à la fin. Carrément flatteur.

Léa secoua la tête d'un air incrédule et mit le journal de côté.

— Je crois que je préfère en rester là et te croire sur parole.

Elle étala de la compote de pommes sur son pain perdu. La mixture paraissant mangeable, Heather s'en servit une cuillerée et la versa dans ses céréales.

— Il s'agit donc chez vous d'un problème héréditaire, observa Léa. Ton père mange des tuiles au chocolat en buvant de la bière. Tu mets de la compote de pommes dans tes céréales. Et tous les deux, vous adorez les outils électriques.

Heather haussa les épaules en dissimulant mal son sourire.

— Il vous a parlé de ça...

— Il avait l'air fier de toi. Et je crois qu'il a de bonnes raisons.

A son grand étonnement, le compliment lui fit un bien fou. Décidément, cette matinée se révélait pleine de surprises. Elle se rappela soudain que, la veille à peine, elle avait failli mettre fin à ses jours. Emue, elle baissa le nez dans son bol de céréales. C'était effrayant de songer à quel point son état d'esprit avait changé en l'espace de quelques heures.

— Je me demandais... ou plutôt j'espérais...

Entendant Léa hésiter, elle leva le nez de son bol.

— Est-ce que ça te dirait de m'aider un peu pendant une ou deux semaines ?

— Comment?

— Pour les travaux dans la maison. Je ne sais pas trop... Gratter les murs, peindre...

— C'est pas ce qu'il y a de plus passionnant...

Léa pointa sa fourchette vers elle.

— Si tu t'en sors bien, je te confierai peut-être le ponçage du parquet.

— Est-ce que ça signifie que vous comptez rester un bout de temps ?

— J'y songe, oui.

Heather s'efforça de dissimuler la joie que lui procurait cette nouvelle.

— Et vous me payeriez combien ?

— Quel est le tarif, en ce moment?

— Laissez-moi réfléchir...

Elle prit une gorgée de café dans la tasse de son père et la reposa précipitamment. Il n'avait pas mis de sucre. Elle en versa deux bonnes cuillerées et remua.

— Vingt dollars de l'heure, ça vous irait?

— C'est du vol qualifié, tu veux dire ! s'écria Léa avant de croiser les bras d'un air résolu. Je t'en propose cinq.

— Six, et j'accepte de réfléchir à la proposition.

— Ça marche.

La jeune femme reprit son couteau et sa fourchette.

— Je suis très impressionnée... C'est réellement très bon.

Qu'est-ce qu'il met dans son pain perdu?

— Il rajoute juste un peu de vanille dans la pâte et se prend pour un grand cuisinier.

Heather avait presque envie de tester le pain perdu. Autrefois, elle adorait ça. Mais elle se contenta d'une gorgée de café. Pas assez de sucre.

— Au sujet du boulot, j'ai quelques conditions.

Elle versa une autre cuillerée de sucre dans la tasse.

— Déjà! C'est ton père qui t'a appris à négocier si âpre- ment?

— Nous avons ça dans le sang. Mais revenons à mes conditions...

— Je fournis les gants et les lunettes de protection. Qu'est-ce que tu veux de plus ?

— Pas d'horaires. Je commence le matin quand je me réveille. Et je ne veux pas de remarques désagréables sur ce que je bois.

— Je suppose que tu parles des sodas.

Heather acquiesça d'un léger signe de tête.

— Si tu veux te gâter les dents et te ruiner l'estomac, tant pis pour toi.

— Vous fatiguez pas. Je connais la chanson.

Elle prit un morceau de pain perdu et le trempa dans la compote de pommes.

— Alors, qu'en dites-vous?

— Ça marche. Ce n'est pas moi qui paye tes notes de dentiste. La prochaine fois que tu iras dans le centre-ville, pense à te commander une prothèse dentaire.

Heather retint un sourire.

— Et l'autorisation de fumer sans me taper un sermon.

— Là, tu vas trop loin, objecta Léa en secouant la tête. Pas question. Ce truc peut te tuer, et je ne veux pas être complice.

— Mais vous n'avez rien dit hier matin, quand vous m'avez vue avec ma cigarette!

— A ce moment-là, je ne te proposais pas du boulot. En plus, j'étais loin de toi. Je ne risquais pas de souffrir des nuisances de la fumée.

— Ne me dites pas que vous croyez à ces bêtises.

— Oh si, j'y crois, rétorqua-t-elle fermement. Sans compter que je projette de vendre cette maison et que je ne veux pas qu'elle sente la cigarette quand les gens se présenteront pour la visiter. L'odeur du tabac froid imprègne tout, et il faut du temps pour s'en débarrasser.

Du coup, Heather eut presque envie de refuser la proposition.

Tout en réfléchissant, elle versa encore une cuillerée de sucre dans le café de son père. Ça pouvait être marrant de se lever le matin pour bricoler dans la maison des voisins. Et ça ne lui déplaisait pas de passer ses journées avec Léa. Elle était plutôt cool. Sauf sur le .sujet de la cigarette...

— Alors? Tu acceptes d'y réfléchir?

— Pas besoin, dit Heather en goûtant une nouvelle fois le café.

Berk, c'était du sirop, maintenant. Elle reposa la tasse dans la soucoupe de son père.

— J'accepte. Mais ce n'est pas pour vous... Et ne croyez surtout pas que je gobe vos salades sur la cigarette. Je le fais parce que... Pour votre frère qui attend dans le couloir de la mort...

Léa la contempla d'un air stupéfait. Puis elle étendit les bras au-dessus de la table et prit ses mains dans les siennes.

— Merci.

Ses yeux noisette se voilèrent. Voyant Mick entrer dans la cuisine, elle se mit à plier soigneusement le journal, histoire de se donner une contenance.

Reportant son attention sur son père, Heather devina qu'il était contrarié.

— J'ai un problème sur un chantier. Je vais devoir vous abandonner toute la matinée. Je peux vous demander de veiller l'une sur l'autre ?

— J'ai pas besoin de baby-sitter, riposta-t-elle.

— Mais elle, si.

Sans même prendre le temps de s'asseoir, il goûta une bouchée de pain perdu tout en attrapant sa tasse. Avant de la vider dans l'évier, il voulut avaler une dernière gorgée de café, mais la recracha aussitôt avec une affreuse grimace.

— Moi non plus, j'ai pas pu le boire, commenta Heather innocemment. Trop sucré.

— Nettoie la cuisine, sale gosse, ordonna-t-il en lui lançant un regard noir. Je dois parler à Léa.

— Pas de problème.

Elle mit de côté ses céréales trempées et plaça devant elle la compote de pommes et le plat de pain perdu. Puis elle s'empara d'une fourchette et d'un couteau, tout en observant avec inquiétude son père qui entraînait Léa dans le bureau et fermait soigneusement la porte derrière eux.

— Je voudrais que tu restes ici.

— Entendu. De toute façon, Heather et moi avons prévu de passer la matinée ensemble. Elle a accepté de m'aider.

— Génial. Mais je ne parlais pas de ce matin. Je voudrais que tu t'installes chez nous pendant la durée de tes travaux.

Il s'agitait dans son bureau tout en lui parlant. Il fouilla dans un classeur à tiroirs et en sortit un dossier qu'il lança sur sa table de travail.

— En fait, je tiens à ce que tu dormes ici. J'ai peur pour toi.

Croisant les bras, elle se laissa aller contre la porte.

— Tout ira bien, Mick. Il ne me serait rien arrivé la nuit dernière si je n'étais pas bêtement sortie à 2 heures du matin.

— C'est toi qui le dis. En ce qui me concerne, je n'en suis pas persuadé.

Il alluma son portable et le glissa dans une pochette accrochée à sa ceinture. Puis il entreprit d'enfiler ses baskets.

— Je t'en prie, Léa, fais-le pour moi. Il se passe de drôles d'histoires en ce moment. Je serai beaucoup plus tranquille si je peux veiller sur toi.

Elle se raidit.

— Tu me caches quelque chose. C'est en rapport avec ce coup de fil, n'est-ce pas ?

— On a vandalisé un de mes chantiers.

— J'aurais dû me tenir à l'écart de toi et de Heather. J'ai eu tort de...

— Ta présence ici n'a aucun rapport avec cet incident. Mais il n'en reste pas moins que je veux que tu restes...

Comme elle secouait la tête obstinément, il lui attrapa le menton. Elle avait la peau douce. Le souvenir du baiser passionné qu'ils avaient échangé dans la cuisine remonta à la surface, mais elle semblait tellement ébranlée et épuisée qu'il ne voulut pas profiter de sa faiblesse.

— Envisageons le problème sous un angle pratique, commença-t-il, le visage neutre. Ta maison n'est pas habitable en l'état. Tu travailleras plus vite si tu n'es pas obligée décamper à l'intérieur.

— Je peux aller dans un motel. C'est ce que j'avais prévu avant de venir ici...

— Impossible.

Son regard passa du bandage à ses lèvres, annihilant toutes ses bonnes résolutions.

— Tu ne voudrais quand même pas que je laisse Heather seule ici, toutes les nuits... Je ne pourrais pas dormir loin de toi.

Elle rougit. Il la sentit abandonner la carapace qui l'enveloppait d'ordinaire.

— Mick, à ce propos... Je pense que nous ne devrions pas aller plus loin...

Dès que ses lèvres l'effleurèrent, elle s'agrippa à sa chemise, et il entendit presque la carapace voler en éclats et s'écraser à terre. Elle se serra contre lui.

— Je crois, au contraire, que c'est indispensable, murmura-t-il.

Cette fois, il n'était plus question de se contenir. Sa bouche était incroyablement douce. Envahi par le goût de ses lèvres et de sa peau, par son odeur, il songea qu'il pourrait l'embrasser pendant des heures sans se lasser, sans avoir besoin d'aller plus loin. Du moins, avant que Léa ne glisse ses doigts dans la ceinture de son jean et l'attire à lui, en reculant contre le mur.

Son sang se mit à battre avec violence dans ses veines. Il avait envie d'elle. Furieusement. Et il se pressa contre son corps magnifique, comme pour en épouser chaque courbe. Leurs bouches se goûtaient, se quittaient, revenaient se mordre. Leurs corps se serraient l'un contre l'autre, cherchant à s'ajuster.

Les mains de Léa s'insinuèrent sous sa chemise et remontèrent le long de son dos. Réussissant à faire descendre l'une des bretelles de sa salopette, il posa sa main en coupe sur son sein, à travers le T-shirt. Elle ne portait pas de soutien-gorge, et il sentit durcir le téton sous son pouce.

— Tu es pleine de surprises.

Avec un sourire, il se remit à fouiller sa bouche. Les hanches de Léa remuaient contre les siennes. Elle aussi avait envie de lui.

Son téléphone portable sonna et leurs bouches se séparèrent. Ils mirent quelques secondes à reprendre leur souffle.

— Tu... tu vas être en retard.

Il considéra le cadran de son téléphone et jura. L'appel provenait du chantier vandalisé.

— Je suis en retard, en effet, commenta-t-il.

Il lui prit le menton et la contempla. Elle avait le visage en feu, les lèvres encore gonflées de leurs baisers.

— Promets-moi de rester.

— On en parlera à ton retour.

Elle rajusta la bretelle de sa salopette et ouvrit la porte du bureau.

— Fais attention à toi, ajouta-t-elle.

Au nord de la ville, sur la pente d'une crête, les tombeaux de marbre et de granit rivalisaient de magnificence : anges aux ailes déployées, croix incrustées d'or, chapelets de petits chérubins. Là reposaient les patriarches. Ils dominaient la ville en contemplant leurs rejetons qui se débattaient encore avec les vicissitudes de l'existence.

Un peu en contrebas s'alignaient des tombes plus récentes. Elles étaient plus sobres, de simples pierres de granit pour la plupart, mais on retrouvait les mêmes noms de famille.

La Cadillac grise quitta la route et franchit presque sans bruit les piliers de pierre qui encadraient la porte du cimetière. Puis elle passa devant les pelouses et se rangea sur le parking.

La conductrice éteignit le moteur et attendit un instant. Depuis la ville, l'endroit paraissait lointain et irréel, d'un autre temps. Oublié et délaissé. Pendant les enterrements, on ne faisait plus résonner la cloche de la vieille chapelle. Il arrivait parfois qu'un touriste s'y arrête — nostalgique à la recherche d'un lointain ancêtre, ou spécialiste en histoire de l'art intéressé par les sculptures et les bas-reliefs. Mais on y rencontrait rarement quelqu'un de Stonybrook.

La femme prit les deux bouquets de fleurs des champs — des pâquerettes et des iris — posés sur le siège du passager, et descendit de voiture.

Excepté une vieille camionnette qui grimpait la route en lacet, Stéphanie était seule. Le soleil brillait haut dans le ciel, mais une douce brise rendait la chaleur de cette journée d'été très supportable. Ôtant ses talons hauts, elle défit son écharpe de soie et mit le tout dans le coffre qu'elle ferma à clé. Puis elle s'engagea dans une allée. Tout en avançant, elle respirait l'odeur des bouquets qu'elle tenait à la main. Ils ne sentaient pas aussi bon ni aussi fort que lorsqu'elle était enfant.

Cette excursion du dimanche matin était plus qu'une habitude. Elle lui tenait lieu de religion. C'était bien naturel qu'une grand-mère rende visite à ses petites-filles.

— Je t'ai apporté un ruban rouge, Emily. Et celui d'Hanna est d'un très joli ton de rose.

En se penchant vers leurs photos, Stéphanie remarqua quelques herbes sur les tombes. Elle sc laissa tomber à quatre pattes et balaya la pierre froide de ses mains. Elle parlait tout haut aux petites, comme si clics avaient été vivantes.

— Il faudrait commencer à penser à la liste de Noël. Il n'est jamais trop tôt pour deux gentilles petites filles comme vous.

Se redressant, elle s'assit sur la pelouse. Ses mains et son pantalon blanc étaient couverts de poussière.

— Hanna, tu la dicteras à ta sœur ou à moi.

Une rafale de vent dérangea le bouquet d'Hanna. Stéphanie se pencha et le remit en place.

— Comme vous avez été très sages, vous pourrez ouvrir vos cadeaux le soir. Pas question de vous faire croire que c'est le Père Noël qui apporte les joujoux, alors que c'est mamie qui achète tout pour ses petites chéries.

Une autre rafale apporta un effluve nauséabond. Se levant d'un bond, Stéphanie scruta l'allée du cimetière avec des yeux de folle.

Debout, en plein milieu du chemin, Dusty regardait dans sa direction.

Elle parut horrifiée, comme si clic venait d'apercevoir le diable en personne. Elle chercha des yeux un bâton ou un gros caillou, quelque chose pour se défendre, mais il n'y avait rien.

Si Dusty était tourné dans sa direction, on aurait dit qu'il ne la voyait pas, qu'elle était transparente. Pourtant, elle se sentit en danger.

Prenant son courage à deux mains, elle se planta d'un air résolu devant les deux petites tombes.

Dusty s'approcha lentement. Il exhalait une puanteur aisément reconnaissable. La sienne. Ses vêtements étaient plus froissés que jamais, et l'on devinait sous la barbe de plusieurs jours les plaques rouges d'eczéma qui envahissaient son visage.

Stéphanie n'avait plus peur, à présent. L'odeur et l'allure de cet homme la remplissaient simplement de dégoût.

Mais, lorsqu'il posa les yeux sur la tombe de Marilyn, juste derrière celles des petites, la haine glaciale qu'elle lut dans ses yeux noirs la fit frissonner.

— Où sont les fleurs pour Merl ?

Stéphanie s'efforça de garder son sang-froid, mais fit tout de même un pas en arrière vers les tombes, de façon à mettre un peu de distance entre elle et l'intrus.

— Où sont les fleurs pour Merl, j'ai dit.

Il avança d'un pas et elle recula d'autant, sans même s'en rendre compte.

— Je n'en sais rien, il n'y en avait pas quand je suis arrivée.

— Tu ne lui en as pas apporté?

Elle essuya la poussière sur la pierre.

" Je suis venue voir mes petites-filles. C'est tout.

Dusty s'accroupit et ramassa les deux bouquets.

— Ôte tes sales pattes de ces fleurs!

Se jetant sur lui avec l'agilité d'un chat, elle tenta de les lui arracher, mais il l'écarta sans ménagement et alla poser les bouquets sur la tombe de Marilyn.

— C'est pour toi, Merl. Ta mère n'est qu'une salope, mais elle t'aime quand même.

— Rends-moi ces fleurs, elle ne les mérite pas.

Comme elle tentait de les atteindre en tendant le bras au-dessus de lui, il la repoussa encore, un peu plus durement que la première fois. Elle alla rouler sur le sol et sa main heurta la pierre. Elle grimaça de douleur.

— Tu mérites mieux que ça, Merl.

Il ôta le ruban de l'un des bouquets et disposa amoureusement les fleurs sur la tombe.

— Quantité de fleurs. Jolies... comme toi.

— Elle n'est pas jolie, c'est un monstre! hurla Stéphanie en se frottant les mains.

Elle revit Emily sanglotant dans sa chambre et Marilyn qui en sortait en lui claquant la porte au nez. Hanna au bord de la noyade dans la piscine du jardin et sa mère qui rentrait tranquillement dans la maison, le téléphone collé à l'oreille.

— Elle est méchante, abjecte. Tu m'entends ?

— Ma jolie Merl. Si jolie...

Dusty se mit à défaire le second bouquet.

— N'écoute pas ce qu'elle dit, Merl. Elle t'aime.

La vision écœurante de Marilyn à genoux revint à la mémoire de Stéphanie. A genoux et suçant le sexe de Charlie, dans leur salon. La salope se doutait que sa mère rentrerait et les surprendrait. En tout cas, elle l'avait espéré, ça se voyait sur son visage.

— Je la hais, tu m'entends? Je la hais!

Stéphanie s'effondra à quatre pattes et se précipita vers la tombe de sa fille.

— Ce n'est qu'une putain !

— Elle est jalouse de toi, Merl.

Il caressa du bout des doigts l'inscription gravée dans la pierre.

— Cette vieille pute est aigrie. Toi et moi, on sait pourquoi. Elle crève de jalousie.

— Vous êtes ignobles, tous les deux.

— C'est parce que je te préfère. Parce que c'est avec toi que je le fais, maintenant.

— Tais-toi, tu es immonde.

Des larmes se mirent à couler sur les joues de Stéphanie. Elle prit une poignée de fleurs qu'elle replaça sur les tombes des enfants.

— Elle est jalouse. Jalouse!

Il se rassit et eut un rire rauque.

— Est-ce que tu crois qu'on doit lui raconter ce qu'on a prévu pour la suite, Merl? Allez, je t'en prie... Laisse-moi lui dire.

Stéphanie enroulait le ruban autour de quelques tiges de fleurs. Elle serrait de plus en plus fort. Elle enroulait encore et encore, comme s'il s'était agi du cou de Marilyn. Les tiges se cassèrent en deux.

— Les petites? dit Dusty qui poursuivait sa conversation imaginaire devant la pierre tombale. Non, pas la peine de le leur dire tout de suite. Elles vont se mettre à geindre et à chialer, et j'ai aucune envie de supporter ça avant même d'avoir commencé. De toute façon, on avait décidé d'attendre. On les veut à l'âge où toi tu as commencé. Tu avais quel âge la première fois que tu l'as fait ? Quinze ans, non ?

— Tais-toi.

— L'été d'avant ?

— Tais-toi.

Stéphanie se sentait au bord de l'évanouissement. Tout tournait autour d'elle.

— Mais oui. Quatorze.

Il rit de nouveau.

— Tu viendras avec elles le jour de leurs quatorze ans. Chacune son tour. Ensuite, quand elles seront habituées, je pourrai les prendre ensemble...

— Tu ne toucheras pas à mes petites-filles.

Elle bondit sur lui et le fit tomber sur l'herbe.

— Je ne te laisserai pas les approcher, espèce d'ordure!

Ses poings s'abattirent sur son visage. Il lui immobilisa les mains, mais elle continua à lutter.

— Je te tuerai. Je t'arracherai les yeux avec mes ongles. Je te planterai un couteau dans le ventre, avant que tu...

Elle voulut lui mordre la main, mais il la fit rouler sur le dos et pesa lourdement sur elle de tout son corps. Du sang coulait de son nez sans qu'il s'en aperçoive. Il lui soufflait son haleine nauséabonde en pleine figure.

— Tu n'es qu'une salope. J'ai autant de droits que toi sur ces petites, non ? Tu ne crois pas ?

Elle lui lança un regard horrifié.

— Ce sont mes petites, haleta-t-elle. Mes bébés...

Les yeux de Dusty n'étaient plus que deux fentes de haine.

— Ce sont les filles de Marilyn. Donc, ce sont aussi les miennes. Aurais-tu la mémoire courte, Stéphanie?

— *Marilyn est de plus en plus méchante.*

— *Elle ne bat pas les enfants ? demanda Ted avec inquiétude.*

— *Elle leur inflige une autre forme de maltraitance... De celle que les gens ne voient pas.*

Stéphanie se mit à pleurer.

— *Je suis venue te parler parce que je sais de quoi elle est capable. Je ne peux pas me voiler la face plus longtemps. Elle est pétrie de haine et elle ne recule devant rien pour obtenir ce qu'elle veut.*

— *La première audition devant le juge est dans deux semaines. Mon avocat pense que j'ai des chances d'obtenir la garde des filles, malgré les mensonges et les fausses accusations de Marilyn.*

— *Tu as été son mari pendant plusieurs années, mais tu ne la connais pas encore, crois-moi. Tu n'as pas encore compris... Tu ne sais pas à quelle mauvaise graine tu as affaire. Elle ne pense qu'à se venger. C'est son unique raison de vivre depuis des années.*

Avant qu'il ait pu répondre, Stéphanie lui prit la main.

— *Il faut que je te fasse un aveu. Son père... C'est Dusty Norris.*

— Dusty?

H était loin de soupçonner une chose pareille.

— Depuis qu'elle le sait, elle ne vit que pour me punir. Aujourd'hui, tu es devenu /'instrument de sa vengeance. Elle va s'en prendre à ceux qui ont !c malheur de te soutenir, comme à ceux que tu aimes. Elle est détraquée et rien ne l'arrêtera. Je suis sa mère, Ted, mais je te le dis... Marilyn, c'est le diable en personne.

Chapitre Quinze

Nichés dans la roche près des berges du lac, les bungalows du Lion Inn rencontraient un vif succès auprès des touristes depuis leur construction, dans les années 50. Le lac, en forme de croissant, était long et profond en son milieu, et l'on pouvait y pêcher ou y faire du bateau. Le dernier directeur du Lion Inn avait choisi une ambiance safari pour la décoration intérieure des bungalows, avec des meubles de série de ces années-là. Les pavillons portaient des noms évocateurs comme Nairobi, Mombasa et Victoria.

Situé à l'écart, le Serengeti plaisait beaucoup aux amants et aux jeunes mariés qui appréciaient par-dessus tout son intimité. Pourtant, cela faisait près de dix ans que Marilyn l'avait loué à l'année. Il n'était plus disponible pour les clients.

Tout en roulant vers l'hôtel, Mick avait deviné que le problème concernait ce bungalow-là, mais jamais il n'aurait pu imaginer l'étendue des dégâts.

— C'était pas dans cet état au moment du devis, en avril, déclara Chuck, son contremaître.

Il feuilleta le dossier que Mick avait apporté et en sortit plusieurs photographies.

— Heureusement qu'on a pris des photos.

A l'intérieur, la puanteur les surprit. Rien à voir avec l'odeur de moisi caractéristique des vieilles constructions à rénover. Cela sentait plutôt la bière éventée ou l'urine de chien.

— Ça va nous prendre au moins deux semaines, calcula Chuck en consultant son bloc-notes. On avait prévu un coup de peinture sur les murs, une couche de vernis sur les lambris et un nouveau revêtement de sol dans la cuisine et la salle de bains. Mais, vu son état aujourd'hui... j'ai préféré que tu viennes constater avant de commencer.

— Tu as appelé Evans, comme je te l'ai demandé?

— Ouais. Il était déjà en route pour l'hôtel. J'ai laissé un message chez lui et un autre à la réception. Il le trouvera en arrivant.

En avançant précautionneusement dans le salon-véranda, Mick remarqua de profondes entailles dans les lambris. Sous les couches de poussière et de vernis, elles laissaient voir le cœur du bois. La chair d'une blessure, juste avant que le sang jaillisse.

— Tu as vu les autres bungalows? C'est du même acabit ou pas ?

— Il paraît qu'il y a quelques dégâts dans deux autres qui sont occupés en ce moment. Je n'y suis pas encore allé. Le pire, c'est celui-là.

Mick se pencha sur le comptoir de la petite cuisine. Les mêmes entailles que dans les lambris du salon, profondes. Le responsable de cette horreur ne s'était pas servi d'un simple couteau de cuisine.

— Si tu veux mon avis, quelqu'un a pété les plombs là-dedans, commenta Chuck.

— C'est le moins qu'on puisse dire.

Mick leva le nez vers le plafond. Des lambeaux de plâtre se détachaient et pendaient lamentablement. Guère mieux, le mur paraissait avoir été défoncé à coups de marteau.

— Où est l'équipe qui était prévue pour le Serengeti ?

— Je leur ai demandé de s'attaquer aux bungalows près du ponton. On peut y travailler tout de suite, répondit Chuck en consultant de nouveau ses notes. Ils sont au Mombasa. Ils grattent la peinture et enlèvent la moquette et le lino. On pourra commencer à peindre demain, si tu veux.

On avait arraché et réduit en pièces les portes à soufflet du petit garde-manger, puis sorti les étagères qui gisaient sur le sol, en morceaux.

Mick jeta un coup d'œil dans la salle de bains. Le miroir était en miettes et le vieux revêtement de sol recouvert de débris de verre.

— Tu as touché à quelque chose en entrant, Chuck ?

Il venait de remarquer, sur le rideau en plastique de la douche, des éclaboussures rouges qui pouvaient être du sang.

— Seulement à la porte d'entrée. Je suis allé jusqu'à la cuisine, et là j'ai compris que c'était du sérieux. Je suis ressorti tout de suite pour t'appeler. Ensuite, j'ai essayé de joindre Evans et j'ai envoyé les gars travailler ailleurs. Puis je t'ai appelé une seconde fois, afin de te dire où j'en étais.

Mick prit son téléphone portable et composa le numéro de la police.

En quelques secondes, il expliqua la situation au gars du standard. Quand il eut raccroché, il continua l'exploration du bungalow.

Rien n'aurait pu le préparer à ce qu'il trouva dans la chambre, à l'arrière. Les murs et le plafond maculés d'une couleur rouge sang, des pots de peinture séchée alignés le long du mur, les appliques murales arrachées, le plâtre lacéré, l'éclat en forme de toile d'araignée sur la grande baie vitrée en face du lac.

— Un sacré merdier, hein? lança Chuck en montrant le plafond et les murs. On dirait un abattoir.

Mick contempla les éclaboussures sombres sur la moquette grise et les taches qui recouvraient le mur. L'odeur d'urine donnait la nausée.

— Celui qui a fait ça se croyait dans des chiottes.

Écœurés, les deux hommes ne s'attardèrent pas dans la pièce.

— Les murs extérieurs ? Saccagés, eux aussi ?

— Non. Rien à l'extérieur.

— Quand tu es arrivé tout à l'heure, tu as ouvert avec le passe ?

— Ouais. Je l'ai pris à la réception de l'hôtel. Il ouvre tous les bungalows.

— Donc, c'était fermé à clé ?

— A double tour.

Dehors, la verdure des douces collines qui entouraient le lac formait un contraste saisissant avec ce qu'ils avaient vu à l'intérieur. « Tout jardin d'éden cache un serpent », songea Mick.

Suivi de son contremaître, il fit le tour du bungalow et inspecta les galets qui recouvraient les murs et les petites fenêtres hautes. De l'extérieur, tout semblait normal. Ils poussèrent jusqu'à la berge, à côté d'un bosquet d'arbres à feuillage persistant, et s'arrêtèrent. Tournant le dos au ponton, Mick observa attentivement le bungalow. D'ici, on voyait parfaitement l'éclat en forme de toile d'araignée sur la baie vitrée.

— Montre-moi les photos.

Il vérifia la date imprimée au dos des clichés. Avril. Les murs étaient impeccables et la moquette de la chambre neuve. Evans l'avait fait remplacer dès que la police avait ôté les scellés, à la fin de l'enquête sur la mort de Marilyn.

Mick avait la migraine quand ils rejoignirent le bungalow. Deux mois auparavant, lorsqu'il avait effectué le devis concernant la rénovation du Lion Inn, il s'était réjoui d'avoir décroché ce chantier qui s'étalerait sur deux ans — une véritable aubaine pour sa société.

Evans voulait qu'ils commencent par les bungalows du lac. Le bâtiment principal serait, quant à lui, fait en deux fois, à la morte-saison, parce qu'il impliquait du gros œuvre. Il était également prévu de construire un nouvel abri de bateaux et de rénover les pontons d'accostage avant le prochain été. Le contrat stipulait même qu'ils percevraient un bonus conséquent s'ils finissaient plus tôt. Bref, une affaire en or!

Étouffant un soupir de frustration, il se rappela un petit détail qui l'avait intrigué à l'époque.

Le Serengeti n'avait pas été loué après le meurtre de Marilyn. La police l'avait passé au peigne fin avant de rendre les clés au directeur. Evans avait immédiatement engagé des travaux pour le rafraîchir, mais il ne l'avait pas reloué. Pourquoi?

— Vous avez dit quelque chose ?

— Je parle tout seul.

— Bon, je vais aller voir ce que font nos gars. Je vous retrouve tout à l'heure.

Mick acquiesça d'un air absent et se retrouva seul devant la porte. Le commentaire de Sheila lui revint à la mémoire : pourquoi Marilyn avait-elle loué ce bungalow?

Avait-on abordé le sujet pendant le procès? Il regretta de ne pas avoir prêté attention aux comptes rendus dans les journaux.

Il réfléchissait encore à la question quand Rich Weir arriva sur les lieux, seul.

— C'est vrai que vous et votre frère avez trouvé les corps de vos parents en rentrant de l'école?

La voix de Heather résonnait étrangement dans la maison vide.

Léa contempla le sac poubelle plein qu'elle venait de descendre et le posa dans l'entrée. Elle avança à regret vers la cuisine.

Elle ne pouvait pas reculer indéfiniment le moment d'y entrer.

Cela faisait une heure qu'elle s'activait dans la maison. Elle avait ramassé ce qui traînait là-haut, pendant que Max et Heather flânaient à leur guise en visitant les lieux.

Léa s'arrêta dans l'embrasure de la porte de la cuisine, près de l'adolescente. Cette fois, elle parvint à maîtriser sa panique.

— Oui, nous étions exactement à cet endroit. Mon père était assis, la tête posée sur la table, et ma mère... allongée sur le sol.

Elle désigna l'endroit du doigt et détourna les yeux.

Le vieux linoléum était aujourd'hui d'un vilain gris terne et uni, les placards d'un jaune sale. A part ça, rien n'avait changé. La cuisinière et le réfrigérateur se trouvaient à la même place, et les mêmes étagères de bois trônaient sur le mur d'en face.

Léa se souvint que sa mère avait mis une demi-douzaine de pots de saintpaulia sur ces étagères. Petite, elle avait coutume de grimper sur une chaise pour humer l'odeur de terre et de fleurs qui s'en exhalait. A présent, en guise de décoration, il y avait une pyramide de canettes de bière vides.

Son regard s'attarda sur la table en métal bon marché et ses chaises pliantes en piteux état. La famille Hardy aussi avait coutume de prendre le petit déjeuner dans cette cuisine, exactement à cette place.

— Et ensuite, vous n'êtes plus jamais revenue?

Elle secoua la tête. Les mots restaient coincés dans sa gorge.

— Non... Pas une seule fois.

Heather la dévisagea de ses yeux bleus.

— Vous êtes très pâle. Vous ne croyez pas que vous devriez vous reposer un peu ?

Léa s'efforça de refouler son émotion.

— Je... Non, ça va.

Mais, quand la jeune fille lui prit doucement les mains, elle ne parvint pas à retenir ses larmes.

— Je suis désolée. Je ne devrais pas... Je...

— Je ne me suis pas rendu compte que mes questions vous faisaient de la peine, s'excusa Heather sans savoir trop quoi dire.

— Non. Ça va. Au contraire. Il faut que ça sorte.

Léa sourit faiblement en essuyant ses larmes.

— Je repoussais le moment de m'attaquer à cette pièce. Mais, maintenant que tu es là, je vais y arriver. Les souvenirs me font moins mal. Ça ira, Heather. Il est temps pour moi de me défaire du passé.

Se défaire du passé. Facile à dire. Elle alla chercher dans l'entrée les sacs poubelle et les produits d'entretien. Comment se défaire d'un sentiment qui vous a hantée chaque nuit pendant des années? Pendant presque toute votre vie... Par quoi le remplacer?

Elle retourna à la cuisine, son attirail à la main, en songeant qu'elle ne s'était jamais demandé qui avait nettoyé le sang de ses parents. Ni qui avait fermé les yeux grands ouverts de sa mère.

Elle s'arrêta sur le seuil. Heather et Max se trouvaient déjà dans la pièce, mais elle hésitait encore à y entrer.

Elle était venue à Stonybrook dans l'intention de se débarrasser de cette maison. Et voilà qu'elle prenait conscience qu'il lui fallait d'abord se battre avec elle-même. La souffrance associée à cet endroit, elle l'avait enfouie quelque part, au plus profond d'elle-même, pour ne pas avoir à l'affronter. A présent, elle la retrouvait intacte, comme une plaie vive, même après toutes ces années.

La rejoignant, Heather lui prit un sac poubelle des mains.

— Vous êtes sûre que ça va aller?

— Oui. Je me sens prête.

Léa pénétra enfin dans la cuisine et entreprit de ramasser les canettes de bière sur l'étagère.

Nettoyer la blessure. Une fois pour toutes.

— Vas-y, lança-t-elle à Heather. Tu peux me poser toutes les questions que tu veux.

Mais maintenant l'adolescente avait l'air réticente.

— On prétend que toute famille cache un squelette dans le placard. En ce qui concerne la nôtre, on dirait qu'il y a surtout des immondices, commenta Léa en jetant la dernière canette dans le sac d'un geste théâtral. Si seulement les habitants de Stonybrook acceptaient de nous voir tels que nous sommes... Des gens comme tout le monde...

— Mais qu'est-ce qu'ils ont contre les Hardy? demanda Heather en s'adossant à un placard. J'ai entendu dire que Ted et Marilyn s'étaient enfuis pour se marier. Ils n'habitaient pas en ville, Marilyn n'y est revenue qu'après leur séparation. Je veux dire que, même avant le meurtre de Marilyn et des petites, on ne parlait de votre famille qu'à mots couverts. Ce n'était pas uniquement à cause des circonstances de la mort de vos parents, quand même?

— Non, il y a autre chose, en effet.

Un petit pansement ne suffisait pas à dissimuler une balafre. Léa savait qu'elle allait devoir remonter loin pour extirper toute la douleur qu'elle avait en elle.

— Les Greenwood — c'était le nom de jeune fille de ma mère — ont défrayé la chronique avant les Hardy.

— Pourquoi?

— Vois-tu, mon arrière-grand-père Greenwood a possédé la pharmacie pendant vingt ans.

— Celle qui appartient maintenant à Andrew Rice?

— Exactement.

— C'est super.

— C'est aussi ce que je pensais quand j'étais jeune.

Léa vaporisa du produit sur une étagère. L'idée qu'ils avaient été autrefois une famille respectable lui avait souvent remonté le moral quand elle était enfant.

— Et qu'ont fait ces Greenwood pour s'attirer la désapprobation des bonnes gens de Stonybrook ?

— Au printemps de l'année 1947, la fille unique des Greenwood — elle n'avait que seize ans — est revenue enceinte d'une pension pour jeunes filles de bonne famille du Connecticut.

— Et alors ? Qu'y a-t-il de choquant à ça ?

— N'oublie pas qu'on était en 1947. Essaye de t'imaginer la mentalité des gens de Stonybrook à cette époque. De plus, elle n'a jamais révélé qui était le père.

Léa avait souvent pensé que leur vie aurait été bien différente si cet homme avait assumé ses responsabilités, si seulement il était resté aux côtés de celle qui portait son enfant. Mais peut-être n'avait-il jamais su...

Elle se redressa, ayant terminé d'essuyer l'étagère. Oui. Il n'avait sans doute jamais rien su de cette grossesse. Elle décida de s'en tenir à cette dernière hypothèse. La plus facile à accepter. La seule qui lui permettrait de pardonner.

— Donc, cette demoiselle Greenwood était votre grand- mère ?

— Oui.

Jetant un coup d'œil par-dessus son épaule, elle surprit Heather en train de grimper sur une chaise branlante pour nettoyer l'étagère du haut de l'un des placards.

— Ça ne compte pas dans tes attributions...

— Ça va... Vraiment, insista l'adolescente en lui faisant signe de continuer sa propre besogne. Elle a gardé l'enfant ?

— Bien entendu. Ma mère, Lynn Greenwood, est née quelques mois plus tard.

— Quand même, il n'y avait pas de quoi en faire un fromage pendant toute une vie...

— C'est vrai. Mais la petite n'avait pas encore six mois que sa mère s'est enfuie de la maison en l'abandonnant.

Heather s'interrompit dans sa tâche et sc tourna vers elle, stupéfaite.

— Elle a laissé son bébé ?

— Je pense que tout le monde la montrait du doigt et qu'elle se sentait mise à l'écart. Elle a filé à la première occasion.

Léa s'était souvent interrogée à ce sujet — comme au sujet de toute son histoire. Elle s'était souvent demandé si cela n'avait pas été une bonne chose finalement que Lynn Greenwood soit élevée par ses grands-parents. Au moins, elle n'avait pas vu sa mère exclue de la société. Mais elle n'aurait jamais la réponse, et il était temps de cesser de sc poser la question.

— Elle est revenue ?

— Non. Il paraît qu'elle est morte quelques années plus tard — trois ou quatre ans, je ne sais plus. Dans un accident de voiture, sur la côte Ouest.

— C'est triste. Alors, votre mère n'a jamais connu ses parents ?

Léa secoua la tête.

— Non. Ce sont ses grands-parents qui l'ont élevée. Mais ils étaient vieux, et je pense qu'ils devaient se montrer extrêmement sévères et protecteurs.

Sans doute avaient-ils souffert de la disparition de leur fille unique. Il avait fallu le drame qu'avait vécu Ted pour qu'elle le comprenne.

Ouvrant la porte du réfrigérateur, elle constata avec soulagement qu'il était vide.

— « Chat échaudé craint l'eau froide », disait ma grand- mère, commenta Heather en se remettant à dépoussiérer les étagères du placard.

— Elle n'avait pas tort.

— Et votre père? A quel moment fait-il son apparition dans l'histoire ?

Léa sentit une vague d'émotion l'envahir. Elle s'efforça de se rappeler qu'il avait été un homme doux et aimant avant de tomber dans l'alcoolisme. En remontant loin dans le temps, elle pouvait même songer à lui comme à un bon père et à un bon mari.

— John Hardy s'est installé à Stonybrook au début des années 60, quand on l'a engagé en tant que directeur au moulin. Lorsqu'il a rencontré ma mère, il allait sur ses quarante ans. C'était un homme séduisant et un célibataire endurci.

— Lin célibataire endurci ? Alors qu'il n'avait pas quarante ans ? Je ne répéterais pas ça à mon père...

Léa sourit.

— Ça n'a rien à voir. Mon père avait une autre vie que le tien. Les gens vieillissent plus vite quand ils ne ménagent pas leur organisme.

D'ailleurs, ça n'avait pas été uniquement la faute de son père. Léa avait appris par tante Janice que tous deux avaient été élevés à la dure.

— L'alcool ?

— Oui.

Heather acquiesça d'un air entendu.

En ouvrant le four, Léa eut moins de chance qu'avec le réfrigérateur. Elle en sortit deux vieilles poêles à frire. L'une d'elles contenait les restes d'un dîner pour le moins préhistorique et la seconde n'avait plus de poignée. Elle préféra ne pas y regarder de trop près et se dépêcha de s'en débarrasser. Il fallait faire de même avec le passé. Son père était parti. Mort. Elle devait oublier sa rancœur et sa culpabilité.

Elle noua soigneusement le sac-poubelle.

— Quel âge avait votre mère au moment de leur rencontre ?

— Dix-neuf ans.

— Elle aurait pu être sa fille.

Léa hocha la tête tout en vaporisant du produit à l'intérieur du four. Elle avait eu raison de se faire violence et d'accepter de parler du passé. Les mots venaient plus facilement, maintenant.

— Je pense qu'elle était désespérée. Ce n'est pas facile d'être différent des autres dans une petite ville comme Stonybrook.

Heather descendit de sa chaise et se déplaça sur la droite afin de s'attaquer au deuxième placard.

— J'espère... enfin, je suppose qu'il était gentil avec elle, au début.

— Je crois en tout cas que ma mère savait à quoi s'attendre quand elle l'a épousé, répondit Léa.

Elle se tut un instant, en quête des mots justes.

— C'était une question de choix. Ou bien elle passait sa vie sous la coupe de ses grands-parents, ou bien elle épousait John Hardy. Apparemment, il était le seul homme à l'avoir demandée en mariage.

— Parce qu'il n'était pas d'ici ?

— Je pense qu'il y avait de ça, oui...

— Donc, elle l'a épousé.

Léa hocha la tête.

— Mais, par une sorte de coup du sort, mon arrière-grand- père est tombé malade peu après le mariage, et, comme sa femme était trop âgée pour s'occuper seule de lui, ils sont venus vivre ici tous les deux. Et ma mère s'est retrouvée sous la coupe de trois personnes.

— Elle a dû en souffrir. Et, quand vous êtes nés, vous et votre frère? Vos arrière-grands-parents vivaient toujours ici ?

— J'étais bébé quand mon arrière-grand père est mort. Ensuite, sa femme a vécu pendant deux ans dans une maison de retraite avant de mourir à son tour. Je ne me souviens presque pas d'elle.

La vie des Hardy, comme celle des Greenwood, avait été prise dans une spirale infernale. Lynn Hardy avait perdu ceux qu'elle aimait, et, peu après, son mari s'était retrouvé sans travail. Sans compter que ses enfants n'étaient pas assez grands pour la défendre ou la soutenir moralement. La malchance.

— Et ensuite, que s'est-il passé ?

— Ted et moi avons grandi dans cette maison. Mon père a continué à travailler au moulin. Puis on a fermé et licencié tous les employés. Ma mère restait à la maison. Nous, nous allions à l'école, comme tous les enfants.

Léa noua le dernier sac poubelle et le traîna jusqu'à la porte d'entrée.

— Vous connaissiez déjà mon père quand vous étiez enfant ?

— Bien entendu.

Elle ouvrit d'un coup sec le tiroir sous le four. Non seulement elle avait connu Mick, mais elle avait été amoureuse de lui. Sortant soigneusement le papier gras et les ustensiles qu'elle trouva à l'intérieur, elle les fourra dans un sac poubelle vide.

— Dites-moi... A quoi il ressemblait?

— Qui ? dit-elle comme si elle n'avait pas compris.

— Mon père !

— Oh!... Il était plus vieux que moi... Nous avions sept ans d'écart. Je le regardais de loin. Mais, pour répondre à ta question, il était très séduisant et avait du succès auprès des filles. Je crois que tes grands-parents avaient fort à faire avec lui de ce côté-là.

— Vous aviez le Béguin pour lui ?

— Toutes les filles de la ville avaient le béguin pour lui.

— Mais vous?

— Je n'étais que la malingre petite voisine. Crois-moi, nous n'étions pas du même monde.

— Allez, avouez! insista Heather en frappant du pied sur sa chaise.

Léa sursauta. Si elle continuait, la chaise allait s'écrouler.

— C'est bon, c'est bon. J'avoue. Tu es satisfaite?

— Je m'en doutais, répliqua l'adolescente en souriant.

Et elle se remit à l'ouvrage.

Au souvenir des baisers qu'ils avaient échangés, Léa eut une poussée de fièvre. Jamais elle ne s'était sentie aussi vivante que ce matin, dans les bras de Mick. Aucune comparaison avec ce qu'elle avait connu lors de ses rares flirts depuis l'université.

— Vous et votre frère, vous vous doutiez qu'un drame se préparait ?

La question la ramena brusquement à la réalité.

— Non. C'est vrai que tout n'était pas rose entre mes parents, que mon père buvait, mais jamais on n'aurait imaginé qu'il en arriverait là.

Elle secoua la tête.

— Si seulement on avait pu se douter... On aurait fait quelque chose. On aurait essayé...

— Je ne voulais pas dire que c'était votre faute.

Suspendant son geste, Heather la regarda par-dessus son épaule.

— Mais parfois, on a comme une prémonition... Quand quelque chose de terrible se prépare.

Léa s'appuya au comptoir et la dévisagea attentivement.

— Tu parles de la séparation de tes parents?

— Non. Je pensais à ce qui est arrivé à Marilyn.

— Comment ça?

— Je gardais régulièrement les petites, l'année du meurtre. Et j'ai vu des choses terribles. Elle les négligeait. Il y avait des types bizarres qui tournaient autour d'elle. Deux mois avant sa mort, elle s'est mise à recevoir des coups de fil de menace. Je sentais bien que la situation était explosive, que ça ne pouvait pas durer. Mais je n'ai pas su quoi faire.

Ses yeux bleus se remplirent de larmes.

— Tu ne dois pas te sentir responsable de ce qui est arrivé, martela Léa.

La gaieté de Heather s'était brusquement envolée. Les mains tremblantes, elle se retourna et s'installa sur le comptoir.

— C'est injuste qu'Emily et Hanna soient mortes parce qu'elles avaient une mère complètement dingue. Si Marilyn avait sauté d'un pont ou qu'elle s'était pendue, je m'en serais foutu comme d'une guigne. Mais les petites... Elles étaient tellement innocentes. Des bébés. Ce jour-là, je les ai gardées après l'école. Elles étaient tellement contentes à l'idée de passer le week-end avec leur père. Elles n'auraient même pas dû être à la maison au moment de l'incendie.

Léa fut incapable de retenir plus longtemps ses larmes, le doux visage de ses nièces s'imprimant dans son esprit. Elle prit les mains de Heather et les serra dans les siennes.

— Ce n'était pas ta faute.

— Mais... mais j'aurais pu les aider...

— Non. Tu ne pouvais rien faire.

— J'aurais pu parler à quelqu'un... de ce qui se passait dans cette maison. J'aurais dû... le dire à Ted... ou à mon père... Dire à quel point elle était horrible et comment elle se comportait avec ses enfants! s'écria Heather avant d'éclater en sanglots.

Léa la prit dans ses bras.

— Tu n'y es pour rien, Heather.

La jeune fille s'agrippa à elle en sanglotant.

Tandis que les larmes roulaient sur ses joues, Léa se souvint de la culpabilité écrasante qu'elle avait ressentie au moment de la mort de ses parents. Comme Heather, elle avait dû vivre avec le sentiment de n'avoir pas fait ce qu'il fallait pour éviter la catastrophe.

Mais tout cela était derrière elle, à présent. Elle en avait fini avec le passé. Sa blessure avait disparu. Refermée pour toujours. Cicatrisée.

Du moins, elle commençait à se cicatriser.

— J'ai besoin d'une cigarette, murmura Heather d'une voix rauque en la repoussant. Je vais dans la véranda derrière la maison.

— Je peux t'accompagner ?

— Vous comptez me faire la morale parce que je fume ?

— Il y a des chances. Mais je viens quand même avec toi.

L'adolescente essuya ses larmes.

— C'est d'accord.

Mick se tenait devant le bungalow — près de la table et du barbecue — avec Robert Evans, le propriétaire du Lion Inn, un homme d'environ la cinquantaine. Ils attendaient Rich Weir qui inspectait l'intérieur avec deux officiers de police venus en renfort.

— Tu as déjà eu ce genre de problèmes auparavant ? a-t-il demandé.

— Pas depuis neuf ans que je possède cet hôtel. Il y a bien des jeunes qui viennent parfois faire la fête près du lac, la nuit, et qui essayent d'entrer. Ou des étudiants qui louent un bungalow pour deux et voudraient s'entasser à cinquante. Mais un truc comme ça, non. Ça ne m'est jamais arrivé. C'est vraiment bizarre.

— Qui a loué ici pour la dernière fois?

Evans parut hésiter et Mick décida de reformuler sa question.

— Je veux dire : quand ce bungalow a-t-il été loué pour la dernière fois ?

— J'ai très bien compris ta question. Et je n'ai aucune raison de te dissimuler la vérité. Personne n'a posé les pieds ici depuis la mort de Marilyn.

— Pourquoi?

— Il n'y a pas vraiment de raisons. C'est un concours de circonstances. La police a mis un temps fou à me rendre les clés. Ensuite, nous en avons profité pour restaurer un peu le bungalow dans la perspective de le remettre en circulation, niais mon avocat m'a rappelé que Marilyn avait signé pour deux ans supplémentaires, peu avant sa mort.

Sortant un mouchoir de sa poche, Evans s'essuya le front.

— Bien qu'elle soit morte et ne paye plus le loyer, il a fallu remplir tout un tas de paperasses, rendre l'argent de la caution, régler des points de détail avec sa famille. L'affaire a traîné, ça nous a pris six mois pour tout mettre en ordre. Entre-temps, nous avions obtenu l'accord de la Société de sauvegarde du patrimoine du comté de Bucks à propos des travaux. Ça ne valait plus le coup de s'embêter à le meubler pour si peu de temps.

Mick posa un pied sur le banc de bois et appuya son coude sur son genou.

— Combien de personnes possédaient la clé de ce bungalow ?

— Seigneur! Je n'en sais rien. Tu connais Stonybrook aussi bien que moi. Je crois que les serrures n'ont pas été changées depuis la construction. Bien des gens y sont passés depuis...

— Quand y êtes-vous entrés pour la dernière fois ? insista- t-il. Il y a deux mois, quand nous avons fait le devis — tu te souviens ? — c'était impeccable.

Evans fronça les sourcils.

— Maintenant que tu me poses la question... J'ai demandé au gars de la maintenance de passer dans chaque bungalow, il y a environ deux semaines. Je voulais m'assurer que tout était prêt pour que vous puissiez démarrer le chantier dans de bonnes conditions. Il ne m'a rien signalé de spécial. Donc, ça a dû se passer après.

L'imposante silhouette de Rich Weir apparut à la porte du bungalow. Il s'approcha d'eux.

— Alors, Rich, votre avis ? Une secte satanique est venue saigner des porcs ici ou quoi ?

— Non. Rien d'aussi spectaculaire.

Le chef de la police regarda par-dessus son épaule l'un de ses hommes qui sortait, un porte-documents à la main.

— Ce n'est que de la peinture dans la chambre.

— Et dans la salle de bains aussi ? intervint Mick.

Rich ne lui accorda qu'un bref regard et continua à s'adresser au propriétaire de l'hôtel.

— Nous avons relevé quelques indices. Des empreintes, des photos, des trucs comme ça. Je pense que ce sont des étudiants venant de quelque chalet privé qui ont dû vouloir s'amuser. Ils avaient probablement trop bu. J'enverrai mes hommes mener leur petite enquête quand nous en aurons terminé ici. Vous pourrez venir chercher le rapport demain, si vous en avez besoin pour la compagnie d'assurances.

— Tu as regardé de près le comptoir de la cuisine et les lambris, Rich? insista Mick, que son attitude nonchalante commençait franchement à

176

énerver. Tu crois vraiment qu'on peut faire de telles entailles dans le bois avec des tessons de bouteilles ?

— On se rencontre souvent ce week-end, Conklin. Remarque, ça ne me dérange pas. C'est toujours un plaisir de te voir.

— Ça serait une sacrée histoire, hein, si tous ces événements avaient un rapport entre eux? répliqua-t-il, provocateur.

— Ah, je vois. Alors, comme ça, après avoir frappé Léa Hardy la nuit dernière, tu es venu jusqu'ici pour pisser sur le tapis...

— Tant que tu n'auras pas fait analyser cette pisse, tu ne sauras pas si c'est moi ou non, riposta-t-il en soutenant son regard. Mais ce qui est sûr, chef, c'est que, si ça date de la nuit dernière, tu ne peux pas mettre ça sur le dos de Léa. Parce que, entre les médecins, les infirmières des urgences et ton serviteur, elle a du monde pour confirmer son alibi.

— Je ne sais pas ce qui t'arrive depuis deux jours, Conklin, mais je t'assure que tu es foutrement chiant.

Rich secoua la tête et se tourna vers le propriétaire de l'hôtel.

— Excusez mon langage, monsieur Evans. Cet âne bâté me cherche des noises depuis déjà deux jours.

Marilyn fit coulisser la porte de la baie vitrée et sortit sur la petite terrasse devant le lac sombre. L'air était lourd, l'orage n'allait pas tarder à éclater. On voyait déjà les éclairs, au loin, au-dessus des montagnes. Sa revanche commençait à se dessiner. Elle allait les écraser. Tous. Et Ted avec.

Pourtant, elle se sentait seule et misérable. Elle se demanda pourquoi.

—Personne pour tenir compagnie à ma Merl, ce soir?

La silhouette de Dusty apparut entre les arbres.

—Non, personne.

—Plus personne n'aime ma Merl?

—Non.

Elle défit sa ceinture et fit glisser les bretelles de sa robe. Le tissu de satin tomba à ses pieds.

—Il n'y a que papa qui m'aime toujours.

Chapitre Seize

QUAND HEATHER REVINT dans le salon avec deux verres de thé glace, elle trouva Léa recroquevillée dans le grand fauteuil en cuir près de la fenêtre, endormie, le journal coince sous le menton. Elle n'osa pas le retirer de peur de la déranger. La pauvre avait bien mérité un peu de repos.

Son père avait téléphoné deux fois au cours de la journée. Il avait d'abord laissé un message sur le répondeur vers midi, puis avait rappelé à 18 heures afin de leur expliquer de vive voix qu'il était retenu sur le chantier du Lion Inn. Il voulait s'assurer que Léa restait bien chez eux et qu'elles dîneraient ensemble.

C'était tout lui, ça. Il les prenait pour deux gamines à qui il fallait rappeler de manger et d'aller au lit. Un sourire indulgent sur les lèvres, Heather posa les verres sur la table basse et s'allongea sur le canapé avec un magazine.

Cela lui faisait un drôle d'effet de se sentir si bien. Elle n'avait même pas envie de fumer. Elle avait pris une cigarette devant chez Léa, tout à l'heure, mais depuis elle n'y avait même pas pensé.

Toutes les deux n'avaient pas cessé de papoter pendant qu'elles travaillaient. Cela avait un peu ralenti leur rythme, mais Léa disait qu'elles avaient besoin de parler pour se libérer des démons du passé.

Heather ne savait pas qu'elle avait des démons à combattre. Sans doute que si, puisqu'elle ne s'était pas sent ie aussi détendue depuis longtemps.

Elle se surprit à sourire en contemplant la jeune femme endormie. Bien que Léa ait le double de son âge, elle se sentait en confiance avec elle. Plus qu'avec n'importe quel autre adulte, ou qu'avec ses amis. Elle lui avait confié des sentiments qu'elle n'aurait jamais osé confier à sa propre mère.

Léa ne la sermonnait pas sans arrêt, elle ne se croyait pas autorisée à donner toujours son avis. Elle ne prétendait pas détenir des solutions à tout et se contentait de l'écouter. Cela encourageait à parler, à exprimer ce qui se trouvait enfoui au plus profond d'elle-même.

Et puis elle n'avait pas hésité à partager son passé avec elle. Elle lui avait parlé de son enfance.

Heather n'avait jamais pensé que la vie puisse être si difficile pour un orphelin. Cela l'avait fait réfléchir. Même si ses parents lui cassaient les pieds, au moins elle pouvait compter sur eux.

Des phares éclairèrent le mur. Son père venait d'entrer dans l'allée au volant de son 4x4. Elle se leva et suivit Max qui se précipitait vers la porte de derrière afin de l'accueillir.

Un large sourire s'épanouit sur le visage de Mick quand il vit sa fille en train de l'attendre dans la cuisine.

— Salut...

— C'est gentil de m'avoir attendu, ça me rappelle ton enfance.

Il caressa affectueusement le chien avant de lever les yeux vers elle.

— Ça m'a manqué, tu sais...

Heather lut l'hésitation sur son visage fatigué. Visiblement, il ne savait pas trop comment se comporter avec elle. Elle décida de marquer une trêve et avança vers lui pour l'embrasser. Mais sans trop s'attarder. Elle n'allait quand même pas donner dans la mièvrerie.

— Tu as dîné? demanda-t-elle.

— J'ai mangé en chemin.

— Quoi ? Un écureuil que tu avais écrasé ?

— Exactement. Je suis sorti de la voiture et j'ai fait un petit feu pour le cuire.

Il lança ses clés dans le tiroir.

— Et vous deux ?

— Pizza.

— Où est Léa?

— Elle s'est endormie dans ton fauteuil voilà une bonne heure. Ne fais pas de bruit en entrant. Elle était lessivée.

— Je suppose qu'elle ne s'est pas ménagée... Je me trompe ?

— J'ai essayé de l'inciter à ralentir un peu, mais tu la connais. C'est une dure à cuire.

Il s'étira et massa ses épaules endolories.

— Tu veux que je t'apporte quelque chose à boire? De la bière ? Du thé glacé ? Un verre de lait ?

— Oh, oui ! Du thé glacé.

Il la suivit des yeux d'un air abasourdi tandis qu'elle se dirigeait vers le frigo. Elle ne lui en voulut pas de s'étonner de ce brusque accès de gentillesse. Ces derniers temps, elle s'était montrée plutôt boudeuse.

Il sortit quelques biscuits de la boîte posée sur le comptoir et se mit à grignoter.

— Désolé de vous avoir abandonnées. Ça s'est bien passé ici ?

— Pas mal, répondit-elle en lui tendant un verre. On a travaillé presque toute la journée. J'ai aidé Léa à sortir les vieilleries qui traînaient dans la maison. On a mis tout ce qu'on pouvait devant l'allée pour les éboueurs. Mais il reste encore des trucs lourds dont elle ne peut pas s'occuper seule. Il va lui falloir un homme costaud... et une remorque pour se débarrasser de tout ça, à moins que tu ne charges tout à l'arrière de ton 4x4.

Il posa le bout des fesses sur la table de la cuisine.

— Je peux demander à un de mes gars de passer demain et d'emporter le tout à la décharge.

— Je crois aussi qu'elle s'inquiétait au sujet du matériel qu'elle a loué et qu'elle aurait dû rendre aujourd'hui. On n'a pas vu passer le temps. Quand elle s'est rendu compte de l'heure, c'était déjà fermé. Elle a laissé un message chez Doug, sur le répondeur.

— Je m'arrangerai pour qu'on ne lui facture pas un jour supplémentaire.

Parfait, songea Heather. C'était bien comme ça qu'elle concevait l'entraide. D'ailleurs, son père l'avait dit le matin même, il y avait mille façons de soutenir Léa.

— Rien d'autre?

— Je ne sais pas si elle est vraiment en état de conduire, mais, si elle doit rapporter le matériel demain...

— Je m'en chargerai. Si elle est d'accord.

Heather pensait encore à des douzaines de choses. Il fallait lui trouver un médecin afin de lui enlever ses points de suture, et puis...

— Tu sais, elle a surtout besoin d'une amie, déclara son père.

Le commentaire la toucha.

— Je veux l'aider.

— Je sais. Et tu l'aides déjà beaucoup. Mais je ne pense pas qu'elle te laisserait prendre la situation en main, pas plus qu'elle n'accepterait que je le fasse.

— Tu as raison... Je me mets à agir comme maman.

Elle frissonna, mais parvint à sourire.

— Eh oui, ironisa-t-il. Il paraît qu'on finit toujours par ressembler à ses parents.

— Tu essayes de me faire peur?

— Oh, mais tu as deux parents. Remarque, je ne prétends pas être un meilleur exemple que ta mère...

— Je suis heureuse de t'avoir, papa.

Devant son air surpris, elle se sentit gênée et s'agita nerveusement.

— Je... je crois que je vais monter me coucher. J'ai beaucoup travaillé aujourd'hui.

Elle fit mine de se diriger vers la porte, puis se ravisa et se tourna vers lui.

— Tu ne crois pas qu'elle va se réveiller pleine de courbatures, si elle passe la nuit dans ce fauteuil?

Il hocha la tête.

— Je la porterai là-haut.

Elle ne proposa pas de l'aider. Elle avait scellé aujourd'hui son amitié avec Léa, et maintenant, c'était au tour de son père.

Elle allait devoir s'habituer à la partager.

Mick n'avait aucune idée de ce que Léa avait pu raconter à Heather, mais l'effet s'était révélé quasiment magique. En dépit de son allure extravagante, de ses cheveux mauves et de la panoplie d'anneaux qu'elle continuait à exhiber, il avait eu l'impression de retrouver sa fille. Enfin.

Il devait énormément à Léa. Beaucoup plus qu'elle ne le croyait.

Bien qu'il ne soit que 21 h 30, il était reclus de fatigue. Il décida de sortir Max une dernière fois et d'aller se coucher. Il faisait déjà nuit. Il contempla dans la pénombre la maison d'à côté, depuis son jardin. Il restait encore pas mal de travail à faire, mais la propriété semblait reprendre vie.

Mick se demanda si Léa se doutait à quel point elle lui plaisait.

Lui, en revanche, s'en rendait parfaitement compte, comme si sa vie en était bouleversée. C'était dingue. Aujourd'hui, il n'avait cessé de penser à elle.

Elle ne ressemblait pas aux femmes qu'il avait fréquentées ces dernières années. Peut-être même n'avait-il jamais rencontré de femme à son image. Elle s'intéressait aux autres, elle était habituée à donner et non à demander — encore moins à prendre. Elle mettait un point d'honneur à se montrer indépendante et à ne compter que sur elle-même. Personne n'avait le droit de s'immiscer dans sa vie. Et apparemment, elle n'avait pas d'amis intimes, ni même de cercle d'amis qu'elle fréquentait régulièrement. Ça, il l'avait appris en lisant le journal.

Il leva les yeux vers la fenêtre de Heather. Pas de lumière. A la façon dont sa fille parlait de Léa, il avait compris qu'elle avait su pénétrer dans son intimité.

Peut-être avait-il une chance, lui aussi.

Il siffla le chien qui courut aussitôt vers lui et le devança dans l'escalier.

En entrant dans la maison, il éteignit les lumières. La vue de Léa recroquevillée dans son fauteuil lui serra le cœur.

Pendant un long moment, il la contempla, non comme la jeune femme qu'il désirait, mais comme la courageuse petite fille qui l'attendrissait tant quand il était plus jeune. Il se souvint de la lois où il l'avait trouvée dans le parc, assise près de sa bicyclette renversée. Elle avait la cheville en mauvais état, mais elle ne s'était pas plainte une seule fois tandis qu'il la ramenait chez elle. Pourtant, sa blessure lui avait valu six points de suture. Il baissa les yeux vers sa cheville. Elle avait encore une légère cicatrice en forme de demi-lune.

Comme Max passait à côté de lui en le frôlant, il sursauta et le retint de justesse avant qu'il s'approche de Léa. Hors de question que le chien la réveille d'un coup de langue.

Mick s'accroupit près d'elle. Son bandage était sale et avait besoin d'être changé. Les mains coincées sous le menton, elle respirait profondément, la bouche légèrement entrouverte. Il était temps qu'il la monte au lit. D'autant qu'à force de la contempler il commençait à avoir de drôles d'idées — qui ne lui étaient pas inspirées par leurs souvenirs d'enfance.

Il passa ses bras sous les genoux de la belle endormie et la souleva. Elle battit des paupières.

— Mick, tu es revenu ?

— Chut... Rendors-toi.

Il se leva. Elle était légère et facile à porter.

— Qu'est-ce que tu fais ? demanda-t-elle en passant les bras autour de son cou et en se serrant plus fort contre lui.

— Je t'emmène au lit.

Il contempla ses yeux noisette qui s'arrondissaient, et sourit malicieusement.

— Pas dans le mien. Dans le tien.

Elle parut soulagée. Blessé dans son amour-propre, il en déduisit qu'elle préférait garder ses distances, qu'elle hésitait encore.

— Je peux marcher...

— Heather m'a rapporté que tu en avais beaucoup trop fait, aujourd'hui. Peux-tu éteindre cet interrupteur, s'il te plaît?

Elle étendit le bras et appuya sur l'interrupteur mural, les plongeant du même coup dans l'obscurité.

— Où est Heather?

— Elle dort déjà.

— Ce n'est vraiment pas la peine que tu me portes, répéta-t-elle avec un peu moins de véhémence. Je suis tout à fait en état...

Mais elle s'accrocha à lui de plus belle et nicha son visage au creux de son cou quand il commença à monter l'escalier.

— Tu n'as pas le vertige, au moins? lui dit-il à l'oreille.

— Non, mais j'ai peur que tu me lâches.

— Tu crois vraiment que je ferais une chose pareille?

Il la soupesa et elle se serra un peu plus contre lui.

— Tu es le diable en personne, Mick Conklin, murmura-t-elle.

— Et toi, tu m'étrangles.

— Oh, mais je te prépare bien d'autres surprises.

— Des promesses, toujours des promesses...

Aucune lumière ne filtrait par la porte ouverte de la chambre de Heather.

— Désirez-vous faire un brin de toilette, madame?

— Je me débrouillerai très bien toute seule, merci. Pose-moi, tu veux ?

— Pas encore, décréta-t-il en entrant dans la chambre d'amis. Tu veux bien allumer la lumière, s'il te plaît?

— Non. Pose-moi d'abord.

— D'accord.

Il l'amena au-dessus d'un des lits.

— Tu pourrais au moins allonger le bras et replier ce couvre-lit.

— Non, Mick. Pose-moi d'abord.

— On dirait un disque rayé...

Il la déposa.

— Alors? lança-t-il. Ce n'était pas si désagréable...

Elle ne l'avait pas lâché.

La lune diffusait une douce lumière à travers la fenêtre. Mick remarqua que Léa le dévisageait. Son regard s'arrêta sur ses lèvres et elle l'embrassa. Profondément. Sa bouche était tendre et gourmande à la fois. Il allait se laisser emporter par le désir quand elle s'écarta.

— Non, ce n'était pas du tout désagréable, commenta-t-elle en se laissant aller sur l'oreiller. Bonne nuit, Mick.

— Et tu prétends que c'est moi le diable ?

Ses yeux s'attardèrent sur son visage souriant et glissèrent jusqu'à sa poitrine qui se soulevait et s'abaissait doucement sous la salopette, puis plus bas, sur ses jambes et ses pieds nus.

Relevant la tête, il la regarda droit dans les yeux.

— Tu joues avec le feu...

— Ah bon ?

Il hocha la tête.

— Oui, et tu t'approches bien près. Tu pourrais te brûler...

— Si près que ça ?

— Tu sais ce que j'ai envie de faire, à cet instant précis?

Elle fit signe que non.

— J'ai envie d'ôter les bretelles de ta salopette et de la faire glisser le long de tes jambes. Ensuite, je t'enlèverai ton T-shirt, puis ta petite culotte. Et, quand tu seras nue, je goûterai chaque centimètre de ton corps, depuis tes lèvres jusqu'à tes doigts de pied.

Il vit ses lèvres s'entrouvrir légèrement et le rythme de sa respiration s'accélérer.

— Puis j'enlèverai mon pantalon et je te prendrai sur mes genoux pour que tu puisses m'accueillir en toi. profondément. Je veux sentir ta chaleur contre la mienne jusqu'à ce que...

Il se tut un long moment. Il n'y avait plus que le bruit saccadé de leur respiration.

Puis, brusquement, avec un demi-sourire, il se remit sur ses pieds.

— Maintenant, je vais aller prendre une douche froide. Bonne nuit, Léa.

Chapitre Dix-Sept

Il n'en manquait pas une seule.

Jason Shanahan contempla fixement les photographies. Marilyn à quatre pattes, cul nu. Marilyn debout face au mur, pendant qu'il la prenait par-derrière. Marilyn appuyée au fauteuil, devant lui, attendant qu'il la pénètre.

Il se souvint et se mit à bander. Seigneur, le regard de Marilyn sur ces photos...

— Tu as raté ta vocation, commenta-t-il tout haut. Tu aurais pu être une star du porno.

Une voix stridente sortit de la CB, puis se perdit dans une sorte de grésillement. Jason avait été un peu surpris de trouver cet appareil en arrivant ici et il l'avait allumé machinalement. Tendant le bras, il l'éteignit.

Il rassembla les photos éparpillées sur la table et les rangea dans leur enveloppe. Puis il s'intéressa de nouveau à la boite en fer. Elle paraissait contenir plusieurs douzaines d'enveloppes similaires. Il en trouva une autre libellée à son nom et en renversa le contenu sur la table.

— Salope! Tu en gardais en réserve...

Pour ces photos-là, elle ne lui avait pas demandé son avis. Elle avait dû utiliser une commande à distance, ou une minuterie. En tout cas, elles n'avaient pas été prises le même jour que celles que Brian avait reçues.

Jason les passa en revue. Pas mal... Sur celles-ci, il était à son avantage et on pouvait admirer sa musculature. Il s'arrêta sur un cliché qu'il trouvait particulièrement Bon : Marilyn le sodomisant au moyen d'un gode-miché, contre la porte de la baie vitrée.

Ils avaient baisé plusieurs fois ensemble, mais bon... Pas de quoi fouetter un chat. Elle l'avait dragué au club de remise en forme et il avait cru pouvoir compter sur sa discrétion. Marilyn, discrète! Tu parles... Elle avait insisté pour prendre des photos en pleine action. Ça la faisait beaucoup rire et elle ne cessait de plaisanter en disant qu'elle s'en ferait des posters à coller dans sa chambre. Mais lui, ça avait fini par l'agacer. Lors de leur deuxième rendez-vous au bungalow — ou peut- être le troisième —, il avait exigé qu'elle lui rende la pellicule et l'avait exposée à la lumière afin de la détruire. Marilyn avait ri, comme si ce n'était qu'un jeu sans importance.

— Mais elle avait sa petite idée derrière la tête, cette chienne.

Une semaine plus tard, Brian avait trouvé des photos en ouvrant son courrier.

Jason se rembrunit. Oui, cette petite folie lui avait coûté bien cher. Brian était devenu fou furieux, hurlant qu'il voulait la tuer — et lui avec. Cette nuit-là, il l'avait mis à la porte à coups de pied aux fesses.

Depuis qu'il l'avait rencontré, Jason ne touchait plus les femmes, du moins à ce qu'il prétendait. Marilyn n'était pas sa première expérience en la matière. Avant elle, il y avait eu cette étudiante tout en muscles de New Hope et cette autre — la motarde — rencontrée dans un club de Philadelphie. Avec celle-là, ça avait duré six mois. Mais aucune n'avait compté dans sa vie et il n'en avait jamais parlé à Brian en espérant qu'il n'en saurait jamais rien. Ça se passait bien entre eux deux. Brian était plus vieux que lui, mais il se défendait encore au lit. Il avait de l'argent, il était amoureux... Oui, ça se passait très bien.

Jusqu'à ce que Marilyn vienne se mettre en travers de son chemin. Elle avait bien failli tout foutre par terre.

Heureusement, Dieu avait entendu ses prières, et cette salope avait été assassinée.

Mais aujourd'hui, il contemplait son joli sourire de reine de bal sur les fameuses photos. Il avait maintenant sous les yeux celle où elle se penchait en avant sur la table de la cuisine, pendant qu'il s'enfonçait en elle.

Une fois que la salope était morte, il était revenu vers Brian en implorant son pardon. Ce dernier s'était laissé fléchir. Par chance, il tenait à lui. Ensuite, leur vie était progressivement revenue à la normale. Jusqu'à ce qu'un tordu vienne encore remuer la merde.

Jason ramassa par terre un sac en papier et glissa à l'intérieur les deux enveloppes blanches contenant photos et négatifs.

Ça avait commencé exactement comme la première fois. Quelques photos adressées à Brian par courrier. Sans un mot. Rien n'indiquait que l'expéditeur souhaitait les échanger contre de l'argent, rien non plus ne permettait de soupçonner d'où elles venaient ni qui les envoyait. Et Brian n'avait pas pris la chose plus calmement que la première fois, Jason en frissonnait encore. Pourtant, il connaissait déjà les clichés. Et Marilyn était morte.

Au début, Jason n'avait pas mesuré la gravité de la situation. D'accord, c'était moche de penser que quelqu'un s'amusait à les harceler, mais de là à piquer de telles colères... Puis il avait compris ce qui inquiétait Brian. Si les photos tombaient entre les mains des flics, ils en déduiraient aussitôt que tous les deux avaient une raison d'éliminer Marilyn. Et le fait que Ted avait été reconnu coupable du meurtre de sa femme ne suffirait pas à les mettre à l'abri.

Jason avait donc décidé de prendre le taureau par les cornes. Il fallait neutraliser l'individu qui leur cherchait des noises.

Et il ne lui avait pas fallu longtemps pour deviner qui c'était. Marilyn avait choisi un paumé pour conserver ses petites affaires. Quoi de plus naturel...

Il referma soigneusement le sac en papier. Il avait ce qu'il était venu chercher et il commençait à se faire tard. Il jeta un coup d'œil aux enveloppes contenant d'autres photos, dans la boîte en fer. C'était tentant. Il ne put s'empêcher de lire les noms qui y étaient inscrits.

Il en sortit une et passa rapidement en revue son contenu. Puis une autre. Au fond, c'était amusant, comme une chronique un peu particulière de leur chère petite ville. Et soudain, il comprit. Il y avait là de quoi faire chanter quasiment tout Stonybrook.

Et la troisième enveloppe se révéla encore plus intéressante que les deux premières.

— Vieux lubrique, murmura-t-il en regardant les photos.

Il ouvrit encore deux enveloppes et s'aperçut que son jean commençait à le serrer à l'entrejambe. En découvrant le contenu de la cinquième il ne put s'empêcher d'émettre un sifflement aigu.

— On peut se faire une véritable fortune avec ça. Si on s'y prend bien...

Avec un rire gras, Jason remit les photos dans la boîte et la referma. Il n'entendit pas les pas qui se rapprochaient quand il se redressa en serrant son butin contre lui, seulement le sifflement de l'air. Sous la violence du coup, son crâne ne résista pas plus qu'une vulgaire balle de ping-pong.

Léa essuya la buée du miroir de la salle de bains avec une serviette de toilette et contempla le sang qui suintait de la vilaine blessure à son front.

Elle écarta rapidement l'idée qu'elle n'aurait peut-être pas dû prendre une douche. De toute façon, elle ne supportait plus d'avoir la tête crasseuse. Elle coiffa soigneusement en arrière ses cheveux humides et s'enroula dans une serviette qu'elle noua sur la poitrine.

La pendule murale affichait à peine 6 h 15. Elle se glissa hors de la salle de bains, traversa le couloir sur la pointe des pieds et descendit l'escalier sans bruit.

Entre ses vêtements tachés de sang et ceux qu'elle avait salis en travaillant dans la maison, il ne lui restait plus rien à se mettre. D'autant qu'elle avait mis son linge à laver avant d'aller se doucher.

Quand elle entra dans la cuisine, Max gisait près de la porte de derrière. Encore endormi, il leva la tête et remua mollement la queue. Léa s'apprêta à entrer dans la buanderie. En reconnaissant le ronronnement du programme séchant, elle s'arrêta, la main sur la poignée de la porte.

— J'espère que tout pouvait aller au séchage, lança une voix masculine derrière elle.

Mick. Elle sentit son corps tressaillir de plaisir. Tournant la tête, elle le vit à l'entrée de la cuisine. Il avait l'air de quelqu'un qui vient de sauter du lit. Il ne portait pas de chemise, et elle remarqua, non sans un certain trouble, qu'il avait oublié de boutonner la ceinture de son short kaki.

— J'espère que tu ne m'en veux pas d'avoir utilisé ta machine. Je n'avais plus rien de propre et...

Se rappelant les mots qu'il lui avait murmurés la veille, elle dut s'agripper à la poignée et mit machinalement la main sur le pli qui retenait sa serviette. N'avait-il pas parlé de la déshabiller ?

— Inutile d'aller chercher tes vêtements, répliqua-t-il calmement. Ils ne sont sûrement pas secs.

— Je ne voulais pas te réveiller.

Elle admira sa carrure d'athlète. Le travail avait développé la musculature de ses bras et de ses épaules. Son ventre était ferme, son torse celui d'un homme mûr.

— Tu ne m'as pas réveillé, c'est l'heure à laquelle je me lève. Mais j'ai besoin d'une bonne dose de caféine avant de passer sous la douche.

Il traversa la cuisine et entreprit de préparer du café.

— Tu as mal dormi ?

— Plutôt... J'étais un peu... préoccupé. Et toi ?

— J'ai sombré d'un seul coup, mentit-elle.

Le regard qu'il lui lança par-dessus son épaule la fit rougir jusqu'à la racine des cheveux. Elle eut brusquement conscience de sa nudité sous sa minuscule serviette.

Elle tourna la poignée de la porte et fit un pas dans la buanderie.

— Il doit bien y avoir un vêtement que je pourrais enfiler.

— Je ne pense pas.

Posant la cafetière sur la cuisinière, il se tourna vers elle.

— Pendant que tu attends ton linge, je vais m'occuper de tes points de suture.

Elle hésita entre s'enfermer dans la buanderie et se jeter sur lui à l'instant même, au beau milieu de la cuisine. Jamais elle n'avait ressenti un désir aussi impérieux. Elle respira profondément à plusieurs reprises, afin de se calmer.

Il tira une chaise de dessous la table et lui fit signe de s'asseoir.

— Viens. Vue d'ici, ta blessure n'est pas très jolie.

Pendant qu'il cherchait la trousse à pharmacie, elle s'obligea à avancer jusqu'à la chaise. Le bois tendre et froid la saisit au niveau des cuisses, et elle vérifia que la serviette était bien rentrée au-dessus de ses seins. La rejoignant, Mick posa la trousse sur la table. Léa tressaillit légèrement lorsqu'il appliqua une compresse stérile contre sa blessure.

— Ne sois pas si douillette. Je ne fais que désinfecter.

— J'ai déjà entendu ça. Je te rappelle que tu n'es pas censé m'enlever les points.

— Oups, fit-il, très pince-sans-rire. Vous auriez dû me le dire plus tôt, chère madame...

Elle lui donna une tape sur la jambe, regrettant aussitôt son geste. Il avait la peau tiède et, à sa ceinture, juste à hauteur de ses yeux, elle devinait la naissance de ses poils pubiens.

Fermant les yeux, elle pria pour que le feu qu'elle sentait s'allumer entre ses jambes s'éteigne rapidement.

Pendant ce temps, Mick nettoyait les points d'une main calme et assurée.

— Quel est ton programme, aujourd'hui?

Elle lut soulagée qu'il revienne en terrain neutre.

— Je dois d'abord rapporter le matériel chez Doug.

— Tu n'en as plus besoin ?

— Pour le moment. J'ai été un peu trop ambitieuse en préparant mon programme. La prochaine fois, je ne louerai pas tous les appareils en même temps.

— Bon, je m'en charge, si tu veux bien.

Sa serviette se dénouait. Léa remua nerveusement sur sa chaise et la remit en place.

— Je peux me débrouiller...

— De toute façon, je dois y passer ce matin.

Il tendit le bras afin d'attraper un tube de crème désinfectante.

— Qu'est-ce que tu veux faire avec cette crème ?

— Je suis ouvert à toutes les suggestions...

Elle se mordit la lèvre pour ne pas sourire et grimaça quand il appliqua l'onguent sur sa blessure. Ça brûlait un peu.

— Je leur dois de l'argent. J'aurais dû tout rapporter hier après-midi.

— Raison de plus pour que je m'en charge. Tu as pris du retard parce que tu as été agressée. Ils peuvent faire un geste. Laisse-moi m'en occuper. Je travaille beaucoup avec Doug. Lui et moi, on se comprend.

Comme elle secouait obstinément la tête, il lui prit le menton et l'obligea à le regarder droit dans les yeux.

— Tu as du pain sur la planche, cette semaine. Si tu refuses l'aide d'un ami, peut-être accepteras-tu celle d'un homme qui n'a d'yeux que pour toi ?

— C'est à cause de la serviette, n'est-ce pas ?

— Je dirais plutôt que c'est ce qui se cache sous la serviette qui m'intéresse.

Il lui lâcha le menton.

— C'est bon. Tu peux rapporter le matériel, capitula-t-elle d'une voix rauque.

Elle essayait de toutes ses forces de ne pas regarder son bouton de braguette défait — ni plus bas.

— Et qu'as-tu prévu, à part ça? insista-t-il.

— Je dois appeler Sarah Rand.

Elle essaya de se concentrer sur ses mains qui enlevaient la bande de protection d'un pansement adhésif.

— Il faut aussi que j'aille jusqu'à Doylestown pour prendre quelques affaires dans ma chambre de motel.

Elle décida de ne pas lui parler de son rendez-vous sur le banc, devant l'entrée principale du parc, à 10 h 30. Il n'approuverait sûrement pas qu'elle rencontre le dingue qui lui écrivait des lettres depuis plusieurs mois.

Leurs jambes se frôlèrent alors qu'il s'appliquait à placer le pansement adhésif sur ses points. Malgré elle, son regard revenait sans cesse vers le devant du short. La bosse qui surmontait l'une des jambes était un peu trop proéminente. Elle avala péniblement sa salive.

— B-beaucoup… de…

— Il y a un problème ? demanda-t-il d'une voix malicieuse qui ne fit que la troubler un peu plus.

— Non, pas du tout!

Elle se reconcentra sur ses mains et sur la bande de gaze qu'il déroulait.

— Je voulais dire que beaucoup de choses vont dépendre de l'issue de ma conversation avec Sarah Rand.

— Je vais te mettre un nouveau bandage. Il vaut mieux ne pas laisser les points à l'air tant que tu n'auras pas vu un médecin.

— Tu as raison.

Se plaçant derrière elle, il commença à enrouler la bande autour de son crâne.

— Penche-toi en arrière.

Sa tête s'appuya contre un ventre chaud et ferme. Elle sentit une douce tiédeur la submerger.

— Veux-tu que je te prenne un rendez-vous avec le médecin de Heather? Ne t'inquiète pas, ce n'est pas un pédiatre…

Elle avança un peu la tête pour l'aider, puis l'appuya de nouveau contre son ventre.

— Oui, bien sûr. Attention, tu descends trop bas sur le front.

Elle posa la main au-dessus de ses sourcils.

— Il faut quand même que j'y voie.

— Je croyais que le style momie était à la mode, cette année.

Il défit un peu la bande et la replaça plus haut. Léa s'assura que ce n'était ni trop serré ni trop lâche.

— Tiens le bout, je vais mettre du sparadrap pour l'attacher.

Elle s'exécuta et le regarda en couper un morceau. Quand il l'eut soigneusement ajusté, elle lâcha la bande.

— Tu veux bien que je t'emmène jusqu'à ton motel, à Doylestown ?

— Je peux conduire, Mick. Tu as ton travail et…

— On irait à l'heure du déjeuner.

— Ça ferait une longue pause déjeuner…

Sa serviette glissa de nouveau. Comme elle levait les mains pour la rajuster, Mick l'arrêta.

— Laisse.

Il se pencha vers clic. Son souffle chaud sur ses épaules nues la fit frissonner. Il sc mit à l'embrasser et à la mordiller doucement dans le cou.

— Tu me rends fou. J'ai envie de toi, murmura-t-il d'une voix enrouée à son oreille.

Il lui prit les mains et les noua derrière sa nuque. Elle ferma les yeux, apaisée par la douceur envoûtante de sa voix.

— Ouvre les yeux, Léa. Regarde comme tu es belle.

Elle ouvrit les yeux et vit le pan de serviette à moitié défait, et ses seins qui se soulevaient et s'abaissaient en rythme comme s'ils cherchaient à s'échapper de leur carcan. Mick lui grignota le lobe de l'oreille tandis qu'elle fourrageait dans ses cheveux. La serviette glissa tout à fait et descendit mollement autour de sa taille.

Ses mains puissantes allèrent chercher ses seins et les soulevèrent légèrement, pendant que son pouce caressait la pointe dressée. Tournant la tête, il rencontra sa bouche avide. Ils s'attachèrent l'un à l'autre dans une frénésie de désir — goûtant, prenant, donnant. Son souffle se fit haletant lorsqu'il abandonna sa poitrine pour descendre jusqu'au mont de Vénus. Elle se souleva de la chaise et, alors que leurs bouches poursuivaient leur duel, les doigts de Mick vinrent fouiller les replis humides de son entrejambe. Elle se tourna légèrement puis, passant une main dans le short, referma les doigts sur son pénis qui palpitait.

A présent, ils ne pouvaient plus reculer. Léa eut juste le temps d'attraper la serviette, tandis qu'il l'emmenait dans la buanderie et fermait la porte derrière eux.

Il lui lécha le bout des seins pendant qu'elle se débattait avec la fermeture éclair de son short. Le programme de séchage ronronnait toujours, couvrant leurs soupirs et leurs gémissements d'impatience.

— Je sais que je t'avais promis de prendre mon temps, dit-il en la soulevant afin de l'asseoir sur la machine.

— La lenteur, je trouve ça un peu surfait.

Comme elle lui entourait la taille de ses jambes, il la pénétra et elle le retint en elle avec ses bras, ses jambes, sa bouche. Jamais elle ne s'était sentie vibrer comme en ce moment.

Il passa les mains sous ses fesses et se mit à bouger calmement, profondément. Léa vint à sa rencontre, se balançant d'avant en arrière sur la machine tiède pour le recevoir, le pousser en elle, toujours plus loin. Ils s'ajustaient à merveille. Peu à peu, Mick fit monter en elle un frisson presque insupportable. Il se mit à gémir à son oreille, sans retenue. Un gémissement venu du plus profond de lui-même.

Elle cria de plaisir et le sentit se raidir, comme si l'orgasme explosait en lui au même moment. Ils demeurèrent cramponnés l'un à l'autre, enchevêtrés.

La minuterie de la machine sonna. Le linge était sec.

Chapitre Dix-Huit

— J'ai quelqu'un à voit dans le centre-ville, ça ne sera pas très long. Tu es sûre que tu ne connais personne qui puisse rester avec toi pendant ce temps?

— Arrête de t'inquiéter! s'écria Heather.

Elle attrapa Léa par l'épaule et la poussa vers la porte.

— Grouille-toi. Papa a dit qu'il passerait te prendre à midi. Tâche d'être revenue à temps.

Léa s'arrêta.

— En tout cas, tu ne resteras pas seule cet après-midi. Tu vas venir avec nous à Doylestown. Tu déjeuneras avec ton père pendant que j'irai au motel rassembler mes affaires.

— Mauvaise réponse, chère madame. Mais merci d'avoir joué avec nous, plaisanta Heather en lui ouvrant la porte. Je resterai ici et j'en profiterai pour donner quelques coups de fil à des amis pendant que vous passerez un moment en amoureux.

Sur le pas de la porte, Léa se retourna.

— Heather, je... je ne suis pas tranquille. N'oublie pas qu'un salaud m'a assommée.

Heather lui lança un regard incrédule.

— Il fait jour, nos bons voisins sont réveillés et montent la garde devant leurs fenêtres. Léa, j'ai quinze ans, un chien féroce pour me protéger, et je mesure bien quinze centimètres de plus que toi.

— Tu plaisantes! Avec tes semelles compensées, peut- être.

Heather se redressa de toute sa hauteur et baissa les yeux vers elle.

— Sans compter que mon allure est suffisamment impressionnante pour foutre la trouille à bien des gens.

Léa se jeta à son cou.

— Je ne suis pas d'accord avec cette description.

Cette démonstration d'affection la prit par surprise, mais, loin de la repousser, Heather lui rendit son étreinte.

Puis elle s'écarta avec brusquerie.

— Allez, file.

— Je te laisse mon téléphone portable, déclara Léa en lui fourrant l'appareil dans les mains. Laisse-le allumé et prends-le avec toi si tu sors de la maison. Et ne t'occupe pas des travaux, on s'y mettra ensemble.

— File!

Heather dut la pousser dehors. Elle resta sur le pas de la porte à la regarder s'éloigner, tout en retenant Max par son collier.

— Il est temps d'aller bosser, annonça-t-elle au chien quand Léa eut disparu.

Tout excitée, elle fonça à l'étage, dans sa chambre.

Depuis qu'elle avait lu cet article sur Léa, elle avait décidé de l'aider. La jeune femme avait eu la vie dure, ces dernières années. Elle s'était occupée de sa tante malade, et maintenant, elle se débattait pour tirer son frère d'une situation inextricable dont il ne sortirait probablement jamais. Elle soutenait les siens sans jamais rien demander pour elle-même. Elle méritait que quelqu'un s'occupe d'elle. Heather voulait lui faire un cadeau.

Un vieux jean l'attendait déjà sur son lit. Elle se changea rapidement et enfila un T-shirt blanc. Jetant un coup d'œil dans le miroir, elle découvrit une inconnue.

C'était étrange de voir cette nouvelle Heather lui sourire dans la glace.

Sans la lâcher d'une semelle, Max la suivit jusqu'au sous-sol où elle prit des gants de travail et une toque de peintre. Fin prête, elle accrocha le téléphone portable de Léa à sa ceinture et sortit en courant par la porte de derrière, précédée du chien.

Le matin, quand elle avait compris qu'entre son rendez-vous en ville et le voyage à Doylestown Léa n'aurait pas le temps de travailler dans sa maison, elle avait eu une idée : peindre la grande pièce du rez-de-chaussée sans l'avertir. Génial.

Les sacs poubelle et les vieux tapis s'entassaient près du grand hangar, au fond de l'allée, avec tout le bric-à-brac qui venait de la maison.

Heather avait rappelé ce matin à son père qu'il devait s'en occuper, et il avait promis d'envoyer quelqu'un dans la journée.

Elle entra par la porte de derrière, suivie de Max. L'endroit avait l'air plus convenable depuis qu'elles y avaient fait le ménage. Heather trouva les pots de peinture, les rouleaux et les brosses entreposés dans la salle à manger. Heureusement, Léa avait pris une seule couleur pour toute la maison — coquille d'œuf, la teinte la plus passe-partout —, de sorte qu'elle ne risquait pas de se tromper.

Max la suivit au sous-sol. La veille, elle y avait vu de vieux draps et couvertures qui puaient un peu le moisi, mais qui protégeraient parfaitement le sol.

Lorsqu'elle remonta au rez-de-chaussée, le chien resta en arrière à se délecter des odeurs de la cave. Elle laissa tomber son baluchon dans le petit salon, secoua un grand drap décousu et pénétra dans la pièce principale.

Elle n'avait pas fait un pas qu'elle poussa un cri et recula vivement, les yeux fixes sur le visage difforme collé à la vitre.

Presque aussitôt, Max apparut à son côté. Gênée, Heather s'appuya contre le mur le temps de reprendre son souffle. Elle venait de reconnaître Chris Webster qui lui adressait des signes de l'autre côté. Max se jeta sur la porte en aboyant furieusement.

— Désolé, je ne voulais pas t'effrayer, fit la voix lointaine de Chris.

Heather le comprit à peine tant le chien grondait. Elle secoua la tête et traversa la pièce pour lui ouvrir.

— Tu m'as fichu une de ces trouilles, Chris!

Max aboyait toujours comme un fou et elle dut le tenir par son collier.

— Je ne savais pas s'il y avait quelqu'un, s'excusa Chris, d'un air coupable.

Il demeurait à distance respectueuse du chien, près des marches défoncées de la véranda.

— La moindre des politesses quand on arrive quelque part, c'est de frapper. On ne met pas le nez aux carreaux pour regarder à l'intérieur.

— J'avais des fleurs à livrer pour mon patron et...

— Tu travailles chez le fleuriste ?

— Non, à la pharmacie, répondit-il en essayant de couvrir les aboiements furieux de Max.

Il jeta un regard méfiant du côté de l'animal.

— C'est M. Rice, le pharmacien, qui m'envoie porter des fleurs à Mlle Hardy. Je devais les déposer en faisant ma tournée de livraison des médicaments.

Si, deux jours plus tôt, clic avait pris Andrew Rice en grippe à cause de cette histoire de cachets qu'il n'avait pas voulu lui délivrer, il fut réhabilité d'un seul coup. Mais pourquoi envoyait-il des fleurs à Léa? Elle décida de rester neutre. Le geste ne signifiait sans doute rien de particulier, et surtout pas que le pharmacien avait des vues sur elle. Peut-être cherchait-il juste à se montrer aimable.

— Alors, où sont-elles ?

Chris parut ne pas comprendre.

— Les fleurs, Chris ?

— Oh! Ne bouge pas. Je vais les chercher.

L'adolescent sauta avec aisance par-dessus les marches et rejoignit son vieux break garé devant la maison. En voyant le panier de fleurs sauvages qu'il sortait de la voiture, Heather rendit mentalement hommage au goût du pharmacien.

— Je les mets où ?

— Porte-les à l'intérieur.

Il lança un regard méfiant en direction du chien qui grognait toujours.

— N'aie pas peur. Il ne mord pas.

Elle recula en tirant le chien par le collier de façon à lui laisser le passage.

— Pose-les ici. Dans le salon. Oui, voilà, près de la fenêtre.

Dès qu'il eut posé les fleurs, elle lâcha Max qui se précipita sur Chris et se mit à lui renifler les baskets et les mains.

— Il adore sentir les gens. Tu peux le caresser, si tu veux. Il ne te fera rien.

Mais Chris fourra ses mains dans ses poches. Heather le considéra posément. Elle se sentait dans de meilleures dispositions que l'autre jour. Décidément, il était devenu plutôt mignon. Il était grand, presque aussi grand que son père, le pasteur de l'église presbytérienne. Et plutôt baraqué et musclé. Mais il y avait plus que ça : il ne manquait pas d'aplomb. S'il n'était pas ravi de l'attention que lui manifestait le chien, au moins n'en avait-il pas peur.

— Désolée, je n'ai pas un sou sur moi, s'excusa-t-elle. Je ne peux même pas te donner un pourboire.

Elle avait dit ça histoire d'entamer la conversation. Il secoua la tête en souriant de toutes ses dents.

— Au fait, qu'est-ce que tu fabriques ici?

— Je travaille.

Elle s'empara d'un autre drap et le secoua vigoureusement.

— Je nettoie, je peins, je bricole un peu. Je fais ce qu'il y a à faire, quoi.

— Ton père rénove cette baraque minable?

— Non, c'est moi qui aide Léa. On bosse ensemble ici. Et c'est pas une baraque minable.

Il ouvrit de grands yeux.

— Enfin, ça n'en sera plus une quand on aura terminé.

Il se mit à déambuler au rez-de-chaussée pour visiter les autres pièces. Heather fit signe à Max de s'asseoir et de cesser de le renifler sous toutes les coutures.

— C'est donc vrai ce qu'on raconte. Elle a l'intention de rester.

Heather aurait bien voulu. Elle hocha la tête quand il la regarda par-dessus son épaule d'un air interrogateur.

— On dirait bien, répondit-elle seulement.

— Ah, voilà la célèbre cuisine...

Il s'arrêta prudemment sur le pas de la porte et contempla la pièce.

— Bizarre qu'elle ne meure pas de trouille chaque fois qu'elle met un pied là-dedans.

Le commentaire mortifia Heather.

— Je ne vois pas pourquoi elle aurait peur, rétorqua-t-elle sèchement. Ça s'est passé il y a vingt ans. Et puis, tu sais, elle a la tête sur les épaules. Bien plus que beaucoup d'entre nous.

Il se tourna vers elle.

— Ce n'est pas ce qu'on raconte.

— Tu fais allusion aux racontars qui circulent dans cette ville de minables? Qu'est-ce qu'ils en savent, les gens? Léa est partie quand elle avait onze ans. Depuis, elle a fait du chemin. Tu as lu l'article qui lui était consacré dans le journal d'hier?

Il secoua la tête.

— Je répétais juste ce que tout le monde dit.

— Eh bien, tu aurais dû te taire. On n'a pas le droit de colporter n'importe quoi à son sujet, sous prétexte que c'est une Hardy.

Emportant les draps et les couvertures dans la pièce principale, elle les étala sur le parquet. Chris la suivit, mais s'arrêta sur le seuil.

— Pas besoin de le prendre comme ça, Heather. Les gens font toujours des commérages.

— Non, ce n'est pas vrai.

Du bout de sa chaussure, elle ajusta le bord d'une couverture contre le mur.

— La dernière fois que je suis venue ici, je n'étais ni sourde ni aveugle. J'ai vu la façon dont vivait Marilyn.

— De quoi tu parles ?

— Tu sais très bien de quoi je parle. Tout le monde le voyait, en ville. Mais pas question de dire du mal d'une fille qui venait d'une des plus vieilles familles de Stonybrook. C'était une vraie pute. Seulement, personne n'aurait osé…

Elle s'arrêta net devant l'expression de Chris. Elle ne l'avait pas vu traverser la pièce pour aller à sa rencontre. Ses yeux bleus pétillaient.

— Tu es encore plus mignonne que quand tu es partie.

— Je…

— Dire que je te prenais pour une minette, à l'époque.

Il étendit le bras et caressa doucement les anneaux qui ornaient ses oreilles.

— Tu étais sérieuse, l'autre jour, quand tu m'as dit que je devais te considérer comme définitivement indisponible?

Un frisson la parcourut quand ses doigts vinrent effleurer son cou, juste sous l'oreille.

Comme elle ne répondait pas, il fit glisser sa main le long de son dos, jusqu'à la ceinture de son jean taille basse.

— Je… J'étais plutôt de mauvais poil, l'autre jour.

Lui échappant, elle recula de quelques pas vers la porte. Elle avait chaud, elle se sentait excitée. Il s'approcha encore, et elle lui tourna le dos.

Tout à coup, elle eut l'impression de ne pas faire le poids en face de lui. Il lui semblait maintenant plus vieux et plus expérimenté qu'elle ne l'aurait cru. Il avait beaucoup changé.

— J'ai des tonnes de choses à faire, Chris, répliqua-t-elle en lui lançant un regard par-dessus son épaule. Je crois qu'il vaudrait mieux que tu t'en ailles.

De nouveau, il avait enfoui ses mains dans ses poches.

— Tu pourrais sortir ce soir?

Elle hésita.

— T'inquiète pas, Heather…

Il avait un regard tendre et doux. Elle revit l'adolescent qu'elle connaissait.

— On irait au cinéma et je te ramènerais chez toi.

— O.K., répondit-elle impulsivement. J'ai rendez-vous chez le médecin à 17 heures. Viens me chercher chez moi à 18 h 30.

En passant la porte d'entrée, il se retourna pour lui adresser un sourire rayonnant, puis il disparut.

Elle commençait à le trouver vraiment intéressant.

―――

— Ce n'est plus la femme que j'ai épousée. J'ai peine à croire qu'elle soit la mère de mes enfants.

— Je sais que c'est difficile à avaler.

L'avocat ramassa le rapport du détective privé que Ted venait de lire.

— Quand on divorce de quelqu'un qui a de l'argent et qui connaît beaucoup de monde, mieux vaut être préparé.

Préparé! Ils étaient plus que préparés! Il y avait assez de saletés là-dedans pour enterrer cette femme à jamais. Et en ce moment, après tout ce qu'elle lui avait fait traverser, c'était justement ce qu'il souhaitait : l'ensevelir pour toujours.

Chapitre Dix-Neuf

LÉA TRAVERSA le centre-ville en prenant son temps. Elle avait besoin de réfléchir, de s'éclaircir les idées, tellement les sentiments se bousculaient en elle. Tout lui paraissait de plus en plus compliqué.

Elle s'arrêta pour acheter le journal. La femme à la caisse se souvenait d'elle et se montra particulièrement amicale. Ensuite, Léa fit une halte à la poste où elle se procura des timbres. Pourtant, malgré tous ses efforts, elle arriva quand même à son rendez-vous avec un quart d'heure d'avance.

Elle passa lentement devant l'entrée du parc et devant le banc. Pas vraiment discret, cet endroit. Comme elle n'avait pas envie de s'asseoir et de sursauter chaque fois qu'un passant s'approcherait, elle décida de poursuivre son chemin jusqu'au carrefour en feignant d'admirer les vitrines. Tout au bout, au loin, elle remarqua un homme d'âge mûr, plutôt chic. Il traversa la rue précipitamment avec un journal sous le bras et passa sans la regarder. Chauve et doté d'un léger embonpoint, il lui parut vaguement familier. Elle ralentit de façon à mieux l'observer.

Puis elle se souvint. Elle l'avait vu au tribunal, pendant le procès.

Aujourd'hui, il marchait un peu voûté, comme si toute la misère du monde pesait sur ses épaules. Elle le vit sortir des clés de sa poche et ouvrir la porte du Hughes Grille.

C'était donc un Hughes. Pas celui qui tenait l'établissement lorsqu'elle était enfant, mais son fils, probablement.

Jetant un coup d'œil par-dessus son épaule en direction du banc, elle se demanda si lui aussi haïssait Marilyn.

Elle fit demi-tour et remonta la rue. Il n'y avait pas beaucoup de circulation. Elle reconnut au passage la Cadillac grise de Stéphanie garée devant la Franklin Trust Bank.

Cette banque appartenait depuis près de trente ans à Bob Slater qu'elle avait épousé après un an de veuvage. Marilyn était la fille de son premier mari, Charlie Foley, un homme très riche qui possédait le moulin et qui avait fini par s'approprier tout ce qui avait de la valeur à Stonybrook. Il était mort en léguant un joli magot à sa femme et à sa fille.

Durant les années de vie commune de Ted et Marilyn, Léa avait rencontré Bob et Stéphanie une demi-douzaine de fois — en général à l'occasion de Noël ou de l'anniversaire d'une des petites. Elle les avait trouvés froids, comme s'ils tenaient à garder leurs distances avec la famille Hardy. Mais, au fil des années, Stéphanie s'était mise à apprécier Ted. Au moment de la séparation du couple, c'était lui qu'elle avait soutenu. Et pourtant, elle refusait de croire en son innocence. Léa ne s'expliquait toujours pas pourquoi.

Elle inspira profondément. L'heure de son rendez-vous avait enfin sonné. Elle s'installa à l'une des extrémités du banc et ouvrit son journal. Tout en feignant de lire, elle surveilla discrètement les va-et-vient dans la rue. Étrange sensation que de se retrouver dans ce lieu familier sans y connaître personne. Vingt ans d'absence, c'était beaucoup... Pas étonnant qu'elle ne comprenne rien à ces étranges lettres. Elle arrivait vraiment comme un cheveu sur la soupe, dans cette ville.

Elle plongea la main dans son sac et relut le dernier message :

> « Soyez lundi matin à partir de 10 h 30 sur le banc près de l'entrée principale du parc. Je vous renseignerai sur les gens qui haïssaient Marilyn. Ils étaient nombreux. »

— Léa!

Elle replia précipitamment la feuille et la fourra dans son sac avec l'enveloppe. Une plantureuse rousse un peu plus âgée qu'elle traversait la rue dans sa direction. Maquillée avec soin et coiffée à la dernière mode, elle était moulée dans un caleçon et un petit haut noirs — une tenue qui soulignait ses courbes avantageuses. Léa la regarda approcher avec une curiosité grandissante.

— Vous êtes bien Léa Hardy, n'est-ce pas?

Posant le journal sur le banc, elle hocha la tête avec hésitation. La jeune femme avançait vers elle en tendant déjà la main et la dévisageait avec des yeux verts plutôt amicaux.

— Sheila. Sheila Desjardins. J'étais au lycée avec ton frère. Tu te souviens de moi ?

Léa se leva en souriant et lui serra la main.

— Je crois. Tu habitais à deux ou trois rues de chez nous et tes parents avaient un vieux saint-bernard qu'on voyait toujours dormir à l'ombre, devant la porte du garage.

— C'est ça!

La jeune femme semblait ravie.

— Mes parents ont vendu la maison en 1993 pour aller s'installer en Floride. J'aurais bien voulu l'acheter, mais ça m'aurait fait des mensualités trop élevées. Je suis célibataire, je vis avec un seul salaire. Mais je loue un appartement dans la même rue, un peu plus loin. Tu attends quelqu'un ? Je peux m'asseoir avec toi ?

— Bien sûr.

— On est très bien ici. Et on voit tout.

Sheila examina rapidement les gens qui circulaient dans la rue et s'installa près de Léa en croisant les jambes.

— Tu dois sûrement te demander ce que je fais dehors, sans même un sac à main ?

— Non, je n'avais même pas remarqué, mais...

— Mon rendez-vous coupe-couleur-permanente a appelé pour se décommander à la dernière minute. Tu te rends compte du culot ?

— En effet...

— Au début, ça m'a mise hors de moi... Et puis j'ai jeté un œil à travers la vitrine et je t'ai vue passer. J'ai eu envie de traverser pour te saluer. Mon salon de coiffure est juste en face.

Léa suivit du regard la direction de son doigt.

— Desjardins Hair Impressions. Rich prétend que c'est trop long, mais je m'en moque. Depuis trois ans que je tiens ce salon, aucun client ne s'en est jamais plaint.

— Et ce rendez-vous annulé à la dernière minute? Tu ne crois pas que ça pourrait être à cause du nom ?

Léa se félicita de son trait d'humour — et surtout d'avoir réussi à aligner plus de deux mots.

La jeune femme parut d'abord interloquée, puis elle comprit et écarquilla les yeux d'un air faussement horrifié.

— Tu crois vraiment?

— Qui sait? Nous sommes à Stonybrook, ne l'oublie pas.

Sous ses sourcils finement épilés, Sheila avait de petites rides au coin des yeux quand elle souriait, nota Léa.

— Tu sais, tu es bien mieux au naturel que sur la photo du journal. Je te trouve très jolie. A part ce truc, sur ta tête. Quand est-ce qu'on te l'enlève?

— Les points de suture, dans dix jours. Mais il va falloir que je garde un pansement.

Elle s'interrompit. Elle venait de remarquer que Sheila ne lui avait pas demandé comment elle s'était blessée.

— Tu as l'air au courant...

— Chérie, je suis toujours au courant de tout, répliqua la jeune femme avant de baisser la voix. Ça fait plusieurs années que je supporte le chef de la police comme amant. Rien de ce qui se passe dans ce bled ne m'échappe. Mais...

Elle posa la main sur le genou de Léa.

— N'en veux pas à Rich s'il est un peu bavard. Tu sais, il a un petit problème pour se retenir... Surtout quand je porte le truc léopard que j'ai acheté par correspondance dans un catalogue. Une fois, je l'ai accompagné chez sa sexologue et elle m'a dit que je devais l'aider à se décontracter — on est prêt à tout, hein, pour sauver sa vie sexuelle ? — en le faisant parler pendant que nous...

— Sheila, vraiment, je ne pense pas que...

— Et ça marche, figure-toi. Quand il est occupé à raconter, il peut se retenir pendant des heures.

— Sheila, je t'en prie.

— D'accord, mon chou. Mais tu sais, Rich ne fait que me raconter ce que tout le monde sait. Dans cette ville, ils sont plus d'un à posséder une CB branchée sur la fréquence des flics. Je croyais qu'avec les chaînes porno sur le câble, les choses se seraient un peu améliorées. Penses-tu... Stonybrook regorge de voyeurs qui passent leur temps à s'occuper des affaires des autres. Mais je ne les fréquente pas.

Léa se demanda si elle avait vraiment envie d'entendre les confidences de la petite amie de Rich Weir. Mais Sheila ne lui laissa pas le choix.

— J'ai déjà eu le compte rendu détaillé de quarante-quatre tentatives de viol dans des parkings, six conduites en état d'ivresse, un vol dans un véhicule qui n'était pas fermé à clé. Et puis, voilà deux semaines, ils ont surpris deux adolescents en pleine action dans une voiture de police garée près de ce bâtiment, là-bas. La porte était grande ouverte, alors les deux gamins sont montés... Quand Rich m'a raconté ça...

Léa jeta un coup d'œil en direction du commissariat, un peu plus bas, sur le trottoir d'en face. Elle se demanda ce que penserait Rich Weir s'il savait qu'une Hardy avait droit en ce moment même à des révélations concernant ses petits problèmes sexuels.

— Un vrai miracle.

Un sourire malicieux entrouvrit les lèvres impeccablement maquillées de Sheila.

— On l'a d'abord fait une fois chez moi, et ensuite, je lui ai demandé de m'emmener là où ils avaient trouvé les adolescents. Ça a été un coup formidable, le meilleur depuis longtemps.

Elle fit mine de s'éventer avec ses mains et balaya rapidement du regard la rue devant elle.

— Et toi, mon chou, comment ça va, de ce côté-là?

Léa en resta bouche bec.

— J'ai entendu dire que tu dormais chez Mick.

— Il m'a raccompagnée de l'hôpital, hier, avec Heather. C'est tout.

Léa tenta de ne pas penser à quel point ç'avait été bon, ce matin, dans la buanderie, ni aux promesses qu'il lui avait murmurées à l'oreille avant de partir travailler. Un diner, une chambre d'hôtel, ce qu'il brûlait de lui faire dans cette chambre. Et, cette fois, en prenant tout son temps.

— Ah ? Je croyais que tu étais chez lui.

— Oui, enfin, je dors dans la chambre d'amis. Je n'y ai dormi qu'hier, en fait.

Elle se demanda ce qui la poussait à répondre. Cette femme était bien curieuse... Tout ça ne regardait personne. Cela dit, c'était probablement un bon calcul de se confier à Sheila pour faire taire les rumeurs. Elle colportait les nouvelles bien plus vite que la gazette locale.

— C'est un chaud lapin, ce Mick, observa Sheila en s'éventant avec le journal de Léa. Toutes les femmes de Stonybrook ont rêvé un jour de se trouver à ta place, ma chère.

— Nous avons dormi sous le même toit, pas dans la même chambre.

— Bon, si tu le dis... Qui sait? En prenant de la bouteille, Mick devient de plus en plus difficile — et de plus en plus séduisant.

— Maintenant qu'il a une adolescente chez lui, il doit songer à sauvegarder les apparences et à se montrer discret.

Sheila la considéra un instant, le sourcil levé, puis elle haussa les épaules.

— C'est peut-être ça, mon chou. Et peut-être pas. Je crois plutôt qu'il en a assez de toutes ces minettes qui s'accrochent à lui. Il cherche autre chose. Il a trente-huit ans, et ses relations avec les femmes ont toujours été sur le même schéma. Il achetait, il donnait de sa personne, il prenait soin de ses compagnes. Lui se montrait aux petits soins, et elles, d'un égoïsme féroce. Il les gâtait et il n'avait rien en retour. Tu ne crois pas qu'il y a de quoi être écœuré?

Léa n'en perdait pas une miette. Sheila adressa un signe à une voiture de patrouille qui les dépassait lentement.

— Regarde son ex-femme, par exemple. Intelligente, élégante, mais capricieuse. Elle lui a mis le grappin dessus à l'université, elle s'est retrouvée enceinte et est restée avec lui le temps de finir ses études. Ensuite, elle l'a laissé tomber. Il y a dix ans, il se remettait tout juste de son divorce, et voilà qu'il rencontre... Devine qui ? La reine, la diva de ces lieux : Marilyn Foley.

Léa dut montrer sa surprise, car la jeune femme acquiesça d'un mouvement de tête sentencieux, comme pour appuyer ses paroles.

— Mais ne va pas t'imaginer des choses... C'était un an avant que Ted et Marilyn sortent ensemble. Mick a vite compris à qui il avait affaire. Il s'est débarrassé d'elle avant qu'elle ne plante trop profondément ses griffes. Ensuite, il a fréquenté quelques femmes qui m'ont paru un peu plus équilibrées que les deux premières, mais ça n'a pas changé grand-chose.

— Il a eu tant de femmes que ça ? s'enquit Léa sans pouvoir s'en empêcher.

Après tout, elle n'avait aucun droit sur lui, et encore moins sur son passé.

Sheila hocha la tête, l'air plein de sous-entendus.

— Il aurait pu en avoir plus encore. Il y a eu la présentatrice météo de la radio de Jersey, ensuite une avocate qui s'est envolée pour Washington D.C., puis celle qui travaillait ici, dans cette rue, dans un des laboratoires pharmaceutiques. Il y en a eu deux autres après. Je ne sais pas ce qu'elles sont devenues. En tout cas, il faut lui reconnaître une qualité, c'est qu'il ne choisit pas les plus bêtes.

Elle sourit en apercevant le couple qui traversait dans leur direction.

— Bonjour, révérend Webster. Bonjour, Pat. N'oubliez pas que je vous attends pour une coupe, cet après-midi.

Le révérend était un homme distingué avec des cheveux roux qui grisonnaient légèrement. Sa petite femme contempla durement Léa et entraîna son mari sans un mot.

— Qu'est-ce que je disais? reprit Sheila en se tournant vers Léa. Ah oui, je parlais de Mick. Je pense que ça fait un moment qu'il en a assez de ces relations qui n'aboutissent à rien. Depuis quelque temps, il sort de moins en moins. Mais qui pourrait l'en blâmer? La mer est infestée de requins...

Léa se sentit brusquement mal en songeant qu'elle venait à la suite d'une longue lignée de requins.

Jamais elle n'avait fait partie des gens qui prennent, mais maintenant elle ne s'en privait pas. Elle exposait Mick au danger — et peut-être même Heather. Rajustant ses lunettes de soleil, elle se tassa sur son banc. Elle aurait voulu pouvoir oublier ce qui s'était passé entre eux le matin.

— Joanna! Joanna!

La voix de Sheila la ramena à la réalité. Une fourgonnette grise, avec des fleurs des champs peintes au pochoir, venait de se faufiler dans une place libre, tout près de leur banc.

— Jo ! Par ici !

Une grande femme avec beaucoup d'allure —de longs cheveux noirs bouclés, une casquette à visière et une robe à fleurs — claqua sa portière et se tourna vers elles.

— Viens là, Jo. Je veux te présenter quelqu'un.

La femme passa son grand sac tressé en bandoulière et avança dans leur direction avec une réticence manifeste.

— Joanna Miller et sa sœur Gwen possèdent un magasin de fleurs. Elles y travaillent toutes les deux. Gwen est une véritable garce... et Jo a toujours été considérée comme quelqu'un à part, dans cette ville. Un peu comme toi.

Léa rougit violemment. Elle se leva et serra la main de la nouvelle venue, pendant que Sheila se chargeait des présentations.

— Vous n'avez pas été en classe ensemble. Jo est un peu plus jeune que toi, Léa. De toute façon, tu ne l'aurais jamais reconnue. Elle ne portait pas de soutien-gorge de cette taille quand tu es partie.

— Regarde un peu qui parle! s'exclama Jo. La reine des implants mammaires en personne!

Ses yeux marron dévisagèrent Sheila avant de se poser sur Léa.

— Méfiez-vous de cette femme. Elle pratique des tarifs exorbitants.

— En parlant de ça, intervint Sheila, tu aurais bien besoin d'une coupe.

Elle examina les pointes de ses cheveux avec désapprobation, puis se tourna vers Léa.

— Quant à toi, tu aurais besoin d'être revue de pied en cap. Regarde, Jo. Ces yeux, ces pommettes... Je l'imagine bien avec une coupe dégradée et une frange, un peu de maquillage... Elle ressemblerait à cette actrice... Comment s'appelle-t-elle, déjà? La femme de David Duchovny?

— Téa Leoni.

— C'est ça, dit Sheila aussitôt. Je peux m'occuper de toi cet après-midi, si tu veux, Léa.

— Merci, mais je crois que je vais devoir remettre ça à plus tard.

— Très bien, comme tu voudras, mais ne traîne pas trop.

Il faut tenir ton rang, maintenant que tu vis avec Mick.

— Je ne vis pas avec lui.

— C'est ça, mon chou...

Elle adressa un coup d'œil complice à Joanna.

— Elle habite chez Mick Conklin et elle voudrait me faire croire qu'elle ne joue pas au docteur avec lui.

— Vous habitez chez Mick? répéta Joanna tandis qu'une intense surprise se peignait sur son visage.

— Provisoirement.

— Oui, enfin... provisoirement, comme toi et Andrew qui vous envoyez en l'air depuis des années, répliqua Sheila en ignorant le regard furieux de Joanna.

— Sheila...

— Moi, au moins, je ne me cache pas.

Elle scrutait le trottoir d'en face. Rich Weir se dirigeait vers le salon de coiffure.

— Désolée, les filles, mais je dois y aller. J'ai l'impression que je vais y passer sur une table, dans l'arrière-boutique. J'espère qu'il a des trucs intéressants à me raconter. Enfin, suffisamment pour lui laisser le temps de faire les choses correctement. Je vous raconterai ça plus tard.

Abasourdie, Léa la regarda traverser la rue en toute hâte pour rejoindre son amoureux.

— Vous croyez vraiment qu'elle a l'intention de nous raconter la suite ? s'enquit-elle.

— Vous pouvez y compter.

Léa ne put s'empêcher d'éclater de rire. Se tournant vers Joanna, elle la vit sourire.

— Ainsi, c'est vrai ? Pour vous et Mick ?

Cette fois, elle rougit.

— Nous sommes de vieux amis. Des voisins de longue date.

Jo lui lança par-dessus ses lunettes de soleil un regard sans équivoque. Elle non plus ne la croyait pas.

— J'ai un truc tatoué sur le front, ou quoi? demanda Léa.

— Si Sheila le dit, c'est pire qu'un tatouage.

Les yeux de Jo lui parurent plus doux et plus amicaux quand elle ôta ses lunettes de soleil.

— Les fleurs vous ont plu ?

— Quelles fleurs ?

— Celles qu'on vous a apportées ce matin de la part d'Andrew Rice.

— J'ai dû partir avant qu'on me les livre.

Le commentaire de Sheila au sujet de Joanna et Andrew lui revint soudain à la mémoire.

— Andrew a racheté la pharmacie de mon arrière-grand- père. Nous étions amis du temps de notre enfance, mais ça fait longtemps que je ne l'ai pas vu. Pourquoi m'envoie-t-il des fleurs ?

— Je pense qu'il cherchait à me rendre jalouse, répondit Joanna, mélancolique. Je tiens à garder le secret sur notre relation. Il en souffre.

Léa se demanda pourquoi elles se sentaient tellement à l'aise l'une avec l'autre. Bah, le plus important n'était pas d'analyser le phénomène.

— Vous êtes dans une sorte d'impasse dont vous voudriez bien sortir? suggéra-t-elle.

Joanna secoua la tête avec conviction.

— C'est pour Andrew que je reste dans cette ville infecte. Il est tout pour moi, mais...

Brusquement, des hurlements résonnèrent dans la rue. Tournant la tête, elles s'aperçurent que cela provenait de la Cadillac. De la portière grande ouverte, elles virent sortir Stéphanie au bord de la crise de nerfs. Elle pleurait et hurlait, tout en serrant fermement un petit objet dans la main.

Plusieurs piétons curieux s'arrêtèrent à distance respectueuse, mais personne ne fit le moindre geste pour lui porter secours. La pauvre femme continuait à pousser des gémissements à fendre l'âme.

— Hanna!

Cette fois, Léa l'entendit parfaitement.

— Nous poursuivrons cette conversation un autre jour, déclara-t-elle en touchant distraitement le bras de Joanna.

Elle avança de quelques pas en direction de Stéphanie avant de s'arrêter, hésitante. Elle était probablement la dernière personne que la vieille femme avait envie de voir. Mais la pauvre semblait réellement désespérée. Appuyée contre sa voiture, elle s'essuyait les yeux d'une main.

Léa se souvint alors que quelqu'un lui avait donné rendez-vous, et elle balaya les alentours du regard. Son mystérieux informateur se trouvait peut-être parmi les passants. A l'entrée du parc, non loin du banc, un clochard ne perdait pas une miette du spectacle. Il avait les cheveux plus longs et était encore plus sale que dans son souvenir, mais elle le reconnut. C'était Dusty Norris. Il contemplait la scène avec un sourire mauvais.

— Hanna! Hanna!

Les cris de détresse de Stéphanie lui firent monter les larmes aux yeux. Quand Léa retourna de nouveau vers Dusty, il avait disparu à l'intérieur du parc.

— Hanna, où est ta sœur? Va chercher ta sœur.

Quelques voitures avaient ralenti, mais aucune ne s'arrêta. Depuis les fenêtres des maisons ou à travers les vitrines, les gens regardaient la vieille femme sans esquisser le moindre geste pour se porter à son secours.

Laissant de côté sa réserve, Léa traversa résolument la rue.

— Hanna!

Elle posa sa main sur le bras de Stéphanie. Celle-ci fit volte-face et la considéra.

— Auriez-vous vu mes petites-filles? Oh, c'est toi.

Dès qu'elle la reconnut, elle se mit à crier encore plus fort.

— Toi! Qu'as-tu fait à mes petites-filles? Rends-les-moi, monstre!

Léa ne recula pas.

— C'est moi, Stéphanie. C'est Léa.

— Tu les as tuées. Tu me les as prises.

— Je les aimais. Autant que vous. Stéphanie, ressaisissez-vous, je vous en supplie.

Elle la prit par le bras. Tremblant violemment, Stéphanie serrait contre sa poitrine un petit animal en peluche. Elle tenta faiblement de se dégager, mais Léa tint bon et l'attrapa par les épaules.

— Rends-les-moi, sanglotait-elle. Je veux mes petites.

— Moi aussi, je voudrais qu'elles reviennent.

Léa ouvrit la portière arrière de la Cadillac grise et la fit asseoir. Puis clic s'accroupit près de la voiture, sur la chaussée. Stéphanie regardait fixement le tigre en peluche. Les larmes teintées de mascara avaient laissé des traînées noires sur ses joues.

— Hanna est ici. Pas loin. Aide-moi à la trouver.

A présent, elle la suppliait. Elle serra fortement la main de Léa.

— Je t'en supplie. Il faut que tu la retrouves.

— Je le ferais si je pouvais, assura Léa en se mettant à pleurer, elle aussi. Hanna est partie, Stéphanie. Elle est au paradis, maintenant.

— Non, elle est ici. répliqua la vieille femme obstinément. Elle a déposé ça dans ma voiture.

Et elle lui mit le petit tigre en peluche dans les mains.

— Elle est ici. J'en suis sûre.

Hanna avait eu un tigre comme celui-ci. Mais on en vendait des milliers d'autres, identiques, à travers toute l'Amérique. Se redressant, Léa jeta un coup d'œil aux passants qui continuaient à contempler la scène avec une curiosité détachée. Elle se demanda lequel d'entre eux était assez cruel pour s'être livré à ce petit jeu.

— Tu la vois ? insista Stéphanie en lui agrippant le bras.

— Non.

Léa baissa les yeux vers elle et essuya ses larmes.

— Je crois qu'elle ne reviendra plus.

La vieille femme laissa échapper un sanglot déchirant, mais elle ne protesta pas. Sa main glissa le long du bras de Léa, elle lui pressa les doigts au passage et se laissa mollement retomber sur le siège.

— Je veux rentrer, dit-elle.

Léa sentit que quelqu'un lui posait doucement la main sur l'épaule. Elle se retourna, c'était Joanna.

— Je vais la raccompagner, proposa-t-elle.

Chapitre Vingt

LES VOITURES ROULAIENT AU PAS. Mick suivait sagement la file, tout en surveillant les trottoirs de la rue principale, au cas où Léa serait encore dans les parages. Il remarqua un petit groupe devant le Hughes Grille. Les gens semblaient captives par ce qui se passait en face. Au moment où la file de voitures s'arrêta, Mick découvrit un autre attroupement qui débordait sur la chaussée, juste devant l'immeuble de la Franklin Trust Bank.

Il allait descendre pour voir de quoi il s'agissait quand la foule s'écarta. La Cadillac grise de Stéphanie Slater s'apprêtait à se faufiler dans la circulation, Joanna Miller au volant.

La voiture qui le précédait avança, mais il ne la suivit pas. Il venait d'apercevoir Léa près de la Cadillac. Visiblement bouleversée, elle parlait à quelqu'un installé sur le siège arrière de la voiture. Il ouvrit aussitôt la porte de son 4x4 et alla à sa rencontre, sans se préoccuper du concert de Klaxon qui se déchaînaient derrière lui.

— Léa!

Surprise, elle se retourna. Ses yeux noisette étaient encore humides de larmes. Sans un regard pour les badauds qui les dévisageaient, il passa son bras autour d'elle.

— Que s'est-il passé ?

— Quelqu'un a fait une blague de très mauvais goût à Stéphanie Slater.

Elle s'agrippa à lui, la voix tremblante.

— On a déposé un jouet... Hanna avait le même... sur le siège avant de sa voiture. Elle ne cessait de réclamer Hanna. Elle était comme folle.

Elle frissonna et Mick la serra plus fort contre lui.

— Elle s'en est pris à toi, c'est ça ?

— Elle ne savait plus ce qu'elle disait, répondit-elle en secouant la tête. C'est gratuit et terriblement cruel de faire une chose pareille.

Autour d'eux, la foule commençait à se disperser. Mick savait que tout le monde les avait vus et que les langues iraient désormais bon train, mais il s'en moquait.

— On sait qui est l'auteur de cette sinistre blague?

Elle secoua de nouveau la tête. Puis clic s'écarta de lui. prise d'un brusque accès de timidité, et essuya ses larmes sous ses lunettes de soleil.

— Excuse-moi. Cette histoire m'a secouée. Qu'est-ce que tu fabriques ici ?

Sur la chaussée, les voitures continuaient à klaxonner derrière son *4x4*.

— Nous avions rendez-vous, tu ne te souviens pas? Viens.

Il la prit par la main et l'entraîna vers son véhicule. Les sourcils haussés, elle jeta un coup d'œil à sa montre avant de grimper devant Mick qui lui tenait la porte.

— Il n'est que 11 h 30. Comment as-tu su où j'étais?

Il contourna le 4x4, se mit au volant et passa la première.

— J'ai eu Heather au téléphone. C'est elle qui m'a renseigné.

— Elle va bien?

— Très bien. Tu lui as donné ton téléphone portable?

— Oui. Je ni inquiétais un peu à l'idée de la laisser seule.

— Sarah Rand a téléphoné peu après ton départ.

Léa ôta ses lunettes.

— C'est vrai ?

— Elle a dit à Heather que tu devais la rappeler...

Il sortit de sa poche le morceau de papier sur lequel il avait griffonné le numéro de l'avocate et le lui tendit.

— Heather m'a prévenu aussitôt.

— Elle veut sûrement m'annoncer qu'elle refuse.

Devant son angoisse, il lui prit la main.

— Mais non. Je suis sûr que c'est pour une bonne nouvelle. C'était toi qui devais l'appeler cet après-midi, non?

— Oui, mais je lui avais laissé mon numéro au cas où...

— Pourquoi prendrait-elle la peine de te téléphoner si elle n'avait pas l'intention d'accepter?

Elle n'eut pas l'air convaincue. Sortant son téléphone de sa ceinture, il le lui mit sur les genoux.

— Le mieux serait de lui poser directement la question.

— Ce sera plus pratique de chez toi, objecta-t-elle.

— On ne passe pas par la maison. On file directement à l'hôtel.

Elle lui lança un regard inquiet.

— Eh bien, je donnerai mon coup de fil de là-bas.

— Pas question. Je n'ai pas l'intention de gaspiller une seule minute du temps que j'ai à passer avec toi.

Il la regarda du coin de l'œil, elle avait rougi. Soudain, il la revit telle qu'elle était ce matin, nue et enroulée autour de lui. Après lui avoir fait l'amour dans la buanderie, il avait eu envie de la prendre dans ses bras et de l'emmener jusqu'à sa chambre pour recommencer. Mais il avait entendu couler beau dans la salle de bains de Heather et il avait dû remettre ça à plus tard.

— Mick, je suis très sérieuse...

— Moi aussi. J'ai eu un mal de chien à me concentrer sur mon travail, ce matin. J'avais autre chose en tête.

Il la vit sourire légèrement, mais il la sentait encore tendue.

— Je songeais à faire de la pub pour les programmes séchants des machines à laver. On pourrait concevoir des améliorations — un revêtement matelassé sur le dessus, des accessoires... Par exemple, des trousses à pharmacie avec beaucoup de gaze qu'on enroulerait autour de sa partenaire. Et des serviettes de toilette. Minuscules, les serviettes.

— Je suis partante.

Elle avait répondu tranquillement, et il sentit son corps s'enflammer de nouveau. Devant eux, le feu vira à l'orange. En d'autres circonstances, Mick aurait accéléré, mais il freina sagement et se pencha vers sa jolie passagère.

Elle poussa un cri de surprise quand il écrasa sa bouche contre la sienne, puis lui rendit son baiser avec une rage et une fougue égales aux siennes. Mick faillit se laisser emporter par le désir. Il fut vite rappelé à la réalité. A peine le feu passa-t-il au vert qu'un conducteur impatient derrière lui se mit à klaxonner.

Mick interrompit à regret leur baiser et prit l'embranchement en direction de Doylestown.

— Je crois que je vais battre tous les records de vitesse pour arriver à cette chambre d'hôtel.

— Bon. Il vaut mieux que j'appelle Sarah Rand tout de suite.

La main de Léa tremblait en composant le numéro. Pourtant, quand elle parla dans le téléphone, ce fut d'une voix assurée.

Tout en s'efforçant de se concentrer sur la route, il songea qu'elle avait décidément beaucoup de courage. Elle n'oubliait jamais son objectif en dépit de tout ce qui venait perturber sa vie — lui, aujourd'hui. Mais il ne regrettait rien, il était même prêt à recommencer. De plus en plus, il l'avait dans la peau. Et il aimait cette sensation.

Sarah devait beaucoup parler, car Léa ne disait rien. Après avoir raccroché, elle se tourna vers lui. Son expression était telle qu'il freina et arrêta son 4x4.

Elle défit sa ceinture et se jeta dans ses bras.

— Selon elle, tout n'est pas perdu. Et même, il y a matière à obtenir la révision du procès.

Mick la tint contre lui pendant un long moment, puis il s'écarta.

— Qu'a-t-elle dit d'autre ?

— Avant même de connaître les détails, elle pensait que l'absence de coopération de Ted et sa tentative de suicide suffiraient pour obtenir la révision du procès. Mais, à présent qu'elle a étudié les procès-verbaux, elle croit que la pitoyable défense de Browning est un argument de plus. Elle soupçonne le bureau du procureur de ne pas avoir transmis à la défense certains éléments concernant le meurtre de Marilyn. Il n'y a rien sur sa vie privée un peu particulière, jamais on n'a évoqué l'idée que quelqu'un d'autre que Ted aurait pu avoir un mobile pour la tuer. On a présenté à la cour très peu de pièces provenant de la scène du crime, et toujours celles qui allaient dans le sens de la culpabilité de mon frère. Selon elle, Browning devait dormir pendant le procès, ou bien il manquait d'informations. Et, en ce qui concerne les vices de forme au niveau de l'enquête elle-même, elle n'a pas voulu s'étendre au téléphone, mais apparemment, il y a de quoi faire. Bref, elle pense que nous pourrons obtenir une révision.

— Si je comprends bien, elle se charge de l'affaire.

Léa s'appuya au dossier de son siège et se frotta le visage.

— Pas encore. Elle veut parler à Ted avant de donner sa réponse définitive. Nous devons le rencontrer demain, ensemble.

— Ça va marcher, tu verras !

Il lui tapota la joue du revers de la main.

— Je n'ose pas me réjouir trop vite. Si Ted s'enferme dans son silence comme avec Browning, elle peut considérer que ça ne vaut pas le coup de lutter pour quelqu'un qui se désintéresse de sa propre défense.

— A mon avis, elle veut le rencontrer afin de le juger en tant que personne. Elle se fie probablement à son instinct. Si j'étais avocat, moi aussi j'attendrais d'avoir rencontré mes clients en chair et en os avant de me décider.

— J'espère que tu as raison.

Elle pliait et dépliait machinalement le bout de papier sur lequel était noté le numéro de l'avocate.

— Ça va être dur d'attendre jusqu'à demain.

Mick posa la main sur la peau soyeuse de son genou et la caressa doucement.

— Je ne pense pas. Je sais comment te distraire pour que le temps passe vite.

Elle lui adressa un petit sourire.

— Je croyais que tu devais battre des records de vitesse pour rejoindre cette chambre d'hôtel ?

— Attache ta ceinture, mon amour. C'est parti.

Brian abandonna l'effervescence de la cuisine et traversa la salle à manger bondée puis le bar pour se rendre dans son bureau. Une fois la porte refermée derrière lui, il décrocha le téléphone sur sa ligne privée.

— Je t'en prie, Jane, annonce-moi une bonne nouvelle, supplia-t-il.

— Désolée, Brian, mais on ne l'a pas vu au club de remise en forme ce matin. J'ai dû demander à quelqu'un de donner le cours de 9 h 30 à sa place.

Attrapant son coupe-papier, il entreprit d'ouvrir le courrier posé sur son bureau.

— Et ailleurs? Le sauna, la salle d'UV? Que fait-il d'habitude ?

— Il avait réservé le Jacuzzi, mais il ne l'a pas utilisé, et personne ne l'a vu nulle part. Je regrette, Brian, j'aurais voulu t'aider, mais... tu sais...

Elle fit une pause, le temps de choisir ses mots.

— Ce n'est pas la première fois que Jason nous pose un lapin. Il s'est peut-être attardé quelque part, dans sa famille ou chez des amis... Il aura oublié de t'appeler et...

Elle laissa sa phrase en suspens, mais Brian avait compris où elle voulait en venir. Elle pensait que Jason le trompait.

Merde! Le salaud recommençait et tout le monde le savait!

A cette pensée, il sentit un étau lui enserrer la poitrine au point qu'il eut l'impression qu'il allait tomber raide mort, ici même. Une violente douleur le transperça et il ferma les yeux.

Pour Marilyn, tout le monde l'avait su. Sauf lui. Il avait été aveugle, jusqu'à ce qu'elle se charge de lui ouvrir les yeux.

Les photos se passaient de commentaires, mais Marilyn avait tenu à y adjoindre une petite lettre. Il s'en souvenait encore. Elle lui expliquait, en termes précis et imagés, qu'elle avait engagé Jason comme entraîneur et qu'ils se payaient du bon temps après ses heures de boulot. Sur les machines de musculation. Sur les lits à bronzer. Dans les saunas des hommes. Sous la douche. Elle disait que Jason la rejoignait régulièrement dans le bungalow près du lac où ils passaient des moments inoubliables, qu'il fantasmait surtout sur son petit cul. Et, bien sûr, elle menaçait de faire circuler les photos dans Stonybrook.

La salope était complètement dingue, elle se fichait pas mal que les clichés soient compromettants pour elle aussi. Elle se fichait de tout. S'il avait persisté à soutenir Ted, il aurait dû en payer le prix.

— Brian ? Tu es toujours là ?

Le coupe-papier lui glissa des mains et il contempla les entailles sur le plateau de bois.

— Oui. Je suis là. Merci quand même, Jane.

Il suivit du doigt les cicatrices du vieux bureau et les dissimula sous un calendrier.

— Tu me préviens s'il se montre ?

— Bien sûr, Brian. Je suis vraiment désolée de ne pas pouvoir t'aider.

Après avoir raccroché, il resta un long moment à contempler les photographies encadrées, un peu partout dans la pièce. Il caressa du bout des doigts le portrait de Jason posé sur son bureau, ses lèvres souriantes. Puis, brusquement, il retourna le cadre.

— Tu ne vas pas recommencer ! Tu m'entends ? Tu m'avais donné ta parole, salaud ! C'est la dernière fois que je te fais confiance !

Sa gorge était nouée, il aurait voulu mourir. En même temps, il avait la sensation d'une catastrophe imminente et cela le soulageait. Etonnamment, il préférait presque qu'il soit arrivé quelque chose à son compagnon. S'il avait eu un accident de voiture ? Peut-être gisait-il dans un fossé, incapable d'aller jusqu'à une cabine téléphonique. Peut-être même était-il dans le coma...

Le brouhaha de la salle le poussa bientôt à sortir du bureau. Il fit le tour du bar, histoire de parler un peu avec les habitués, puis ses yeux tombèrent sur Rich Weir et Sheila qui déjeunaient à une table, dans un coin.

Il alla vers eux sans même s'en rendre compte.

— Ce poisson est délicieux, Brian. Qu'est-ce que tu mets...

— Excuse-moi, Sheila, la coupa-t-il en posant une main sur son épaule. Rich, combien de temps doit-on attendre pour déclarer la disparition de quelqu'un ?

Le chef de la police parut surpris qu'il lui pose une telle question à brûle-pourpoint, mais il ne put rien répondre, car il avait la bouche pleine.

— Qui a disparu? intervint aussitôt Sheila.

— Jason, répondit Brian d'un ton morne.

Il se retourna vers Rich et attendit la réponse.

— Je l'ai vu derrière le bar pas plus tard qu'hier soir, dit Sheila.

— Je sais. Il a disparu en lin de soirée, après la fermeture.

Elle regarda sa montre.

— Mais ça fait moins de douze heures.

— Tu fais partie de la police, maintenant ? lança sèchement Brian. Je pose une question à Rich. Combien de temps dois-je attendre avant de signaler sa disparition ?

Il avait parlé lentement, en détachant bien ses mots.

Rich Weir avait fini de mastiquer. Il s'adossa à sa chaise et leva les yeux vers lui.

— Ça dépend, Brian. Tu crois qu'il aurait pu être victime d'un acte criminel ?

— Comment le saurais-je ?

— A toi de me le dire. C'est toi qui t'inquiètes.

— Tu me demandes si j'ai vu quelqu'un lui mettre un revolver sur la tempe et s'enfuir avec lui dans sa voiture? Non, je n'ai rien vu de tel.

Cette remarque sarcastique ne lui valut qu'un bref regard de la part de Rich. Brian ne savait plus que penser. Trahison ou accident? Il avait la nausée.

— Je suis désolé. Je me fais beaucoup de souci, poursuivit-il.

D'habitude, il me dit où il va et quand il rentrera. Ce n'est pas son genre de s'évaporer comme ça dans la nature.

— Tu as appelé ses amis ?

Brian ne pouvait expliquer à Rich pourquoi il redoutait tant qu'il soit arrivé malheur à Jason. Il n'avait aucune envie de lui raconter qu'un cinglé prenait son pied à leur envoyer des photos cochonnes.

—J'ai appelé le club de remise en forme. Il n'a pas bossé ce matin.

Il jeta un coup d'œil en direction de la porte des cuisines. Deux serveuses affairées se croisèrent, les bras chargés. Elles faillirent se télescoper.

— Il faut que j'aille donner un coup de main.

— Écoute, Brian, pour l'instant, rien ne justifie l'intervention officielle de la police. Mais puisque tu es inquiet... Renseigne-toi auprès de ceux qui le connaissent. Je sais que ce n'est pas facile d'appeler les gens pour leur demander s'ils n'ont pas vu ton copain, mais tu ne dois rien laisser au hasard. De mon côté, je peux me renseigner auprès de la police routière du département. Comme ça, s'il a eu un accident...

— Merci, Rich. Je commence tout de suite.

Tout en s'éloignant, Brian songea qu'il aurait bien aimé se sentir rassuré. Mais il n'en était rien. Cette étrange sensation au creux de son estomac ne voulait pas le lâcher.

— *La balance penche de votre côté, cette semaine, annonça joyeusement l'avocat à Marilyn. Ça fait déjà deux fois que Ted perd son sang-froid en public, et nous avons des témoignages au sujet de son comportement instable et violent. Tous les témoins qui avaient déposé contre vous sont revenus sur leurs déclarations. Enfin, sauf un.*

— *Laissez-moi deviner. Je parie qu'il s'agit de ma mère.*

— *Oui. Et je ne vous cache pas que sa déposition serait accablante pour votre dossier.*

Marilyn s'enfonça dans son fauteuil en croisant les jambes.

— *Ne vous inquiétez pas, je m'occupe d'elle.*

Chapitre Vingt-Et-Un

Sur la console de l'entrée s'entassaient pêlemêle les clés, le courrier, le téléphone portable, le sac à main, les lunettes. De la table au lit, on suivait à la trace les vêtements enlevés à la hâte. Serrés l'un contre l'autre, Mick et Léa nageaient dans la douce torpeur qui suit les ébats passionnés, tout en restant vaguement conscients de l'étroitesse du matelas.

— Eh bien… On ne peut pas dire que nous ayons vraiment pris notre temps, cette fois encore, murmura-t-il en lui mordillant l'oreille.

Il se souleva à demi sur ses coudes pour ne pas trop peser sur elle, et elle passa ses bras autour de lui, le corps encore vibrant, heureuse de le sentir en elle. Elle savait que ce qu'il venait de lui donner — le désir, le plaisir, la sensation d'être protégée — resterait à jamais gravé dans sa mémoire.

— Au moins, on était dans un lit, répliqua-t-elle.

— J'ai même trouvé le temps d'enfiler un préservatif.

Il se retira et s'allongea sur le côté. Sa douce torpeur l'abandonna, et elle sentit l'inquiétude revenir au galop. Le matin, ils avaient fait l'amour sans se protéger. Elle y avait pensé toute la matinée.

Pour quelqu'un qui prêchait le port du préservatif aux adolescents — voire l'abstinence pour les plus jeunes ou ceux qui n'étaient pas encore sûrs de leur relation —, ce n'était pas très malin. Elle décida de ne pas ignorer le problème plus longtemps et, en dépit de sa gène, mit le sujet sur le tapis.

— Il y avait longtemps que je n'avais pas fait l'amour, commença-t-elle, et je sais, pour avoir passé régulièrement des tests, que je ne suis porteuse d'aucune maladie sexuellement transmissible.

Mick la prit par le menton et l'obligea à soutenir son regard.

— Depuis mon divorce, j'ai toujours utilisé des préservatifs. Ce matin, c'était la première fois...

— Dans ce cas, pas de problème, commenta-t-elle d'un ton qui se voulait léger.

Mais il n'en avait pas fini avec elle.

— Pas de problème... Et le risque de te retrouver enceinte, qu'en fais-tu ?

C'était pénible de discuter de ça maintenant. Elle se sentait trop nue, trop fragile. A sa merci.

— Je m'en occupe, ne t'inquiète pas.

Elle voulut sortir du lit, mais le bras de Mick était posé sur son ventre et la retenait prisonnière.

— Je ne m'inquiète pas. Je veux simplement savoir.

— Écoute, j'ai trente et un ans, je suis une grande fille. Ce n'est quand même pas la première fois que je fais l'amour. Inutile de parler de ça.

— Je ne trouve pas que ce soit inutile, insista-t-il d'une voix basse et profonde.

Léa fut troublée. Il lisait en elle comme dans un livre ouvert. Elle aurait voulu pouvoir lui mentir, mais elle n'y parvint pas.

— Bon. Je ne prends pas de contraceptif. Mais ce n'est pas grave, je ne risque rien à cette période de mon cycle.

— Ça ne marche pas avec moi, cet argument. Tu oublies que je suis fils de médecin. Mon père affirmait que la moitié de ses patients avaient été conçus durant les périodes où, prétendument, ça ne risquait rien.

Bien qu'il ait parlé d'un ton extrêmement sérieux, il semblait retenir un sourire. Elle se demanda pourquoi.

— J'ai répondu à ta question, libère-moi.

— Mais j'en ai d'autres...

— C'est fini pour aujourd'hui. Tu as atteint le quota autorisé.

Elle parvint à s'asseoir et posa les pieds par terre.

— Je n'étais pas au courant pour le quota! protesta-t-il. Ce n'est pas du jeu.

Elle ramassa son T-shirt. Selon Sheila, Mick avait l'habitude de prendre en charge les femmes qu'il fréquentait. Il agissait de même avec elle, se montrant sensible et généreux, attentif au moindre de ses désirs. Déjà, il s'inquiétait de ce qu'il conviendrait de faire si elle se retrouvait enceinte.

— Tu as l'air contrariée.

— Pas du tout, répondit-elle en enfilant son T-shirt. J'espère seulement que tu te rends compte que je suis une adulte et que je sais ce que je fais.

— Mais oui, bien sûr. Je m'en rends parfaitement compte.

Il lui caressa le dos de la main, mais elle préféra ne pas se retourner vers lui et succomber une fois de plus à son charme.

— Et je suis capable de prendre soin de moi-même.

— Je n'en doute pas.

— Tant mieux.

Elle ramassa ses sous-vêtements et son short, puis fila dans la salle de bains.

Dès qu'elle eut refermé la porte derrière clic, clic ouvrit le robinet d'eau froide et s'aspergea copieusement le visage. Elle se sentait fébrile, elle tremblait. Elle était en colère sans même savoir pourquoi.

Elle l'entendait se déplacer dans la pièce à côté. Ils avaient fait l'amour deux fois, ils avaient une liaison. Une vie sexuelle d'adulte, en somme, rien de plus.

Alors pourquoi ne cessait-elle de penser aux racontars de Sheila ? Elle ne ressemblait pas aux ex-petites amies de Mick. Elle ne se comporterait pas en égoïste et n'abuserait pas de sa gentillesse. Pourquoi ne pouvait-elle profiter pleinement des quelques jours qu'ils avaient à passer ensemble?

A sa grande surprise, il entra dans la salle de bains. Encore nu.

— Est-ce que ta tante était quelqu'un de faible?

— Non, pourquoi ? répondit-elle après le premier moment de stupeur passé.

— Alors, ce devait être Ted.

Elle chercha ses yeux dans le miroir.

— Si c'est un nouveau jeu, j'aimerais bien en connaître les règles.

— Pourquoi ? Tu as peur de perdre?

Elle secoua la tête en le regardant avancer dans la glace.

— Tu as peur de décevoir les gens? demanda-t-il en lui entourant la taille de ses mains.

Il remonta son T-shirt et découvrit l'un de ses seins. Elle rabattit pudiquement le vêtement.

— Tu as peur de ne pas être à la hauteur?

— Je ne vois pas de quoi tu parles.

— Alors, réponds à ma question. Est-ce que Ted était quelqu'un de faible ?

— Non.

Elle luttait, bien qu'elle sache qu'elle avait déjà perdu la bataille. Elle frissonnait.

— Mais tu veillais sur lui, n'est-ce pas?

— Nous prenions soin l'un de l'autre.

— Et votre tante ?

— Janice s'est occupée de nous pendant des années avant de tomber malade. C'était une femme solide, pleine de vie, efficace. Une femme très indépendante.

— Et sûrement très intelligente. C'est difficile d'élever des adolescents.

— Euh... oui.

— Mais je suis sûr qu'elle a dû quelquefois accepter l'aide de vos voisins ou de vos professeurs. Et ça n'enlève rien à son mérite, non? Ça ne fait pas d'elle une incapable ou une nécessiteuse.

Elle se retourna de façon à lui faire face.

— Je sais où tu veux en venir. On m'a dit que tu avais l'habitude de prendre en charge les femmes avec lesquelles tu sortais. Moi, je refuse de te laisser régenter ma vie. C'est pour ça que tu me trouves bizarre.

— Tu te trompes sur toute la ligne. Je n'ai pas l'habitude de comparer mes conquêtes, et j'ai assez à gérer avec ma propre vie.

Il la serra plus fort. Elle sentit la pression de sa main d'homme sur ses hanches et eut envie de lui.

— Tout ce que je peux dire, c'est que je trouve que nous nous entendons très bien.

Elle aurait bien voulu se plonger dans l'instant présent et s'abandonner à ses caresses. Elle savait comment oublier sa peur, son envie de partir en courant. Comment couper court à cette conversation. Il suffisait de faire l'amour avec lui, maintenant.

Mais ç'aurait été lâche de sa part. Elle ne voulait pas.

— Que cherches-tu, Mick?

Il lui posa les mains sur les pommettes, et ses yeux bleus se voilèrent.

— Rien d'extraordinaire. L'amitié, l'amour, la passion.

— C'est ce que je cherche aussi.

— Et des relations basées sur une confiance mutuelle. Mais je sais que ça se construit peu à peu.

Sa volonté vacilla de nouveau. Il lui avait fait suffisamment confiance pour lui parler à cœur ouvert de ses problèmes avec Heather. Mais elle, s'était-elle entièrement livrée à lui ?

— J'ai confiance en toi, Mick, assura-t-elle avec émotion.

— Vraiment ?

Il l'obligea à lever les yeux vers lui.

— Suffisamment pour tour me dire, pour m'appeler à l'aide si tu en as besoin, pour me laisser rester près de toi ? Suffisamment pour abandonner cette idée ridicule selon laquelle ton indépendance souffrirait de mon désir de partager tes peines et tes joies ?

Il venait de formuler le nœud du problème. Elle avait vécu seule si longtemps qu'elle était habituée à ne compter que sur elle-même. Elle ne savait comment le lui expliquer, comment lui dire qu'elle craignait de ne plus parvenir à se débrouiller seule si elle s'habituait trop à lui, au bonheur.

Il attendait une réponse.

— Je... je peux essayer, bredouilla-t-elle finalement. Mais je ne te promets rien. Le problème ne vient pas de toi, mais de moi. Ce que je te demande est difficile, je le sais. Mais j'ai besoin de temps. Je dois apprendre à tenir compte de toi. Et aussi à me montrer attentive à ceux qui m'entourent.

— Il suffit que tu sois attentive à moi.

Il la prit dans ses bras.

— Et à Heather, aussi. Un peu.

— Sans rancune? dit-elle, soulagée de voir qu'il se remettait à plaisanter.

Il secoua la tête et lui embrassa le bout du nez.

— Alors, tu ne te sauves pas en courant?

Elle se suspendit à son cou avec un petit soupir.

— Non, je ne me sauve pas.

— Tant mieux.

Il la souleva, la porta jusqu'à la baignoire et y entra avec elle.

— Qu'est-ce que tu fais?

— Je scelle notre accord par une partie de T-shirt mouillé.

— Je n'arrive pas à croire que tu sois si gamin...

Elle rit lorsqu'il régla le jet et le dirigea sur ses seins.

— Je vais te savonner si tu continues, le menaça-t-elle.

— Si tu insistes...

———

Il revenait de sa séance de rééducation.

Par la fenêtre ouverte de la portière, on entendait le ronronnement du monte-charge qui faisait descendre le fauteuil roulant du fourgon. Quelques minutes plus tard, l'ambulancière poussa Bob Slater dans l'allée de gravier et emprunta la rampe d'accès vers la porte d'entrée. Stéphanie la vit ouvrir la porte devant son mari.

— Bon après-midi, monsieur Slater.

— Au r-revoir, S-Sandy.

En écrasant sa cigarette, elle ôta de ses genoux l'enveloppe et les photographies et les posa sur la table basse. Puis elle prit une autre cigarette.

— Vous auriez été très fière de lui, aujourd'hui, madame Slater. Le kiné a dit qu'il avait travaillé très dur.

Sandy tint le battant, le temps que Bob entre.

— Venez assister à une séance, un de ces jours. Quand je suis arrivée, il terminait des exercices de rééquilibrage du corps. Je peux vous assurer qu'il a fait des progrès impressionnants.

Stéphanie ne répondit rien. Elle alluma sa cigarette et s'enfonça dans son fauteuil. Elle observa en silence son mari qui manœuvrait son fauteuil entre les meubles de façon à venir se placer devant la table basse, en face de la pile de courrier qu'elle venait de déposer. Il n'avait pas quitté des yeux le paquet d'enveloppes depuis qu'il était entré.

Sandy jeta un coup d'œil à son porte-bloc à pince.

— Cette semaine, je passe vous prendre mercredi à 10 heures et vendredi à 13 heures.

— T-très bien, répondit Bob d'un air absent en passant les enveloppes en revue.

— Bon après-midi à vous aussi, madame Slater. A mercredi, monsieur Slater.

Elle fit un vague signe de la main et sortit en refermant la porte derrière elle.

Stéphanie tira une longue bouffée de sa cigarette et contempla le profil de son mari. Ses cheveux gris commençaient à se clairsemer, son visage était pâle et grassouillet. Il avait pris beaucoup de poids depuis son attaque et au moins deux bourrelets supplémentaires autour de la taille.

Se penchant en avant, elle ramassa la pile de photos. Celle qui se trouvait sur le dessus était de loin la plus flatteuse pour lui. Il portait son slip de bain et une chemise à manches courtes, négligemment déboutonnée. Assise sur ses genoux, Marilyn, bien sûr, s'exhibait seins nus. La photo avait été prise dans son jardin à elle, derrière la maison. Il n'avait pas de ventre, et son érection se devinait nettement sous le slip de bain.

Bob avait dû sentir qu'elle le dévisageait, car il fit pivoter son fauteuil de façon à lui faire face.

— B-bonne j-journée ?

— Non. Affreuse.

Ses jambes aussi avaient changé, elles étaient plus maigres qu'avant. Stéphanie chercha la photo où il était allongé sur le lit avec Marilyn qui se penchait pour lui tailler une pipe. Il avait vraiment de beaux muscles.

— P-pourquoi ?

— Quelqu'un voudrait m'envoyer à l'asile. Et aujourd'hui, il a bien failli réussir.

Elle tira sur sa cigarette et chercha une photo où on le voyait debout.

— D-dis-moi ce q-qui s'est p-passé.

Il avança son fauteuil jusqu'à ce que ses tibias touchent la table basse.

— Pendant que j'étais à la banque, quelqu'un a déposé un animal en peluche sur le siège avant de ma voiture. Un tigre, comme celui qu'Hanna ne lâchait jamais. J'ai perdu la tête, je... j'ai eu une nouvelle crise de confusion.

Ses mains se mirent à trembler et elle écrasa sa cigarette dans le cendrier.

— C-c'est p-peut-être un hasard... Un enf-fant a p-pu le jeter par la v-vitre ouv-verte.

— Penses-tu!

Elle allongeait la main vers son paquet de cigarettes quand elle se ravisa et saisit de nouveau les photos.

— Ce n'est pas la première fois qu'il m'arrive un truc de ce genre. La semaine dernière, une ordure a coincé un tricycle sous ma voiture pendant que j'étais au cimetière. Il ressemblait à celui que j'avais offert à Emily à l'occasion de ses cinq ans.

— T-tu n-ne me l'av-vais pas dit.

Haussant les épaules, elle tenta de maîtriser le tremblement de sa voix. Et celui de ses mains.

— J'en ai parlé à Rich Weir.

— T-tu aurais dû m-me le d-dire.

— Pourquoi ? Toi, tu ne me dis pas tout.

Elle baissa les yeux vers les photos.

— Dommage, il n'y en a pas une seule où tu sois debout. Je n'ai pas de photos de toi debout.

— D-de q-quoi t-tu p-parles?

— J'ai trouvé ça dans le courrier de ce matin. De la part de quelqu'un qui nous veut du bien, sûrement...

Elle lança le tas sur la table d'un geste désinvolte, et les clichés s'étalèrent devant lui. Il se vit, la main entre les jambes de sa belle-fille. Sur une autre, lui pressant les seins pendant qu'il la prenait par-derrière.

— Douze clichés et pas un seul où tu sois debout.

fille détourna les yeux de ces saletés et contempla son mari. Il avait encore pâli, elle entendait le bruit de sa respiration sifflante. Sur ses paupières fermées, elle voyait distinctement chacun de ses cils. Elle aurait pu les compter.

Pour la première fois, elle s'apercevait combien son esprit devenait clair après une crise. C'était surprenant. Elle voyait distinctement chaque couleur, chaque forme. Une ligne de démarcation bien nette entre I ombre et la lumière.

— Je suppose, déclara-t-elle froidement, que tu connaissais déjà ces clichés.

— J-je j'ai c-commis d-des erreurs. M-mais elle m-m'avait p-promis q-que tu n-ne saurais r-rien. Elle av-vait d-dit qu'elle l-les d-déchirerait. Elle m'a m-menti.

— En effet, dit Stéphanie, laconique. Mais, tu sais, je le savais déjà... Elle m'avait appelé pour me mettre au courant. Eh oui... En me racontant par le menu comment elle s'était tapé mon mari. Avec des détails extrêmement précis... Ma propre fille... Elle m'a demandé de m'occuper de mes affaires et de ne plus me mêler de la garde des petites. Elle m'a menacée de provoquer un scandale en divulguant ces photos si je ne retirais pas mon témoignage.

Toutes les fibres de son corps étaient tendues à l'extrême.

Les images devinrent floues et se déformèrent. La colère lui brouillait l'esprit, elle perdait le sens de la réalité. Sentant approcher la crise, elle décida de lutter. Elle réussit à attraper une cigarette et à l'allumer.

— J'aurais dû refuser de céder à la pression et l'envoyer se faire foutre. J'aurais dû éloigner les petites de ce monstre, pousser Ted à accélérer les choses.

Les larmes se mirent à rouler sur ses joues. Ted les avait aimées, mais il les avait tuées. Il avait trahi ses deux filles. Il l'avait trahie, elle. Plus jamais clic ne pourrait faire confiance. Maudits soient les pères! Maudits soient tous les hommes!

— J'ai voulu te protéger. Sauver ta réputation, ta respectabilité, ton nom. J'ai voulu t'accorder le bénéfice du doute. Après tout, ma fille n'était qu'une vipère, une putain. Un monstre. J'ai préféré ne pas la croire.

Elle cessa de lutter contre la crise et lâcha :

— Mais tu ne valais pas mieux qu'elle.

— J-je la haïs-sais.

Les mains de Bob tremblaient violemment.

— E-elle t-t'en avait d-déjà envoyé, u-une f-fois. M-mais j-je les ai t-trouvées avant t-toi et je les ai d-détruites. P-parce que j-je t'aime. J-je ne sais p-pas ce qui m-m'a pris… Je s-suis d-désolé.

— Désolé ? Désolé de quoi ? D'avoir perdu ta pute quand elle est morte? Désolé d'avoir eu une attaque et de ne pas pouvoir t'en chercher une autre?

— D-désolé d-de ne p-pas l-l'avoir ar-rêtée p-plus tôt. Elle était d-diabolique. Elle m-méritait la m-mort. Il f-fallait q-qu'elle m-meure.

« Il fallait qu'elle meure. » Stéphanie avait donné naissance à l'enfant du diable. Dusty et Marilyn. Ils étaient faits de la même étoile. Aussi vils l'un que l'autre. Père et fille. Ils souillaient tout ce qu'ils approchaient. Avec un plaisir sadique. La seule chose de bien que Marilyn avait produit, c'étaient Emily et Hanna. Les petites avaient hérité du cœur de Ted.

Stéphanie ferma les yeux et le revit, assis à la place des accusés. Accablé, brisé par le chagrin.

« Désolé de ne pas l'avoir arrêtée plus tôt. » Les mots de Bob résonnèrent dans son crâne. Elle en oublia de tirer sur sa cigarette et laissa pendre mollement sa main sur l'accoudoir du fauteuil.

— Que veux-tu dire par là ?

Elle le fixa intensément à travers les larmes qui lui brouillaient la vue.

— J-je sais. J-j'ai s-succombé à la t-tentation. Et p-puis je l-l'ai v-vue ôter sa p-peau et se m-montrer telle q-qu'elle était. Un s-serpent. L'incarnation du m-mal Elle v-voulait te d-détruire, me d-détruire, nous d-détruire. Elle d-devait mourir.

Des éclairs de lumière venaient l'aveugler. Elle eut l'impression qu'elle ne pourrait pas survivre à une telle clarté.

— Cette nuit-là — la nuit où les petites sont mortes —, j'étais dans le Delaware. Tu es resté seul ici.

— Ou-oui.

— Je t'ai appelé. A plusieurs reprises. Mais tu n'as pas répondu.

Il détourna les yeux.

— Ç-ça fait longtemps…

Elle sentit monter en elle une rage violente. Elle s'en était pris à Ted. Elle avait été anéantie par sa trahison. Mais elle se trompait.

— Tu l'as tuée!

— N-non, n-non ! cria-t-il.

— Mes petites étaient dans la maison, à l'étage. Deux innocentes.

Elle se leva.

— N-non!

C'était lui qui pleurait, à présent.

— J-je n-n'ai pas...

Stéphanie ne pouvait plus contrôler le tremblement qui l'agitait. La cigarette lui glissa d'entre les doigts, mais elle ne s'en aperçut même pas. Elle considérait fixement cet homme. Un handicapé. Son mari pendant près de dix ans... Puis son regard revint vers les photos qui l'accusaient.

— Je veux l'entendre au moins une fois de ta bouche. Maintenant. Dis-moi la vérité. Tu as tué Marilyn.

— N-non.

Il bougea lentement la tête de droite à gauche.

— C-ce n'est pas m-moi.

Sa vue devenait plus nette et les éclairs de lumière moins aveuglants. Elle se pencha vers la table, rassembla rapidement les photos et les glissa dans leur enveloppe.

— Qu-qu'est-ce q-que t-tu fais ?

— Je les porte à la police sans attendre. Je ne te protégerai pas une seconde de plus.

Elle se dirigea vers la porte.

— Et j'aimerais bien que l'on trouve celui qui cherche à me punir après tout ce temps.

Chapitre Vingt-Deux

— LÉA A ÉTÉ TRÈS ÉMUE de ce que tu as fait pour elle.

— J'ai peint une pièce, tu parles d'un événement, répliqua Heather d'un ton dégagé.

Mais elle n'était pas près d'oublier la sensation chaude et douce qui l'avait enveloppée quand Léa l'avait prise dans ses bras en la serrant si fort et si longtemps qu'elle avait failli l'étouffer. Une réaction qui l'avait ravie et gênée à la fois.

— C'était vraiment pas grand-chose.

— Tout de même, insista Mick en lui pressant la main sans quitter la route des yeux. Je suis très fier de toi. Mais je suis un peu jaloux...

— Pourquoi?

— A présent, j'aurai beau faire, aucune surprise ne pourra rivaliser avec la tienne.

— En tout cas, pas la peine de lui envoyer des Heurs. Elle ne les remarquera même pas.

Comme il lui jetait un regard interrogateur, elle poursuivit :

— Tu as vu ce gros bouquet dans le salon ? Il a dû coûter un max. On l'a apporté ce matin de la part d'Andrew Rice. C'est tout juste si elle l'a regardé.

— C'était peut-être parce qu'il disparaissait à moitié sous un drap ?

— Tu es mauvaise langue! Je lui en avais parlé avant d'entrer dans la pièce. Non, je crois qu'elle n'est pas du genre fleurs et chocolats. Elle est plus subtile, plus délicate. Tu vois, il faut plutôt lui prendre la main, la serrer dans tes bras, parler avec elle... Et, en ce qui concerne le lit, ne pas se contenter de promesses.

— Heather!

Elle leva les yeux au ciel devant son air choqué.

— Ce que j'en dis, c'est pour te rendre service.

— Je suis capable de me débrouiller tout seul. Merci.

Dissimulant un sourire, elle se tourna vers la vitre de sa portière et contempla les maisons qui défilaient.

— Tu as pris rendez-vous pour qu'on vérifie ses points de suture ?

— Oui, demain après-midi.

— Et tu vas l'accompagner.

— Oui. Et alors ?

— Tu devrais l'emmener dîner quelque part.

— Elle prétend qu'elle n'a pas le temps. Elle est pressée de finir sa maison.

— Ouais. Mais quand même... Apporte un truc sympa pour dîner à la maison. Et pas de pizzas. On y a déjà eu droit hier.

— Bien, madame.

Elle jeta un coup d'œil à sa montre. Déjà 19 h 30.

En arrivant chez le médecin, ils avaient trouvé la salle d'attente archi-bondée. Une demi-heure de retard sur l'horaire prévu ! Heather avait appelé Chris de façon à le prévenir qu'elle ne serait pas sortie à temps pour la première séance de cinéma. Ils avaient donc décidé de dîner ensemble et d'assister à la deuxième projection. Elle était impatiente de le rejoindre et se demandait s'il essaierait de l'embrasser.

— Tu n'as pas parlé de tes insomnies au médecin.

— Je n'ai plus d'insomnies.

Elle dévisagea le profil sérieux de son père.

— J'étais angoissée, ces derniers temps, mais ça va mieux. Plus besoin de cachets.

Il ne répondit pas mais, à l'évidence, il était soulagé.

— Tu vas te débrouiller pour dîner?

— Chris propose de m'emmener au Hughes Grille si on a le temps, ou alors dans un fast-food. Ça va dépendre de l'heure à laquelle j'arrive chez lui.

— Vous allez voir quel film ?

— Un porno.

Elle rit devant son air féroce.

— Je plaisante, papa.

— N'oublie pas que tu sors avec un jeune homme de seize ans. Sois prudente.

— Oui, monsieur.

Elle lui lança un regard moqueur.

— Et, pour répondre à ta question, on ira voir le film à l'affiche en ce moment... Je ne crois pas qu'on ait le choix.

— Rentre à la maison tout de suite après le film.

— Papa! dit-elle en haussant le ton. Je ne suis pas un bébé!

— Je sais. Tu es même en avance pour ton âge.

Il gara la voiture sur le bord du trottoir, devant la maison des Webster, et se tourna vers elle.

— Je ne plaisante pas. Je veux que tu rentres après le film.

Une semaine plus tôt, elle aurait protesté et argumenté pendant des heures. Mais aujourd'hui, l'inquiétude de son père l'attendrissait.

— Très bien! grommela-t-elle en ouvrant sa portière.

— Prends mon téléphone portable. Léa m'a convaincu que tu devais avoir un portable quand tu sortais.

Heather fourra dans son sac le téléphone qu'il lui tendait.

— Est-ce que ça signifie que tu comptes m'en acheter un ?

— Oui, sale gosse. Demain.

— Super! Je crois que je vais passer par elle pour demander une voiture de sport.

Elle bondit hors de la voiture en précisant :

— Je la veux rouge et décapotable. Le dernier modèle. Pas une vieille caisse comme la tienne? Pigé?

— Tu peux toujours rêver!

Elle longea l'allée des Webster avec un sourire. Arrivée devant la porte, elle fit signe à son père de partir. Il n'obéit que lorsque Chris eut ouvert la porte.

— Salut! Désolée, je suis en retard.

— Pas de problème. Tu arrives au bon moment, au contraire.

Mes parents viennent juste de se mettre à table.

S'écartant, il l'invita à entrer et baissa la voix.

— Ils nous proposent de dîner avec eux avant la séance.

A toi de décider.

— Ça m'est égal.

Elle passa devant lui pour entrer et respira son eau de toilette épicée. Il était vraiment superbe. Douché et fraîchement rasé, il avait enfilé un polo manches courtes de couleur fauve et un pantalon kaki.

— J'aurais dû mieux m'habiller.

Flic n'avait pas fait d'efforts vestimentaires et portait un vieux T-shirt et un jean élimé. Entre les deux, on voyait son nombril.

— Tu es magnifique !

Il lui déposa un baiser dans le cou.

— Ça me fait plaisir de te revoir, Heather, dit une voix féminine.

Heather sursauta. Le couloir était plongé dans la pénombre, et elle n'avait pas remarqué la mère de Chris, à l'autre bout.

— Euh, bonjour. Ravie moi aussi, madame Webster.

— Je te croyais à table, maman.

Chris passa son bras autour de la taille de Heather et l'entraîna vers la cuisine.

— Ça fait vraiment longtemps, poursuivit sa mère.

Elle semblait hypnotisée par Heather et ne quittait pas des yeux la main de son fils sur sa peau nue.

— Oui, c'est vrai. Presque deux ans.

— Tu as beaucoup changé.

Sa voix contenait une pointe de désapprobation qui ne lui échappa pas. Heather avait déjà remarqué ses regards appuyés et mécontents.

— C'est ce que tout le monde dit.

— Je suis sûre que tu vois pourquoi.

— Eh oui! Je grandis vite.

— La mauvaise herbe pousse vite.

Elle se mordit la langue. En d'autres circonstances, clic n'aurait pas hésité à répondre vertement. Cette femme se comportait comme une mère poule défendant son petit. Heather essaya de repousser discrètement la main de Chris, mais il tint bon et glissa meme deux doigts dans la ceinture de son pantalon en l'attirant à lui. Sa mère observa toute la manœuvre.

— Alors? lança-t-il un peu trop vivement. On mange ici ou on s'éclipse ?

— Ça m'est égal, répondit Heather, décidément pas en verve.

— Pourquoi restez-vous dans le noir?

Le révérend Webster apparut sur le seuil de la cuisine et alluma le plafonnier du couloir.

— Bonjour, Heather! C'est merveilleux de t'avoir de nouveau parmi nous. Comment va ta mère?

— Très bien.

Elle parvint à faire lâcher prise à Chris, tout en continuant à répondre à l'avalanche de questions du révérend au sujet de la Californie et de sa famille. Dans le même temps, elle sentait le regard haineux de Patricia Webster lui trouer la peau.

— Alors, les enfants, vous restez dîner avec nous ? demanda-t-il enfin.

Chris quêta du regard la réponse de Heather. Elle n'avait aucune envie de rester, elle luttait même pour ne pas partir en courant.

— Nous mangerons avec vous une autre fois, proposa- t-elle.

— Pas de problème, répondit le révérend Webster sans se départir de son ton enjoué.

— Je t'attendrai pour me coucher, Chris. Ne rentre pas trop tard, commanda Mme Webster d'une voix sévère. Et n'oublie pas que tu travailles tôt demain matin.

Après un dernier froncement de sourcils en direction de Heather, elle fit demi-tour et disparut dans la cuisine.

— Salue ton père de ma part, Heather, déclara le révérend Webster en emboîtant le pas à sa femme.

Quand ils curent disparu, elle laissa échapper un soupir de soulagement.

— Je n'y manquerai pas, murmura-t-elle.

Ils se dirigèrent vers la porte d'entrée. Elle avait hâte de sortir.

— Ne fais pas attention à ma mère. Je ne sais pas ce qu'elle a en ce moment, s'excusa Chris en ouvrant la portière de son break.

Elle s'installa à l'intérieur et jeta un coup d'œil méfiant en direction de la maison.

— Moi, je sais. Elle ne m'aime pas.

Max allait et venait en reniflant le plastique qui recouvrait le sol. On n'entendait que le bruit de ses pas dans le silence. Le soleil venait de disparaître à l'horizon et posait sur les nuages des touches jaunes, rouges et mauves. Par le cadre des fenêtres ouvertes, le néon de la cuisine projetait des taches de lumière rectangulaires sur la pelouse et dans l'allée.

Léa contempla la peinture qu'elle venait d'appliquer à la lisière du plafond. Elle replia les coudes et se secoua pour détendre ses muscles endoloris à force de travailler les bras en l'air. Inspirant profondément, elle souleva le lourd pot et versa une petite quantité de peinture dans un récipient adapté au rouleau.

Elle le posa ensuite sur l'escabeau, grimpa avec précaution, puis s'empara fermement du rouleau dans l'intention de s'attaquer au plafond.

Max vint la renifler, puis alla s'étirer dans l'embrasure de la porte de la cuisine.

— Tu es un bon chien, lui lança-t-elle. Mais ne reste quand même pas trop près de...

Brusquement, il bondit sur ses pattes en grognant et fila dans la cuisine jusqu'à la porte de derrière. Léa faillit tomber de l'escabeau. Le cœur battant la chamade, elle descendit de son perchoir et, perplexe, suivit des yeux le chien qui grattait à la porte tout en aboyant.

— Que se passe-t-il, Max? Tu m'as fait une de ces peurs!

Elle reposa son rouleau et traversa la pièce. Le chien continuait à se déchaîner devant la porte, sans doute pour sortir.

A moitié vitrée, la porte donnait sur un petit vestibule permettant d'accéder au jardin, derrière la maison. De la cuisine, Léa pouvait voir la véranda et la rambarde de l'escalier qui donnait sur le jardin.

— Que se passe-t-il, Max ?

S'agenouillant devant le chien surexcité, elle le prit par le collier et le caressa pour détourner son attention de ce qui se passait de l'autre côté. Mais il persistait à dresser l'oreille tout en grognant furieusement.

— Tu as senti une mouffette?

Elle entendit le bruit d'une porte qui s'ouvre et fronça les sourcils. Max se mit à sauter furieusement contre la vitre, toujours en aboyant.

Elle se redressa lentement.

Dusty se tenait dans le vestibule, devant elle.

Chapitre Vingt-Trois

MICK REGARDA du côté de chez Léa. Les lumières étaient allumées et les fenêtres grandes ouvertes. S'engageant dans l'allée, il gara la Volvo derrière le 4x4. Puis il sortit, attrapa une rose sur le siège arrière et ouvrit le coffre de façon à prendre le sac des courses.

Une odeur d'été imprégnait l'air. L'ambiance lui parut idéale pour une grillade au clair de lune et un dîner aux chandelles dans la véranda.

Il allait monter les marches du perron quand il entendit un cri. Une seconde lui suffit pour comprendre que cela provenait de chez les Hardy. *Léa.* Le sac atterrit sur le gravier de l'allée, la rose un peu plus loin sur l'herbe. Il traversa ventre à terre la pelouse qui séparait les deux habitations.

Max aboyait comme un fou. Du coin de l'œil, Mick repéra une silhouette masculine qui disparaissait dans un buisson, derrière le hangar. Il aurait voulu se lancer à sa poursuite, mais il hésita. Devait-il rattraper l'intrus ou porter secours à Léa? Optant pour la seconde option, il fonça jusqu'à la maison et gravit quatre à quatre les marches du porche. Une panique glacée s'empara de lui quand il vit que la porte donnant sur l'extérieur était grande ouverte et que Max grognait, les pattes posées sur la vitre de l'autre porte, les crocs découverts.

— Léa!

Il traversa le vestibule en courant. Le chien changea de ton en le reconnaissant. Mick voulut entrer dans la cuisine, mais quelque chose bloquait de l'autre côté.

Il regarda à l'intérieur. Léa s'était assise contre la porte.

— Léa! C'est moi, Mick.

Tournant la poignée, il poussa le battant lentement pour forcer le passage. A présent, Max aboyait joyeusement et sautillait autour de lui, la queue frétillante.

— Léa, laisse-moi entrer.

Elle parvint à se déplacer jusqu'au mur, de sorte qu'il put enfin ouvrir. A la voir ainsi recroquevillée, visiblement choquée, il eut le cœur brisé.

— Tout va bien ? Dis-moi que tout va bien.

Il s'agenouilla près d'elle et lui tâta le visage et le crâne. Elle n'avait ni ecchymoses ni blessure apparente.

— Que s'est-il passé? demanda-t-il.

— Dusty.

Elle leva la tête. Son visage était livide, et elle tremblait violemment.

— Il était là... Dans le vestibule. Il avait un couteau. Il... m'a fait signe... qu'il me couperait la gorge, bredouilla-t-elle en mimant son geste, frémissante. Il... il va me tuer.

Max aboyait dans la véranda. Mick prit Léa dans ses bras et elle se blottit contre lui sans se faire prier, s'agrippant à lui comme à sa planche de salut.

— Il est entré? Il t'a touchée?

— Non, répondit-elle en secouant la tête. Quand j'ai crié, il... il est parti. Il ne s'est pas sauvé. Il m'a souri et il m'a dit qu'il finirait bien par m'avoir. Et puis, il est tranquillement sorti.

— Tu as ton téléphone portable ?

Elle désigna le comptoir.

— La police de Stonybrook n'a pas fait preuve d'une grande efficacité jusque-là, mais je crois que le moment est venu de les obliger à se bouger.

Elle hocha la tête et s'écarta de lui. Manifestement, elle tentait de son mieux de se ressaisir.

— Je n'ai pas rêvé. Je l'ai vu, nettement.

— Je te crois. Et ils te croiront aussi, fais-moi confiance.

Mick composa le numéro des services de police et les informa de ce qui venait de se passer.

Quand il eut raccroché, Léa était installée devant l'évier et s'attaquait au nettoyage des brosses et des rouleaux. Il fut soulagé de constater qu'elle ne tremblait plus.

— Pourquoi s'en prend-il à moi? demanda-t-elle avec rage.

Une question à laquelle lui non plus n'avait pas de réponse. Il plia l'escabeau et le rangea contre le mur.

— Tout le monde sait que Dusty n'a plus toute sa tête depuis qu'il est revenu du Viêt Nam. Mais il n'a jamais menacé personne. C'est étrange...

— Qu'est-ce que je lui ai fait ? Pourquoi moi ?

— J'ai entendu dire que Marilyn avait toujours été bonne pour lui. Peut-être qu'il te déteste parce que tu es la sœur de Ted.

Elle le regarda par-dessus son épaule.

— Il déteste aussi Stéphanie. Je l'ai aperçu ce matin. Il l'observait depuis l'entrée du parc quand elle a piqué sa crise. Il avait l'air ravi.

— Stéphanie, c'est particulier, observa-t-il en remettant le couvercle du pot de peinture.

— Pourquoi?

— Je ne suis pas très au courant des potins de la ville. Mais j'en ai quand même entendu parler.

Il prit une feuille du rouleau d'essuie-tout posé sur le comptoir et lui essuya les mains. Il avait besoin de la toucher, de s'assurer qu'elle allait bien.

— Avant son départ pour le Viet Nam, Dusty était le voyou de service, toujours à faire les quatre cents coups. Stéphanie le suivait comme son ombre, on voyait rarement l'un sans l'autre. Mais, quand il est parti, elle est sortie avec Charlie Foley et l'a épousé.

— Je sais que Charlie Foley était très riche. Sa famille possédait le moulin et la moitié de Stonybrook.

Il hocha la tête et jeta la feuille d'essuie-tout dans une poubelle.

— Marilyn est née peu après.

— C'est le mari de Stéphanie qui a installé Dusty dans cette caravane, sur la propriété du moulin ?

— Je pense que oui. Je l'ai toujours vu là-bas, en tout cas. Sans doute Stéphanie le lui avait-elle demandé. Dusty était dans un triste état quand il est revenu. Ils l'ont embauché comme gardien au moulin. Quand ça a fermé, il a été le seul à rester. Il est censé surveiller la propriété.

— Tu crois qu'il pourrait être le père de Marilyn?

— Seule Stéphanie est en mesure de répondre à cette question, commenta-t-il avec franchise. Mais le bruit a couru... Même s'ils ont fait de leur mieux pour l'étouffer.

Il passa ses bras autour de ses épaules. Sans un mot, elle se blottit contre lui.

— Les Hardy ne sont pas les seuls à avoir des problèmes dans cette ville, déclara-t-il gravement. Je crois que Ted ne savait pas dans qu'elle famille tordue il mettait les pieds en épousant Marilyn.

— C'est vrai. Il ne se doutait de rien.

Max revenait en courant. Ils virent les phares d'une voiture de police qui se garait devant la maison.

— Que va-t-on faire s'ils ne me croient pas?

— Je mets tout le monde à leurs trousses, assura Mick. Mon avocat, le journaliste qui a écrit cet article sur toi. Je connais aussi quelques hommes politiques bien placés. Rich ne s'en tirera pas comme ça.

Elle se tut. Cette fois, elle ne refusa pas son aide. Leurs doigts s'enlacèrent et ils se dirigèrent ensemble vers les hommes qui montaient déjà les marches de la véranda.

— Je ne pense pas que ce soit une bonne idée.

Heather jeta un coup d'œil inquiet à la campagne sombre qui défilait derrière la vitre.

— J'ai dit à mon père qu'on irait au cinéma et que je rentrerais tout de suite après le film.

— Tu seras rentrée chez toi à l'heure prévue, promit Chris en posant une main rassurante sur son genou. Allez, Heather... En souvenir du bon vieux temps. Ce sera sympa, tu verras. Tu te rappelles quand tu vivais ici ? On était tout le temps au lac.

— Oui, on avait treize et quatorze ans et on y allait en plein jour, sur nos vélos. Ce n'est pas la même chose que...

— On se baignait, l'interrompit-il en reposant sa main sur le volant. C'était bien. Tu te souviens de la fois où on est tombés dans l'eau juste devant la maison de mes parents?

Elle ne put s'empêcher de sourire.

— Je ne suis pas tombée dans l'eau. Tu m'as poussée. Elle était gelée.

Elle lui donna un petit coup de poing dans le bras.

— C'était juste après Pâques. Il y avait encore de la glace.

— Mais j'ai plongé pour te repêcher, non?

Elle constata avec une pointe d'inquiétude qu'il s'engageait sur un chemin de gravier étroit et sinueux qu'elle reconnut aussitôt comme la route du lac.

— Chris, je croyais t'avoir dit non.

— Allez, ne sois pas si rabat-joie. On ne restera pas longtemps.

Il arrêta son break dans une petite allée, à côté du bungalow de ses parents. Ses phares rasaient la surface de l'eau. Il lui sourit et défit sa ceinture.

Les buissons de chênes et de pins leur procuraient un peu trop d'intimité à son goût, mais elle s'efforça de dissimuler sa nervosité. Elle leva les yeux vers lui.

— Ça n'a pas du tout changé. On ne construit pas beaucoup par ici.

— Mais si, détrompe-toi.

Il éteignit les phares, et ils furent aussitôt plongés dans l'obscurité.

— Il y a six nouveaux bungalows à l'autre bout du lac, lui apprit-il en se penchant légèrement pour pointer un doigt.

Là, tout autour, l'entreprise de ton père va rénover ce qui appartient au Lion Inn.

Elle le savait déjà, mais elle préféra le laisser poursuivre cette conversation anodine.

— Ça fait un moment que tes parents possèdent ce bungalow, non?

— Ouais, répondit-il tout en lui détachant sa ceinture. Ça te dirait d'entrer?

Pas si anodine que ça, la conversation. Elle contempla les fenêtres sombres du bungalow. Les lumières les plus proches se trouvaient de l'autre côté du lac.

— Pas question. Chris... Rien que l'idée de sortir dans le noir me donne la chair de poule. Si tu veux vraiment me le montrer, je reviendrai en plein jour. Ce soir, je ne sors pas de la voiture.

Soulagée d'avoir mis les points sur les i, elle fixa quelque chose devant elle. Chris la regardait, elle le savait. Comme elle savait à quoi il pensait. C'était la même chose avec les garçons de L.A. Parce qu'elle s'habillait gothique et qu'elle ne jouait pas les mijaurées, ils croyaient tous qu'il suffisait de demander pour qu'elle s'allonge. Aucun d'eux ne se doutait qu'elle était vierge.

—Je comprends, dit-il.

Surprise qu'il n'insiste pas, elle jeta un coup d'œil dans sa direction. Il contemplait le lac.

— Merci, murmura-t-elle, encore plus soulagée.

— De rien.

Elle sourit devant son ton morne.

— Si c'est une tactique pour me faire changer d'avis, tu perds ton temps. Je ne suis pas si naïve.

— Pas du tout. Je te proposais ça comme ça, je m'en fiche complètement.

—Alors, pourquoi tu boudes?

—Je ne boude pas.

Il se tourna vers elle en souriant. Elle le trouva superbe.

—Je me souviens.

— De quoi ?

— De notre premier baiser. Là-bas, sur les rochers, au bord de l'eau.

— Ce n'était pas notre premier baiser, protesta-t-elle. C'était la fois où tu as voulu mettre la langue...

— D'après mes souvenirs, ça ne t'a pas dérangée...

Effectivement. Il avait su s'y prendre. En deux ans, pas un garçon de la côte Ouest n'avait réussi à rivaliser avec Chris dans ce domaine. Elle regarda sa bouche à la dérobée en se demandant une fois de plus s'il l'embrasserait ce soir, avant de la déposer chez elle.

Un véhicule s'arrêta face au lac, non loin du bâtiment principal du Lion Inn. puis les phares s'éteignirent.

— Est-ce que les étudiants viennent encore flirter dans leur voiture au bord du lac?

— Bien sûr. Tu veux qu'on s'y mette?

— Non! dit-elle en lui lançant un coup d'œil méprisant.

— Pas même un innocent baiser?

Elle s'éloigna légèrement de lui et s'adossa à la portière sans quitter son siège.

— Tes baisers n'ont rien d'innocent.

— Je crois que tu me fais trop d'honneur...

Il se rapprocha légèrement d'elle. Heather sentit tout son corps s'embraser quand il posa les yeux sur ses lèvres.

— Tu pourrais me laisser essayer, rien qu'un peu. En souvenir du bon vieux temps.

Elle se tassa contre la portière. Elle avait envie de ce baiser. Mais les choses avaient changé. Chris était presque un homme, à présent. Elle devait se montrer prudente. Posant un pied sur le siège, elle monta son genou au niveau de sa poitrine, comme pour ériger une barrière entre eux.

— Je ne sais pas. C'est la première fois qu'on sort ensemble.

— Depuis que tu es rentrée, corrigea-t-il en se glissant encore plus près d'elle. Juste un. Tu n'auras qu'à te laisser faire.

Avant qu'elle ait eu le temps de protester, les lèvres de Chris se pressèrent sur les siennes. Sa bouche était tiède et douce, et elle essaya de se persuader qu'elle devait profiter sans arrière- pensée de ce moment délicieux.

— Ce n'est pas si désagréable, hein? murmura-t-il.

— Non...

Comme il se rapprochait encore du rebord de son siège, elle remonta l'autre genou.

— Détends-toi...

Il lui caressa les commissures des lèvres du bout de la langue, et elle frissonna de désir. Entrouvrant la bouche, elle ne se défendit pas lorsqu'il lui déplia les jambes pour s'approcher encore. Elle se suspendit à son cou.

— Il y a plusieurs chambres dans le bungalow, observa- t-il en s'écartant.

Elle secoua la tête.

— On est très bien ici.

— Si on passait au moins sur le siège arrière?

— Trop dangereux. Ici, ça me va très bien.

Il sourit.

— O.K., mais au moins, faisons les choses correctement.

Elle commençait à vibrer au diapason. Le regardant ouvrir la portière du conducteur, elle le laissa la soulever légèrement de façon à l'allonger sur les deux sièges, les pieds à l'extérieur.

— Qu'est-ce que tu fais? protesta-t-elle.

— Juste une idée.

Toujours souriant, il souleva tendrement ses mains et les releva au-dessus de sa tête.

— Chris, je n'ai pas l'intention de faire l'amour avec toi, déclara-t-elle gravement.

Sa bouche se posa sur la sienne, et elle se perdit dans son baiser. Quand elle voulut dégager ses mains pour le repousser, il l'en empêcha et l'embrassa encore plus fort. Elle tenta de soulever ses genoux, mais il lui rallongea doucement les jambes.

Lorsqu'il cessa de l'embrasser, elle avait le corps en feu.

— J'ai un aveu à te faire, murmura-t-il.

— Quoi ?

— Depuis la première fois qu'on est venus nager ensemble dans ce lac, je suis obsédé par le désir de contempler tes seins.

Elle éclata de rire. Elle voulut encore bouger les mains, mais il les maintint fermement derrière sa tête.

— Tu peux rire. Tu avais des seins ronds et parfaits avec des mamelons qui pointaient à travers ton chemisier ou ton maillot dès que tu avais froid... ou que tu étais mouillée. Ou quand je t'embrassais.

Elle sentit ses seins se durcir sous son regard insistant.

— Je peux les voir?

Avec un autre garçon, elle serait aussitôt sortie de la voiture. Mais cela faisait dix minutes qu'ils s'embrassaient, et il n'avait pas eu un geste déplacé. Il la respectait.

— Heather? Juste regarder...

— Je n'ai pas l'habitude d'exhiber mes nichons comme ça devant les garçons, tu sais, répliqua-t-elle, à la fois tentée et gênée.

— Je sais.

Il l'embrassa à pleine bouche. Lorsqu'il la relâcha, elle était au comble de l'excitation.

— Tu ne m'as pas dit non, remarqua-t-il en jouant doucement avec I anneau de son nombril. Si tu ne veux pas que je le fasse, il suffit de me dire non.

Elle le regarda s'asseoir et remonter doucement son T-shirt. Quand il commença à défaire la fermeture de son soutien-gorge, elle baissa les paupières.

— Pourquoi fermer les yeux? Regarde comme tu es belle.

Ses seins jaillirent, blancs et fermes.

— C'est comme ça que je t'imaginais. Comme une déesse.

Sa main glissait sur la peau nue de son ventre, caressante, en décrivant des cercles de plus en plus larges.

Heather ne comprenait pas l'émotion qui la submergeait. Elle brûlait de sentir sa main se poser sur ses seins. Sa caresse était douce et légère. Elle ne fit aucune objection quand il déboutonna son jean et baissa sa fermeture éclair. Elle ne dit rien non plus quand il fit légèrement descendre l'élastique de sa culotte, découvrant la naissance de son pubis sombre. Puis, brusquement, il retira sa main.

— Alors, ce n'est pas si désagréable? chuchota-t-il en l'embrassant.

Les yeux fermés, elle se laissa aller à ce désir dévorant qu'elle sentait grandir en elle.

Elle colla ses hanches aux siennes en quête de caresses. Le bruit du couvercle de la boite à gants lui fit ouvrir les yeux.

— Qu'est-ce que tu fais? demanda-t-elle, surprise.

— T'inquiète pas.

Il lui caressa le ventre, à peine un peu plus bas que tout à l'heure. Puis il ôta sa main.

— Je peux embrasser tes seins?

Sans attendre sa réponse, il se pencha et enveloppa ses tétons dans sa bouche chaude. Elle retint avec peine un gémissement.

Il y eut un déclic et un flash.

— Qu'est-ce que c'était? dit-elle en tentant de se redresser.

Il l'en empêcha.

— C'est rien, c'est rien. C'était moi.

Il sourit et lui montra un appareil.

— J'ai pris une photo de nous.

— Pourquoi ?

Elle essaya encore de libérer ses mains qu'il maintenait derrière sa tête, d'un seul bras.

— Comme ça, pour rigoler. Tu ne trouves pas que ce serait super d'avoir une photo de moi en train de te sucer les seins ou de te les lécher ?

— Non, protesta-t-elle violemment. C'est une idée de malade.

— Allez, Heather. C'est génial, au contraire. Attends au moins d'avoir vu.

— Tu es taré, Chris.

Il secoua la tête avec un léger sourire. Il serrait ses mains plus fermement, toujours d'un bras, et elle rua lorsqu'il glissa une main dans sa culotte et la posa sur son sexe.

— De qui te moques-tu ? Tu es toute mouillée.

Elle se tortilla.

— Laisse-moi partir. Lâche-moi.

— Allez, Heather. Tu t'énerves pour rien. Je n'ai même pas essayé de te pénétrer.

Elle se débattit, mais il parvint à faire descendre son pantalon et sa culotte à mi-cuisse.

— Ça, ça ferait une bonne photo. Nous deux, en pleine action.

Elle se souleva légèrement et lui donna un violent coup de tête dans le bras.

— Merde!

Avec un cri de douleur, il relâcha ses bras et l'appareil tandis qu'elle en profitait pour se débattre furieusement. Elle parvint à sortir de la voiture par la portière du conducteur en attrapant l'appareil au passage. Avec son pantalon à moitié baissé, elle tomba comme un sac sur l'herbe.

— Attends, Heather! Attends!

Elle se dépêcha au contraire de se remettre sur ses pieds. A la hâte, elle remonta tant bien que mal son pantalon et baissa son T-shirt avant de disparaître derrière les arbres.

— Heather! appela-t-il encore.

Elle avait peur, elle était furieuse. Furieuse de s'être montrée si stupide, de s'être laissé manipuler, d'avoir cru que Chris serait différent des autres salauds qu'elle semblait avoir le don d'attirer.

Et elle avait peur. Cet imbécile, ce pourri, cette ordure... Il avait failli prendre des photos porno d'elle. Tout à coup, elle eut la nausée en songeant qu'il projetait peut-être de les diffuser sur Internet.

Hors de question de le laisser faire. Elle fracassa I appareil contre un arbre puis, tout en continuant d'avancer sur le chemin, elle sortit la pellicule et la déroula consciencieusement. Enfin, elle lança le tout dans l'eau sombre du lac.

Se retournant, elle regarda autour d'elle. Pas de Chris en vue. Il y avait de la lumière dans quelques-uns des bungalows, sur la berge. D'un geste rageur, elle referma son soutien-gorge, remonta la fermeture éclair de son pantalon et le boutonna.

Une semaine plus tôt, elle n'aurait pas su comment réagir. Mais aujourd'hui, elle se sentait plus forte. Grâce à Léa qui lui avait conseillé de ne pas refouler ses émotions, de les exprimer. Eh bien, elle avait envie de massacrer Chris. Elle n'avait pas peur de lui. Il méritait qu'on lui coupe les couilles.

Elle eut envie d'appeler son père afin qu'il vienne la chercher, mais son sac — dans lequel se trouvait le téléphone portable — était resté dans la voiture.

— Tu es bien loin de chez toi, ma jolie, murmura une voix basse et profonde, légèrement moqueuse.

Son cœur faillit s'arrêter. Elle sentit une boule de peur grossir dans sa gorge.

Dusty était adossé à un arbre au bord du chemin, à quelques mètres devant elle. Elle respirait son odeur d'ici.

Il lui avait toujours inspiré de la peur et du dégoût. Même lorsqu'elle était petite, elle lui trouvait un air lubrique, un regard mauvais de bête de proie. Elle se souvint qu'il avait l'habitude de rôder dans les bois autour de la maison de Marilyn quand clic gardait les petites et que ça lui foutait une trouille bleue.

— Et alors ? Où est passé ton petit copain ?

Heather vit briller la lame du couteau qu'il tenait à la main. Il sculptait un morceau de bois.

— Toi et cette salope de Hardy, vous avez tout de suite copiné, hein ? Vous êtes pareilles, toutes les deux.

Elle fit un pas en arrière et balaya les alentours d'un regard inquiet. Elle pouvait sauter dans l'eau et tenter de fuir à la nage, ou se mettre à courir vers la route. Ou bien s'éloigner tranquillement en lui dissimulant sa peur. Elle avait toujours entendu dire que Dusty était inoffensif.

Il se détacha de l'arbre et, malgré la pénombre, elle vit ses yeux briller de méchanceté. Il ressemblait à un animal prêt à bondir sur sa proie. Il n'avait pas l'air inoffensif.

— N'espère pas m'échapper, petite fille. On a un compte à régler et tu me dois beaucoup.

Elle recula encore d'un pas.

— J'aurais dû m'occuper de toi, ce soir-là, quand tu as crié. C'est à cause de toi que j'ai pas pu en finir avec cette salope de Hardy.

Il avança d'un pas, elle en fit deux en arrière.

— Bien sûr, si tu me supplies à genoux, peut-être que j'accepterai de te pardonner, pour cette fois.

Elle heurta quelque chose derrière elle et poussa un cri étouffé. C'était Chris.

— Reste où tu es, trou du cul ! lança ce dernier à l'adresse de Dusty.

Il passa un bras protecteur autour des épaules de Heather. Ce dont clic lui fut reconnaissante.

— Voyez-moi ça! Superman en personne...

Le vieil homme s'avança vers eux en riant.

— Très bien, je sens qu'on va s'amuser. Écoute, superhéros, tu la tiens pendant que je me la tape en premier, et ensuite, tu...

— J'ai dit : reste où tu es!

— C'est bon. Je te laisserai passer d'abord.

— Tu es sourd ou quoi ? hurla Chris. Je t'ai dit de ne plus avancer!

Elle s'aperçut qu'il brandissait un couteau. Dusty le remarqua aussi.

— Oh, non! fit-il, moqueur. J'ai peur. Au secours.

Mais il cessa d'avancer et baissa son propre couteau avec un sourire de dingue.

— Tu restes où tu es, répéta Chris tout en tirant Heather en arrière.

Elle le suivit sans se faire prier.

— Qu'est-ce qui se passe, mon petit? demanda Dusty, la main sur la couture de son pantalon. Tu veux pas que je participe? C'est bon, je me contenterai de regarder, comme au bon vieux temps.

— Je la ramène chez elle, Dusty. Ne nous suis pas.

Chris détachait soigneusement ses mots, comme s'il s'adressait à un enfant.

— C'est quoi, le problème? insista le vieil homme. Je ne mérite plus de regarder? Tu es trop bien pour moi ?

— Viens, dit Chris en attrapant le poignet de Heather.

Il l'entraîna à sa suite. Dusty ne les suivit pas, mais il continua à crier.

— Je te surveille, Superman. Je te vois. Je sais de quoi tu es capable. Je sais ce que tu vas faire.

Ils entendaient encore ses railleries quand ils arrivèrent en vue du bungalow des Webster.

— Je suis vraiment désolé, Heather, s'excusa Chris. Je me suis vraiment mal comporté. J'ai mis ta vie en danger à cause de mon attitude imbécile.

Elle libéra sa main et ralentit le pas. Il resta près d'elle, en ne cessant de s'excuser.

— Mais je te désirais depuis si longtemps. J'ai voulu t'impressionner, j'avais peur de ne pas soutenir la comparaison avec les mecs de la côte Ouest. Du coup, j'ai agi comme un véritable...

— Con. Tu peux le dire.

Son cœur battait encore à cent à l'heure. Elle croyait voir Dusty dans chaque ombre qui bougeait et n'avait plus qu'une seule idée : partir d'ici au plus vite.

— Donne-moi tes clés de voiture.

— Je vais te ramener.

— Donne-moi tes clés de voiture, répéta-t-elle sèchement tandis qu'ils entraient dans la clairière où se trouvaient le bungalow et la voiture.

— Tu n'as même pas ton permis, objecta-t-il. Je ne te toucherai pas, promis. Je ne m'approcherai pas de toi. Je te ramène directement, je t'assure.

Elle se tut, mais, lorsqu'ils atteignirent la voiture, elle se retourna pour lui faire face.

— Tu me donnes ces putains de clés tout de suite ou je file tout droit chez les flics en arrivant en ville.

— Pour quoi faire ?

— Tentative de viol, tu connais? répliqua-t-elle en tendant la main.

Il fouilla dans sa poche et en sortit les clés.

— Je n'ai rien fait.

— Mais tu en avais l'intention, et tu le sais. Je n'ai que quinze ans, et ton père est le révérend de cette ville, ne l'oublie pas.

Elle lui arracha les clés des mains et s'installa derrière le volant. Il fit le tour afin de s'asseoir à la place du passager, mais elle verrouilla la porte.

— Tu pourrais au moins me déposer en ville.

— Tu rêves! Tu n'as qu'à marcher. Et, pour ce qui est de récupérer ta voiture, ne t'en fais pas. Je demanderai aux balèzes qui bossent avec mon père de te la ramener après l'avoir arrangée.

Elle mit le moteur en route, fit marche arrière et fila dans l'allée de gravier.

En passant devant le petit arbuste qui marquait la fin de la route du lac, elle se jura de ne plus accepter de rendez-vous la nuit avant l'âge de trente ans.

Chapitre Vingt-Quatre

LA POLICE AVAIT BRAQUÉ ses projecteurs sur la caravane de Dusty.

Le cadenas était défait, la porte entrouverte.

— Dusty? appela l'inspecteur.

Aucune lumière ne filtrait de l'intérieur. Robin jeta un coup d'œil par l'entrebâillement de la porte. Le lourd silence de la nuit parut s'appesantir encore.

— Son camion n'est pas là, murmura son partenaire en la rejoignant.

Il se glissa près d'elle. Elle hocha la tête et de sa matraque lui fit signe qu'elle était prête à entrer. Quand elle poussa la porte, il posa la main sur son revolver.

Dès qu'ils passèrent le nez à l'intérieur, l'odeur les saisit à la gorge. Une odeur de chenil.

Robin appuya sur l'interrupteur près de l'entrée, mais rien ne s'alluma. Prenant sa torche électrique, elle repéra une ficelle qui pendait du néon du plafond. Elle tira dessus. Le néon clignota et inonda de lumière l'intérieur de la caravane. Apparut un ameublement disparate et en piteux état, provenant probablement des anciens bureaux du moulin et de la décharge de la ville : une chaise pivotante verte placée devant une petite table à jouer le long d'un des murs, un lit de camp, au fond, sous un minuscule miroir, avec un matelas sans draps. De là où elle était, Robin voyait les bords de l'évier encombrés de déchets, de cartons de hamburgers et de pizzas, de bouteilles d'alcool vides et d'une quantité de saletés plus ou moins identifiables. Le petit placard sans porte, juste en dessous, n'était pas moins bien loti. Plutôt pire.

En six ans de service dans la police, Robin n'avait jamais vu tant de misère. Elle ne pensait même pas que cela puisse exister à Stonybrook. Elle jeta un coup d'œil à son collègue. Debout près de la table, il était en train de contempler un mur recouvert de photographies et de coupures de presse. Suivant son regard, elle remarqua un peu plus loin le tableau en liège recouvert lui aussi de clichés et, juste en dessous, de petites sculptures de bois représentant des animaux ou des femmes au buste généreux. Jeff allongea le bras vers une coupure de presse.

— Ne touche à rien, lança-t-elle précipitamment.

— Regarde, il en a même une de toi.

Elle fronça les sourcils et contempla la photo que Jeff montrait du doigt : Marilyn Hardy lui remettant une médaille— encore une manifestation parrainée par la riche famille Slater. Elle observa les autres clichés. Ils étaient tous de Marilyn. Marilyn étudiante, Marilyn au collège...

Elle avisa un tiroir à moitié ouvert duquel dépassait une pile de photographies. Jeff tendit la main.

— Non, lui rappela-t-elle.

Il retira sa main.

Ils découvrirent la CB en même temps.

Robin lança à Jeff un regard éloquent et continua à faire le tour de la caravane. Il y avait aussi pas mal d'articles sur le procès et notamment une photo de Léa Hardy dont la tête avait été découpée.

— On dirait que Mlle Hardy n'a pas tort de s'inquiéter.

En regardant sous le lit de camp, Jeff trouva une pile de magazines.

— J'arrive pas à savoir si ce sont ses affaires ou les merdes qu'il a abandonnées, déclara-t-il. Tu crois qu'il a pu se tailler?

— Pour aller où?

Elle regarda la petite cuisine de plus près. Des cochonneries, encore. Quelques pierres à aiguiser, des couteaux à sculpter, du bois, du papier entassé près de l'unique plaque de la cuisinière électrique.

Ça sentait encore plus mauvais dans ce coin-là que dans le reste de la caravane. Elle se pencha vers l'évier et faillit vomir en découvrant deux cadavres de rats en décomposition.

— Il y a encore une boîte avec des photos, près du lit, lança Jeff en la rejoignant.

Elle sortit précipitamment.

— Il nous faut un mandat d'arrêt.

— Ouais, acquiesça Jeff en la suivant. C'est l'équipe de nuit qui va se taper la perquisition. Tant mieux pour nous.

Mick fut surpris de voir arriver Heather au volant de la voiture de Chris Webster. Et il le fut encore plus quand elle se gara devant la maison et descendit. Elle était seule. Où Chris était-il passé?

S'installant dans son fauteuil en cuir, il posa le journal sur ses genoux. Pas question de lui montrer qu'il arpentait la pièce depuis une bonne demi-heure. Contrairement à lui, Max ne dissimulait pas sa joie et il faillit passer au travers de la moustiquaire de la porte. Mick dut intervenir pour l'empêcher de faire des dégâts.

Heather entra enfin, pâle, les yeux bouffis. Mick se leva d'un bond.

— Je vais bien, répondit-elle à sa question muette.

Elle leva les deux mains dans tin geste d'apaisement.

— Ne t'inquiète pas. Il ne m'est rien arrivé.

Sans même un coup d'œil au chien qui aboyait joyeusement en sautant autour d'elle, elle laissa tomber son sac et ses clés au pied de l'escalier, enleva ses chaussures et commença à monter les marches. Mais elle n'en avait pas grimpé trois qu'elle fit demi-tour et redescendit en courant se jeter dans les bras de son père.

Mick la serra fortement contre lui.

— Ça va ?

— Maintenant, oui, répondit-elle en tremblant violemment. C'est vraiment bon d'être de retour à la maison.

Il eut l'impression que cela faisait des centaines d'années qu'elle n'était pas venue à lui de cette manière. Pourtant, même s'il savourait cet instant, il pensait avant tout à régler son compte au salaud qui l'avait effrayée de la sorte.

— Que s'est-il passé, ma chérie?

Il tentait tant bien que mal de dissimuler sa colère. Quand elle s'écarta, il eut peur qu'elle n'ose pas se confier à lui.

— J'ai faim, déclara-t-elle en se dirigeant vers la cuisine. Tu m'accompagnes ?

Refoulant ses émotions, il hocha la tête et lui emboîta le pas.

Elle paraissait jeune et frêle. Si jeune. Son air dédaigneux et nonchalant avait complètement disparu. Lorsqu'il vit qu'elle sortait une bouteille de lait du réfrigérateur — et non une canette de soda — il comprit que les choses allaient vraiment mal.

— Je vais tordre le cou à cette ordure, tout de suite.

Elle fit volte-face.

— Assieds-toi, papa !

— Heather, je sais que ce n'est pas ta faute. Je ne suis pas en colère contre toi. Mais je voudrais que tu me dises si Chris a... Enfin, s'il t'a fait du mal... S'il...

— Assieds-toi, et je te raconterai tout.

S'efforçant de se maîtriser, il prit la chaise qu'elle lui désignait du doigt, puis, étonné, la vit sortir la boîte de tuiles au chocolat du placard et la poser sur la table, entre eux. Quand clic prit deux serviettes en papier, il crut qu'il avait la berlue.

— Tu veux un verre de lait, toi aussi ? proposa-t-elle.

— Non. Merci.

Elle s'installa en face de lui.

— Où est Léa ?

— Elle dort.

— Elle va bien ?

— Je ne répondrai plus à aucune question tant que tu ne m'auras pas raconté ce qui s'est passé.

Elle plongea une tuile au chocolat dans son verre de lait et l'enfourna dans sa bouche.

— On n'est pas allés au cinéma.

Au prix d'un gros effort, Mick réussit à ne pas hurler.

— C'est Chris. Il a voulu à tout prix me montrer le bungalow de ses parents, près du lac. Donc il m'a emmenée là-bas.

— Contre ton gré ?

— Je ne me suis pas débattue et je n'ai pas crié, si c'est ce que tu me demandes. Mais je lui ai dit que je ne voulais pas y aller. Quand on est arrivés, j'ai refusé d'entrer et ça n'a pas eu l'air de le déranger.

Elle dut remarquer son regard assassin, parce qu'elle posa une main apaisante sur son poignet.

— Je t'assure, papa. Il ne m'a pas obligée à entrer. Il ne m'a obligée à rien, d'ailleurs.

Il se sentit mal.

— Jusqu'où êtes-vous allés?

Elle prit un deuxième biscuit et le trempa dans son verre de lait. Elle évitait de le regarder en face. Le biscuit fondit à moitié et une partie tomba au fond du verre.

— Tu es mon père, quand même. Je pensais que toi, au moins, tu aurais compris, dit-elle avec une certaine réserve. Malgré tout ce que je raconte, je... je suis encore vierge.

— Ce n'est pas une tare, Heather.

— Ouais, mais la plupart du temps, ce n'est pas ce que les mecs pensent de moi. Enfin, j'ai dit clairement à Chris qu'il n'était pas question que je couche avec lui.

— Et il ne t'a pas crue.

— Si, il a fini par me croire. En fait, je me suis très bien débrouillée.

Mick fut d'abord soulagé. Puis il comprit qu'il y avait autre chose.

— Comment se fait-il que tu sois rentrée en conduisant sa voiture?

Elle se laissa aller contre le dossier de sa chaise en frémissant et poussa un long soupir. La peur se lisait sur son visage.

— A un moment, je suis sortie de la voiture de Chris. Je trouvais qu'il abusait et j'avais décidé de rentrer à pied. Mais, alors que je suivais la berge du lac, je me suis trouvée nez à nez avec Dusty. Dusty Norris. Il était réellement effrayant, papa, je t'assure.

— Dusty se trouvait aussi au lac? Il t'a blessée?

— Non. Chris s'est interposé. Heureusement.

Elle trembla et se frotta les avant-bras.

— Il est complètement dingue, ce type...

Elle alla vider son verre de lait dans l'évier, puis ouvrit le réfrigérateur pour prendre une canette de soda.

— J'étais furieuse contre Chris, alors je lui ai pris ses clés de voiture et je lui ai dit qu'il n'avait qu'à rentrer à pied, raconta-t-elle avant de se tourner vers son père. Et me voilà. Lui, il doit être encore en train de marcher.

— Est-ce que Dusty t'a menacée ?

— Il ne m'a pas touchée, si c'est ce que tu veux savoir. Mais c'est le genre qui te fout la trouille rien qu'en te regardant. Il avait un couteau sur lui. Et il a avoué avoir assommé Léa, l'autre soir.

Elle eut un autre frisson et regarda par la fenêtre ouverte.

— Ça ne m'étonnerait pas qu'il passe son temps à rôder par ici et à surveiller sa maison.

— Moi non plus, renchérit Mick en se levant. Mais c'est un problème qui ne va pas tarder à être réglé. La police a lancé un mandat d'arrêt contre lui.

Elle parut inquiète.

— Il s'est encore attaqué à Léa ?

Il hocha la tête en fermant la fenêtre.

— Elle va bien. Il est entré dans le vestibule et a essayé de l'effrayer. Ça l'a impressionnée, bien sûr. Mais, après une bonne nuit de sommeil, elle aura oublié.

Heather posa sa canette dans l'évier et se dirigea vers la porte.

— Je vais aller voir si elle dort bien. Ne t'inquiète pas, je ferai attention de ne pas la réveiller.

Étrangement ému, Mick la suivit des yeux tandis qu'elle s'éloignait. Elle lui semblait avoir encore grandi. Ce soir, il se rendait compte qu'elle était presque une femme. Une femme forte, indépendante, intelligente, belle et... affectueuse avec son père.

En attendant, il avait une furieuse envie de tordre le cou à Chris Webster.

Il prit le téléphone de la cuisine et composa le numéro que Rich lui avait laissé.

Tout à l'heure, le chef de la police avait pris très au sérieux la plainte de Léa au sujet de Dusty. Évidemment. Cela faisait des années que Dusty dérangeait dans le paysage de Stonybrook. Et maintenant, il représentait un peu plus qu'une simple nuisance. Il devenait un danger.

— *C'est lundi. Nous sommes convoqués lundi au tribunal! répéta Ted avec une nuance de satisfaction dans la voix. Et, demain soir, je vais chercher Emily et Hanna pour qu'elles fêtent avec nous l'anniversaire de tante Janice. Je les garde jusqu'à lundi...*

— *Comment Marilyn prend-elle les choses? s'enquit Léa.*

— *Elle est furieuse. Pendant un moment, son avocat a réussi à lui faire croire qu'elle parviendrait à obtenir la garde, mais maintenant, elle commence à avoir des doutes.*

— *Pourquoi fait-elle toutes ces histoires! Les enfants l'encombrent, de toute façon. Pourquoi ne pas vous arranger entre vous ?*

— *Tu n'as pas encore compris, Léa ? Elle veut me punir. Elle cherche à me faire souffrir. Elle m'en veut parce que / 'aime mes filles et que je ferais n'importe quoi pour elles.*

Chapitre Vingt-Cinq

Après avoir présenté Sarah Rand à son frère, Léa la laissa parler. Pendant quarante-cinq minutes, l'avocate commenta les anomalies du procès en expliquant pourquoi elle soupçonnait le bureau du procureur d'avoir dissimulé à la défense des éléments de l'enquête. Elle rappela plusieurs fois à Ted que la date limite concernant l'appel approchait et qu'il n'avait plus de temps à perdre.

A l'exception du bref coup d'œil qu'il avait jeté au bandage de sa sœur quand elle était entrée, Ted demeurait impassible. Pourtant, elle avait l'impression qu'il écoutait.

Les aiguilles de l'horloge avançaient, inexorablement, et Léa sentait se réveiller la peur tapie au creux de son ventre. Ted ne répondait toujours rien. En le regardant, assis de l'autre côté de la vitre, elle eut l'intuition que ça ne marcherait pas. Si Sarah attendait un signe de sa part pour accepter le dossier, l'affaire semblait très mal partie.

Elle ne le laisserait pas se suicider. Elle ne lui laisserait pas le choix, elle le contraindrait à faire appel. Depuis deux ans qu'il était en prison, elle n'avait jamais cru à sa culpabilité. Elle savait qu'il n'était pas le meurtrier de sa femme et de ses filles. Elle ne le laisserait pas croupir en prison, ni mourir pour un crime qu'il n'avait pas commis.

Sarah adressa à Léa un regard qui signifiait « courage », puis elle hocha lentement la tête et se tourna vers Ted.

— J'ai beaucoup parlé, Ted. A vous maintenant de me dire ce que vous avez sur le cœur.

Un silence glacial tomba. Léa avait l'impression qu'il ne répondrait jamais. Elle ferma les yeux. Que ferait-elle s'il refusait de les aider?

— La perte d'un enfant — qu'elles que soient les circonstances de sa disparition —est un drame terrible pour un parent. D autant plus que cela va contre l'ordre naturel des choses... Les parents s'attendent à mourir avant leurs enfants.

La voix de l'avocate la ramena à la réalité. Elle s'adressait à Ted.

— Certains sont désespérés au point de refuser d'admettre la vérité.

Sarah appuya la paume de sa main contre la vitre de séparation.

— Je crois sans peine qu'on ne peut pas concevoir de chagrin plus terrible. Dépression, colère... C'est difficile de se défaire de tout cela.

— Inutile d'user votre salive, maître, lâcha Ted en la fixant droit dans les yeux. Vous n'avez aucune idée de ce que je traverse.

— Vous vous trompez, Ted, répliqua-t-elle doucement. Je ne suis pas à votre place, mais, après avoir parlé à Léa et après vous avoir vu, il faudrait que je sois aveugle pour ne pas comprendre ce que vous traversez. Et il ne s'agit pas que de désespoir, de dépression ou de colère... il s'agit aussi de culpabilité.

Il posa son front sur ses poings, les yeux fermés.

— N'est-ce pas, Ted ? insista l'avocate. Vous avez réussi à vous convaincre que vous auriez pu — ou auriez dû — empêcher ce drame. Que vous avez laisse vos filles sans défense.

Il tapa du poing sur la tablette devant lui.

— Oui, j'aurais dû les défendre.

Léa sentit les larmes lui monter aux yeux. C'était la Z

première fois qu'elle le voyait exprimer sa colère depuis la nuit du meurtre.

— Comment, Ted? Comment auriez-vous fait?

— J'aurais pu empêcher Marilyn de les ramener à la maison. Je les ai tenues dans mes bras quelques heures avant le drame, dans le restaurant. Mais j'ai laissé leur mère me manipuler. Je l'ai laissée piquer une colère et partir avec mes filles. J'aurais dû l'en empêcher, tant pis si ça impliquait une scène en pleine rue.

— Mais vous avez essayé de l'arrêter. Vous l'avez suivie.

— Emily voulait rester avec moi. Elle hurlait quand Marilyn l'a emmenée.

— Vous êtes arrivé à la maison peu après elles. Pourquoi n'avez-vous pas récupéré vos filles à ce moment-là?

—Je ne pouvais pas.

Il se mit à pleurer.

— La maison brûlait. Elles étaient à l'intérieur. C'était fermé à clé. Il y avait des flammes partout... Je n'ai pas pu arriver jusqu'à elles... Elles étaient là, à portée de ma main, et je n'ai pas pu les aider.

Léa ne put réprimer un sanglot. Il avait appelé à l'aide depuis son portable puis essayé désespérément d'entrer dans la maison. Mais il était trop tard. Quand la police l'avait arrêté, il était en état de choc. Il avait les mains brûlées, les vêtements en lambeaux.

Sarah avait les yeux embués de larmes quand elle rencontra le regard de Léa. Elle acceptait le dossier.

— Quelqu'un a tout de même poignardé votre femme, Ted. Quelqu'un a allumé ce feu qui a tué vos enfants, martela l'avocate avant de reprendre plus doucement : vous refusez de vous battre pour prouver votre innocence, vous persistez à adopter une attitude passive, vous n'exercez pas votre droit d'appel. Et, pendant ce temps, le meurtrier de vos filles se promène en toute impunité.

Il referma les yeux, et Sarah pressa les paumes de ses mains contre la vitre.

— Ted, ce monstre est en liberté, il continue de nuire à ceux que vous aimez. A présent, il prend votre sœur pour cible.

Il regarda du coin de l'œil le bandeau de Léa.

— Dix-huit points de suture, une commotion cérébrale. Hier, on l'a menacée avec un couteau.

La voix de l'avocate était pleine de défi.

— La culpabilité du survivant est un calvaire. Et vous avez parfaitement le droit de choisir la prison. Mais, si vous pouviez sauver vos enfants, vous accepteriez de vous battre, non ? Ne voulez-vous pas aider Léa maintenant ? Avant qu'il ne soit trop tard.

Le regard de Ted passa lentement de l'une à l'autre. Plusieurs fois. Puis il s'adressa à sa sœur.

— C'est vrai ce qu'elle raconte ? On t'a fait du mal à cause de moi ?

— Pas à cause de toi, Ted, corrigea-t-elle. A cause du meurtre. Les gens pensent que tu vas laisser tomber, que tu es fichu, mais ils se trompent, n'est-ce pas? Et maintenant quelqu'un veut m'effrayer pour m'éloigner de Stonybrook. Mais je ne partirai pas. Tu dois ça à tes enfants, Ted. Tu leur dois la justice.

La réponse fut longue à venir. Enfin, il leva la tête pour parler. Léa retint sa respiration.

— Que dois-je faire? demanda-t-il.

— Je ne veux pas en discuter maintenant. Fiche-moi la paix.

Chris voulut fermer la porte de la salle de bains au nez de sa mère, mais elle le prit de vitesse et l'ouvrit en grand.

— Tu ne vas pas te débarrasser de moi comme ça, déclara- t-elle en se plantant dans l'embrasure de la porte d'un air têtu, les bras croisés. Tu rentres à pied à 1 h 30 du matin. On ne sait toujours pas où est ta voiture. Tu as pratiquement raté ta matinée de travail parce que tu dormais. Et tu refuses de répondre à mes questions.

— J'y ai déjà répondu hier soir.

Lui lançant un regard noir dans le miroir, il entreprit de se raser. Il avait eu tort d'ouvrir la porte pour chasser la vapeur, car sa mère l'attendait de l'autre côté. De pied ferme.

— Mes réponses ne te conviennent pas, alors tu reviens à la charge.

— Et ça t'étonne ? répliqua-t-elle d'un ton mauvais. Quelle mère serait satisfaite d'apprendre que son fils se fait embobiner par une espèce de bimbo et qu'il lui laisse sa voiture?

— Je t'interdis de parler de Heather de cette façon.

Il agita le rasoir dans sa direction, puis essuya sa main à la serviette posée sur son épaule et commença à se raser.

— Elle va me la ramener dans la matinée. C'était une urgence.

— Une urgence? répéta-t-elle avec mépris. Elle était pressée de rejoindre des voyous pour fumer de la drogue et boire ? Ou pour pratiquer son culte satanique dans un cimetière?

Il se tourna résolument vers elle.

— J'en ai marre que tu piques une crise chaque fois que je m'intéresse à une fille. Tu es jalouse, maman, c'est tout. Et je trouve ça malsain. Heather ne t'a rien fait, alors arrête de parler d'elle comme si elle était un monstre.

— Mais c'est un monstre! Un démon! s'écria-t-elle en élevant la voix. Je l'ai bien observée dans le couloir, hier soir. J'ai vu la façon dont elle te regardait et dont elle te touchait. Elle ne pouvait même pas attendre d'être sortie d'ici pour poser ses sales mains sur toi.

— C'est moi, maman, qui avais posé mes mains sur elle, rétorqua-t-il en lançant le rasoir dans le lavabo. Tu veux vraiment savoir pourquoi elle a pris ma voiture, hier soir? Parce que j'ai voulu coucher avec elle. De force.

Le visage de sa mère prit la couleur de la cendre, et elle recula d'un pas.

— Tu es satisfaite? Tu as les réponses à tes questions?

— C'est elle qui est venue te chercher. Elle a tout fait pour te tenter.

— Reviens sur terre, tu veux ?

— Ça suffit!

La voix du révérend.

Devant son ton péremptoire, tous les deux sursautèrent et se turent.

Patricia Webster s'éloigna vivement dans le couloir tandis que son mari s'approchait de la porte de la salle de bains.

— Ta voiture est revenue.

Chris n'osa pas répondre. Jamais il n'avait vu le visage de son père empreint d'une telle colère.

— C'est Mick Conklin qui l'a ramenée. Il quitte à l'instant mon bureau.

Il parlait lentement avec un grand calme.

Mais Chris remarqua avec terreur qu'il serrait les poings.

— Habille-toi décemment et descends me rejoindre dans mon bureau. J'ai à te parler.

— Ted doit faire un gros travail sur lui-même s'il veut affronter correctement le procès, déclara Sarah Rand. Il a besoin d'être aidé. Il lui faut un thérapeute et sans doute un traitement. Je veux qu'il se présente à la barre en pleine possession de ses moyens et qu'il prenne une part active à sa défense.

Elle tapota amicalement la main de Léa.

— Je me demande encore comment vous avez réussi à briser sa coquille.

— Ce n'est pas moi, Léa. Il en est sorti pour vous.

Mais Léa savait ce qu'ils lui devaient. L'avocate avait bien travaillé. Elle avait réussi à faire avouer à Ted sa culpabilité et son chagrin. Le reste avait suivi.

Sarah gara sa voiture dans la première place libre qu'elle trouva en face de son bureau.

— Vous êtes sûre que vous ne voulez pas que je vous dépose chez votre médecin ?

Léa secoua la tête en souriant.

— Vous avez déjà tant fait! Et puis c'est inutile. Mick doit passer me prendre. Il insiste pour jouer les gardes du corps tant que Dusty n'est pas sous les verrous. Remarquez, je ne m'en plains pas.

— Je vois ce que vous voulez dire, acquiesça Sarah en riant. Un jour, quand nous aurons le temps, je vous raconterai la semaine que j'ai passée à me cacher avec Owen.

Elles sortirent ensemble de la voiture et traversèrent la rue.

— Mick men a vaguement parlé. Ça a dû être horrible.

— Plutôt, oui. Mais finalement, ça a été le début de notre histoire... Tiens, Owen! Il ne devait me rejoindre qu'à 13 h 30. Une heure d'avance.

Léa n'eut aucun mal à reconnaître Owen Dean, l'ex-star de cinéma reconvertie dans la production qui attendait devant le bureau. Tous les passants se retournaient sur lui.

A peine Sarah eut-elle posé le pied sur le trottoir qu'il vint la serrer dans ses bras.

— Pardon, mais nous ne nous sommes pas vus depuis ce matin, déclara-t-il à l'intention de Léa.

Il lui tendit la main avec un grand sourire tandis que Sarah essayait de se recomposer une attitude digne.

— Vous devez être mademoiselle Hardy...

— Léa, répondit-elle en lui serrant la main.

La transformation de Sarah, maintenant qu'elle se trouvait auprès de son mari, était vraiment fascinante. Au lieu de l'avocate expérimentée, Léa avait devant elle une femme rougissante et visiblement très amoureuse.

Owen se montrait extrêmement poli, mais ses yeux revenaient sans cesse vers sa femme qu'il tenait par les épaules. Ils formaient un couple étonnant.

— Sarah, j'ai eu Mick au téléphone, ce matin. Nous avons pensé que ce serait bien de sortir tous les quatre pour dîner ou prendre un verre, ce week-end. Enfin, toi, tu ne boiras que du lait, bien sûr.

Elle lui donna une tape sur le bras.

— Un milk-shake, à la rigueur, concéda-t-il.

Elle secoua la tête en souriant et se tourna vers Léa.

— Nous savons depuis hier que j'attends un enfant. Je le croyais discret, mais il ne cesse d'y faire allusion devant tout le monde.

— Je suis sûr que les journaux à scandales l'ont su avant nous, répliqua-t-il en lui volant un baiser. Et puis j'ai été obligé de le dire à Mick. Il fallait bien que je lui explique pourquoi il nous fallait tout à coup une chambre en plus.

— Tu es incorrigible, Owen.

Sarah reporta son attention sur Léa.

— Ne vous inquiétez pas. Ça ne m'empêchera pas de travailler sur le dossier de votre frère.

— Je le sais, répondit Léa en lui effleurant gentiment le bras. C'est une merveilleuse nouvelle. Je me réjouis pour vous deux.

Ils se retournèrent tous les trois en même temps en voyant Mick arriver au volant de sa Volvo. Il leur adressa un coup de Klaxon et s'arrêta en double file. La portière s'ouvrit, puis son visage souriant apparut au-dessus.

Léa convint rapidement d'un nouveau rendez-vous avec Sarah Rand et se précipita vers la voiture. Pendant ce temps, Mick échangeait des gestes et des plaisanteries avec les conducteurs qui devaient manœuvrer pour le dépasser.

— Je deviens champion en embouteillages, ces derniers temps.

Il l'embrassa longuement sous les regards amusés de Sarah et d'Owen, avant de démarrer.

Léa le contempla en silence tandis qu'il se concentrait sur sa conduite. L'idée qu'elle était peut-être enceinte lui effleura l'esprit, mais elle la repoussa aussitôt.

— Raconte, la pressa-t-il avec un rapide coup d'œil. Comment ça s'est passé avec Ted ?

— S'il te plaît, dis-moi d'abord que tu n'as pas laissé Heather seule à la maison.

— Ne t'inquiète pas. Après t'avoir déposée tout à l'heure, nous sommes allés lui acheter un téléphone portable. Ensuite, je l'ai emmenée à mon bureau. Elle fait un peu de classement et projette de me facturer ça une fortune.

Le matin, avant que l'adolescente descende prendre son petit déjeuner, il lui avait raconté ce qui s'était passé au lac. Horrifiée d'apprendre que Dusty avait menacé Heather. elle avait supplié Mick de ne plus la laisser seule à la maison tant qu'il se promènerait en liberté. Même avec Max comme chien de garde.

— Tu ne m'as toujours pas répondu. Avec Ted, ça s'est bien passé ?

Elle lui raconta leur entrevue à la prison.

— Aurais-tu réglé la question des honoraires de Sarah Rand avec elle sans m'en parler?

— Comment ça? dit-il d'un air innocent.

Elle contempla son profil.

— Sarah m'a dit de ne pas m'en inquiéter. Elle est en passe de devenir une des avocates les plus en vue de la région, et je n'aurais jamais osé m'adresser à elle si j'avais su qu'elle me ferait la charité.

— Elle a les moyens de travailler gratuitement, crois-moi. Et pense à sa publicité si ton frère était innocenté.

— Mick, tu te souviens de notre conversation au sujet de la confiance? J'ai besoin de savoir si tu es intervenu.

Il fronça les sourcils sans répondre, puis se hâta de garer la voiture et d'arrêter le moteur. Tout en tentant d'endiguer le flot de ses émotions, elle attendit qu'il se tourne vers elle.

— J'ai appelé Sarah parce que le bungalow saccagé au Lion Inn était celui que louait Marilyn à l'année. Rich Weir n'a pas l'air de trouver ça important, mais je pense que ça peut avoir un rapport avec le meurtre.

— Tu as demandé un service à Sarah ?

— Non. Je trouvais important de la mettre au courant et j'en ai profité pour lui glisser des informations sur la vie privée de Marilyn. Je trouve dommage que le sujet n'ait pas été évoqué pendant le procès.

— C'est pour ça qu'elle m'a appelée lundi ? Tu as fait jouer votre amitié?

— Non. Je pense qu'elle a simplement jugé que le dossier en valait la peine.

Léa essaya de se raisonner. Tout ça, c'était pour Ted. Mais elle souffrait de penser qu'elle profitait — même d'une façon détournée — de l'argent de Mick et de ses connaissances. Comme les autres femmes.

— Et les honoraires ?

Il regarda droit devant lui sans répondre.

— Écoute, Mick, je ne t'en veux pas. Au contraire, je t'en suis très reconnaissante, assura-t-elle en posant une main sur son avant-bras. Mais je dois savoir combien je te dois, parce que j'ai l'intention de te rembourser un jour.

— Je réglerai cette question avec Ted quand il sortira. N'insiste pas.

La réponse la prit au dépourvu.

— Ça risque d'être long, observa-t-elle seulement.

— J'ai les moyens d'attendre.

— Mick, sois raisonnable...

— Je le suis.

Il lui prit la main et la serra dans la sienne.

— Je vais t'expliquer pourquoi j'ai refusé de m'intéresser à ce procès. Après mon divorce, j'ai eu une courte aventure avec Marilyn. J'ai vite compris qu'elle n'en valait pas la peine. Je n'ai pas oublié. Elle était capable de rendre n'importe quel type complètement cinglé — au point de vouloir la tuer. Et je vais te dire autre chose. La fidélité, elle ne savait même pas ce que c'était.

Léa s'était toujours soigneusement tenue à l'écart du mariage de Ted et de Marilyn. Sans doute parce qu'elle aussi avait craint de découvrir la vérité.

— Elle utilisait les gens. Ouvertement et sans vergogne. Je crois bien que tous les hommes de cette ville devaient avoir une bonne raison de la tuer. Mais on a arrêté Ted, et je me suis dit que c'était peut-être lui, après tout. Ce que je ne comprenais pas, c'est qu'il ait laissé brûler ses enfants.

— Qu'est-ce qui t'a fait changer d'avis? demanda-t-elle doucement.

Ses yeux bleus se posèrent sur elle avec intensité.

— C'est toi. Le fait que tu croies si fort en lui. J'ai commencé à regarder autour de moi, à observer les gens. Et j'ai pensé qu'il était peut-être victime d'une erreur judiciaire.

Léa lui avait pris la main.

— Je suis vraiment touchée de ce que tu fais pour moi. Je suis boule-versée par ta gentillesse et ta générosité. La maison que j'essaye de vendre appartient aussi à mon frère. Il ne possède rien d'autre. Dès que je l'aurai vendue, je veux que tu acceptes...

— Pas question, la coupa-t-il avec entêtement. Je ne veux même pas parler argent avec toi. Ce que je ressens à ton égard n'a rien à voir avec de la gentillesse ou de la générosité.

Léa plongea de nouveau dans ses yeux. Il avait un regard limpide, transparent. Aussi transparent que ses sentiments, que son âme.

— Je ne sais pas quoi dire.

— Eh bien, ne dis rien, commenta-t-il en l'embrassant tendrement. Nous avons mieux à faire que de parler.

Chapitre Vingt-Six

En raccrochant, Joanna avait envie de danser, mais elle se retint. Elle nettoya l'établi à la hâte, rangea les outils à leur place, se débarrassa de son tablier et défroissa du plat de la main sa nouvelle robe d'été verte à fleurs.

Puis elle rejoignit Gwen qui faisait les comptes derrière le comptoir. Sa sœur leva la tête, surprise de la voir entrer en trombe.

— Je déjeune dehors. Tu as besoin de quelque chose?

— Où vas-tu ?

— Je n'en sais rien. Peut-être au Grille. Peut-être dans ce nouveau restaurant mexicain, près de l'autoroute.

Joanna se glissa derrière elle afin d'attraper ses clés et son sac.

— Avec qui déjeunes-tu?

— Andrew.

Elle n'avait pas hésité et elle ne s'arrêta pas pour guetter la réaction de Gwen. Elle avait osé le lui dire, elle se sentait légère, merveilleusement bien.

— Je l'ai invité à déjeuner et il a dit oui.

— Joanna, j'ai reçu quatre commandes dans la dernière demi-heure. Nous avons une livraison qui arrive à 12 h 30. Il faut que tu restes m'aider.

Le subtil changement de ton dans sa voix ne lui échappa pas. Malgré le nœud qui apparut dans son ventre, elle refusa de céder. Ses mains se refermèrent sur ses clés de voiture, elle attrapa son sac sur l'étagère et se tourna résolument vers sa sœur.

— Désolée, j'ai un rendez-vous.

— Joanna, nous tenons un commerce. Il y a certaines obligations...

— J'y vais, dit-elle simplement en passant derrière Gwen.

Cette dernière lui bloqua le passage.

— Non. J'ai mon mot à dire, figure-toi. Tu ne peux pas t'en aller tranquillement alors que nous avons du travail.

— Mais si, je peux. Regarde.

Joanna refusait de se mettre en colère, de perdre patience.

— Il s'agit de notre gagne-pain...

— Ton gagne-pain, corrigea-t-elle. Ta vie est peut-être indissolublement liée à cette boutique, mais pas la mienne. D'ailleurs, tu en es la vraie propriétaire. Ce que tu me rappelles régulièrement.

Sa sœur allait répliquer, mais Joanna la fit taire d'un geste.

— Ce n'est pas un reproche. Tant mieux pour toi si cette boutique est la passion de ta vie. Ce n'est pas la mienne. J'aurai bientôt trente ans et je n'ai pas l'intention de passer ma vie à arroser des plantes ou à composer des arrangements floraux.

Elle tenta de se faufiler, mais Gwen lui barra résolument la sortie.

— Tu laisserais tout tomber... juste pour coucher avec un type ?

— Ce type a un nom. Il s'appelle Andrew. Andrew Rico. Et il ne s'agit pas que de sexe. Nous ne sommes plus des adolescents qui se retrouvent en cachette dans les étables. Nous n'en sommes plus là.

— Où veux-tu en venir? s'écria Gwen. Ne me dis pas que tu as l'intention de t'exhiber avec lui dans Stonybrook?

— Nous ferons comme bon nous semble. Ce ne sont pas tes oignons.

— Tu plaisantes, je présume! lâcha sa sœur avec un rire forcé. Tu devrais savoir comment les gens vont réagir. Ils vont vous détruire. Tous les deux. Et moi aussi. Nous sommes déjà passées par là, Joanna. Tu as déjà oublié? Si vite?

— Si vite ? répéta-t-elle en écho. Bon sang, Gwen ! Quand comprendras-tu que Cate est partie pour toujours? Elle est morte, et toi, tu continues d'en vouloir à la terre entière. Tu refuses d'oublier.

Gwen jeta rageusement à terre son carnet de bons de commande.

— Comment pourrais-je oublier quand tu prends la relève ? Cate aussi voulait être différente. Et regarde ce qu'ils lui ont fait! Je vais te perdre, comme elle.

Joanna secoua la tête, incrédule.

— Personne ne lui a rien fait. Elle était lesbienne, c'est tout. Elle a fait ce qu'elle a voulu. Depuis toujours, elle rêvait de fuir cette ville. Comme beaucoup de gens, elle passait par des périodes de dépression depuis son adolescence. Comment se fait-il que tu aies oublié ça?

— Parce que c'est faux. C'est Marilyn qui a tout déclenché avec ses racontars. Les autres ont suivi.

Joanna baissa les yeux, résignée, et écouta sans broncher la rengaine qu'elle ne connaissait que trop bien.

— Mais je ne laisserai personne te blesser, tu m'entends ? Ils ne te feront pas partir parce que tu as une aventure avec un homme de couleur.

Joanna en avait assez de supporter passivement ce sermon. Repoussant sa sœur, elle gagna la sortie dignement.

— J'y vais, Gwen.

— Tu ne peux pas.

— Tu n'as toujours pas compris, répliqua-t-elle en s'arrêtant sur le pas de la porte pour se tourner vers elle. Ce n'est pas Marilyn qui a chassé Cate. Ni les gens de Stonybrook. C'est toi, Gwen, Toi, ton esprit étroit, tes préjuges, ta méchanceté. Toi et ton refus de l'accepter telle qu'elle était. Mais moi, je ne te laisserai pas me détruire.

— Pourriez-vous dire à Stéphanie que j'ai appelé?

Elle se tut.

— Oui, Léa Hardy.

Debout dans le couloir, Heather la regardait en train de s'entretenir au téléphone, assise dans le fauteuil de Mick. Léa était à sa place dans cette maison. Cela paraissait tout naturel de descendre le matin et de la trouver s'activant dans la cuisine. La veille au soir, en la voyant dormir, Heather s'était surprise à souhaiter que les travaux ne finissent jamais. Elle n'avait pas envie de la voir partir.

On lui avait enlevé son bandage, mais un pansement protégeait encore les points de suture. Vivement que l'on arrête Dusty, songea Heather. Il était temps que ce malade paie.

Dès que Léa eut reposé le téléphone, elle laissa libre cours à sa curiosité.

— Tu as appelé les Slater? Ils ont accepté de te parler?

— J'ai parlé à Bob.

— Ouah! fit-elle en s'asseyant sur le bureau de son père. Je croyais qu'ils ne pouvaient pas te voir. Qu'ils en avaient après toi et ton frère.

— Je ne suis pas au courant, répliqua Léa en se levant. J'ai vu Stéphanie en ville, hier. Elle n'était pas très bien et je m'inquiétais pour elle. Alors, plutôt que de me ronger les sangs, j'ai préféré prendre de ses nouvelles.

— Excellente initiative! s'exclama Heather avec enthousiasme. A propos d'initiative, je me suis permis de prendre rendez-vous pour toutes les deux.

— Rendez-vous?

— Pour une coupe de cheveux, précisa-t-elle en descendant du bureau. Je pense même aller un peu plus loin que la coupe. J'en ai un peu marre de cette couleur mauve.

— Tu voudrais quoi maintenant?

— Je pensais à un quadrillage rouge et vert et...

Elle marqua une pause de façon à ménager son effet.

— ... peut-être une queue jaune sur la nuque.

— Une vraie gravure de mode.

— Tu n'y es pas du tout. Je suis une déesse.

— Très bien, Déesse, déclara Léa en la poussant hors du bureau. J'ai le temps de travailler un peu à côté ?

— Non, c'est trop juste. Comme papa rentre vers 17 heures, j'ai pris rendez-vous en début d'après-midi. Du coup, on pourra faire les magasins ensemble en sortant.

— Une sortie entre copines? s'exclama Léa en riant. Ce sera une première pour moi, tu sais.

Heather lui sauta au cou et lui déposa un rapide baiser sur la joue. C'était un peu mièvre et pas vraiment dans ses habitudes, mais qu'elle importance?

— Pour moi aussi, répliqua-t-elle en prenant une canette de soda dans le Frigidaire.

Léa ne répondit pas, et Heather n'osa pas se retourner de peur de la surprendre les larmes aux yeux. Elle s'émouvait facilement, ces derniers temps.

— D'accord pour le lèche-vitrines, déclara enfin Léa. Je voudrais m'acheter des boucles d'oreilles comme les tiennes. Pour l'anneau dans le nez et le piercing dans les sourcils, j'hésite encore.

— Pourquoi veux-tu un anneau dans le nez?

— Pour te ressembler, bien sûr.

— Dans quel but ?

— Parce que tu es mon idole.

Heather ne put retenir un sourire.

— Ouais, c'est ça...

— Je suis fière de toi, tu m'impressionnes beaucoup, poursuivit Léa avec douceur. Tu as beaucoup changé. Tu comprends vite. Je n'en étais pas là, à ton âge.

Heather s'appuya contre l'évier, emplie d'une drôle d'émotion.

— Tu es bien plus qu'une déesse. Tu es une jeune fille forte, courageuse et pleine de bonté.

Avançant jusqu'à la table de la cuisine, Léa farfouilla dans son sac et en sortit un flacon contenant des comprimés. Heather comprit aussitôt de quoi il s'agissait.

— Je l'ai trouvé dans la remise, avant-hier. Je pense que ça t'appartient.

Elle baissa les yeux. Il y eut un silence.

— Tu sais, quand j'étais adolescente, moi aussi j'ai pensé au suicide, reprit Léa en lui montrant ses poignets où l'on voyait encore des cicatrices. J'étais seule et très déprimée. Ted venait de partir pour l'université. J'aimais ma tante, mais je pensais qu'elle serait mieux sans moi.

Elle baissa les bras.

— Heureusement qu'elle m'a trouvée à temps. Mais j'ai eu du mal à m'en remettre — et ça m'a coûté cher en thérapie. Ce n'est que très récemment que j'ai réussi à surmonter certaines choses. Grâce à toi. Tu m'as aidée à affronter le souvenir de la mort de mes parents.

Des larmes brillaient dans ses yeux noisette.

— Je t'admire, Heather. Est-ce trop te demander que de rester parmi nous ?

Les yeux brouillés, Heather la serra dans ses bras.

— Je n'ai plus besoin de ces cachets. Je voulais mourir... Je me suis débarrassée de ce à quoi je tenais le plus, j'avais même écrit des lettres d'adieu. Je voulais avaler les comprimés dans ta remise. Mais maintenant, mes problèmes... C'est bizarre, ils n'ont plus l'air si importants.

— Tu as mûri et tu sais comment les affronter. C'est ça, la vie. Les épreuves nous font évoluer et nous permettent d'apprécier à leur juste valeur les bons côtés de la vie.

Essuyant ses larmes d'une main, Heather ôta le bouchon du flacon de comprimés. Elle jeta le tout dans l'évier et ouvrit le robinet. En regardant les cachets disparaître dans la canalisation, elle eut envie de raconter à Léa ce qui s'était passé la veille.

— La mère de Chris ne serait pas de ton avis. Elle ne pense pas beaucoup de bien de moi...

— Pourquoi dis-tu ça ?

Elle lui décrivit l'attitude hostile de Mme Webster. Puis elle poursuivit avec le récit de ses déboires avec Chris, sans rien dissimuler.

— Tu n'as quand même pas raconté à ton père que Chris avait voulu te prendre en photo ? s'écria Léa quand elle eut terminé.

Heather secoua la tête.

— Si j'avais fait ça, il serait tout de suite parti lui casser la figure. Calme et mesuré comme il est, il risquait de l'amocher sérieusement.

— Ce Chris aurait tout de même besoin d'une bonne leçon.

Surprise, elle leva les yeux. Léa avait l'air outrée.

— Je croyais que tu pardonnais tout aux adolescents ?

— Mais celui-ci en voulait à mon idole, répliqua Léa en lui prenant les mains. Sincèrement, c'est inadmissible de tenter d'abuser de quelqu'un.

Heather s'efforça de dissimuler le plaisir qu'elle ressentait à entendre Léa l'appeler son idole, même en plaisantant. Elle feignit de réfléchir.

— Je crois que je lui ai donné une petite leçon.

— En tout cas, s'il essaye encore de t'approcher…

— Je le dirai à papa, la coupa-t-elle. Promis.

Cela l'impressionnait de voir Léa en colère. Elle baissa les yeux vers sa montre.

— On va être en retard chez le coiffeur, si on continue.

Léa attrapa son sac en souriant.

— Alors, qu'elle couleur ?

— J'ai encore change d'avis. Je crois que je veux la même que toi. Une idole doit tenir son rang…

———

— Comment ça va, les gars ?

Sans attendre de réponse, Sheila passa au milieu de la demi-douzaine de policiers qui se trouvaient dans la salle d'accueil et franchit la zone réservée au personnel pour aller tout droit dans le bureau de Rich. Elle le trouva en grande conversation avec Tom Whiting.

Tous les deux levèrent la tête avec un bel ensemble en l'entendant entrer.

— Sheila, qu'est-ce que tu fabriques ici ?

— Tom, voudrais-tu nous excuser une minute?

Le jeune inspecteur jeta un regard interrogateur à son supérieur et, comme celui-ci hochait la tête, il sortit sans un mot. Sheila ferma soigneusement la porte derrière lui et entreprit ensuite de baisser les stores du large pan de mur vitré qui donnait sur les bureaux.

— Que se passe-t-il, ma chérie ? s'enquit Rich avec inquiétude en faisant mine de se lever de sa chaise.

Elle vint se placer devant lui et l'obligea à se rasseoir.

— Inutile de jouer l'innocent. Laisse tomber.

— Laisse tomber quoi ?

Elle planta ses poings sur ses hanches.

— Je viens de passer ces deux dernières heures à coiffer les deux plus charmantes personnes que j'aie jamais rencontrées.

— Eli bien, elles devaient être réellement très charmantes.

— Ne te fiche pas de moi, ou je donne mon costume de lapin tout neuf à l'Armée du Salut.

Il ouvrit la bouche pour répondre, mais jugea plus avisé de se taire.

— Je veux savoir comment tu comptes aider Léa Hardy.

— Chérie, ça ne te concerne en rien et...

— Me raconte pas de conneries. On l'a assommée et menacée avec un couteau. Dans ta ville. Et ensuite, la même brute a fichu une trouille bleue à Heather.

Elle lui lança un regard noir.

— Tu as l'intention d'arrêter Dusty, oui ou non?

— Oui.

— Quand?

— Je m'y emploie, figure-toi. Depuis hier soir, depuis que Mick m'a prévenu. Il se passe des choses vraiment pas claires par ici, Sheila. J'ai déjà un mandat d'arrêt contre Dusty.

Il referma sa main sur son poignet et la tira. Elle se laissa tomber sur ses genoux.

— Tu n'es venue que pour me parler de cette histoire?

Elle arrêta ses mains qui commençaient à fureter.

— Tu la prends au sérieux, maintenant?

— Je crois en effet que quelqu'un lui veut du mal.

— Et quoi d'autre ? dit-elle en le laissant glisser les mains sous son chemisier.

— Je ne crois plus qu'elle ait l'intention de semer le trouble à Stonybrook.

— De mieux en mieux, commenta Sheila en guidant ses mains vers la fermeture de son soutien-gorge.

Il le défit, et ses seins s'épanouirent dans ses larges paumes.

— Continue.

— Il y a un autre dingue qui s'amuse à envoyer des photos de Marilyn. Des photos où on la voit faire ce que tu sais avec ses petits camarades.

— Tu penses qu'il ne s'agit pas de Dusty?

— Je parlais de ça avec Tom quand tu es entrée.

Elle se remit debout. Relevant son chemisier, elle rattacha lentement son soutien-gorge. Rich la regardait avec des yeux exorbités.

— Je vois que tu as bien travaillé. Tu auras droit à une petite gâterie, ce soir.

Elle lui donna un baiser prometteur et sortit de son bureau d'un pas nonchalant.

— Désolée, les gars, lança-t-elle à la cantonade. La pause est terminée. Vous avez du pain sur la planche.

Chapitre Vingt-Sept

COMME D'HABITUDE, il y avait la queue devant le Hughes Grille. Laissant Léa et Mick s'asseoir sur un banc à l'entrée du parc, Heather alla demander s'ils auraient longtemps à attendre.

— Je ne sais pas si c'était une très bonne idée de venir diner ici, murmura Léa. Tout le monde me regarde.

— Ils te regardent parce que tu es superbe, répliqua Mick en l'attirant contre lui.

Elle portait une robe qui lui couvrait à peine les genoux et remontait légèrement quand elle s'asseyait. Fout en admirant ses longues jambes, il laissa son bras autour de ses épaules.

— Et aussi terriblement sexy.

Elle leva la tête en souriant. Leurs regards se rencontrèrent.

— Pourquoi ne m'as-tu pas dit plus tôt que tu préférais les cheveux courts?

— Ce n'est pas seulement ta nouvelle coupe de cheveux que j'apprécie. C'est toute ta personne. Est-ce que tu te rends compte que nous n'avons pas fait l'amour depuis près de vingt-sept heures ?

— Tant que ça ?

— Oui. Tant que ça. C'est terrible. Surtout que tu n'arrêtes pas de te promener à demi nue sous mon nez. J'ai failli te sauter dessus quand tu t'es penchée sur la machine à laver, tout à l'heure.

— Je cherchais mes sous-vêtements. Ils se sont mélangés avec tes slips et je ne les retrouvais plus. J'aurais dû te demander si tu les avais vus, ça m'aurait évité de traverser la maison entourée d une serviette, dit-elle en posant une main innocente sur son genou.

270

Il la serra un peu plus, et sa bouche passa tout près de ses lèvres.

— Et si nous faisions un petit tour jusqu'à mon bureau ? C'est juste à côté.

Elle fit remonter un peu sa main le long de sa cuisse et lorgna la bosse de son pantalon.

— Je ne te trouve pas assez décent pour marcher dans la rue.

— Et je le suis de moins en moins, commenta-t-il sobrement. On pourrait disparaître dans le parc, derrière un fourré...

— Attention, voilà Heather.

Elle voulut se dégager de son étreinte, mais il la retint et l'embrassa. Elle rougit violemment.

— Ce n'était qu'un petit acompte.

— Vous ne pouvez pas vous lâcher une seconde ou quoi ? grommela l'adolescente en secouant la tête. On est en public, quand même.

— Ce n'est pas parce que tu te coiffes de nouveau comme une personne civilisée et que tu t'es débarrassée de tes anneaux et de tes clous que tu dois t'imaginer que tu vas diriger la maison !

Elle lui adressa un sourire rayonnant.

— Et pourquoi pas ? Sheila trouve que je te ressemble avec cette coiffure. Elle te plaît ?

Elle toucha ses courtes boucles blond-roux.

— Oui, acquiesça-t-il en l'attirant près d'eux. Je crois que je n'ai pas fini de m'inquiéter, avec les garçons qui vont te tourner autour.

— Oh, non! J'ai juré de ne pas accepter de rendez-vous avant l âge de trente ans.

— Je penserai à te le rappeler, dans une semaine.

Il lui ébouriffa tendrement les cheveux.

— Alors? Combien de temps devons-nous attendre?

— On m'a dit quarante-cinq minutes. Mais je crois que c'est parce que je m'appelle Conklin.

Elle jeta un coup d'œil à la file d'attente.

— Ça ne fait que deux ans que j'ai quitté Stonybrook, mais j'ai l'impression de ne plus connaître personne. Tu reconnais quelqu'un, Léa?

— Non. Cela dit, en vingt ans...

Mick sauta sur l'occasion. Il voulait que Léa sache que les choses avaient évolué.

— Des gens nouveaux sont venus s'installer. Et ceux-là ne s'intéressent pas à ce qui s'est passé il y a cinq, dix, vingt ou trente ans. On ne traîne plus de vieilles casseroles derrière soi, à Stonybrook.

Remarquant que Léa regardait ailleurs, il suivit son regard. Andrew

Rice arrivait en compagnie de Joanna Miller, l'air particulièrement épanoui.

— Ce banc vous est réservé ou bien on peut s'asseoir avec vous ? s'enquit-il avec un sourire.

Eux aussi avaient réservé une table et, après avoir évoqué quelques souvenirs, ils décidèrent de dîner ensemble.

Mick était aux anges quand ils entrèrent dans le restaurant en leur compagnie, une demi-heure plus tard. Il souhaitait réconcilier Léa avec Stonybrook. Elle y avait de vieux amis — comme Andrew —, et elle pouvait s'en faire de nouveaux — comme Joanna.

Il ne voulait pas qu'elle reparte. Il fallait qu'elle lui laisse sa chance, qu'elle laisse sa chance à Stonybrook...

Dissimulé derrière le paravent oriental, Chris surveillait la salle par un interstice.

Cette coupe de cheveux avait transformé Heather. Elle lui parut plus âgée — et super mignonne dans sa robe courte boutonnée sur le devant. Apparemment, c'en était fini des cheveux mauves et des vêtements noirs. Il se demanda si elle portait toujours son anneau au nombril, sous la robe bleu clair.

Heather était installée entre Léa et son père. Il avait entendu la serveuse annoncer une commande pour la table de Mick Conklin. Ainsi qu'il s'y attendait, Heather se leva au bout de quelques minutes et se dirigea vers les toilettes.

L'une des portes de la cuisine donnait sur le couloir. Chris se précipita pour intercepter Heather, mais elle avait déjà disparu à l'intérieur du local réservé aux dames.

Il patienta dans le couloir. Un homme le considéra bizarrement en sortant des toilettes. Il entendait le brouhaha qui provenait du bar et Brian qui donnait des ordres au barman.

Dès qu'il vit revenir Heather, il alla à sa rencontre.

— Heather, j'ai essayé de t'appeler, mais tu ne répondais pas et je n'ai pas osé laisser de message chez toi.

Elle le toisa avec froideur.

— Je te prie de m'excuser pour hier soir.

— Je préfère ne pas aborder ce sujet.

Elle voulut passer, mais il l'arrêta.

— Il le faut. Je veux que tu saches que j'ai honte. Je me suis comporté comme un imbécile.

— Laisse tomber.

Comme elle tentait encore de passer, il lui attrapa le bras.

— C'était pas vraiment ma faute. Il faut me comprendre... Ma mère m'avait énervé, et en plus, je croyais que tu avais l habitude de... Bon sang, je voudrais tellement me rattraper.

— Tu ne peux pas, Chris. C'est fini entre nous. Cuit. Terminé.

Elle tenta de libérer son bras, mais il l'immobilisa.

— Allez, Heather. J'ai fait une erreur et je le regrette sincèrement.

— C'est bon, lâcha-t-elle en essayant de se libérer. Je te pardonne. Laisse-moi partir, maintenant.

— Pas avant d'avoir obtenu un rendez-vous.

Il l'attira à lui et coinça ses bras contre son torse. Il eut encore plus envie d'elle quand elle se débattit.

— Allez, c'était pas si mal, hier soir, lui murmura-t-il à l'oreille. Ça t'a plu. Ne le nie pas.

Il se frotta à elle. Elle lui écrasa le pied et réussit à se dégager un peu.

— Tu es malade, Chris. Tu as besoin de te faire soigner.

Il voulut la prendre dans ses bras, mais une femme arrivait vers eux.

— Ne t'avise plus de m'approcher, c'est clair ? siffla Heather entre ses dents en passant devant lui.

Elle disparut dans la salle à manger et il tapa furieusement du poing contre le mur.

— Merde. Merde. Merde.

Essuyant la sueur qui lui perlait au visage, il poussa la porte des toilettes pour hommes. Il avait besoin de se rafraîchir.

Il s'aspergea copieusement d'eau fraîche le visage et le cou, mais cela ne suffit pas à le calmer. Faisant brusquement volteface, il donna un violent coup de pied dans l'une des portes qui alla cogner contre le mur, puis resta immobile, comme hébété, à la regarder se balancer de travers sur ses gonds.

Du coup, sa fureur se calma un peu. Il se dirigea vers la pissotière.

Elle reviendrait. Elle était dingue de lui, il le savait.

Après avoir uriné, il se lava les mains, les sécha et se dirigea vers la sortie. Il tendait le bras pour pousser le battant quand la porte s'ouvrit brusquement vers l'intérieur. Il l'esquiva de justesse. Avant qu'il ait pu réagir, Mick l'avait saisi à la gorge et plaqué contre le mur.

— Écoute-moi bien, espèce de petite ordure, murmura-t-il tout contre lui. Je ne sais pas ce qui me retient de te casser la figure. Tu comprends ça?

— Oui, monsieur. Je comprends. Je me suis excusé auprès de Heather. Je vous le jure. Je suis désolé.

— Tu seras encore plus désolé si je te réduis en bouillie. Crois-moi, ce n'est pas l'envie qui m'en manque.

— Je... je suis désolé. Je ne sais pas ce qui m'a pris. Je suis désolé pour tout...

— Apparemment, ça n'a pas suffi que je parle à ton père. Méfie-toi, c'est la dernière fois que je te préviens.

Il le cogna violemment contre le mur. Chris sentit ses poumons expulser l'air sous le choc.

— Si tu oses encore t'approcher de Heather, je te coupe en morceaux et je te plante la tête en haut d'un mât. Tu as compris ?

— Oui, monsieur. Oui.

Mick le reposa sans ménagement près des urinoirs. Chris vacilla et s'éloigna de lui précipitamment.

— Je suis désolé... Je ne recommencerai pas.

Il eut un mouvement de recul quand Mick donna un coup de pied dans la poubelle, avant de lui tourner le dos et de sortir.

Léa trouva Mick dans son bureau, encore plongé dans la paperasse. Les mâchoires serrées, il semblait prêt à bondir. Apparemment, il pensait encore à Chris.

Il leva les yeux quand elle entra.

— Comment va-t-elle?

— Ça va. Elle est furieuse contre Chris et elle s'inquiète à ton sujet. Elle prétend qu'elle ne veut plus entendre parler des garçons. Mais je crois qu'elle est fière d'avoir su réagir.

Elle vint se placer derrière lui et se mit à lui masser doucement les épaules.

— Et toi ? Ça va ?

— Quand je pense à ce fils de pute...

Elle lui déposa un baiser sur le crâne, sans cesser de le masser.

— Heather est fière de toi, aussi. Elle n'en revient pas que tu aies réussi à te maîtriser et à dîner comme si de rien n'était.

— On a dîné ?

— Oui.

— J'ai mangé?

— Heather et moi avons mangé ta part.

— Vous avez bien fait. Je me souviens d'avoir parlé avec Brian, avant de partir. Il va m'envoyer la note... concernant les dégâts dans les toilettes.

— Ravie que ça s'arrange. Je n'aurais pas voulu payer une caution pour te tirer de prison.

Il appuya sa tête contre son ventre. Elle lui massa les tempes et le crâne, et il ferma les yeux.

— Et toi, tu ne m'en veux pas d'avoir quitté la table comme un fou ?

— J'ai eu peur. J'ai bien cru que tu allais le massacrer, déclara-t-elle en frottant son menton contre ses cheveux courts. Mais il ne l'emportera pas au paradis, crois-moi. Andrew était scandalisé. Il va probablement le mettre à la porte de la pharmacie. Quant à Brian, n'en parlons pas... Ça m'étonnerait qu'il le garde après ça.

— Tu en as connu beaucoup du même acabit, dans ton boulot?

— Quelques-uns. Mais pas aussi tordus que lui.

— Qu'est-ce qu'on fait de ces gars-là ?

— Ils ont besoin qu'on s'occupe d'eux. Mais ça demande du temps et de l'énergie. Il faut les guider et leur imposer des règles.

— Et s'ils ne veulent pas rentrer dans le rang?

— Mick, il ne faut pas que cette histoire te monte à la tête, lui conseilla-t-elle en se penchant vers lui. Chris est une exception. Ta fille rencontrera des types bien, ne t'inquiète pas.

— Je me charge de leur montrer les limites à ne pas franchir.

Elle sourit et lui effleura le front d'un baiser.

— Tu es un père merveilleux, Mick.

— Je trouve que je m'en tire mieux avec les tout-petits. J'étais jaloux tout à l'heure, avoua-t-il en la considérant avec une intensité particulière.

— Ah, oui ? De qui ?

— De Sarah et Owen. Ils vont avoir un bébé.

— Oui, je sais.

Il posa la main sur la sienne, et elle frissonna.

— Nous aussi, on pourrait faire un bébé.

Léa ne sut que répondre. Elle se sentait flotter, légère. Mick lui fit faire le tour de la chaise et elle s'exécuta, les genoux vacillants, tandis que des papillons dansaient devant ses yeux. Il l'attira sur ses genoux.

— Ta nouvelle coiffure cache les points de suture, constata-t-il en jouant avec les mèches de sa frange.

Il lui caressa le visage.

275

— J'ai dit quelque chose qui t'a choquée?

— Je... C'est que...

Il l'embrasse avec tant de tendresse qu'elle fondit dans ses bras. Quand il voulut s'écarter, elle se serra encore plus fort contre lui. La tendresse de Mick lui chavirait le cœur.

— Je t'aime, Léa.

Elle ferma les yeux pour dissimuler son émotion. Il prononçait les mots qu'elle avait toujours rêvé d'entendre. Personne ne lui avait jamais dit « je t'aime ». Ni ses parents, ni Ted, ni tante Janice. Ils l'aimaient, certes, mais ne perdaient pas de temps en démonstrations d'affection.

— Ma vie a changé depuis que tu es là. Et celle de Heather aussi.

Elle ne pouvait détacher son regard de ses yeux bleus embués de larmes.

— Grâce à toi. nous retrouvons presque une vie de famille. Tu nous as aidés à redécouvrir l'amour que nous nous portons, déclara-t-il en passant ses bras autour d'elle. Jamais je n'ai eu à ce point le désir de partager mon existence avec quelqu'un. Même avec la mère de Heather, ce sentiment n'était pas aussi fort.

Il embrassa les larmes qui roulaient sur ses joues.

— Avec toi, je me surprends à rêver de nouveau. A penser aux enfants que nous pourrions avoir ou adopter. Je songe avec plaisir que ma fille est en train de devenir une femme. Ça ne me fait plus peur. Je songe aussi à la fois où nous avons fait l'amour sur la machine à laver, et je me dis qu'il faudrait essayer la cuisinière ou la table de la cuisine. Je me vois te pourchassant dans toute la maison comme une bête sauvage, plus tard, quand nous serons devenus très vieux.

Elle rit à travers ses larmes, et il l'embrassa encore.

— Je ne veux pas que tu me répondes tout de suite, reprit-il en souriant d'un air coupable. Je ne veux pas essuyer un relus parce que tu as d'autres soucis en ce moment. Mais je veux que tu y réfléchisses. Tu es d'accord?

Elle hocha la tête et l'embrassa avec ardeur. Elle voulait qu'il comprenne combien elle aussi l'aimait, même si elle n'osait pas encore le lui avouer.

La chaleur de leur baiser la réchauffa, et elle sut qu'ils ressentaient les mêmes sentiments.

— Tu viendras dans mon lit, cette nuit? Il n'y a pas de minuterie comme sur la machine à laver, mais il est large et nous y serons très à l'aise pour manœuvrer.

— Hmm... non. Je serais plutôt tentée par la cuisinière. Ce doit être mon côté aventureux.

Elle déposa de petits baisers sur sa joue et le long des muscles de son cou.

— Après, on pourra essayer la table de la cuisine.

— C'est vrai ?

Elle eut un rire étouffé quand il la souleva et l'emporta dans ses bras. Ouvrant la porte d'un coup de pied, il lui adressa un sourire espiègle.

— Alors, madame? Que choisissez-vous? La cuisinière ou la table ?

Léa allongea le bras et éteignit la lumière. La clarté de la lune et les lumières de la rue baignaient la pièce d'une douce pénombre. Il la déposa par terre. Elle caressa son torse musclé, son ventre, puis descendit jusqu'à la forme dure qui battait sous son pantalon, un peu plus bas.

— On pourrait faire les deux... Plus le lit.

— Bonne idée. Comme ça, pas de risque de se tromper, répliqua-t-il en la soulevant de nouveau pour l'allonger sur la table.

Chapitre Vingt-Huit

EN VOYANT ARRIVER RICH WEIR, Brian sentit une peur froide et nauséeuse se glisser au creux de son estomac. On était mercredi matin, et cela faisait maintenant deux jours qu'il n'avait pas la moindre nouvelle de Jason. Personne ne l'avait vu quitter Stonybrook. Il semblait avoir disparu de la surface de la planète.

La dernière fois qu'on l'avait aperçu, c'était ici, au Grille.

Le restaurant n'était pas encore ouvert aux clients, mais le personnel s'affairait déjà dans la cuisine. Brian les entendait rire et parler. Il invita Rich Weir ainsi que l'officier en uniforme qui l'accompagnait à passer derrière le bar et à le suivre dans son bureau.

Il leur était reconnaissant de s'être déplacés. Il avait besoin qu'on l'aide à rechercher Jason. Il n'avait plus le courage d'appeler ses amis, ni de rester seul chez lui. Heureusement, il se sentait mieux au Grille. Il s'était souvent réfugié dans ce bureau par le passé, et, aujourd'hui encore, cela lui avait permis de tenir le coup.

Il avait décroché les photos de Jason qui ornaient les murs pour les empiler dans un coin. Il ne supportait plus de voir son visage souriant dès qu'il ouvrait les yeux.

S'installant derrière son bureau, il invita les deux officiers de police à s'asseoir en face de lui.

Rich ne prit pas de gants.

— Nous avons trouvé la voiture de Jason au fond du lac. Il était à l'intérieur. Mort.

Brian ferma les yeux. Une vague de désespoir le submergea.

— Il semblerait que le corps et la voiture aient séjourné dans l'eau

278

environ quarante-huit heures. L'autopsie nous apportera des réponses plus précises.

— Que s'est-il passé ? articula Brian avec peine. Sa voiture a quitté la route ?

— Nous pensons plutôt à un homicide, expliqua Rich. Il a reçu plusieurs coups à l'arrière du crâne, probablement portés avec un objet coupant. Ce sont sans doute ces coups qui ont causé la mort.

— Pas l'accident de voiture ?

— Non.

La tête dans les mains, Brian l'écouta lui expliquer qu'il devait venir identifier le corps à l'hôpital, avant l'autopsie.

— Peux-tu nous dire à qu'elle heure il est parti dimanche soir et où il allait ?

Brian avait l'impression que ses forces l'abandonnaient. Un moment, il crut qu'il allait vomir. Il respira profondément. En tant qu'amant de Jason, il risquait de devenir le suspect numéro un. Il se leva et marcha jusqu'au petit coffre posé derrière la porte. Les deux inspecteurs le suivirent des yeux avec beaucoup d'attention.

— Jason cherchait la personne qui m'envoyait... ces photographies. Je les ai trouvées dans mon courrier la semaine dernière.

Rich prit les photos et les passa rapidement en revue. Il fronça les sourcils.

— C'est à toi qu'on les a envoyées ? Pas à Jason ?

— C'est exact.

— On te faisait chanter?

— Non, répondit Brian avec un sourire amer. Rien que les photos. Et ce n'était pas la première fois. Marilyn me les avait déjà envoyées, accompagnées de ses meilleurs vœux. Elle était dingue, malade. Au moment du divorce, j'avais pris le parti de Ted. Les photos, c'était un moyen de pression. Et aussi une façon de se venger. Elle aurait sans doute aimé assister à notre rupture.

— Mais vous n'avez pas rompu.

— Non. J'ai pardonné à Jason et...

Il secoua la tête en refoulant ses larmes.

— Est-ce que je peux les prendre? demanda Rich.

Brian hocha la tête.

— Je ne sais pas quel est le salaud qui fait ça. Ni pourquoi. Mais Jason croyait avoir sa petite idée.

— Tu es sûr que c'était bien Marilyn, la première fois?

— Oui.

— Comment as-tu réagi en les découvrant?

— J'étais prêt à la ruer, et lui avec.

— Et tu l'as tuée?

Brian leva les yeux vers le chef de la police.

— Non. Quelqu'un s'en est chargé avant moi.

Stéphanie repoussa son paquet de cigarettes au milieu de la table.

— Je voulais vous rappeler, mais je n'avais pas votre numéro.

Bob entra par la porte de derrière en manœuvrant son fauteuil. Il remarqua immédiatement que sa femme avait l'air détendue. Elle était assise à la table de la cuisine en peignoir de bain. Une tasse de café fumait devant elle.

— Oui. Bien mieux. Je... je vous suis reconnaissante pour... enfin pour votre gentillesse.

Elle fit une pause.

— Je ne crois pas que je m'en serais sortie toute seule.

Une pause plus longue.

— Je sais. Je suis de votre avis.

Bob ferma la porte en voyant qu'elle avait mis l'air conditionné en marche. Il approcha son fauteuil roulant et l'observa avec curiosité. Il ignorait avec qui clic parlait, mais cette personne avait réussi à lui arracher un sourire.

— Merci. Peut-être... Oui. nous devrions...

Un silence.

— Entendu. Vous restez combien de temps ?

Il rangea son fauteuil contre la table.

— La semaine prochaine. D'accord. Ce serait formidable.

Encore un silence.

— Oui, ce n'est pas facile, mais j'essayerai. Vous avez raison.

Silence.

— Oui, à la semaine prochaine. Au revoir.

Elle raccrocha. Elle resta un instant immobile, la main sur le combiné, puis elle se tourna vers lui. Il vit aussitôt que ce coup de fil l'avait mise de bonne humeur.

— J'espère que ça ne te gêne pas, l'air conditionné, s'inquiéta-t-elle. Il paraît qu'il va faire une chaleur épouvantable, aujourd'hui.

Il haussa les épaules.

— Q-qui ét-tait-ce ?

— Léa, répondit-elle tranquillement. Elle a rappelé pour demander de mes nouvelles. Nous allons nous voir. La semaine prochaine.

Bob ne sut que dire. Il avait hésité à lui transmettre le message de la fille Hardy, la veille, sachant que Stéphanie lui en voulait. Léa était devenue la femme à abattre depuis qu'elle défendait son frère avec acharnement.

Ce brusque revirement le surprenait, et cela dut se voir sur son visage.

— Léa Hardy est la seule à avoir manifesté suffisamment de courage et de compassion pour me venir en aide, lundi. Meme ce gamin que tu as payé pour veiller sur moi — comment s'appelle-t-il déjà ?

Bob ignorait qu'elle s'en était rendu compte.

— I-il s'ap-pelle T-TJ.

— Il n'a pas bougé le petit doigt.

Son regard se perdit dans le vague.

— Léa a beaucoup souffert. Nous avons au moins ça en commun.

— Heather et moi nous débrouillerons toutes seules. Et puis Max nous protégera. Ne sois pas ridicule, Mick, tu ne peux pas prendre un jour de congé.

— Bien sûr que je peux. J'ai donné deux ou trois coups de fil, et c'est arrangé.

Il glissa une paire de gants de travail dans la poche arrière de son jean.

— J'ai hâte de commencer. Aujourd'hui, je m'attaque aux marches de la véranda.

Comme il ouvrait le tiroir de la cuisine à la recherche des clés de sa cabane à outils, Léa vint derrière lui et lui entoura la taille de ses bras.

— Et moi qui pensais que tu serais trop fatigué, murmura- t-elle. J'ai pourtant fait de mon mieux pour te garder éveille le plus tard possible, hier soir.

Il l'attrapa au passage et la coinça contre le comptoir.

— C'est le moins qu'on puisse dire...

Il l'embrassa longuement, les mains posées sur ses fesses rondes et fermes. Il avait encore envie d'elle.

— Mais épuisé... ça non. J'ai l'impression que je n'arriverai jamais à me rassasier de toi.

A en juger par la manière dont elle lui avait rendu son baiser, il devinait que c'était réciproque.

— Tiens-toi tranquille, ta fille va descendre d'une minute à l'autre.

— Profitons-en pour parler des pauses.

Il pressa ses lèvres sur son cou et respira son odeur. Une odeur fraîche et douce.

— J'en veux une à 10 heures, avec le patron.

— Vraiment? Avec le patron, en plus!

— Oui. Et ce n'est pas négociable.

— Très bien. Et où veux-tu prendre cette pause?

— Peu importe. On pourrait commencer par les toilettes de l'étage.

Elle s'écarta de lui quand elle entendit Heather descendre l'escalier en sifflotant. Depuis peu, l'adolescente prenait la précaution de s'annoncer lorsqu'elle entrait dans une pièce où ils étaient seuls. Elle voulait éviter de les surprendre.

— Je suis prête, annonça-t-elle en pénétrant tranquillement dans la cuisine. Et vous deux ? Qu'est-ce que vous avez fait ? Vous êtes restés debout à m'attendre?

La rougeur qui envahit les joues de Léa valait tous les aveux — comme toujours.

Mick ébouriffa les cheveux de sa fille.

— Assez papoté. Au travail.

Il alla chercher sa ceinture à outils dans son 4x4, accompagné de Max. Le chien renifla les odeurs laissées par les écureuils qui s'aventuraient la nuit dans le jardin.

— J'ai oublié la clé! lança Léa en retournant vers la maison de Mick.

Depuis l'apparition de Dusty, Mick avait fait mettre des serrures neuves aux portes extérieures.

En attendant, il passa sa ceinture en bandoulière et alla dans la cabane à outils prendre un niveau à bulle et deux scies électriques.

— Tu as eu raison de l'envoyer se coucher tôt hier, papa, remarqua malicieusement Heather dès que Léa se fut éloignée. Elle a l'air très reposée... et je ne l'ai jamais vue aussi épanouie.

Mick n'osa pas la regarder en face. Pourtant, ils avaient fait de leur mieux pour être discrets. Léa avait quitté son lit très tôt — vers 5 heures, heure à laquelle ils s'étaient endormis chacun de leur côté.

Léa revenait vers eux en descendant quatre à quatre les marches de sa véranda. Il la revit, nue dans son lit, son corps magnifique, sa bouche sensuelle. Il adorait ce petit son qui montait de sa gorge quand elle allait jouir — et ses yeux qui devenaient flous et d'une nuance plus sombre. Il adorait son expression reconnaissante après le plaisir.

Il aimait se sentir en elle. Tout au fond d'elle. Comme si leurs deux corps ne faisaient plus qu'un.

— Désolée, lâcha Léa en l'entraînant vers sa maison, ce n'est pas encore I heure de la pause. Reprends-toi.

— Ça se voit tant que ça ?

— Comme le disait récemment quelqu'un de ma connaissance, c'est tatoué sur ton front.

— Qu'est-ce qui est tatoué sur son front ? s'enquit Heather.

— Qu'il est ravi de s'occuper de mon perron, répondit Léa d'un ton vif, en accélérant le pas vers sa maison.

Arrivée devant la porte, elle s'arrêta brutalement.

— Attendez. N'avance pas, Heather!

Son changement de ton n'échappa pas à Mick. Il se précipita pour écarter sa fille et rejoignit Léa en deux enjambées. Pas besoin de clé pour la porte, car elle était entrouverte. Il remarqua aussi le carreau cassé de la fenêtre du soupirail.

— Heather, va prévenir la police.

— Papa, ne laisse pas Léa entrer à l'intérieur! lui cria l'adolescente en courant vers leur maison.

Avant qu'on ait pu l'en empêcher, le golden retriever passa devant eux ventre à terre et grimpa l'escalier de la véranda. Décrochant son marteau de sa ceinture, Mick le suivit. Il traversa le vestibule et poussa la porte de la cuisine. Un spectacle désolant s'offrit à ses yeux. Les plafonds et les murs dégoulinaient de peinture rouge, le plâtre avait été saccagé. Même les vieux placards n'avaient pas échappé au carnage. Max renifla une flaque jaune par terre, mais Mick n'eut pas besoin de s'approcher pour comprendre que c'était de l'urine.

— Mais... je... je ne lui ai rien fait. Pourquoi me persécute- t-il comme ça ?

Mick se tourna vers Léa. Elle se tenait sur le seuil, paralysée. Comprenant qu'elle était sous le choc, il la prit dans ses bras.

— Tout ça a un lien avec Marilyn. Ils le trouveront, mon amour. Je te le promets.

───────

— Nous n'avons pas assez d'hommes, révérend Webster, expliqua Tom Whiting. Tout ce que nous pouvons faire, c'est nous poster au moulin et attendre qu'il montre son nez. Plusieurs personnes ont déclaré l'avoir aperçu près du lac. dans la partie nord-ouest. On attend un mandat de perquisition pour les bungalows.

— Je serais ravi de vous être utile, Tom. Malheureusement...

Chris s'écarta vivement de la fenêtre ouverte de sa chambre. Il en avait assez entendu. Il prit la lettre posée sur le plateau de son imprimante, la plia soigneusement et la glissa dans son enveloppe.

C'était vraiment trop nul d'avoir perdu deux boulots en un seul jour. Il lui restait toujours les pelouses à tondre, mais ça ne payait pas beaucoup. Il prit la lettre et sortit.

Il savait à qui s'en prendre.

En titubant, Dusty alla donner un méchant coup de pied dans la vieille chaise de bureau. Elle traversa la caravane et alla atterrir près du lit de camp.

Ils avaient osé venir ici. Foutre le bordel dans ses affaires. Il contempla fixement l'imprime qu'il avait trouvé cloué à sa porte, mais les mots dansaient devant ses yeux.

Salauds de flics.

Il claqua la porte et ramassa une bouteille de vodka qui traînait par terre. Tout en buvant goulûment au goulot, il regarda autour de lui. Mais qu'est-ce qu'ils étaient venus faire ? Ce n'était quand même pas à cause de sa visite chez cette salope de Hardy? Qu'est-ce qu'ils en avaient à foutre?

De toute façon, il les emmerdait...

La veille, en revenant du lac, il avait remarqué les voitures de patrouille qui surveillaient le moulin. Il avait fait demi- tour et n'était revenu qu'aujourd'hui. Ces enfoirés avaient fini par abandonner.

— Il fait chaud, murmura-t-il en ôtant sa veste en loques.

Il termina la bouteille et l'envoya valser contre la cloison. Avec un rebond, elle alla atterrir sur le lit de camp à côté d'une pile de journaux.

Ils ne tarderaient pas à revenir, mieux valait filer.

Allant à l'autre bout de la caravane, il sortit une autre bouteille de vodka d'un placard. Il porta le goulot à sa bouche et en vida un quart. Puis il la reboucha et la mit dans un sac en plastique plein de chiffons et de bouteilles vides.

Avec des mouvements saccadés et mal assurés d'ivrogne, il entreprit de préparer ses bagages et répartit dans plusieurs sacs ses morceaux de bois sculptés, quelques vêtements en lambeaux, une poêle à frire, une bouteille de vodka vide, sa veste.

Il ne trouvait pas ses canifs, les flics avaient dû les embarquer.

Pauvres cons !

La pièce tanguait un peu et il dut s'appuyer contre le comptoir.

— Merl, murmura-t-il en trébuchant à travers la caravane.

Il s'arrêta net. Il voyait trouble et dut faire un effort pour ajuster sa vision. Les sacs en plastique tombèrent à ses pieds.

Les photos n'étaient plus là. Il n'en restait plus une seule.

— Pas Merl... Non...

Il poussa un grognement de bête, tira de son fourreau le couteau accroché à sa ceinture et se précipita sur le mur. Il frappa de toutes ses forces, imprimant de profondes marques dans la cloison. La lame se cassa net, à quelques millimètres du manche, et passa par-dessus son épaule, lui entaillant la joue au passage.

Il cessa de lacérer le mur et posa sa main sur le comptoir. Il se sentait tellement las. De grosses gouttes de sang tombaient de son visage, sur son épaule et sa main. Il pensa à Marilyn et ferma les yeux.

Elle était morte. Sa Merl était morte, poignardée et brûlée dans cette horrible maison près du lac. Morte.

Dusty entendit un bruit métallique et se tourna juste à temps pour voir les flammes courir jusqu'à lui le long de la traînée d'alcool répandue à terre.

Il se précipita vers la porte, mais le rideau de flammes et de fumée lui barrait déjà le passage.

Chapitre Vingt-Neuf

LES CLIENTS de la quincaillerie s'écartaient prudemment devant Léa. Elle poussait son chariot dans les allées comme une furie, suivie docilement par Mick.

— Je ne le laisserai pas me faire ça.

Elle empila dans le chariot trois pots de peinture blanc satin, près des cinq pots de peinture mate.

— Il ne me fera pas quitter cette ville.

— Bravo, bien dit! Mais laisse-moi me charger de cet engin à roulettes, c'est plus sûr.

Il se rapprocha d'elle prudemment et attrapa la douzaine de pinceaux et de brosses qu'elle sortait des rayonnages.

— Rich Weir prétend qu'il peut se cacher n'importe où. Mais il faut qu'ils le retrouvent, qu'ils le fassent sortir de sa tanière, du trou où il se terre comme le minable qu'il est. Il faut l'arrêter.

Elle prit un gros bidon de produit de nettoyage industriel et l'ajouta à ses achats.

— Tu as raison, approuva-t-il. Mais je t'assure que, cette fois, la police fait de son mieux.

Elle lança dans sa direction des éponges et les recharges pour le balai à frange qu'il attrapa au vol.

— Avec le corps de Jason Shanahan qui a refait surface aujourd'hui, Rich a toutes les raisons de vouloir mettre la main sur Dusty. N'oublie pas qu'on l'a vu rôder autour du lac.

Léa s'arrêta brusquement et se tourna vers lui.

— Je suis vraiment une égoïste...

Elle semblait partagée entre la peine et la colère. Repoussant le chariot du pied, elle sc pelotonna dans les bras de Mick.

— Dire que je fais toute une histoire parce que je dois repeindre quelques murs et que. pendant ce temps-là, le pauvre Brian souffre de la perte de son compagnon.

Mick la serra très fort.

— Tu as de bonnes raisons d'être bouleversée. Il me semble que tu as déjà assez souffert de la mesquinerie des gens de Stonybrook.

Il lui embrassa la tempe. Deux hommes le saluèrent au passage, et clic sc dégagea, confuse.

— Désolée, murmura-t-elle en s'appuyant à lui tandis qu'il se remettait à pousser le chariot. J'avais oublié que les quincailleries étaient des magasins d'hommes. J'espère que je n'ai pas trop amoché ta réputation en me jetant à ton cou.

Il déposa un baiser sur ses lèvres.

— Tu peux te jeter à mon cou quand tu veux, chaque fois que tu en auras envie. D'ailleurs, c'est plutôt flatteur d'être vu en compagnie d'une belle femme comme toi.

Elle rougit et se détourna.

— Tu sais me faire oublier mes ennuis. Tu es la personne la plus sensible que j'aie jamais rencontrée, Mick.

— Eh bien, c'est la première fois qu'on me fait un tel compliment. Je ne manquerai pas de te le rappeler.

Ils passèrent ensuite à la caisse et, pendant qu'elle aidait Mick à décharger le chariot sur le tapis, elle ne put s'empêcher de penser que ce serait merveilleux de vivre toujours près de lui. Il lui offrait la passion, l'amour, le bien-être dont elle avait toujours manqué. Il était la chance de sa vie, il lui offrait un avenir. Jamais elle n'aurait osé rêver d'un tel bonheur.

Il avait aussi le pouvoir de balayer ses inquiétudes, de rendre l'existence supportable. Le matin, après avoir discuté avec les policiers venus constater le saccage, Mick avait décrété qu'il l'emmenait dans un grand magasin de bricolage, histoire de l'obliger à prendre l'air. Heather n'avait aucune envie de traîner dans un endroit où l'on vendait des vis et des boulons, et ils l'avaient déposée au bureau de Mick.

Une fois seuls, ils avaient pris un petit déjeuner à l'extérieur, puis Mick I avait emmenée choisir des placards de cuisine. Léa n'avait ni les moyens ni l'intention de retaper de fond en comble une maison qu'elle devait vendre, mais il avait insisté pour lui montrer deux autres boutiques spécialisées — l'une dans les portes, l'autre dans les salles de bains. Elle n'avait rien acheté, mais cela lui avait changé les idées. Elle s'était sentie mieux.

En se rendant compte qu'elle avait encore perdu une journée de travail, elle avait commencé à manifester des signes d'impatience. Mick l'avait alors emmenée à la quincaillerie acheter de quoi réparer les dégâts de Dusty. Mais, chaque fois qu'elle pensait au travail à refaire et à l'argent dépensé, elle ne pouvait s'empêcher de déprimer.

Elle signa le reçu de sa carte de crédit, tout en se demandant si elle n'avait pas un peu forcé sur la dépense. Puis ils sortirent et chargèrent les achats dans le 4x4.

— Il y a de quoi repeindre tout Stonybrook, dit-il.

— Qui sait, je pourrais peut-être envisager de devenir peintre en bâtiment.

— Génial! J'en cherche justement. Du genre sexy, avec des yeux noisette et des points de suture sur le front, prêtes à tester avec moi la gamme complète des appareils ménagers.

Ils montèrent tous les deux dans le 4x4, et il démarra.

— Avec une telle description du poste, ta société risque d'être harcelée par des femmes en furie portant des lentilles de contact noisette et se donnant des coups sur le crâne avec un bâton.

— Eh bien, elles n'ont aucune chance. Le poste est déjà pourvu. J'ai trouvé la femme la plus sexy de la terre. C'est celle que je regarde en ce moment même.

Il lui adressa un sourire qui lui alla droit au cœur. Elle défit sa ceinture et se rapprocha de lui.

— Tu trouves toujours les mots qu'il faut, murmura-t-elle en posant la tête sur son épaule.

Glissant une main sous sa chemise, elle caressa la peau douce de son torse.

— Dois-je m'arrêter sur le bord de la route ? demanda-t-il d'une voix rauque.

— Non, nous sommes en plein jour, répondit-elle en l'embrassant dans le cou. On risquerait d'être embarqués pour attentat à la pudeur.

— Dans ce cas, tu ferais mieux de remettre ta ceinture. J'ai un mal fou à me concentrer sur la route.

Elle s'attacha docilement, mais sa main revint aussitôt se glisser sous sa chemise.

— Où en étions-nous, déjà ?

— Nous parlions d'attentat à la pudeur.

— Oh, c'est vrai. Maintenant que tu es occupé à conduire...

Ses mains descendirent jusqu'au ventre de Mick, et elle sentit ses muscles se contracter.

— Tu tiens bien le volant, n'est-ce pas?

— Oh, oui, je le tiens.

Il avait les articulations exsangues à force de le serrer.

— J'ai I intention d'en profiter pour t'avouer certaines choses, déclara-t-elle en lui mordillant l'oreille, lit es l'homme le plus excitant que je connaisse.

Il ouvrit la bouche pour répondre, mais elle descendit sa main. Il gémit.

— Et aussi le plus généreux.

Elle défit sa ceinture.

— Le plus attentionné.

Elle baissa la fermeture éclair de son jean.

— Et le plus aimant.

Elle passa la main dans son pantalon et la referma sur son sexe en érection.

— Et je t'aime.

Le 4x4 fit une embardée. Mick venait de quitter la route principale pour s'engager dans un petit chemin défoncé au milieu des arbres.

— Où vas-tu ?

— Quelque part où la police ne risque pas de nous surprendre.

Il s'enfonça sous les arbres et s'arrêta devant une clôture en fil barbelé.

Les vaches noires et blanches semblèrent intriguées par ces visiteurs inattendus. Sans se formaliser, Léa défit aussitôt sa ceinture pendant que Mick enlevait son pantalon. Elle eut à peine le temps d'ôter une chaussure et de sortir une jambe de son short, qu'il se glissait déjà près d'elle. Il la souleva et l'installa sur lui à califourchon.

Elle l'accueillit en elle, et ils se mirent à bouger, vite, comme des amants affamés l'un de l'autre. Léa ne cessa même pas le mouvement lorsqu'il lui défit son chemisier et son soutien-gorge.

Leurs corps sc balançaient en cadence, dans une danse d'amour rythmée et sauvage. Le plaisir la gagna peu à peu, puis tout disparut autour d'elle — le 4x4, le champ, le chaud soleil d'été —, tandis qu'ils explosaient au même moment, emportés par le plaisir et le tumulte de leur passion.

Ils restèrent un moment rivé l'un à l'autre, essoufflés.

— On a encore oublié le préservatif, murmura-t-il contre son oreille.

Elle eut un petit rire nerveux.

— En tout cas, si je suis enceinte, nous n'aurons que l'embarras du choix pour les prénoms.

— Ah oui ?

— Brandt... Faure... Sony... Ford...

— A l'université, j'ai connu un gars qui s'appelait Ford. On l'appelait Fordie.

— Eh bien, maintenant, tu sais d'où lui venait son nom.

— Je me fiche de ce type, répliqua-t-il. Parlons plutôt de notre lune de miel. Que dirais-tu du Salon des arts ménagers ?

Elle l'embrassa.

— Quel romantisme!

— Ravi que tu apprécies.

Le téléphone portable de Mick sonna. En maugréant, il vérifia le numéro qui s'affichait.

— C'est Heather.

Léa quitta aussitôt ses genoux. Il écouta et lui fit signe que tout allait bien. Elle poussa un soupir de soulagement.

— On arrive, annonça-t-il à sa fille tout en tendant à Léa sa chaussure. Où on est ? Je ne peux pas te dire exactement. Je vois des champs tout autour.

Fouillant sous le siège et dans la boite à gants, elle finit par trouver des mouchoirs en papier.

— Bon. Nous serons à la maison dans une quinzaine de minutes. A tout à l'heure.

— Elle va bien ? s'inquiéta Léa quand il eut raccroché.

— Oui, très bien. Elle nous attend à la maison.

— Il faut se dépêcher, le pressa Léa. Elle ne devrait pas être seule là-bas...

Il prit son visage entre ses mains et l'embrassa avec ardeur. Il souriait légèrement lorsqu'il s'éloigna d'elle.

— Il ne lui arrivera rien, promit-il, rassurant.

Durant tout le trajet, Léa se sentit flotter sur un très agréable petit nuage. Arrivée au coin de la rue des Peupliers, elle eut la surprise de constater que les lumières de sa maison étaient allumées.

Elle se précipita hors de la voiture et grimpa l'escalier de la véranda. Des bruits de voix lui parvenaient par les fenêtres ouvertes. Elle jeta un coup d'œil interrogateur à Mick qui arrivait derrière elle.

— Entre, l'invita-t-il en haussant les épaules. Je ne pense pas que ce soit fermé à clé.

Ses mains tremblaient en poussant la porte.

— J'espère que Heather n'est pas retournée travailler toute seule.

Elle resta bouche bée en découvrant tous les gens qui s'activaient à l'intérieur, certains équipés de ceintures à outils et d'autres vêtus de vêtements de travail tachés de peinture. Un homme et une femme descendaient l'escalier, munis de brosses et de rouleaux. Quelques-uns de ces visages lui parurent familiers, d'autres ne lui disaient rien, mais tous lui souriaient gentiment.

Heather vint à sa rencontre, suivie de Joanna.

La voix d'Andrew leur parvint de l'extérieur.

— J'arrive trop tard pour donner un coup de main ?

— Oui. répondit Joanna. Mais on t'accepte quand même pour la fête.

Heather serra Léa dans ses bras.

— Viens, on a quelque chose à te montrer.

Elle allait l'entraîner à travers la maison, mais Léa se tourna vers Mick et lui prit la main.

— C'est toi qui as tout manigancé?

— Tout le monde a participé. Nous avons envie que tu restes, Léa.

Il lui sourit.

— Nous tous.

Stéphanie resta debout près du comptoir et reposa le téléphone.

Prenant son verre de thé glacé à la main, elle le porta à ses lèvres en tremblant. Les glaçons s'entrechoquèrent et elle renversa un peu de liquide sur le devant de sa robe. Le verre lui échappa des mains et alla s'écraser sur le sol où il éclata en morceaux.

— Q-que v-voulait R-rich ?

Elle baissa les yeux vers les éclats de verre. Bob l'avait observée pendant qu'elle parlait avec Rich. Il l'observait sans cesse. Elle leva son regard vers le fauteuil roulant, vers ce corps à moitié paralysé, vers ce visage autrefois séduisant et ces yeux qui l'avaient toujours contemplée avec une tendresse infinie.

Comme en ce moment. Il ne cessait de s'inquiéter à son sujet.

— Il y a eu le feu près du moulin. Rich appelait pour me prévenir.

Elle déchira quelques feuilles du rouleau d'essuie-tout accroché au mur et s'agenouilla de façon à éponger l'eau.

— P-personne n'est b-blessé?

Sa main passa sur un bout de verre. Le sang jaillit de la coupure et se répandit sur la serviette blanche. Elle continua à essuyer par terre sans y prêter attention.

— Non, mais il y a un mort. Le feu serait parti de la caravane de Dusty. Us ont trouvé un corps carbonisé à l'intérieur. Le sien.

— T-tu s-saignes.

— Non.

— S-Stéph...

— Je souhaitais sa mort. Je ne voulais pas qu'il revienne du Viêt Nam. Il n'y avait plus rien entre nous.

La serviette était rouge de sang, à présent.

— Mais il est revenu. Bien sûr, tout le monde le plaignait.

Il était brisé, il n'avait plus toute sa tête. La guerre l'avait détruit. Il était sans défense. J'ai eu pitié de lui.

Des larmes tombèrent sur sa main en sang. Elle resta à les contempler, puis essuya son visage avec la serviette. Un morceau de verre dut l'égratigner au passage, car une traînée de sang apparut juste sous son œil. Elle laissa tomber la serviette en papier.

— Je ne me suis pas rendu compte... Il était rempli de haine... C'était le diable... Il voulait me punir... Et il l'a fait à travers Marilyn.

Les tessons de verre qu'elle rassemblait en tas blessaient ses doigts et ses paumes.

— Il le lui a dit. Dusty lui a tout dit quand il a jugé le moment venu. Elle était encore une enfant. Il l'a attendue à la sortie de l'école et lui a annoncé de but en blanc qu'il était son père. Il lui a raconté que j'avais trahi son amour, que je m'étais mariée pour l'argent. Que je l'avais trahi... Tu te rends compte ?

Elle se coupa encore une fois, contempla d'un air absent l'éclat pointu planté dans sa peau et reprit un bout de serviette en papier afin d'éponger le sang.

— Il a réussi son coup. Elle lui ressemblait. Moralement autant que physiquement. Elle aussi a voulu me punir. Ensuite, elle n'a pas pu s'arrêter. Il fallait que tout le monde souffre autour d'elle.

Stéphanie s'assit sur ses talons et leva la tête, le regard dans le vague.

— Elle a commencé avec Charlie, lorsqu'elle était encore au collège. Pourtant, il était son père. Du moins, c'est ce que tout le monde croyait. Mais ça ne l'a pas gênée. Au contraire, elle s'est arrangée pour que je les voie, pour que je sache.

Elle considéra Bob.

— Comme avec toi.

Les larmes se remirent à couler sur ses joues. Elle serra dans ses poings la serviette en papier. Du sang et de l'eau gouttèrent sur sa robe.

— J'ai fini par la haïr encore plus que Dusty. Je voulais la voir morte. Ma fille... Elle était une partie de moi, et pourtant, j'aurais pu l'étrangler de mes propres mains.

Elle déplia sa serviette en papier et la coupa en deux morceaux qu'elle aligna par terre avec soin. Ils étaient rouges de sang et des éclats de verre y scintillaient. Elle les effleura doucement, d'un air rêveur.

— Ted n'aurait tout de même pas dû faire ça. C'était un brave garçon. Les petites auraient pu vivre avec lui. Ils auraient formé une famille. Ma famille. Mes bébés. Il n'aurait pas dû me les prendre.

Elle se balança sur ses talons. Elle semblait envahie d'une peine infinie. Submergée par la douleur, elle ferma les yeux en sanglotant.

— Je n'ai pas vu à quel point il était diabolique. Lui aussi m'a trahie. Il mentait. Comme Dusty. Comme Marilyn. Il a attendu son heure, et il s'est jeté sur elles. Il a volé tout ce qu'il y avait de bien dans ma vie.

— N-non.

Elle continuait à se balancer. Les larmes coulaient sans discontinuer de ses paupières fermées.

— T-Ted ne les a pas t-tuées.

Elle ouvrit les yeux et contempla Bob à travers un rideau de larmes.

— J-je suis arrivé avant l-lui et la m-maison était déjà en f-flammes. Je n'ai p-pas pu entrer. Je l'ai v-vu arriver. Il a es-sayé d'entrer, il était f-fou de d-douleur.

Elle tenta de se mettre debout. Son corps tremblait violemment, et elle dut se tenir au comptoir pour se relever. Le visage de son mari était humide de larmes. Il paraissait avoir vieilli de cent ans.

— J'y s-suis allé p-parce qu'elle venait enc-core d'envoyer d-des photos. Mais je ne l'ai p-pas t-tuée. Je s-suis arrivé après. T-Ted aussi.

— Pourquoi? dit-elle. Pourquoi ne l'as-tu pas dit plus tôt ?

— J'avais p-peur qu'on m'accuse du m-meurtre. Je c-croyais que t-tu ne savais p-pas p-pour Marilyn et m-moi. J'étais c-comme f-fou. J'aurais p-pu la t-tuer. J'aurais p-pu... P-pardonne-moi, S-Stéphanie. J-je t'aime.

Elle attrapa le téléphone sur le comptoir et le lui tendit.

— Prouve-le-moi, déclara-t-elle simplement.

293

Chapitre Trente

— Je ne peux pas aller au bungalow, nia voiture est au garage, se plaignit Chris au téléphoné. D'ailleurs, tu m'as confisqué les clés.

— Où est ta mère ? demanda le révérend Webster à l'autre bout du fil.

— Elle est sortie assister à une kermesse. Et je ne sais pas quand elle rentrera.

Il allait et venait nerveusement dans la cuisine.

— Tu es le seul à avoir utilisé le bungalow récemment. Je veux que ce soit toi qui leur ouvres la porte.

Chris souleva le couvercle de la boite dans laquelle sa mère rangeait l'argent liquide et en sortit deux billets de dix dollars qu'il fourra dans sa poche.

— Tiens-toi prêt, poursuivait son père. Je vais appeler Rich Weir et lui demander qu'une voiture passe te chercher. S'il est pressé de visiter au point de ne pas pouvoir attendre un mandat de perquisition, il ne verra sûrement pas d'inconvénient à faire un crochet pour t'emmener.

— J'attendrai près du téléphone. Merci pour tout, Sarah.

Léa sautait de joie en raccrochant. Elle se tourna vers Mick et se jeta dans ses bras en plein milieu de la cuisine.

— Je ne peux pas y croire. Seigneur... Je n'arrive pas à y croire !

— J'ai une vague idée de la conversation d'après tes réponses, mais j'aimerais des précisions. De bonnes nouvelles?

— Il y a un élément nouveau. Quelqu'un s'est spontanément présenté pour témoigner en faveur de Ted. Sarah n'est pas sûre que ça suffise à faire rouvrir l'enquête, mais elle essaye d'obtenir une audition auprès du juge. Aujourd'hui, tout est fermé, il faut qu'elle attende demain.

Elle l'embrassa tendrement en contenant sa joie débordante.

— Est-ce que tu y es pour quelque chose ?

— Tu me fais trop d'honneur, répondit-il en riant. Qui est le témoin ?

— Elle l'ignore. Elle doit me rappeler dès qu'elle en saura un peu plus.

Heather apparut sur le seuil de la cuisine.

— Vous n'êtes pas fatigués de vous cajoler et de vous embrasser toute la journée? Je ne peux pas tourner le dos cinq minutes. J'aurais mieux fait de rester au lit.

Avant que l'adolescente ait attrapé sa canette de soda du matin, Léa la serra dans ses bras.

— Qu'est-ce qu'elle a? s'enquit Heather.

Mick lui expliqua le coup de téléphone de l'avocate. Elle hurla de joie en apprenant la nouvelle et rendit son étreinte à Léa. Puis, la relâchant, elle se frappa le front du plat de la main.

— Ça me rappelle que j'ai quelque chose à te donner.

Elle fouilla dans le courrier sur le comptoir et en sortit une enveloppe.

— Avant de commencer à travailler dans la maison, hier, j'ai trouvé ça derrière la porte d'entrée. Elle ressemble à celle que tu as reçue l'autre fois.

Léa reconnut avec angoisse l'enveloppe blanche à son nom. Elle l'ouvrit aussitôt.

« Je prends soin de tout. Tu peux partir. »

— Qu'est-ce que c'est ? demanda Mick. D'où ça vient ?

Elle n'eut pas le temps de répondre. Max se mit à aboyer en direction de la porte et traversa la maison en courant. Mick alla ouvrir. Bientôt, elles entendirent la voix de Rich. Ils entrèrent tous deux dans la cuisine.

— Désolé, je n'ai pas pu participer hier soir. Mais Sheila m'a dit qu'ils étaient très nombreux à être venus vous aider.

Depuis peu, le chef de la police était particulièrement prévenant à son égard, et Léa se demandait si ce n'était pas grâce à Sheila. Malgré tout, tant de sollicitude la surprit.

— Oui, merci.

— Une tasse de café? proposa Mick.

— Non, merci, répondit Rich. Je vais au lac, nous devons fouiller quelques bungalows.

— Pas encore trouvé Dusty?

Rich considéra Léa, les sourcils froncés.

— A ce que je vois, vous n'êtes pas au courant. Il y a eu le feu au moulin, hier après-midi.

— J'en ai entendu parler, intervint Mick en se versant du café. Nous avons du matériel dans un des entrepôts. Tout ce que je sais, c'est que nous n'avons pas été touchés.

— C'est la caravane de Dusty qui a brûlé. Nous avons trouvé un corps carbonisé sur les lieux.

— Dusty est mort? s'enquit Léa, horrifiée.

— Nous avons reçu les résultats du labo ce matin. C'était bien lui.

Elle se laissa tomber sur une chaise. Les problèmes semblaient s'envoler à mesure qu'ils apparaissaient, ou plutôt les solutions se présentaient comme par miracle. Elle avait du mal à le croire.

— Une équipe est sur place et passe tout au peigne fin. Mais ce n'est pas pour ça que je me suis arrêté chez vous.

Il se tourna vers Heather.

— Je voudrais que tu nous accompagnes jusqu'au lac et que tu nous montres l'endroit où Dusty t'a menacée. On essaye de reconstituer son emploi du temps dans le cadre de l'enquête sur le meurtre de Jason Shanahan. Ça nous aiderait de savoir où il était exactement ce soir-là.

L'adolescente leva les yeux vers lui.

— Est-ce qu'un adulte peut m'accompagner? Mon père ou Léa?

— Bien entendu.

— Quand veux-tu y aller? demanda Mick.

— Le plus tôt sera le mieux. Aujourd'hui, si possible...

— Allez-y tout de suite, suggéra Léa. Je reste pour attendre le coup de fil de Sarah Rand.

Mick ne parut pas apprécier l'idée de la laisser seule.

— Je ne bougerai pas du téléphone, Mick, promis.

— Je vais mettre des chaussures! annonça Heather en filant dans l'entrée, le chien sur ses talons.

— Mademoiselle Hardy, déclara Rich dès que l'adolescente eut disparu, nous possédons de nouveaux éléments concernant votre frère. Nous nous efforçons le plus possible de faire avancer cette affaire.

Pour la seconde fois de la matinée, Rich Weir la laissa sans voix.

— J'ai pas pu venir avec le gosse. Personne ne répond quand on sonne à la porte du presbytère! lança Jeff par la vitre de sa voiture de patrouille.

Robin fronça les sourcils à son intention.

— Pourtant, Tom a dit qu'il s'était entendu avec le révérend.

— Et moi, je te répète que j'ai sonné et que son fils n'y était pas.

— Bon. dit-elle en contemplant pensivement le bungalow. On entre et c'est tout. On a la permission du propriétaire et douze autres bungalows à visiter. D'après toi, c'est fermé à clé ou pas ?

Son partenaire hocha la tête et appela sur sa radio. Ils traversèrent bientôt l'allée de gravier jonchée de feuilles. La pluie s'était mise à tomber.

La porte d'entrée étant fermée, ils contournèrent le bungalow. Ils essayèrent les fenêtres et regardèrent à l'intérieur. Quand ils atteignirent l'arrière du pavillon, Robin passa dans la véranda et poussa la porte de la baie vitrée. Elle coulissa sans difficulté.

— Qu'est-ce que je t'avais dit ?

Ils appelèrent pour s'annoncer, mais, comme personne ne répondait, ils entrèrent. A l'intérieur, l'atmosphère leur parut chaleureuse et le vieux mobilier bien entretenu. Sur les étagères, les livres — essentiellement des romans policiers et des biographies — avaient été récemment dépoussiérés. Il n'y avait pas de draps dans les lits ni de vaisselle sur les étagères, le réfrigérateur n'était pas branché. Une CB était posée sur le comptoir. Dans le salon, les coussins de la véranda s'alignaient soigneusement contre le mur, recouverts d'une serviette de plage.

Soudain, Robin vit Jeff s'agenouiller près du comptoir de la cuisine.

— Que se passe-t-il ? demanda-t-elle en venant s'accroupir près de lui.

— J'aimerais bien avoir ton avis.

Elle regarda attentivement la profonde entaille dans le bois blanc du plancher. On aurait dit que quelque chose de lourd avait imprimé une marque en tombant. Elle braqua sa torche pour examiner le sol et découvrit un peu plus loin deux traînées noirâtres d'une trentaine de centimètres dans les rainures, de chaque côté de la planche.

— Vise un peu ça, dit-elle. Je parierais que c'est du sang.

―――――

La pluie d'été tombait sans discontinuer, tiède et régulière, et de grosses gouttes glissaient des feuilles des arbres au-dessus de lui.

Chris détestait la pluie, mais il attendit sans broncher que la voiture de police et la Volvo de Mick Conklin aient quitté la rue. Il vit passer Heather assise près de son père. Enjambant le mur de pierre, il remarqua la vieille Honda garée dans l'allée des Hardy.

Il voulait fuir, il lui fallait une voiture.

La maison des Hardy était calme et silencieuse, fenêtres fermées, lumières éteintes. On avait bouché avec du contreplaqué le soupirail qu'il avait utilisé lundi. De toute façon, les clés de la Honda ne se trouvaient sûrement pas dans cette maison.

Il essaya les portières. Fermées à clé.

Le chien de Heather aboyait chez, les Conklin. Il entendit la femme Hardy l'appeler et la vit sortir sur le pas de la porte. Le chien la rejoignit de l'autre côté de la pelouse. Elle le gronda gentiment.

— Tu vois bien qu'il n'y a rien.

Comme elle s'installait sur une chaise en rotin, le chien à ses pieds, Chris fit discrètement le tour de la maison.

En général, les gens posaient leurs clés dans la cuisine en entrant.

Il grimpa sans bruit les marches de la maison des Conklin. La porte de derrière était ouverte. Il tourna doucement la poignée et pénétra à l'intérieur.

Il connaissait un peu les lieux pour avoir été plusieurs fois invité par Heather autrefois. Il chercha du regard un portant destiné aux clés, en vain.

Puis il vérifia sur le comptoir de la cuisine. Léa avait bien un sac à main, mais il n'était pas là.

— Il pleut, Max. Mick a raison, tu es vraiment un idiot de chien.

Elle plaisantait avec cet imbécile d'animal. Son ombre passa devant la porte moustiquaire, et il fronça les sourcils.

« D'accord, entendit-il. Juste un petit tour du pâté de maisons. »

Dès que la voix s'éloigna, il se glissa hors de la cuisine. Le 4x4 de Conklin pourrait aller, même s'il était un peu trop aisément reconnaissable, à cause des inscriptions publicitaires. Chris jeta un rapide coup d'œil dans le bureau. Rien. Il traversa la maison, grimpa à l'étage, passa devant la chambre de Heather sans s'arrêter et alla droit à la chambre d'amis où Léa devait probablement s'être installée.

Aussitôt, il repéra le sac sur le bureau. Avec des gestes précipités, il en déversa le contenu sur l'un des lits. Les clés tombèrent et il les empocha. Puis il fouilla dans le portefeuille pour prendre l'argent liquide et la carte de crédit.

Il battit ensuite en retraite dans le couloir, mais ne put s empêcher de jeter un coup d'œil dans la chambre de Heather. Les meubles n'avaient pas changé, mais c'était moins bien rangé que la dernière fois qu'il était venu. Il vit une culotte près de la porte et la ramassa. Elle était douce et soyeuse, comme celles de Marilyn.

Il se souvint de l'entrejambe chaud et humide de Heather, l'autre soir, au lac. Il avait eu tort de se gêner. S'ils avaient fait l'amour, elle ne se serait pas plainte. Marilyn, elle, aimait qu'on la bouscule un peu. Plus on la bousculait et plus elle aimait ça.

Il crut entendre un bruit à l'extérieur. Vite, il fourra le sous-vêtement dans sa poche et se dépêcha de descendre l'escalier.

— Chris, que fais-tu ici?

Léa se tenait sur le pas de la porte, une laisse à la main.

— Je... je cherchais Heather.

Pourvu qu'il ne s'aperçoive pas qu'elle avait peur, songea- t-elle. A l'ex- térieur, de l'autre côté de la porte, Max se mit à aboyer furieusement en entendant la voix de Chris. Léa se retourna pour lui ouvrir.

— Non, dit-il vivement. Laissez-le dehors.

— Bien sûr. Si tu préfères.

Elle s'efforça de conserver son calme. Le chien se jeta contre la mous- tiquaire en grattant.

— Fermez la porte.

Elle ferma la porte vitrée.

— Vous pouvez lâcher la laisse.

Elle la laissa tomber dans le panier.

— Heather n'est pas là, mais je lui dirai que tu es passé.

— C'est ça. Pour qu'elle m'envoie me faire foutre.

Il était rouge et respirait difficilement. Il avait sorti de son jean un couteau à cran d'arrêt. Elle avait déjà affronté un certain nombre d'ado- lescents agressifs, mais aucun d'eux n'avait jamais dégainé un couteau contre elle.

— Elle me fait tourner en bourrique, grommela-t-il en descendant une marche. On voit qu'elle est dingue de moi, elle me tombe dans les bras, et après elle fait sa mijaurée.

Léa tâcha de paraître compatissante et de conserver son calme.

— Je vois ce que tu veux dire.

— Je n'aime pas les filles de mon âge. Heather, c'est une exception. Elle est différente, elle ne pense pas comme les autres. Elle n'est pas du genre à changer de petit copain tous les quatre matins. A Stonybrook, elle n'est sortie qu'avec moi.

— C'est vrai.

Il n'avait pas l'air de vouloir s'en aller.

— Qu'est-ce que tu veux, Chris ?

Une sonnerie de téléphone retentit. Elle regarda le portable posé un peu plus loin, sur une table basse.

—J'attends un coup de fil de l'avocate de Ted. Elle sait que je suis ici.

Elle ne s'excusa pas de devoir décrocher. S'approchant calmement de la table, elle s'empara du téléphone et répondit.

Elle fut soulagée de reconnaître la voix de Mick.

— Oui? dit-elle d'un ton léger.

Elle prit soin de sc tourner vers Chris. Il l'observait, debout au pied de l'escalier. Il avait sorti la lame du couteau et la tenait serrée contre sa cuisse.

— Je suis au lac avec Heather, annonça Mick à l'autre bout du fil. La police a trouvé des traces de sang dans le bungalow des Webster. Rich vient de recevoir le rapport des spécialistes qui ont examiné les décombres de la caravane de Dusty. Il semblerait que quelqu'un ait utilisé une pince-monseigneur pour bloquer sa porte de l'extérieur, puis ait mis le feu et l'ait ensuite enfermé. Sois prudente. Je ne sais pas ce qui se trame ici, mais ça m'inquiète de te savoir seule.

— Merci beaucoup, Sarah, dit-elle joyeusement. Rappelez-moi si vous avez du nouveau.

Sur ces mots, elle raccrocha et reposa le téléphone sur la table basse.

Chapitre Trente-Et-Un

— On a fouille la voiture du gosse au garage, déclara l'un des inspecteurs à Rich. On a trouvé dans le coffre une boite en fer contenant des photographies de Marilyn Hardy — vous voyez de quoi je parle.

Accoude à la balustrade de la terrasse, Mick contemplait son téléphone d'un air perplexe. Soudain, il comprit.

— Léa n'était pas seule! Elle a des ennuis!

Il regagna sa voiture en courant, suivi de Heather et de Rich.

— C'est peut-être le gamin, avança le chef de la police en sortant son téléphone. J'envoie tout de suite la voiture de patrouille la plus proche de chez vous.

A peine Heather était-elle montée dans la voiture que Mick démarra en trombe et sortit de l'allée en marche arrière. Elle était livide.

— Seigneur, faites qu'il ne lui arrive rien, je vous en supplie, murmura-t-elle en tremblant.

Elle se tourna vers son père.

— Papa... Il a essayé de me prendre en photo avec lui. C'est un malade, comme Marilyn. Elle était toujours en train de manipuler ses appareils photo. J'aurais dû le dire avant...

— Tu n'as rien à te reprocher. Ne t'en fais pas, Léa s'en sortira très bien. Nous y serons bientôt. En attendant, je suis sûr qu'elle saura le tenir en respect.

Léa voyait la main de Chris se crisper sur le manche de son couteau et les muscles de son bras se contracter nerveusement. Mais il gardait la lame vers le sol.

— C'était Sarah Rand, expliqua-t-elle, comme si elle n'avait rien remarqué. C'est la nouvelle avocate de Ted. Elle est vraiment bien. Mais je ne t'ai même pas offert à boire. Un thé glacé, ça te dirait?

Elle se dirigea vers la cuisine aussi naturellement que possible. Elle savait que la porte qui donnait sur le jardin était ouverte. Peut-être pourrait-elle tenter sa chance par là.

— J'adore le thé glacé.

Il était tout contre son épaule.

Inutile d'espérer lui fausser compagnie. Pendant qu'elle sortait deux verres du placard, elle le vit se glisser près de la porte et la fermer à clé. Elle remarqua également qu'il regardait fixement l'enveloppe blanche posée sur le comptoir.

— Vous auriez dû l'écouter et partir quand il vous l'a conseillé.

— Je ne voulais pas partir avant de le... avant de te remercier.

Il posa sur elle un regard glacial.

— Vous saviez que c'était moi ?

Elle parvint à émettre un rire crédible.

— Si tu connais le contenu de cette lettre, c'est que c'est toi qui l'as écrite, commenta-t-elle en lui tendant son verre de thé glacé. Eh bien... merci, Chris!

Il ne répondit pas, et elle alla s'asseoir tranquillement sur la table de la cuisine. Il gardait les yeux baisses, l'air désorienté. Visiblement, il ne savait pas trop ce qu'il allait faire.

Léa commençait à entrevoir la vérité. Chris avait tout du délinquant sexuel. Comme Marilyn.

— Ainsi, tu crois à l'innocence de Ted, lança-t-elle d'un ton dégagé.

— Je n'ai pas dit ça.

— C'est ce que j'ai cru comprendre d'après tes lettres.

— J'écrivais ce que vous aviez envie d'entendre. C'était une ruse pour vous attirer à Stonybrook.

Il sourit.

— Et ça a marché.

— Et pourquoi voulais-tu m'attirer ici ?

Elle savait qu'il fallait lui parler, tout en évitant les questions qui risquaient de l'énerver. Derrière la porte, le chien continuait à aboyer furieusement.

— Pour m'amuser. Pour le plaisir de vous faire flipper, de vous voir vous entre-dévorer. Vous tous, ceux que Marilyn détestait. Vous, M. Slater, Stéphanie, Brian, Jason. Et tous les autres. Pour rigoler comme au bon vieux temps avec Marilyn.

— Mais je n'ai jamais eu de liens avec elle.

— Elle vous a toujours détestée, lâcha-t-il en haussant les épaules. Vous défendiez votre frère. J'ai pensé que, si vous veniez à Stonybrook, vous chercheriez à comprendre ce qui s'était passé. Vous donneriez un coup de pied dans la fourmilière. Ici, personne n'aurait osé remuer les vieilles histoires, personne n'aurait levé le petit doigt pour Ted.

Elle prit une gorgée de thé glacé.

— Bien raisonné. Tu n'es pas bête. La peluche dans la voiture de Stéphanie, c'était bien trouvé aussi.

— Ouais, bon... J'ai préféré les photos.

— Je ne les ai jamais vues.

— C'étaient pas vraiment des photos de famille...

— Où les as-tu trouvées, Chris ? Elle est morte.

— Elle m'avait donné quelques négatifs à développer. Les autres, je les ai trouvés dans le bungalow qu'elle louait près du lac avant que la police mette la main dessus.

Léa reposa son verre. Sur la table de la cuisine, Heather avait laissé l'appareil photo jetable qu'elle avait utilisé la veille au soir à la loto improvisée.

— Tu as fait tout ça pour t'amuser, pour taquiner les gens ?

— Pas pour les taquiner, rectifia-t-il. Pour les faire souffrir. Il fallait que je termine ce que Marilyn avait commencé. Elle haïssait tous ces minables.

Elle but encore un peu de thé et reposa son verre sur la table, près de l'appareil photo.

— Je sais que tu es bon. Chris, que tu ne veux que le bien. C'est toi qui as tué Dusty et Jason ?

— Je ne voulais pas tuer ces deux raclures. Ça a mal tourné, c'est tout.

Il s'appuya au comptoir et se mit à graver quelque chose avec la pointe de son couteau.

— Brian souffre. Il a perdu celui qu'il aimait.

— J'ai toujours apprécié Brian. Il ne méritait pas de tomber sur un salaud comme Jason.

— Et Stéphanie ? demanda-t-elle. Tu cherchais à la rendre dingue ? Et Bob ?

— Oh, lui... Ce n'est qu'un pauvre infirme, à présent.

— Et moi ?

— Si vous aviez quitté la ville quand je vous l'ai conseillé, vous auriez vu mourir votre frère. Ç'aurait été une punition suffisante. Mais maintenant...

Il se redressa.

— Je ne supporte pas les travaux inachevés. Je finis toujours ce que j'ai commencé.

Léa n'eut pas peur en voyant son visage s'assombrir. Elle avait en lace d'elle un assassin, cela ne faisait pas le moindre doute, mais Mick allait venir. Il serait ici d'une minute à l'autre.

— Marilyn était gentille avec toi ?

— Oui, adorable.

Il semblait surpris qu'elle ne réagisse pas plus que ça, qu'elle reste tranquillement assise à l'écouter, sans même avoir l'air effrayée. Il s'arrêta à quelques pas d'elle.

— Tu l'aimais, Chris?

— Oui, je l'aimais. Elle aussi m'aimait.

— Alors, pourquoi couchait-elle avec tous les autres? demanda-t-elle en levant l'appareil photo. Toutes ces photos, c'était pourquoi ?

— Elle avait une vengeance à accomplir. Moi, elle m'aimait.

— Tu es trop intelligent pour croire à de telles idioties. En tout cas, je peux te dire que ce n'est pas comme ça que je traite mes petits copains. D'abord, je ne leur mens pas.

— Vos petits copains ?

— Crois-tu que Marilyn était la seule à apprécier les jeunots ? Moi aussi, je sais reconnaître un bon coup. Voilà pourquoi elle t'avait choisi, Chris. Tu as un corps jeune et ferme. On voit tout de suite que tu apprends vite. Un gamin prêt à la suivre comme un toutou, à faire ses quatre volontés. Je parie qu'elle t'a même demandé de prendre des photos quand elle était avec d'autres types.

— Et après ?

Il avait la chair de poule. Elle posa l'appareil contre sa joue.

— Tu ne lui en as pas voulu, Chris? Tu n'étais vraiment pas jaloux ? Jamais ?

— Quelquefois, concéda-t-il en s'approchant encore. Je ne pouvais pas m'en empêcher. Mais j'étais amoureux d'elle.

A présent, il se trouvait à portée de main.

— Tu n'as pas eu envie de la tuer?

— Non! Je l'aimais.

— Tu n'avais pas envie de prendre la place de ces hommes sur les photos ?

Il eut un sourire victorieux.

— Elle en a pris quelques-unes avec moi aussi. Avec moi, elle prenait son temps. J'avais le droit de lui faire tout ce qui me passait par la tête. Absolument tout.

— Et à qui a-t-elle envoyé les photos de vous deux, d'après toi? Tu ne crois pas qu'elle t'utilisait pour faire souffrir quelqu'un ? Comme les autres? Elle les a peut-être montrées à tes parents?

Elle approcha l'appareil de son œil et visa Chris dans l'objectif. Il tremblait de la tête aux pieds. A travers l'appareil, elle le vit lever son couteau. Elle visa ses yeux.

— Tu peux me le dire, tu sais. Nous sommes entre amis. Vois-tu, je suis exactement comme Marilyn. Je t'aurais utilisé, comme elle l'a fait. Tu n'es qu'un jouet. Rien de plus. Juste un moyen d'atteindre certaines personnes. Tu aurais quand même pu t'en rendre compte tout seul.

— Mais je m'en suis rendu compte.

— Je m'en doutais. Et tu l'as haïe pour ça.

— Oui.

— Assez pour la tuer?

Elle déclencha le flash au moment où il levait le couteau, puis se jeta à terre, loin de la table. Au même moment, Mick fit irruption dans la cuisine et plaqua Chris contre le mur.

En une seconde, la pièce fut envahie par les policiers.

Léa resta allongée au sol sans bouger, sous le choc. Il ne restait rien du formidable courage qu'elle venait de manifester. Elle tremblait comme une feuille.

Chris ne tenta même pas de résister. Un inspecteur lui passa les menottes pendant qu'un autre lui lisait ses droits.

Léa assista à la scène comme dans un rêve.

— Tout va bien? s'enquit Mick en la prenant dans ses bras. Dis-moi que tu n'as rien.

— Je n'ai rien. Par où es-tu entré?

Elle s'agrippa à lui. Il lui touchait les bras, le visage, comme s'il avait besoin de s'assurer qu'elle n'était pas blessée.

— Par la porte, tout simplement. Avec le boucan que faisait Max, j'ai pensé que j'avais des chances de le prendre par surprise. Il a bien failli t'agresser.

— Où est Heather?

— Dans la voiture, à moitié folle d'inquiétude.

Léa s'agrippa à lui pour s'asseoir et s'efforça de reprendre ses esprits. Les rejoignant, Rich Weir s'accroupit à côté d'elle.

— Je n'ai pas assisté à toute la scène, mais j'ai adoré les dernières répliques, la félicita-t-il pendant que deux de ses hommes emmenaient Chris. Si vous cherchez du boulot, je pourrai toujours vous engager pour mener les interrogatoires.

— Il faudra que tu attendes un peu, intervint Mick. Elle me doit d'abord quelques réponses.

Il l'aida à se relever. Elle se blottit contre son torse, puisant un peu de force dans cette étreinte.

— Léa! s'écria Heather en déboulant dans la cuisine. C'est vraiment terminé ?

Léa l'attira à eux.

— Oui. Le cauchemar est terminé.

Chapitre Trente-Deux

— Donne-moi un quart d'heure.

— Tu es sûre que tu ne veux pas que je t'accompagne ?

Joanna secoua la tête et déposa un baiser sur les lèvres d'Andrew.

— Je dois y aller seule.

Elle remonta le col de son imperméable pour se protéger de la pluie et traversa rapidement l'allée en passant sous la tonnelle de roses grimpantes. Elles étaient magnifiques, ces roses. Et elles sentaient si bon.

Jetant un coup d'œil par-dessus son épaule. Joanna s'aperçut que la boutique était déjà fermée.

Elle sonna à la porte une fois et attendit que sa sœur vienne lui ouvrir. Cette maison avait été la sienne. Toutes les deux — enfin, toutes les trois — avaient été élevées sous ce toit. Mais elle ne s'y sentait pas d'attaches, elle n'en revendiquait pas la propriété.

La porte s'ouvrit en grand.

— Te voilà enfin ! s'exclama Gwen en s'écartant de façon à la laisser entrer.

— Je suis venue prendre mes vêtements, répliqua Joanna d'un ton sec. Ce que j'ai l'intention d'emporter tient dans une valise.

Puis elle fila à l'étage sans lui laisser le temps de répondre.

Attrapant son unique valise, elle l'ouvrit sur le lit, alla chercher une pile de vêtements dans le tiroir de la commode et décrocha les robes de la penderie. Elle empila sur le dessus trois paires de chaussures et une paire de baskets.

Elle possédait bien peu de choses. Ce qui n'était pas si étonnant, en fin de compte. Elle n'était jamais partie de Stonybrook.

Sur le seuil de la chambre, Gwen l'observait en silence. Mais, absorbée par sa tâche, Joanna ne lui prêtait aucune attention.

— Tu penses t'absenter combien de temps ?

— Je ne reviens pas, répondit-elle calmement en essayant de gommer de sa voix toute trace d'hostilité.

— Et la boutique? Je ne peux pas m'en occuper seule.

— Je te l'ai déjà dit. Cette boutique t'appartient. Tu peux en faire ce que tu veux.

Elle prit ses flacons de parfum et les glissa dans des chaussettes.

— Et toi, Joanna ? Que comptes-tu faire de ta vie ?

— Ça me regarde.

— Tu vas habiter chez lui et le laisser t'entretenir.

— Il a un nom. Il s'appelle Andrew, rétorqua-t-elle avant de lever vers sa sœur des yeux flamboyants de colère. Tu sais, j'aurais très bien pu venir chercher mes affaires pendant ton absence.

Maintenant qu'elle était lancée, elle n'arrivait plus à s'arrêter.

— Ça m'aurait évité de me retrouver en face de toi. J'aurais pu faire comme Cate et filer sans un adieu. Mais j'ai pensé qu'on devait se séparer proprement. J'ai même espéré que ça se passerait bien. Qu'on pourrait se quitter sans rancune. Une fois de plus, Gwen, tu m'as prouvé que j'avais tort d'être optimiste.

Ayant posé les bouteilles de parfum sur le reste de ses affaires, elle fit coulisser la fermeture éclair de sa valise. Puis elle passa devant sa sœur sans lui jeter un regard et quitta la chambre.

— Et moi ?

Joanna s'arrêta net en haut des marches, le regard fixé sur la porte d'entrée. Il y eut un silence et, derrière clic, Gwen reprit :

— Je me suis dévouée toute ma vie pour Gâte, pour toi, pour notre boutique. Je ne sais pas ce que c'est que de vivre seule. Je m'en sens pas capable.

Son ton triste l'avait émue. Se retournant, Joanna vit son visage couvert de larmes.

— Tu y survivras. Je pense même que ça t'aidera à t'épanouir.

— J'ai peur, Jo, chuchota Gwen en se laissant glisser le long du mur. Je ne sais pas qui je suis... ce que je veux. Et je suis trop vieille pour me permettre de me tromper.

Joanna posa sa valise en haut des marches et alla s'accroupir devant elle.

— Tu te conduis comme une vieille dame de l'époque victorienne, mais tu es encore jeune, Gwen. Tu n'as que quarante et un ans. Tu peux commencer une nouvelle vie. Pourquoi n'aurais-tu pas le droit de commettre des erreurs ? Vas-y ! Mords dans la vie à pleines dents ! Trompe-toi autant de fois qu'il le faudra. Pars en voyage. Vends la maison, vends la boutique. Cherche-toi. Bats-toi. Trouve une raison de vivre. Ça vaut le coup de se tromper. Et baise, pour l'amour du ciel !

Joanna lui essuya ses larmes.

— Et arrête de vivre à travers moi ou Cate.

Se redressant, elle regagna l'escalier.

— Est-ce qu'il faut que ça se passe comme ça ? murmura Gwen.

Ne pouvons-nous pas rester simplement deux sœurs?

Joanna se retourna vers clic.

— Je ne sais pas...

— Tu crois que... que je pourrai vous rendre visite, à toi et à Andrew? Ça ne le dérangera pas?

Elle contempla sa sœur un long moment. Elle sentait s'évanouir la rancœur accumulée pendant des années de colère et de frustration.

— Non, Gwen, je ne pense pas que ça le dérangera. Et moi, je serai ravie de te voir.

Elle prit sa valise et descendit lentement l'escalier. Puis elle sortit rejoindre la voiture qui l'attendait.

— J'adore l'odeur de ces roses, déclara-t-elle en tendant sa valise à Andrew.

Chapitre Trente-Trois

— O<small>N RISQUE</small> de lui donner de mauvaises habitudes à force de lui cuisiner des petits plats et des gâteaux, observa Heather. Il ne faut pas trop le gâter.

— Ne t'inquiète pas pour ça, répliqua Léa. Occupe-toi plutôt des cookies.

Elle lui tendit une manique.

— Avec tout ce qu'il a fait pour moi la semaine dernière, il mérite qu'on le gâte un peu, non ?

— Comme tu voudras. Mais tu lui tends le bâton pour te battre... Hors de question que tu viennes te plaindre plus tard parce que tu croules sous les corvées pendant que lui se tourne les pouces.

Léa sourit et baissa le feu sous la casserole d'eau bouillante qui attendait les homards.

— Mais je ne me taperai pas toutes les corvées, comme tu dis. Tu m'aideras, n'est-ce pas ?

— Les cookies ne sont pas prêts, annonça Heather, la tête dans le four. Alors, vous vous mariez quand ?

Elle se jeta à son cou, et Léa lui rendit son étreinte.

— Nous n'en avons même pas encore parlé.

Et il n'en serait pas question avant un moment, songea-t-elle avec mélancolie. Pas tant que Ted était en prison.

De ce côté-là, ça avait l'air d'avancer. La semaine précédente, Sarah avait obtenu la révision du procès. En attendant, Ted reprenait des forces à l'hôpital. Léa lui avait rendu visite plusieurs fois dans la semaine et elle s'était réjouie de constater qu'il faisait d'immenses progrès.

L'avocat de Chris Webster n'avait pas obtenu beaucoup d'informations de la part de son client. Le patron du Lion Inn avait porté plainte pour destruction de biens privés et Léa pour vandalisme, mais Chris avait des sujets d'inquiétude plus graves en ce moment. Si le procureur n'arrivait pas encore à établir clairement s'il devait ou non l'accuser du meurtre de Marilyn et de ses enfants, en revanche, il n'y avait pas le moindre doute concernant les meurtres de Jason Shanahan et de Dusty.

Léa espérait plus que tout que Ted serait enfin innocenté. Bien que Sarah lui ait assuré qu'avec le témoignage de Bob Slater et l'arrestation de Chris il n'y avait pas d'inquiétude à avoir, elle n'arrivait pas encore à y croire.

— Vous n'allez pas partir tous les deux et me laisser tomber, hein ? lança Heather en jetant un coup d'œil aux cookies dans le four.

— Si on décidait de partir, on t'emmènerait, ne t'inquiète pas.

— Papa est fils unique. Mes grands-parents vont être fous de joie en apprenant qu'il se remarie.

— J'ai hâte de les revoir.

— Et Ted ? Tu n'as pas envie qu'il assiste à ton mariage?

A cette idée, Léa sentit sa gorge se nouer. Elle hocha la tête.

— Si, j'aimerais vraiment qu'il soit ici avec nous.

— D'après papa, les médecins sont optimistes à son sujet.

— Je crois qu'il ne se remettra jamais tout à fait, mais il pourra quand même mener une vie normale. Enfin, ça dépendra de lui... et de nous. Il va falloir l'aider.

Pendant que l adolescente sortait les cookies du four, elle alla mettre la table. Elle s'était promis d'oublier ses soucis et de consacrer cette soirée à Mick. Il le méritait. Tout au long de cette dure épreuve, il l'avait soutenue, lui donnant le courage de se battre. Il avait même fait passer ses préoccupations et son travail au second plan.

Seigneur, comme elle l'aimait! Elle n'avait qu'un désir : passer sa vie entière près de lui.

La boîte à biscuits dans laquelle Heather rangeait les cookies tomba par terre et sc brisa.

— Merde! Papa adore cette boîte...

— Ce n'est pas grave.

Léa écarta le chien qui s'agitait autour d'elles et s'accroupit afin de ramasser les morceaux de céramique.

— On lui en offrira une autre. Voilà qui nous donnera une excuse pour retourner dans les magasins.

Depuis leur séance de coiffure, il n'y avait pas un jour sans que Heather lui propose de faire du lèche-vitrines.

— Attention de ne pas te couper. Je vais chercher le balai et la pelle, déclara Heather en se précipitant vers le réduit de la cuisine.

Elle revint les mains vides et, attrapant les clés de Léa sur le comptoir, courut vers la porte de derrière.

— Je les ai laissés chez toi. Je vais les chercher et je reviens tout de suite.

La nuit allait bientôt tomber, et le soleil couchant étirait d'interminables ombres dans le jardin. Sous la douce fraîcheur qui montait de la terre, le calme et le silence s'installaient peu à peu. Une silhouette se glissa près de l'ancienne remise à carrioles.

Heather sortit de la maison et traversa la pelouse d'un pas léger et insouciant, en balançant les clés.

La silhouette tapie dans l'ombre bougea lentement et la suivit sans bruit à travers le jardin. Elle entra à sa suite dans la maison des Hardy.

Léa mit les plus gros morceaux de céramique à la poubelle. En cherchant une serviette en papier, ses yeux passèrent devant la fenêtre, au-dessus de l'évier. Elle aperçut Heather qui grimpait le perron de la maison et disparaissait à l'intérieur. Au bout de quelques secondes, la lumière jaillit dans la cuisine.

— Max, je te vois. Ne touche pas aux gâteaux, lança Léa au chien qui guettait l'occasion de voler quelques miettes.

Elle levait la tête, prête à intervenir, quand elle perçut du coin de l'œil un mouvement du côté de chez elle.

Elle se retourna. Et ce qu'elle vit la glaça d'épouvante.

La lame d'un couteau s'éleva dans les airs avant de s'abattre sur Heather.

— Non! hurla-t-elle.

Se précipitant hors de la maison, elle traversa la pelouse comme une flèche, ses pieds touchant à peine le sol. Elle franchit d'un bond l'escalier et, ouvrant la porte à la volée, fit irruption dans la cuisine.

Heather était étendue face contre terre, baignant dans son sang. Elle ne bougeait pas.

— Pitié... Pas ça...

En un éclair, Léa revit un autre cadavre dans cette meme cuisine — celui de sa mère, ensanglanté lui aussi.

Aujourd'hui encore, elle était arrivée trop tard.

Sentant l'air vibrer autour d'elle, elle se retourna au moment où le couteau s'abattait sur elle. Elle leva instinctivement les bras pour se défendre. Aussitôt, une douleur atroce la transperça. Patricia Webster frappa. Encore et encore.

Ses bras se mirent à saigner abondamment.

— Nooooon !

— Oh, c'est vous!

Marilyn actionna l'interrupteur de la cuisine.

— J'avais pourtant dit à votre mari que ce n'était pas la peine de vous fatiguer à venir jusqu'ici.

Elle se dirigea vers la cuisinière et ralluma la veilleuse de la hotte.

— Si vous vous tenez à l'écart de mon divorce, vous n'entendrez plus parler de ces photos. Ni...

— Vous m'aviez promis de ne plus toucher à Chris. Et pourtant, il était chez vous hier soir.

— Mais je ne le touche plus. C'est lui qui me touche. Et je peux vous assurer qu'il est particulièrement doué.

Elle rit.

— Un de ces jours, il faudra que je pense à inviter votre mari à se joindre à nous. Ça doit valoir le coup, de se taper le père et le fils en même temps. Je pourrais vous envoyer des photos, si ça vous intéresse.

Elle se retourna vers Patricia Webster, juste à temps pour voir briller la lame du couteau.

Patricia Webster s'apprêtait à la frapper de nouveau. Léa lui assena un violent coup de pied qui la fit elle-même trébucher.

— Pourquoi? dit-elle dans un souffle en rivant ses yeux dans les siens.

La femme était petite mais étonnamment puissante et rapide.

— Je l'avais déjà tuée. Mais elle est revenue pour pervertir mon fils.

Le couteau fendit l'air. Léa bondit sur le côté de façon à l'esquiver, en vain. Le coup l'atteignit profondément au bras.

Heather gémit faiblement sur le sol.

— Tu ne vas pas recommencer avec mon Chris, lâcha Patricia Webster en baissant les yeux vers elle. Je le défendrai.

Profitant de son moment d'inattention, Léa se jeta sur elle et lui attrapa le poignet. Toutes les deux roulèrent au sol, la main de Patricia toujours crispée sur le manche de son arme.

— Je ne vous laisserai pas faire! lança Léa, haletante, en la frappant en pleine figure de son poing ensanglanté. Je ne vous laisserai pas faire !

Le couteau s'enfonça quelque part dans son épaule, mais elle ne sentait plus la douleur. Malgré ses blessures, malgré le sang et les larmes qui lui brouillaient la vue, elle se battait comme un animal sauvage, avec l'énergie du désespoir, pour empêcher Patricia Webster d'emporter la vie de Heather. Elle parvint à l'attraper par les cheveux et à lui cogner la tête contre le sol à plusieurs reprises.

Patricia lâcha le couteau, mais Léa continua. Jusqu'à ce qu'elle s'aperçoive que son adversaire ne bougeait plus.

— Léa, murmura faiblement Heather à l'autre bout de la cuisine.

En entendant sa voix, Léa s'adossa au mur avec un soupir de soulagement et ferma les yeux.

Chapitre Trente-Quatre

— On ne sera pas à notre avantage en maillot de bain, cet été, observa Heather.

Assise dans son lit d'hôpital, Léa éclata de rire. Mick sentit son cœur se gonfler de joie. Dire qu'il avait failli les perdre toutes les deux...

La veille, en rentrant, il avait été fou d'inquiétude en ne trouvant personne chez lui. Une inquiétude qui s'était muée en terreur quand, en faisant irruption dans la maison d'à côté, il avait vu des traînées de sang dans la cuisine et Léa et Heather inanimées. Il avait aussitôt appelé les secours, lesquels avaient mis une éternité à arriver...

Heather s'en tirait avec une large estafilade à l'omoplate et une ecchymose due à sa chute. Léa, quant à elle, avait été frappée plus d'une vingtaine de fois, aux bras et aux épaules. Elle avait perdu beaucoup de sang.

En une seule nuit, deux ans de dissimulation et de mensonges avaient pris fin.

Patricia Webster souffrait d'une commotion cérébrale, mais Mick avait du mal à la plaindre. Elle était déjà sortie de l'hôpital et se trouvait sous bonne garde.

Pendant son délire, son mari à son côté, Patricia Webster avait raconté ce qui s'était passé la nuit de l'incendie. Chris avait alors avoué, bien que ses avocats aient tenté de l'en dissuader.

Les pièces du puzzle étaient enfin rassemblées.

C'était Patricia Webster qui avait tué Marilyn à coups de couteau. L'ayant vue, C luis avait ensuite mis le feu à la maison pour empêcher la police de remonter jusqu'à elle. Il n'avait pas eu l'intention de tuer les deux petites.

L'homicide sur les personnes d'Emily et d'Hanna serait quand même ajouté aux charges qui pesaient contre lui. D'après Rich Weir, le procureur voulait une punition exemplaire et ne tiendrait pas compte du fait qu'il était mineur.

Bob Slater et Ted étaient tous deux arrivés après les faits.

Quant au révérend Webster, il avait toujours su la vérité, niais il avait choisi le silence et la prière.

Mick ferma les yeux et remercia silencieusement le ciel que sa propre famille ait été épargnée.

Sa famille... Il rencontra le regard de Léa. Elle tendit ses mains bandées vers lui.

— Tu pourrais effacer ces rides de ton front et te détendre, mon amour, murmura-t-elle. Tout va bien, à présent.

— Je sais, répondit-il en effleurant ses lèvres d'un baiser. Je t'aime. Et maintenant que tout va bien, justement, il me semble que tu avais une décision à prendre.

— Je vends la maison. Betty Walters a appelé pendant que tu étais avec la police. Je crois que le client est un écrivain un peu dérangé.

— Je parlais d'autre chose.

— Alors ? la pressa Heather. On attend.

Elle était touchante avec son bras en écharpe, gentiment assise près de son lit.

Léa les regarda tour à tour en souriant.

— Oui, répondit-elle simplement.

Heather bondit de sa chaise en poussant un cri de joie. Bras en écharpe ou pas, elle aurait serré dans ses bras tout le personnel de l'hôpital si on ne l'en avait pas empêché.

Merci d'avoir pris le temps de lire *Brûlé Deux Fois*. Si tu l'as apprécié, pense à en parler à tes amis ou à poster une courte critique.

Nous espérons que vous chercherez le prochain roman à suspense de Jan Coffey, *Triple Menace*.

TRIPLE MENACE

Compte à rebours pour un 4 juillet mortel...

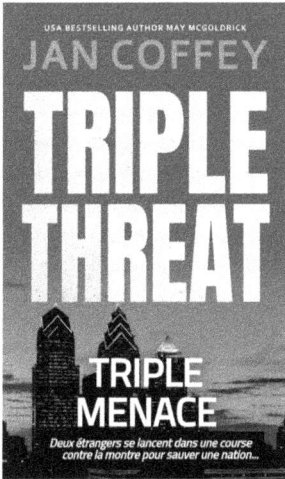

Quelques semaines avant le Jour de l'Indépendance, le Président est la cible d'un assassinat par un puissant cartel financier qui projette d'escamoter le rêve américain.

Seules deux personnes s'interposent entre un désastre national et une fête glorieuse... et le temps presse.

Un drapeau Betsy Ross a disparu et l'agent spécial du FBI Nate Murtaugh n'a que dix jours pour le retrouver. Ses recherches le mènent au monde de l'art de Philadelphie et à Ellie Littlefield. Fille d'un faussaire notoire, elle est une marchande d'antiquités américaines avertie. Ellie a des relations dans le monde de l'art et Murtaugh est prêt à tout pour qu'elle l'aide.

Alors que le compte à rebours pour le Jour de l'Indépendance s'écoule, Ellie et Nate doivent naviguer dans un monde où la vérité et le mensonge sont difficiles à séparer, où le meurtre n'est qu'une façon de faire des affaires et où les courtiers du pouvoir refusent de laisser quiconque - même le président des États-Unis - s'opposer à leurs profits.

Note de l'auteur

Nous espérons que vous avez apprécié *Brûlé Deux Fois*. Ce roman fait partie d'une série d'histoires primées et vendues :

Faites-moi Confiance Une Fois - L'avocate Sarah Rand rentre chez elle et découvre qu'elle est morte. Il s'agissait d'une erreur d'identité et personne ne sait que Sarah est encore en vie, sauf les tueurs qui la poursuivent. Le danger se rapprochant, Sarah doit faire confiance à Owen Dean, une célébrité hollywoodienne qui a ses propres secrets...

Brûlé Deux Fois - Un homme attend son exécution pour un meurtre qu'il n'a pas commis. Une femme retourne dans un lieu de scandale et de mort pour sauver son frère . Les secrets mijotés d'une petite ville sont sur le point de s'enflammer dans un brasier de suspicion et de représailles mortelles. Sarah et Owen (*Faites-moi Confiance Une Fois*) jouent un rôle dans ce récit Hitchcockien.

Triple Menace - Quelques semaines avant la fête de l'Indépendance, le président est la cible d'un assassinat par un puissant cartel financier qui prépare des plans pour arracher le rêve américain. Seules deux personnes se dressent entre un désastre national et une célébration glorieuse... et le temps presse.

Quatrième Victime - Après avoir survécu au suicide d'une secte lorsqu'elle était enfant il y a deux décennies, une jeune femme s'efforce de tirer le meilleur parti de sa vie. Mais alors que son passé menace tout ce qui lui est cher, un flic déterminé ayant des liens personnels avec la tragédie risque tout pour la garder en vie, et cette fois, il n'y a nulle part où se cacher.

Cinq à la Suite - Un brillant pirate informatique possède la capacité de contrôler les automobiles à partir de son ordinateur portable, et il est devenu obsédé par une belle ingénieure en informatique. Désormais, il est prêt à tout pour capter son attention. Lorsqu'elle reconnaît qu'elle est liée aux victimes, elle doit unir ses forces à celles d'un enquêteur pour démêler l'énigme de ces attaques apparemment aléatoires. Les victimes s'accumulent alors qu'un esprit tordu passe de la réalité virtuelle au terrorisme international.

Visite notre site web pour obtenir des extraits et des informations sur les romans qui suivent.

En plus de nos merveilleux lecteurs Jan Coffey et May McGoldrick, nous aimerions remercier Greg O'Sullivan de Verizon Telephone, Miriam O'Sullivan de l'agence de voyage Thomas, les merveilleux bibliothécaires de la succursale Samuel Pierce de la Bucks County Free Library, et le département des services correctionnels du Rhode Island pour l'incroyable patience dont ils ont fait preuve en répondant à nos nombreuses questions.

Enfin, nous aimerions remercier nos garçons pour leur amour et leur patience et pour nous avoir laissé mettre toutes les vacances en attente jusqu'à ce que nous ayons terminé ce livre.

Nous écrivons nos histoires pour toi et travaillons dur pour créer des romans que tu chériras et que tu recommanderas à tes amis. Si tu as aimé *Brûlé Deux Fois*, n'oublie pas de laisser un commentaire.

N'hésite pas à t'inscrire pour recevoir des nouvelles et des mises à jour et à nous suivre sur BookBub. Tu peux nous rendre visite sur *notre site web.*

Paix et santé !

Also by May McGoldrick, Jan Coffey & Nik James

NOVELS BY MAY McGOLDRICK

16th Century Highlander Novels

A Midsummer Wedding *(novella)*

The Thistle and the Rose

Macpherson Brothers Trilogy

Angel of Skye (Book 1)

Heart of Gold (Book 2)

Beauty of the Mist (Book 3)

Macpherson Trilogy (Box Set)

The Intended

Flame

Tess and the Highlander

Highland Treasure Trilogy

The Dreamer (Book 1)

The Enchantress (Book 2)

The Firebrand (Book 3)

Highland Treasure Trilogy Box Set

Scottish Relic Trilogy

Much Ado About Highlanders (Book 1)

Taming the Highlander (Book 2)

Tempest in the Highlands (Book 3)

Scottish Relic Trilogy Box Set

Love and Mayhem

18th Century Novels

Secret Vows

The Promise (Pennington Family)

The Rebel

Secret Vows Box Set

Scottish Dream Trilogy (Pennington Family)

Borrowed Dreams (Book 1)

Captured Dreams (Book 2)

Dreams of Destiny (Book 3)

Scottish Dream Trilogy Box Set

Regency and 19th Century Novels

Pennington Regency-Era Series

Romancing the Scot

It Happened in the Highlands

Sweet Home Highland Christmas *(novella)*

Sleepless in Scotland

Dearest Millie *(novella)*

How to Ditch a Duke *(novella)*

A Prince in the Pantry *(novella)*

Regency Novella Collection

Royal Highlander Series

Highland Crown

Highland Jewel

Highland Sword

Ghost of the Thames

Contemporary Romance & Fantasy

Jane Austen CANNOT Marry

Erase Me

Tropical Kiss

Aquarian

Thanksgiving in Connecticut

Made in Heaven

NONFICTION

Marriage of Minds: Collaborative Writing

Step Write Up: Writing Exercises for 21st Century

NOVELS BY JAN COFFEY

Romantic Suspense & Mystery

Trust Me Once

Twice Burned

Triple Threat

Fourth Victim

Five in a Row

Silent Waters

Cross Wired

The Janus Effect

The Puppet Master

Blind Eye

Road Kill

Mercy (novella)

When the Mirror Cracks

Omid's Shadow

Erase Me

NOVELS BY NIK JAMES

Caleb Marlowe Westerns

High Country Justice

Bullets and Silver

The Winter Road

Silver Trail Christmas

À propos de l'auteur

Nikoo et Jim McGoldrick, auteurs de best-sellers *USA Today,* ont écrit plus de cinquante romans au rythme soutenu et remplis de conflits, ainsi que deux ouvrages de non-fiction, sous les pseudonymes de May McGoldrick, Jan Coffey et Nik James.

Ces auteurs populaires et prolifiques écrivent des romans d'amour historiques, des romans à suspense, des romans policiers, des westerns historiques et des romans pour jeunes adultes. Elles ont été quatre fois finalistes du prix Rita et ont remporté de nombreux prix pour leurs écrits, dont le prix d'excellence Daphne DuMaurier, un Will Rogers Medallion, le *Romantic Times Magazine* Reviewers' Choice Award, trois NJRW Golden Leaf Awards, deux Holt Medallions et le Connecticut Press Club Award for Best Fiction. Leurs œuvres font partie de la collection Popular Culture Library du National Museum of Scotland.

facebook.com/MayMcGoldrick

x.com/MayMcGoldrick

instagram.com/maymcgoldrick

bookbub.com/authors/may-mcgoldrick

Milton Keynes UK
Ingram Content Group UK Ltd.
UKHW041959291124
451915UK00004B/306